Ein ungleiches Trio kämpfte sich im Gänsemarsch durch den eisigen Windsturm der Antarktis. Offensichtlich waren sie einer klaren Hierarchie unterworfen – leicht zu erkennen an der Shotgun, die der Mittlere dem Vorderen in den Nacken presste!

Der Hintere, ein bärtiger Typ und scheinbar der Boss dieses Trupps, schrie nicht zum ersten Mal: „He Wachmann, behalt' den Hirnforscher gut im Auge, er darf uns nicht entkommen! Und geht schneller, hier ist verflucht schlecht geheizt!"

Der penetrierte Hirnforscher ächzte: „Männer, euch zuliebe will ich es mal mathematisch ausdrücken: ich = mein Denken plus Eis, mal *Eis*, hoch EIS!!! Verdammt, findet ihr's witzig, dass mein Körper vom Hals abwärts nur noch aus verfluchten *Eiswürfeln* besteht?! Wenn ihr mich töten wollt, dann tut es *jetzt*!!!"

Der Bärtige grummelte: „Bleib locker, niemand will dich killen. Du kommst in ein Tollhaus, wo du den Rest deines Lebens verbringen wirst, denn du bist verrückt!"

Der Hirnforscher hielt an und drehte sich um. „Ach, *das* ist also eure Art mir meine Rente auszuzahlen, verstehe! Was hat denn mein Vorgänger bekommen? Eine gratis Hirnhautamputation?"

Ein Geräusch veranlasste alle drei, nach oben zu blicken. Der Wachmann schrie auf und richtete seine Waffe dabei direkt ins Gesicht des Hirnforschers. WUSCH – kam ein riesiges Skalpell vom Himmel gestürzt und verpasste dem armen Wächter – TSCHING – einen blutigen Scheitel bis in die Leistengegend.

Hinter der Mündung riss der Hirnforscher ungläubig die Augen auf, als der Wachmann nach beiden Seiten auseinander fiel bis er – KRR – zu Eis gefror und fortan da stand wie ein Y.

Der Bärtige äugte zwischen beiden Hälften herum, während er fassungslos fragte: „Was zur Hölle war *das*?"

Sich behutsam von der Mündung entfernend meinte der Hirnforscher: „Ein Zwei-Meter-Skalpell, das unseren Kollegen... pardon, *Exkollegen* zerteilt hat... würde ich sagen..."

Der Bärtige schlug sich gegen die Stirn. „Aber wie ist das möglich?"

Der Hirnforscher mutmaßte: „Eine Spiegelung in der Luft?"

Der Bärtige stellte die Fragen, die schon so manchen zerrissen hatten: „Hat *dich* dein Spiegelbild schon mal in zwei Hälften geteilt? Und wo ist das riesige, vom Himmel stürzende Skalpell *jetzt*?"

Der vermeintlich verrückte Hirnforscher betrachtete noch einmal das Opfer und versuchte: „Als gespaltene Persönlichkeit ist doch offensichtlich *er* der Verrückte, und so können wir *ihn* an meiner statt ins Irrenhaus stecken... *Ich* hingegen könnte mich auf staatliche Rente verlassen und meine letzten Tage in der Bahnhofsmission fristen..."

„Zwischen all den anderen Mittelständlern?" zeigte der Bärtige ihm einen Vogel, während er dem zwiegespaltenen Wächter das Gewehr abnahm, „*Du* hast wirklich was Besseres verdient! *Das hier* zum Beispiel..." Unvermittelt lud er die Shotgun durch und – BAMM – schoss seinem zeternden Gegenüber den rechten Fuß zu Brei. Sein Gewehr betrachtend murmelte er ehrlich erstaunt: „Nanu! *Das* kam unerwartet!"

Der Hirnforscher starrte auf den blutigen Klumpen, der an seinem rechten Bein baumelte und den man nur noch mit sehr viel Fantasie als Fuß identifizieren konnte. Nachdenklich stimmte er zu: „Wem sagst du das! Doch... müsste es nicht wehtun?"

Der Bärtige zuckte ratlos mit den Schultern.

Da patschte der Hirnforscher in seine Wunde – „YIPE!!!" – und sprang einen Rauchkringel hinter sich her lassend gen Weltall!

Der Bärtige rief ihm hinterher: „He, wo willst du hin?! Wir steigen erst in den Hubschrauber ein, *nachdem* er gelandet ist!"

Irgendwo in der Nähe des Uranus freute sich der Hirnforscher: „Sehr gut! Je mehr Abstand zwischen mir und jener Forschungsanstalt liegt, desto besser!"

TSCHIMP – wurde er wieder von der Erdanziehungskraft erfasst. „Oh oh…" Kurz vor dem Aufprall vermutete er: „Nun folgt wohl der *schmerzhafte* Teil…"

Level 1: Montag

Es war einmal ein idyllisches Dörfchen namens „Gruetze", mit Sonnenaufgang, zwitschernden Vögelchen, krähenden Hähnen und all den anderen Klischees.

WAMMP – wie gesagt: idyllisch *war* es einmal…

Rake kam verschlafen aus seinem Zimmer geschlurft und streckte sich.

RUMMS KABOOM PAMMS KLIRR – schepperte es im Nachbarzimmer, dem Zimmer seines Bruders Fart, welcher markerschütternd schrie: „GRUUUAAAHHRRRG!!!"

„Das war das Klügste was ich je von ihm gehört habe…" gähnte Rake gleichgültig und latschte in die Küche. Während er sich dort einen Toast zubereitete, quatschte seine Mutter ihn von der Seite an: „Sag mal Rake, weißt du was mit deinem Bruder los ist?"

Rake zuckte mit den Schultern: „Ich glaube er ist in seinem Zimmer…"

Seine Mutter klang besorgt: „Ich *weiß* dass er in seinem Zimmer ist, aber… hör doch selbst! Irgendwas stimmt schon wieder nicht mit ihm!"

KRACH WAMP – konnte man es bei Fart bersten hören.

„Ach ja?" meinte Rake desinteressiert und nahm sich eine Tasse Kaffee.

Der Vater, der bisher schweigend am Küchentisch gesessen hatte, überlegte nun laut: „Vielleicht war seine Entlassung aus dem Sanatorium doch ein wenig zu früh angesetzt! Ich meine, normal ist das nun wirklich nicht: er verriegelt seine Tür, lässt uns nicht herein, spricht nicht mit uns… und veranstaltet diesen Rabatz! Hab' kein Auge zugekriegt wegen seiner Randale!"

„Das tut mir sehr leid für dich!" betonte Rake, der dieses Problem nicht gehabt hatte.

Die Mutter bat: „Könntest *du* nicht mal mit ihm reden?"

„PRRFF!" spuckte Rake erschrocken den Kaffee aus! „Ich? Wieso ausgerechnet *ich*?! Was habe *ich* mit dem Kerl zu tun?"

Die Mutter erklärte: „Er ist dein großer Bruder, ihr seid demselben Loch entkrochen!"

KLIMP – stellte Rake genervt die Kaffeetasse ab und ächzte: „Und wieso soll *ich* diesen Fehler ausbügeln?" Nachdenklich fuhr er sich über die Stirn. „Seid ihr sicher, dass ihr ihn nicht lieber *verstoßen* wollt? Ich kenne da einen schönen Wald, dort könnten wir ihn wunderbar aussetzen…"

Die Mutter beharrte, auf ihre Leiste deutend: „Dem *selben* Loch!"

Und der Vater befahl: „Los, jetzt hilf ihm oder wir verstoßen *dich*!"

Widerwillig fügte sich Rake: „Oh Mann, schon gut, ich helfe ihm! Und ganz nebenbei: er ist nicht mein ,*großer*' Bruder nur weil er knapp zwei Jahre älter ist, er ist einfach… der Typ aus dem Nachbarzimmer mit denselben Eltern und demselben Clan! Jawohl!" Grummelnd ging er zu Farts Tür, klopfte und rief: „Yo Fart, alles klar, du Sackgesicht? Komm raus, wir müssen gleich zur Schule… leider…"

BRACH – schmetterte die Tür aus ihren Angeln! Brutal wurde Rake ins Zimmer gerissen und in einen kräftigen Würgegriff genommen…

„Fart, du… du *Fötus*…" tastete Rake nach Atem ringend um sich, bis er ein hartes Buch fand, das er seinem Peiniger mit letzter Kraft gegen den Kopf schlug und ihn so vom Tobsuchtsanfall erlöste. Ja, Fart wirkte so friedlich wie ein neugeborenes Lamm als er benommen zu Boden klatschte.

„Verfluchter Bruder!" stöhnte Rake und ließ sich entkräftet auf dem Stuhl vor Farts Computermonitor fallen. Dort erblickte er ein Videospiel, in dem es galt, Feinde in Schranken zu verweisen. Reflexartig bearbeitete er also einen Gegner mit einer mächtigen Waffe, doch wie von einem urgewaltigen Blitz getroffen schmetterte es ihn kurz darauf an die Wand. Panisch schreiend und käsebleich versuchte er sich die Augen auszukratzen bis er weinend zusammensackte und ausrief: „Oh nein! *Nein*! *Bitte* nicht! Alles, nur *das* nicht! Nehmt es *weg* von mir!" Die nächsten Minuten verbrachte er mit ausuferndem Heulen…

Fart kam als erster wieder klar. Tröstend nahm er Rake in den Arm: „Alles wird wieder gut, Brüderchen, alles wird gut…"

Verbittert schrie Rake: „Wieso? Sag, *wieso*?! Jede Woche dasselbe Theater! Warum hast du es schon wieder gespielt?! *Lernst* du nicht aus der Vergangenheit?"

Beschämt gestand Fart: „Ich… ich habe mich wohl überschätzt! Dachte, dass ich's nach den Qualen, die Alice mir bereitet hat, vertragen könnte! Habe wirklich geglaubt, ich könnte die *deutsche Version* von Quake IV (dt.) ertragen…"

Rake brüllte: „Wieso besitzt du sie überhaupt noch immer?! Warum hast du sie nicht längst vernichtet?! Diese grausame Unterdrückung sinnvollster Gewaltverherrlichung! *Niemand* auf der ganzen Welt sollte das konsumieren! Nicht einmal *dir* wünsche ich dieses Stück Foltersoftware an den Hals, und glaub' mir, ich hasse dich wirklich aus ganzem Herzen…"

Fart seufzte: „Ich geb's zu: das war der größte Fehler meines Lebens!"

„Aber nein, *deine Existenz* ist dein größter Fehler!" berichtigte Rake geduldig.

„Fart!" kam die Mutter hinzu, „Geht's dir wieder gut? Was war denn los, mein Kleiner?"

„He, *er* ist der Kleine!" zeigte Fart auf Rake.

„Stimmt, ich bin der Kleine, er ist der Missratene!" konterte dieser.

Die Mutter schlug ihre Augen nieder. „Ach Fart, jetzt reiß dich doch mal zusammen! Wir machen uns Sorgen, wenn du dich so komisch benimmst! Und wenn wir uns Sorgen machen, dann müssen wir dich leider wieder in die geschlossene Anstalt schicken! Willst du das?"

„Nein, Mum! Ich werde mich bessern, Mum!" Fart wirkte relativ überzeugend.

„Gut!" glaubte ihm die Mutter, „Ich hab' euch lieb! Aber jetzt hopp hopp, ab in die Schule mit euch!"

„Och nö, ich will nicht!" jaulte Fart.

Rake reichte ihm einen Strick: „Dann benutz das Teil hier, es wird all unsere Probleme lösen!"

„Hier, eure Sachen!" drückte die Mutter ihnen ihre Schultaschen in die Hände und drängte beide zur Haustür. „Beeilt euch, ihr seid spät dran!" PAFF – beförderte sie die beiden Brüder in den Garten und schlug die Tür zu.

Draußen kreuzte der kleine Tibetterrier Lucky ihren Weg. Momentan führte er seine allmorgendliche Revierinspektion durch, um hier und da einige Markierungen auszubessern. Heute jedoch stieß er auf etwas Merkwürdiges; besorgt bellte er die Brüder herbei…

„Was zur Hölle ist *das*?!" rief Rake, als er die Ursache für Luckys Aufruhr erblickte.

„Ein tiefes Loch im Boden; *haddu fein defund'n, Luckylie*!" lobte Fart.

Rake lugte in die Düsternis und versuchte etwas zu erkennen. „A-aber… was ist hier bloß passiert? Schau dir nur mal den Umriss an! Sieht aus wie… *ein Mensch*…"

Fart meinte: „Vielleicht hat sich hier ein Penner eingegraben… Wie tief er wohl gekommen ist?"

„Spring rein und find's raus!" schlug Rake vor.

Fart fuhr sich über den Nacken. „Weißt du, eigentlich ist das doch egal! Wir sollten uns lieber um *meine* Angelegenheiten kümmern, das ist viel wichtiger! Ich muss irgendwie *Heilung* finden…"

„Von Hochhäusern stürzen soll eine heilende Wirkung haben…" beratschlagte Rake.

„Als ob es in diesem Kaff ein Hochhaus geben würde…" winkte Fart ab.

Auf einmal ertönte eine raue Männerstimme: „Entschuldigt Jungs, habt ihr vielleicht etwas Wechselgeld für mich übrig?"

Die Angesprochenen wandten sich der Straße zu und erspähten einen heruntergekommenen Obdachlosen. Mit wildem Gekläffe tat Lucky seine Nulltoleranz gegenüber Fremden in seinem Territorium kund. Auch Fart war aufgebracht: „He, hast *du* dieses Loch gebuddelt? Oder einer deiner Artgenossen?"

Rake beschwichtigte: „He, lasst ihn! Der Ärmste ist gestraft genug!" Gutherzig steckte er dem verlumpten Mann etwas Kleingeld zu und fragte: „Sag, was ist in deinem Leben schief gelaufen, dass du Darmgeschwüre wie meinen Bruder um Pennys anschnorren musst?"

Der Obdachlose berichtete: „War nicht immer so! Hatte ein Haus, mehrere Autos, einen *riesigen* Fernseher und konnte es mir leisten, Stammkunde im nobelsten Bordell weit und breit zu sein!"

Fart heulte dazwischen: „Oh nein, Marter Alter! Ich *hasse* Lebensgeschichten!"

„Halt die Klappe, Mann! Wie ging's weiter?" wollte Rake wissen.

Der Obdachlose fuhr fort: „So'n schleimiger Kerl hat mir eine Wette angeboten. Ich nahm an. Hab' darauf gesetzt, dass Fernsehsendungen wie Frontal 21 korrekt und gewissenhaft recherchiert sind, doch ich lag derart weit daneben, dass ich nicht nur alles verloren habe, sondern nun auch noch hochverschuldet bin…"

Rake schlug sich gegen die Stirn: „Wie konntest du nur denken, dass die Berichte dieser Sendungen etwas mit der Realität zu tun haben?! Weil sie ihre Volksverhetzung mit einem seriösen Auftreten kaschieren?"

Fart stimmte zu: „Wenn ich Rake in einen Anzug stecke und labern lasse, würdest du ihm doch auch nicht glauben, schon allein, weil er nur ein kleiner Wicht ist… Jeder weiß, dass die bestenfalls *BVs* beschwören können!"

„Was soll das denn sein?" fragte der Obdachlose.

In diesem Moment erschien eine monströse Menschenmenge am Horizont, die ihrer heranwalzenden Masse einige wutgeifernde Parolen vorausschickte: „Malt den Teufel an die Wand – Killerspiele gehör'n verbannt!"

„*Das* sind ‚BVs'…" meinte Rake ergeben.

Fart nickte: „Yep, ‚Boulevard-Verstrahlte'!"

Bedrohlich rückten die vom Fernsehen aufgehetzten Demonstranten näher. Ihre langen Schatten tauchten die Straße in tiefe Finsternis, während die aufgehende Morgensonne im Hintergrund loderte wie gleißende Flammen aus der Hölle.

Lucky zog den Schwanz ein und verkrümelte sich fiepend nach drinnen; gegen jene Eindringlinge war kein Kraut gewachsen!

Rake hauchte: „So beginnt also die Volksverdummung der neuen Zeit…"

Fart schüttelte den Kopf: „Nein Bruder, sie ist längst etabliert…"

„Ob die wohl etwas Kleingeld für mich übrig haben?" überlegte der Obdachlose.

Rake warnte: „Halte dich von denen lieber fern! Schlechter Umgang! Ihre Leichtgläubigkeit ist ansteckend und führt zu Verstopfung der Hirnarterien!"

„Ich glaube gar nichts mehr!" behauptete der Obdachlose und marschierte dem pöbelnden Mob entgegen. „Entschuldigung, habt ihr etwas Kleingeld für mich?" SCHWUPPS – wurde er von den BVs vertilgt und demonstrierte fortan ebenfalls gegen etwas, von dem er keine Ahnung hatte.

Rake meinte: „Wir sollten zusehen, dass wir hier verschwinden. In der Schule ist es zwar end-öde, aber wenigstens lässt man dort diese hausierenden Versager nicht herein…"

Fart schlug vor: „Dann lass uns auf dem Weg noch bei Petes Technikladen vorbeischauen. Vielleicht kann ich was abgreifen, damit es mir wieder besser geht!"

Jener besagte Laden, „Elektronik-Service Gruetze", lief dieser Tage eher schleppend, nicht zuletzt weil Pete seine Ware ständig zu Dumpingpreisen verhökerte oder gar verschenkte. Das bescherte ihm zwar eine große Beliebtheit bei den Gruetzern, doch Zigaretten, Fusel und andere Grundnahrungsmittel konnte er sich davon natürlich nicht kaufen. Stattdessen verdiente er seine Kohle mit Internetpoker, was ihm zumeist einen recht akzeptablen Lebensstandard zusicherte. Auch als Fart und Rake jetzt sein Geschäft betraten, saß er mit blutunterlaufenen Augen vor mehreren Rechnern und zog so manchem Amerikaner die Kröten aus der Tasche – dass er die ganze Nacht durchgezockt hatte, stand ihm mehr als deutlich ins Gesicht geschrieben!

Fart grüßte: „Pete yo, was geht? Schenk mir was!"

„Einen Schlag in die Fresse kannst du haben!" grummelte Pete abwesend.

Rake jubelte: „Oh ja, bitte gib ihm!"

Pete rieb sein Kinn: „Hm… Full House… Soll ich All-In gehen?"

Fart jammerte: „Pete, Mann, hör mich an! Mir geht's echt dreckig! Ich brauche Balsam für meinen geplagten Geist!"

Pete haute auf den Tisch: „Ha, ich *wusste*, dass der Typ blufft! Das ist ihm teuer zu stehen gekommen!" Jetzt erst wandte er sich den Brüdern zu: „Also, was wollt ihr zwei Nervensägen schon wieder von mir?"

Rake erzählte: „Mein schwachköpfiger Bruder hat's schon wieder getan…"

„Und *mein* schwachköpfiger Bruder hat's mir schon wieder nachgemacht!" wehrte sich Fart.

„Was – wollt – ihr?" zeigte Pete sich geduldig.

Wie aus einem Munde antworteten die Brüder: „Die Originalversion!"

Pete fuhr auf: „Etwa von Quake IV (dt.)?! Die habe ich euch doch erst letzte Woche klargemacht! Und die Woche davor ebenfalls! Wie oft soll ich euch die noch schenken?! Was stellt ihr damit überhaupt immer an???"

Fart rechtfertigte aufgebracht: „Gar nichts, Alter! Was können wir dazu, wenn diese verfluchten BVs uns das Ding immer abziehen…"

Kopfschüttelnd griff Pete zu seiner Kippenschachtel. Nach dem Anrauchen hielt er sie den Jungs entgegen, die jedoch lehnten dankend ab.

Fart dann so: „Was ist denn nun? Hilfst du uns?"

„Du hast doch bestimmt noch eine Version da…" unterstützte Rake.

Pete verdrehte genervt die Augen und latschte zum Regal mit den Videospielen. Aus der Kategorie „Kinderspiele" zog er die Originalversion von Quake IV (dt.) heraus und drückte sie Fart in die Hände. „Hier, steckt's ein und verpisst euch! Seid froh dass ich heute so gute Laune habe!"

„Yeah, danke Mann!" frohlockte Fart.

Rake meinte: „Bei deinem Glück müsstest du eigentlich immer gute Laune haben!"

Pete wies zurück: „Ich und Glück?! Ha, dass ich nicht lache! Ich darf niemals mein Ding auspacken, denn wenn ich's tue, sinkt die eurasische Erdplatte mehrere Zentimeter ab und es kommt zu einer Naturkatastrophe…"

„Hart! Typischer Fall von Unglück im Glück…" urteilte Rake.

Fart drängte: „Lass uns gehen! Ich habe keine Lust, mir dieses Gejammer anzuhören!"

„Empfehlt mich nicht weiter!" sagte Pete zum Abschied.

„Oh je…" stöhnte Rake, nachdem er die Ladentür geöffnet hatte.

Draußen protestierten zahlreiche BVs gegen Petes Geschäft. „Hier werden Killerspiele verkauft!" „Brennt den Laden nieder!" Es lag ein Hass in der Luft wie es ihn in Zeiten des Friedens nicht geben sollte… Sendungen wie Frontal 21 hatten erfolgreich die Gesellschaft verdorben!

Fart versprach: „He Pete, mach dir keine Sorgen um diese Trottel! Ich werde denen erklären wie korrekt du bist!"

Rake warnte: „Äh... Pete? Jetzt ist deine letzte Gelegenheit, ein mögliches Desaster zu verhindern!"

Pete murmelte: „Hm… Flashdraw… hm… ich sollte erhöhen… hm… oder doch besser callen?"

Fart hatte sich draußen mittlerweile in Position gebracht und schrie: „Ihr niederen Kreaturen, hört mir zu! Eure konditionierten Kleingeister können die Realität nicht erfassen, weil ihr euch in künstliche Scheinwelten treiben lasst! Viehzeug, *wie könnt ihr nur*?! Wisst ihr denn nicht, dass sich irgendwer den ganzen Kram nur *ausgedacht* hat? *Ich* labe mich an Erdachtem um unterhalten zu werden, doch ihr haltet Unterhaltung für Wirklichkeit!!!"

Die BVs warfen sich entrüstete Blicke zu, denn genau das warfen sie *ihm* vor...

Rake versuchte, Frieden zu stiften: „Leute, der Typ, der diesen Laden hier betreibt, ist einer der besten Menschen der Welt! Ihr dürft ihn nicht beschimpfen, nur weil Skandal-Fabriken wie Frontal 21 unsere Jugendkultur dazu missbrauchen, aufreißerische Storys zu erfinden, die sie euch im Gewand der Aufklärung unter die Nase reiben! Pete und viele Leute der Videospieleindustrie betreiben ein weit ehrlicheres Geschäft als diese Pseudo-Journalisten, die euch ihre erdichteten Märchen als Wahrheit verkaufen!"

Fart ergriff wieder das Wort: „Der Kleine hat Recht! Pete ist cool! Nicht nur, dass er uns immer weiterhilft wenn wir die blutigen Originalversionen brutalster Spiele haben wollen, und zwar *ohne* uns nach unserem Alter zu fragen, nein, er gibt sie uns sogar für *umsonst*! Und wenn ihr glaubt, dass es sympathischer nicht mehr geht, dann ballert euch *das*: wenn wir ihn besuchen, dann ist er stets zuvorkommend und nett, bietet uns Zigaretten an... UND er lässt uns an seinen sexuellen Problemen teilhaben, erzählt uns von seinem Ding…"

Die Menge explodierte vor Empörung.

Fart war verwundert: „Was ist los mit denen? Normalerweise fährt doch jeder total auf langweilige Lebensgeschichten ab…"

Trocken meinte Rake: „Wahrscheinlich bist du ihnen zu feinfühlig!"

Da entdeckte ein einzelner BV das Videospiel in Farts Händen: „Der Typ hat ein Killerspiel!"

„Schnappt ihn, bevor er Amok läuft!!!"

„Weg hier, bevor die uns in Therapie stecken!" schrie Rake und ergriff die Flucht.

Fart hingegen reagierte zu langsam, stolperte und fiel *hart* zu Boden. Sofort war er von BVs umringt, die mit ihren Fackeln und Heugabeln versuchten, ihm das kostbare Videospiel abzunehmen…

Rake erkannte, in welch tödlicher Gefahr sein Bruder war, doch da er sich vorgenommen hatte, diesen Fart heute noch *selbst* umzulegen, eilte er ihm aufopferungsvoll zu Hilfe: „Bruderherz, ergreif meine Hand, ich rette dich!"

„Geh' mir aus dem Weg, du Schwachkopf!" sprang Fart auf, stieß Rake beiseite und trampelte ihn rücksichtslos nieder. Den Rest der Flucht vollführte er alleine – ohne Rake, und ohne... tja, ohne Q**** IV. Er hatte es wohl beim Sturz verloren. ELENDER MIST!!!

„Fart! Fart! So warte doch mal, Fart!" erklang plötzlich eine zarte Frauenstimme.

„Hä?" drehte der Gerufene sich um und erspähte seine Freundin Alice. *Wunderhübsch* war sie, im Morgenlicht funkelnd, wie zwei große runde Juwelen. Doch Fart erinnerte sich nur allzu gut, was sie ihm angetan hatte, weshalb er kühl brummte: „Na, auch wieder zurück in Gruetze? Hoffe es hat Spaß gemacht…"

Verletzt schaute Alice zu Boden: „Ach Fart, bitte versteh mich doch! Ich habe die ultimative Erkenntnis erlangt! Nur ich bin weise genug das Richtige zu tun! Deshalb bin auch nur ich allein in der Lage…"

Fart unterbrach: „Wie lieb von dir, mir diesen Quatsch zu erzählen, um mir zu zeigen dass ich nicht so ignorant bin wie du, aber… ich komme darauf einfach nicht klar! Du *weißt* was ich von deinem Körper halte, aber was den Rest anbelangt: nein danke! Und glaube mir: ich spreche im Namen aller Menschen dieser Welt!"

Verzweiflung lag in Alices Stimme: „Fart, *Fart*, wach auf, Fart! Lass *du* lieber *deine* Ignoranz hinter dir und kämpfe an meiner Seite! Bitte, Fart! Lass uns gemeinsam das Richtige tun! Für die Freiheit! Für die Gerechtigkeit! Für die *Friedarchie!*"

„Was auch immer das sein soll – es kann mich mal!" entgegnete Fart entschieden, „Alice, so kann das mit uns einfach nicht weiter gehen! Es törnt mich so dermaßen ab, wenn du dich um Irrsinn statt um *mich* kümmerst! Dabei verlange ich doch gar nicht so viel von dir! Nur deine komplette Selbstaufgabe, und dass du deinen Körper ausschließlich *mir* widmest!"

Alice schüttelte den Kopf. „Aber Fart, meine Gefühle für dich sind über alles andere erhaben und…"

Oh nein, jetzt begann sie, romantisches Zeug zu faseln. Eilig verlagerte Fart seine Wahrnehmung von Akustik auf Optik. Der Anblick seiner Freundin war atemberaubend! Wie sie dort in ihrem knallgrünen Kleid stand und schon eine kleine Morgenbrise genügte, um Dinge preiszugeben, die schöner waren als tausend teure Pelze! Glücklicherweise hatte er längst einen hinterhältigen Rückeroberungsplan ausgeheckt, den er nun in die Tat umzusetzen gedachte. Angespannt erinnerte er sich an Quake IV (dt.) und quetschte auf diese Weise einige Tränen in seine Augen. Dann wimmerte er: „Es tut mir leid, aber ich kann deine naiven Tagträume nicht mehr ertragen! Wäre ich nicht an dieser Schwachsinns-Allergie erkrankt, aber so… Nein! Sorry, es… ist aus mit uns!" Ruckartig wandte er sich ab.

Alice hielt ihn mit feuchten Augen zurück: „Fart, wo… wo willst du hin?"

„Zur Schule… leider…"

Erstaunt fragte Alice: „Was willst du denn dort? Die fällt doch heute wegen einer Protestaktion aus! Hat dein Bruder dir nicht davon erzählt? Offensichtlich ist er doch auch zuhause geblieben…"

„Ne ne, der hat sich gerade den BVs angeschlossen… Na ja, umso besser, wenn sie ausfällt! Dann habe ich mehr Zeit mich auf das morgige Clanmatch in Q**** III vorzubereiten."

Alice quälte sich ein Lächeln auf die Lippen. „Ok, dann… dann viel… Erfolg…"

Ihre Blicke trafen einander und verhafteten in einem Moment schmerzhafter Ewigkeit.

„D-danke…" riss Fart sich schließlich los und torkelte davon. Er schaute nicht zurück, schon allein damit sie nicht sein breites Grinsen sehen konnte. Das war wirklich hervorragend gelaufen! Nur allzu deutlich war ihm Alices Beklommenheit aufgefallen! *Niemals* würde sie es ohne ihn aushalten können, dessen war er sich absolut sicher!

Einige Straßen weiter stolperte er über Rake, der mit dem Gesicht nach unten lag. „He Verräter!" kickte er seinen kleinen Bruder wach, „Hör auf den Bordstein zu küssen und komm mit! Wir haben morgen ein wichtiges Match zu bestreiten!" Fröhlich pfeifend klemmte er sich den benommenen Rake unter die Arme und schleppte ihn nach Hause. „Dich interessiert bestimmt brennend, weshalb ich so gut drauf bin! Ich habe gerade Alice getroffen, und so wie es aussieht, wird sie schon sehr bald wieder angekrochen kommen! Bin ein Genie, fahre die ‚Was-Du-Nie-Mehr-Haben-Kannst'-Taktik! Von mir kannst du noch eine Menge lernen, kleiner Bruder, insbesondere was Frauen anbelangt!"

Rake konnte nur noch ächzen. Er beruhigte sich erst wieder, nachdem Fart ihn zuhause an seinen Schreibtischstuhl gefesselt und befohlen hatte, jedes Level in Q**** III gegen Nightmare-Bots zu meistern. Auch Rake wollte das morgige Match nämlich unbedingt gewinnen, weshalb er den geplanten Brudermord auf einen anderen Tag verschob und bis spät in die Nacht hinein trainierte…

Vormittags in der Schule: es klingelte zur großen Pause.

Fart taumelte benommen vor Ekstase aus dem Unterrichtsraum. „War *das* Hammer, war *das* dick! Ich bin der King! Ich bin der Geilste, keine Schlange ist größer als meine! Hoch erhaben über alle anderen!" – Ohne Zweifel: dies war eine der besten Unterrichtsstunden gewesen, die er jemals erlebt hatte!

Plötzlich hörte er eine weibliche Stimme nach ihm rufen: „Hey, Fart, warte mal!" Er drehte sich um und blickte direkt in Alices Antlitz. Ein seltsames wärmendes Kribbeln breitete sich in seinem Bauch aus; hach, war die schön!

„Hi!" sagte er und bereute es sofort. Für wie unsexy dumm musste sie ihn nun halten? Offensichtlich hatten sie gerade gemeinsam eine Unterrichtsstunde gehabt, und nun begrüßte er sie, als würden sie sich heute zum ersten Mal sehen. Doch Alice ließ ein bezauberndes Lächeln auf ihrem Gesicht erscheinen. „Was wir gerade gelernt haben, war sehr interessant, findest du nicht?" Ungewollt schoss eine von Farts Augenbrauen in die Höhe. „Ich… äh… bin mir sicher, dass es das war…"

Alice fuhr fort: „Nicht zu fassen wie blutig und brutal die Geschichte der Menschheit ist…"

Jetzt glaubte Fart, Bescheid zu wissen: „Wenn das stimmt, dann wundert's mich, dass der Jugendschutz sie nicht längst indiziert hat! Doch an sich ist Geschichte ganz korrekt! Lustiges Entertainment!"

Verwunderung machte sich in Alices Gesicht breit. Mit dem Daumen deutete sie auf den Kursraum, den sie soeben verlassen hatten. „Du… du warst doch gerade da drin… oder?"

Fart nickte. „Sicher! Wieso?"

Alice klärte auf: „Weil wir gerade *Englisch* hatten, nicht Geschichte…"

Peinlich berührt konnte Fart nur noch hervorbringen: „Tatsächlich? …tja… na dann…"

Kurz setzte das spätestens seit Pulp Fiction berühmte ‚unangenehme Schweigen' ein, bis Alice schließlich meinte: „Aber was hast du denn die ganze Zeit da drin getrieben, wenn du nicht einmal mitbekommst, in welcher *Sprache* der Unterricht stattfindet?"

Jetzt holte Fart erregt so ein großes unförmiges Ding hervor und klatschte es Alice regelrecht ins Gesicht. „Schau dir meine Schlange an!" rief er. „Sie füllt den gesamten Bildschirm aus! Da, siehst du? Ich habe eine *perfekte* Partie *Snake* abgeliefert! Besser geht es nicht!"

Traurig meinte Alice: „Du interessierst dich wirklich nur für solche Spiele?"

Fart steckte sein altes Handy wie einen Revolver gekonnt zurück in den Halfter und schüttelte den Kopf. „Aber nicht doch! Meine eigentlichen Schwerpunkte liegen auf PCs, Handhelds und stationären Konsolen! Aber die fallen im Unterricht leider auf…" Dann kam er berechnend auf den Punkt: „Alice, was willst du eigentlich von mir?"

Verlegen stammelte sie: „Ich… habe gestern in deinen Augen gesehen, wie sehr du wegen mir leidest…"

Innerlich vollführte Fart einen Freudensalto – genau das hatte er beabsichtigt!

Alice fuhr fort: „Wollen wir uns nicht noch einmal treffen und… *reden*?"

Fart wies zurück: „Aber Schatz, du weißt doch, was ich vom Quatschen halte…"

„*Bitte!*" flehte Alice.

„Ja ja, schon gut!" gab Fart sich geschlagen, wobei er streng anfügte: „Aber damit das klar ist: ich rede nur über *interessante* Dinge mit dir, ok?!"

„Ja, natürlich! Ich melde mich dann später!" nickte Alice.

„Tu das. Aber nun: aus meinen Augen, Frau!" deutete er mit dem Daumen irgendwo hinter sich.

„Ja Sir!" spurte Alice.

Lüstern schaute Fart ihr hinterher. In ihrer hellblauen Jeans wirkte sie besonders knackig und wenn sein Plan funktionierte, dann…

PAMMS – wurde er plötzlich von einer ihm auf den Rücken schlagenden Hand aus seinen Grübeleien gerissen. Sie gehörte zum Körper von Rake und war nun damit beschäftigt, dessen Worte mit wilden Gesten zu untermalen: „Alter, ich habe so derbe trainiert! Gegen mich hat *niemand* auch nur die geringste Chance!"

Fart war noch mit der skrupellosen Manipulation von Alices Willen beschäftigt: „Wovon zum Teufel sprichst du?"

Rake blickte drein, als hätte man ihn geohrfeigt: „Komm mal klar! Wir haben heute ein übelst wichtiges Match zu bestreiten! Was geht denn bei dir? Hast du dein Gedächtnis verloren?!"

Jetzt war auch Fart wieder voll und ganz am Start. „Ach ja, äh, sicher! Ich bin für die Schlacht gerüstet, kein Ding! Aber ey, hier noch was anderes: zieh dir meinen Snake-Rekord rein!"

„Pah, das schaffe ich ohne hinzusehen!" behauptete Rake und bahnte ihnen den Weg zu den Müllcontainern, wo sie wie gewohnt Olaf vorfanden. Er verbrachte die Pausen darin, um sich während des Unterrichts an den würgenden Gesichtern seiner Mitschüler zu erquicken. Energisch begrüßte er jetzt die Neuankömmlinge: „Heute Abend werden wir Rotwein aus den Häuptern unserer Feinde trinken! Doch sagt, Kameraden, wie nennen sich diese Emporkömmlinge, die es wagen unseren steilen Weg zur Spitze zu kreuzen?"

„Den *F@r@Z* verlangt's mal wieder nach einer Revanche!" gab Rake Auskunft.

Olaf rief aus: „Wohlan, sie sollen ihre wöchentliche Lektion bekommen! Lasst uns ihnen ihr eigenes Ende servieren! Gefangen im Pferch ihrer Entwürdigung werden sie sich nur noch von ihrem eigenen Blut ernähren, wünschend, wir hätten es nicht zuvor mit unserem Blei durchsiebt! Und wenn sie das nächste Mal in den Spiegel schauen, sollen sie tote Gesichter erblicken, die voll der Demut sprechen: wahrlich, wir haben unsere Meister gefunden!"

„Alter, du bist wahnsinnig!" lachte Fart.

„Psychopath!" freute sich auch Rake.

Alle konnten den Beginn des Matches kaum erwarten. So war der Rest des Schultages zwar zäh wie Farts Kaugummi in Rakes Haaren, doch irgendwann hatten sie es endlich hinter sich. Eilends begaben sie sich nach Hause in ihre Zimmer. Nur Fart machte noch einen Abstecher in einen nicht weit entfernten Supermarkt, um sich mit salatlosem Mikrowellendöner einzudecken, doch als er nach dem Einkauf wieder ins Freie trat, stieß er mit einer merkwürdigen alten Frau zusammen. Sie reichte ihm aufgrund ihres Buckels kaum bis zur Brust und war mit einem schäbigen Mantel bekleidet, der so lang war, dass er über den Boden schleifte. Ihr Gesicht war zerfurcht und schien schon viel schlechtes Wetter gesehen zu haben. Über der Schulter trug sie einen braunen Sack, in dem sich etwas sehr Schweres zu befinden schien.

„He Junge, hast du etwas Knete für die arme alte Käthe?" fragte sie ihn.

„Such dir Arbeit, Rat-Face!" wies Fart sie zurück. So eine Frechheit; wie konnte die es wagen, ihn aufzuhalten wenn er doch gleich zocken musste?!

Tatsächlich ließ die „arme alte" Käthe nicht locker: „So warte, du Wicht, oder interessiert dich nicht, was in meinem Sack drin ist? Für nur *einen* Penny will ich's dir verkaufen, denn ich brauche dringend was zu saufen!"

Fart schubste sie beiseite. „Was könntest du mir schon bieten, das mich interessiert? Abgesehen von deiner *Abwesenheit*…"

Die Alte griff in ihren Sack. „Oh, es wird dir wie allen gefallen!"

Fart drehte sich wieder um und hätte vor Überraschung beinahe laut aufgeschrien. Sie hielt eine Videospielkonsole in der Hand, die auf seltsame Weise bunt zu glühen schien.

„Dies", erklärte sie, „ist das Spiel der Spiele. Es ist für die, die von den üblichen Spielen

9

gelangweilt sind, weil sie ihnen zu einfach sind! Für die, denen selbst der höchste Level noch zu niedrig ist, jede Gegneranzahl zu wenig ist, jede künstliche Intelligenz zu dämlich ist! Für die Besten der Besten! Ich spüre dein Herz, es will sich damit messen! Es vermisst dieses alles fordernde Videospiel, dieses Spiel, das jedem Zocker am besten gefiel! Habe ich Recht oder ist dir jetzt schlecht?" Sie musterte Fart und bemerkte dessen gierigen Blick, der nicht mehr von dem Ding loskam. Da hielt sie ihm die Konsole entgegen und sagte: „Ein einziger Pfennig nur, greife zu! Gib das Geld und der Besitzer bist *du*!"

Fart kam aus dem Staunen nicht hinaus. „Abgefahren, Alter! Sieht genauso aus wie das Ding, dass mir letzte Woche von diesem Lurch abgezogen wurde! Wo hast du die her?"

Käthe spie: „Das, mein Junge, ist meine Sache! *Meine* Sache allein, Kleiner! Also was ist? Willigst du ein?"

„Aber sicher!" rief Fart und riss ihr – ZACK – die Konsole aus der Hand. Dann machte er sich auf den Heimweg.

Käthe schrie: „Bleib stehen, du Dieb! Meinen Pfennig, gib, *gib*, GIB!!!"

„Immer langsam mit den jungen Pferdchen!" stieß Fart sie sich vom Leib. „Erstmal will ich testen ob das Teil auch funktioniert! Warte einfach hier und wenn alles glatt läuft, dann bring ich dir irgendwann in den nächsten Tagen dein Geld vorbei!"

„Du mieser, fieser, diebischer Lump, sei auf ewig ungesund!" verfluchte ihn Käthe, erfuhr jedoch keinerlei Beachtung von Fart. Er war gerade außer Sichtweite, als sich ein bösartiges Grienen auf ihrem Gesicht ausbreitete. „Dieses Spiel stellt eine Gefahr schlimmer als der Teufel persönlich dar! Entscheidet er mit Weisheit, wen er darin einweiht? Wohl kaum, und so wird sein Leben zu einem unendlich leidvollen… *Alptraum*!!!" Ihr kreischendes Gackern erfüllte die Luft.

„Wünschte, der Frohsinn jener Person würde mich anstecken…" schnäuzte Alice traurig, als sie aus ihrem Fenster starrend ein Lachen in der Ferne vernahm.

Ihre beste Freundin Kathrin, die nach der Schule mit zu ihr nach Hause gekommen war, um ihr in jenen dunklen Stunden beizustehen, meinte: „Ach Alice, jetzt hör schon auf, deine Stirn in Falten zu legen! Erinnerst du dich nicht an das uralte Sprichwort unter uns Frauen? ,Nein ich brauche keinen Mann, solange ich mich reiben kann'!"

Der bemitleidenswerten Alice war nicht zu helfen. „Das reicht mir aber nicht mehr! Keine noch so zärtliche Hand kann Farts Teil ersetzen! Ich will ihn wieder, will ihn zurück!!! Aber er… interessiert sich überhaupt nicht mehr für mich… Nie mehr wird er mich berühren, nie mehr werde ich Glück verspüren…" Hoffnungslos brach sie in Tränen aus.

„Alice, jetzt hör doch mal…" versuchte Kathrin – vergebens! Alices Weinen war nicht zu übertönen und hielt sich viele Minuten. Schließlich platzte Kathrin der Kragen: „Du *Weichei*, dann such dir einen anderen Stecher, verdammt! Warum muss es ausgerechnet dieser Fart sein?! Zugegeben, er sieht ganz gut aus, aber der Typ interessiert sich doch überhaupt nicht für dich! Der ist doch nur scharf auf deinen Körper!"

Alice leierte: „Aber genau deshalb passen wir ja so gut zusammen! Oder glaubst du, dass ich mich für den Kram interessiere, den er betreibt?! Bestimmt nicht! Unsere Beziehung war so herrlich ehrlich! Welche Teufelei hat mich nur dazu getrieben, *ihm* etwas zur Seite zu stellen?!"

„Oh *Alice*…" vergrub Kathrin ihr Gesicht in den Händen. Wie konnte ihre Freundin nur derart beschränkt sein?! „Alice, was ist mit deinen eigenen Träumen? Mit dieser ,Friedarchie', von der du mir erzählt hast? Wolltest du nicht die Welt verbessern oder so?"

„Die Welt kann mich mal!" zickte Alice.

„Nichts da!" widersprach Kathrin gebieterisch, „Wir räumen jetzt diesen Schweinestall hier auf, und dann erneuern wir das Zeichen der Friedarchie an deiner Wand! Na los, beweg dich, wenn dir

10

deine Zähne lieb sind! Von jetzt an wirst du wieder *kämpfen*!" Wild schwang sie ihre Faust.

Alice blinzelte. „Du… du hast Recht! Und wenn wir fertig sind, rufe ich Fart an! Ja, *kämpfen* werde ich, und ihn zurückerobern!"

„Ich äh… meinte eigentlich…" begann Kathrin.

Alice richtete sich, von neuer Kraft gespeist, zu ihrer vollen Größe auf. „Du entkommst mir nicht, Fart! Oh nein! Ich krieg dich zurück, denn du bist der liebenswerteste aller Liebenswerten!"

Fart schrie ins Mikrofon: „Zum Raketenwerfer! Schnell! Diese Bastarde sind da alle auf einem Haufen! Lasst keinen am Leben!!!" In weniger als zwei Minuten würde das Match zu Ende sein, und ihr Clan, ‚R*tT€nfL€sH' genannt, war mit gerade mal *einem* Punkt in Führung.

„Welcher Raketenwerfer? Den oben oder den unten?" hörte er Olaf in seinem Kopfhörer.

„Den unteren! *Unten*!" erteilte Fart hastig die erwünschte Information. Ihn selbst hatte man gerade an jener Stelle gefragt, doch er wurde direkt am Ort des Geschehens respawnt.

Vor ihm lief Olaf mit einer Railgun bewaffnet und feuerte einen konzentrierten Energiestrahl – TSCHJIUNNG – direkt in die Reihe der Gegner, wobei der Strahl so stark war, dass er sämtliche Körper durchdrang. Für zwei war das mehr, als sie vertragen konnten, sie hatten bereits zuviel Energie verloren und zersplatterten nun – SPLÄSCH – zu einer riesigen Menge Blut und Fleischklumpen. Eines der Opfer hinterließ einen Raketenwerfer, den Fart sich schnappte um den restlichen Gegnern in den Rücken zu fallen. Mit schadenfroher Vorfreude im Bauch stürmte er vorwärts, zielte und… DRRING – klingelte plötzlich sein Telefon! Damit hatte er sowenig gerechnet, dass er vor Schreck eine Rakete abfeuerte. WUSCH – flog sie direkt auf Rake zu und – PRATSCH – zerfetzte ihn; das würde einen Minuspunkt für ihr Team geben!

„Bist du bescheuert? Pass doch auf, Mann!" rief Rake.

„Mein verdammtes Telefon klingelt!" schrie Fart.

„Telefonieren kannst du später, verflucht!" gab Rake wütend zurück.

Fart schielte ein paar Mal kurz zum Telefon rüber. Er durfte keine Sekunde des Spiels verpassen, denn jede einzelne konnte bei einem derart knappen Spielstand entscheidend sein. Mit einer – wie ihm schien – *übermenschlich* schnellen Bewegung griff er nach dem Hörer und klemmte ihn zwischen Schulter und Ohr um sofort wieder die Maus bedienen zu können. Da diese nur zum Umsehen und Schießen diente, konnte er bei der ganzen Aktion im Videospiel trotzdem in Bewegung bleiben.

„Hallo?" sagte er in den Hörer ohne es wirklich zu bemerken. Als Alices Stimme ein leises „Hi, ich bin's!" ertönen ließ, warf das Fart komplett aus der Fassung! Unfähig, sich weiter auf das Spiel zu konzentrieren, zog er sich aus dem Getümmel zurück, um den Gegnern wenigstens keinen Punkt zu schenken, wenn er schon keine für sein Team errang. Es war noch knapp eine halbe Minute zu spielen, und die F@r@Z waren inzwischen mit einem Punkt in Führung.

Rake herrschte Fart an: „Was zum Teufel machst du da? Versteckst du dich?"

„Was? Nein, ich versteck mich nicht!" rief er und lief wieder auf die Gegner zu.

„Wie bitte?" hörte Fart aus dem Hörer Alices verwunderte Stimme.

Fart stotterte: „Nein ich... meine nicht... ich... äh..." Dann wurde er von zwei Gegnern angegriffen.

„AHHH, Hilfe!" schrie er während er eine Rakete abfeuerte. Für seine Verhältnisse hatte er *schlecht* gezielt; einen der Gegner zerlegte es zwar, doch der andere stürmte weiter auf ihn zu.

„Alles in Ordnung?" hörte er Alice besorgt fragen.

„Ja... ich... bin... ich... äh…" Da ertönte der Countdown, der die letzten zehn Sekunden des Matches ankündigte, und Farts Clan lag noch immer einen Punkt hinten. Er war in einer Zwickmühle. Da waren zwei Sachen, die unbedingt hundert Prozent seiner Aufmerksamkeit benötigten, und wenn er versuchte, beides zu machen, würde er beides vermasseln. „Noch zehn

Sekunden!" schrie er und verballerte einen Schwall Raketen. Eine davon schlug direkt unter den Füßen des Gegners ein, wodurch dieser in die Luft geschleudert wurde, wo Rake ihm mit der Railgun den Rest gab.

„Gleichstand!" hörte er den erfolgreichen Schützen im Kopfhörer.

„Was?" fragte Alice.

Fart wünschte sich kurz, er hätte zwei Gehirne, doch dann erschien dort, wo das Blut niederrieselte, ein weiterer Gegner. Fart nahm ihn unter Beschuss, doch das Ziel wich seinen Raketen geschickt aus.

„OOOAHHH!" stöhnte Fart. Noch drei Sekunden, eine dunkle Stimme teilte es allen mit. Er hatte den Gegner genau im Fadenkreuz. Seine Maus knirschte gequält, als er mit aller Kraft die Schusstaste betätigte... KLACK! KLACK KLACK!!! VERDAMMT!!! Er hatte keine Munition mehr...

Der Gegner stürmte mit einer Shotgun auf ihn zu. Er kam extra nah heran, da die Shotgun auf Distanz an Wirkungskraft verlor.

Einen schrecklichen Augenblick lang erkannte Fart, dass er nun gefraggt werden und somit die Niederlage herbeiführen würde. „TÖTET IHN!" schrie er verzweifelt. Ihm blieb keine Zeit, die Waffe zu wechseln, und fliehen konnte er auch nicht. Er duckte sich einfach und sah den Gegner an, der nun über ihn triumphieren würde. Doch genau in dem Moment, in dem Fart den alles entscheidenden Schuss erwartete, hörte er eine Kreissäge aufheulen. BRATSCH – zersprang der Gegner sofort in seine Einzelteile und Körperflüssigkeiten. Unter der Blutfontäne erschien die Figur von Olaf, bewaffnet mit der immer noch rotierenden Säge.

„Das Einzige, das besser ist als ein Sieg, meine Herren, ist ein *grausamer* Sieg!" röhrte Olaf und Fart konnte sein hämisches Grinsen regelrecht sehen. Die Arme ausstreckend sprang er auf und jubelte. Dann verabschiedete er sich: „Leute, ich gehe offline! Alices Körper hat mich angerufen!" Er wollte sich wieder dem Telefonhörer zuwenden, der jedoch war ... nun ja, *nicht vorhanden*. Musste wohl beim Jubeln weggeflogen sein. Ach, egal! Er entschied sich, ohne weiteres Geplänkel bei ihr vorbeizuschauen...

„Na, das war ja mal ein seltsames Gespräch!" kommentierte Kathrin, während Alice verwirrt den Hörer beiseite legte. Sie hatte ihre Freundin beim Telefonieren genauestens beobachtet. Zuerst hatte diese erstaunt ausgesehen, dann besorgt und schließlich irritiert. „Was war denn los?"

Alice seufzte: „Es war alles ziemlich merkwürdig! Erst meinte er zu mir, er würde sich nicht verstecken! Dann stotterte er irgendwas, und plötzlich schrie er um Hilfe!"

Kathrin fühlte sich bestätigt: „Ich habe dir ja schon immer gesagt, dass dieser Freak nicht ganz richtig tickt..."

„Warte, es geht ja noch weiter!" fuhr Alice fort. „Als ich ihn dann gefragt habe, ob alles in Ordnung sei, hat er irgendwas von zehn Sekunden gesagt, keine Ahnung, was er damit meinte. Und als ich nachfragte, begann er zu *stöhnen*!"

Kathrin bekam große Augen. „Vielleicht musste er sich selbst berühren, als er deine Stimme gehört hat..."

Alice entgegnete: „Glaub ich kaum, denn daraufhin rief er lauthals zum Mord auf! Dann hat er gejubelt, und plötzlich war die Leitung tot!"

„PFF!" pustete Kathrin, „Der will sich nur wichtig machen, glaub mir! Am besten du *vergisst* ihn, der tut dir nicht gut!"

„Aber meinem Körper schon!"

„Benutz' deinen Körper lieber dazu, dein Zimmer weiter zu verschönern!" deutete Kathrin auf die Wandmalerei, die sie gerade produziert hatten.

„Vielleicht… vielleicht hast du Recht. Dieses Landschaftsbild von dir ist echt hübsch geworden!"

„Danke, aber bei deinem Friedarchielogo hast du dich auch selbst übertroffen! Strahlt richtig Kraft aus!"

Fröhlich und guter Dinge setzten die beiden Freundinnen ihr Schaffen fort.

Währenddessen suchte Fart draußen nach dem Klingelknopf. „Hat die immer noch keine Klingel oder was? Ist ja voll Low-Tech, Alter! Aus welchem Jahrhundert stammt die?" murmelte er. Schließlich wusste er sich nicht mehr anders zu helfen und klopfte einfach.

Alices Haustür – sie war etwas Besonderes! Im Gegensatz zu einer normalen Haustür blieb *diese* nämlich *nicht* in ihrer Verankerung, und so wurde Fart – RUMMS – derart schnell und hart unter ihr begraben, dass ihm nicht einmal Zeit zum Fluchen blieb.

„Oh nein, Fart! Ist dir etwas passiert?" ertönte die besorgte Stimme von Alice. So schnell sie konnte, nahm sie dem in den Boden gestampften Fart die Tür ab.

Der antwortete benommen: „Ich wurde von deiner Tür zerquetscht…"

Alice klang fast verzweifelt: „Das tut mir so leid! Alles noch dran?"

Fart raffte sich auf und schüttelte die Benommenheit ab. „Schon gut, ich habe bereits Härteres überlebt! Hast du zum Beispiel schon mal ,*Super Probotector*' auf Hard gespielt? *Das* ist *wirklich* schwer!"

Erleichtert nahm Alice seine Hand und führte ihn ins Haus. „Puh, ein Glück! Meine Haustür ist einfach zu blöd! Sie vergisst immer an welcher Achse sie sich drehen muss! Sei froh, dass sie nicht die obere genommen hat, sonst wärst du in Bagdad gelandet! Oder du hättest mich von der Decke abkratzen können!"

„Merkwürdig!" stieß Fart hervor.

„Was ist merkwürdig?" fragte Alice.

Fart erklärte: „Weißt du, aus Angst vor einer Indizierung haben die Entwickler von Super Probotector die menschlichen Spielfiguren durch Roboter ersetzt. Also nicht die *Gegner* die man erschießt, sondern die Figuren die man *steuert*!"

„Das ist echt eine seltsame Idee!" stimmte Alice zu. „Vielleicht denken die, dass Maschinen töten dürften, weil kein Leben durch ihre Glieder fließt?"

Fart wollte gerade noch den Originaltitel erwähnen, doch in ebendiesem Augenblick erreichten sie Alices Zimmer und da er mit Kathrins Anwesenheit nicht gerechnet hatte, erschreckte diese ihn immerhin halb so dolle wie die Hunde (*die* Hunde!!!) aus dem ersten Resident Evil 1. „Was macht *die* denn hier?!" rief er angewidert.

Kathrin spie: „Ja, ich freue mich auch dich zu sehen!"

Alice tanzte: „Wir streichen gerade mein Zimmerchen! Sieht es nicht hinreißend aus? Hey Kathrin, wir sind ein super Team!"

„Yeah, *Frauenpower*!!!" KLATSCH – schlugen die beiden ein.

Fart seufzte mitleidig: „Oh je, ihr Ärmsten! Es muss echt furchtbar sein, wenn man nichts Vernünftiges mit seiner Zeit anzufangen weiß…"

Während Kathrin aufgrund dieses Kommentars wütend knurrte, fragte Alice erstaunt: „Ja gefällt es dir etwa nicht? Schau dir doch mal allein Kathrins Meisterwerk an! Sie ist eine richtige Künstlerin!"

Fart betrachtete das liebevoll ausgestaltete Landschaftsbild und urteilte: „Hm… weit entfernt von cool! Aber keine Sorge, ich biege das zurecht!" ZACK – riss er Kathrin den Pinsel aus der Hand und kritzelte das Quake-Zeichen über ihr „Meisterwerk". „So, *jetzt* ist es cool!" meinte er zufrieden und steckte der hochroten Kathrin den Pinsel in den Ausschnitt.

„Voll lieb von dir, dass du auch mithilfst!" bedankte sich Alice.

Ungewollt klappte Kathrins Kinnlade herunter. Nein, der Alice war nicht mehr zu helfen! Sie war

13

diesem Pimmel *erlegen*… und zwar *hoffnungslos*!

Fart hatte sich derweil dem Friedarchielogo zugewandt. Misstrauisch musterte er diesen Mix aus Frieden und Anarchie. „Was soll das denn sein?"

Alice antwortete: „Es ist das Zeichen der *Friedarchie*!"

„Hm, davon habe ich ja noch nie gehört..."

Alice warf sich vor: „Oh, das war bestimmt mein Fehler! Hab's dir gegenüber wohl nie erwähnt. Also, bei *Friedarchie* handelt es sich um das gesellschaftliche Ideal, von dem ich tagtäglich träume! Mein innerster Kern, der mir sehr viel bedeutet!"

Kathrin fuhr Fart an: „Erst vor ein paar Tagen hast du dir für Alice die Friedarchie bewusst gemacht, du Trottel!"

Schroff erwiderte Fart: „Sorry, aber Dinge, die *niemanden* interessieren, kann ich leider nicht im Gedächtnis behalten! Muss wohl dem ‚Nicht-Speichern-Und-Ende-Syndrom' anheim gefallen sein!"

Bestürzt stieß Kathrin auf. Für eine solche Bemerkung hätte *sie* diesem taktlosen Bengel direkt eine mitgegeben!

Alice hingegen lächelte in Farts Richtung: „Ok! Reden wir über was anderes!"

Fart ächzte: „*Reden*?! Oh Mann, du gibst auch nicht auf, ehe ich mich zu Tode gelangweilt habe, oder? Na ja, *redet* mal, ich werde lieber ein wenig zocken!"

„Au ja!" klatschte Alice in die Hände und holte ihren Laptop herbei, „Ich kann dir meinen neuen Spielstand bei ‚Die Sims' zeigen!"

„Hast du dir etwa immer noch kein anderes Spiel besorgt?" gähnte Fart. Kaum ein Spiel ödete ihn so dermaßen an wie dieses! Es gab keine Action, die Reflexe erforderte, sondern man musste sich sozusagen Menschen *züchten*, und ein solches Spielprinzip lebte er schon zur Genüge an Alice aus. „Hm, irgendwie muss man doch mit diesem Spiel Spaß haben können! *Normale Leute* amüsieren sich doch *auch* damit…"

Kathrin schrie auf: „Du Geburt der Räudigkeit, Fart! Die ganze Zeit sagst du Sachen, die ihr schaden!"

„Hey Alice, mach, dass sie die Klappe hält!"

„Halt die Klappe, Kathrin!"

„A-aber Alice…"

Fart wandte seine Aufmerksamkeit dem Bildschirm zu, welcher ein Haus von innen mit einigen darin herumlaufenden Figuren darstellte. Vor seinem inneren Auge ließ er Monster aus den Schränken springen und die Figuren zerfetzen, wodurch seine Fressleiste ein bösartiges Lachen entfesselte!

Alice beendete inzwischen ihre Antwort auf Kathrins Einwand: „…und genau deshalb kannst *du blöde Kuh* nach Hause gehen! Hach Fart, du hast so ein *schönes* Lachen! Siehst du? Jetzt macht es dir *doch* Spaß! Schau mal, wie ich die Wohnung meiner neuen Sims eingerichtet habe! Und erst das neue soziale Netzwerk! Einfach Großartig! Tollste Freunde und liebste Verwandte…"

„Gib mal her, ich zeig dir jetzt, wie man dieses Spiel *wirklich* spielt!" sagte Fart und übernahm die Kontrolle. Schnell hatte er einen kleinen Raum gebaut, den er mit billigem Teppich auslegte. Dann lockte er die Bewohner in dieses Zimmer. Als alle versammelt waren, verkaufte er die Tür, stellte dafür einen großen Ofen in die Mitte und wartete, wie sich die Dinge entwickeln würden.

Kurz darauf wurde seine Geduld belohnt: der Teppich fing Feuer, und schon waren die Figuren nur noch Urnen. „Das hätte man ruhig detaillierter darstellen können!" kritisierte Fart unzufrieden und baute wieder eine Tür ein, um trauernde Freunde und Verwandte anzulocken.

Alice stand unter Schock. „Bitte nicht auch noch sie… bitte verschone sie…" bat sie leise zitternd. Doch zu spät! KLICK – die Tür war weg. KLICK KLICK – neuer Teppich und Ofen waren da.

Die Urnen ließen nicht lange auf sich warten.

Fart lachte. „Jetzt hast du ein Krematorium neben dem Badezimmer!"

Alice stöhnte: „Dazu ist das Spiel aber nicht gedacht…"

Heftig hob Fart den Zeigefinger: „Ein Spiel darf nicht dich beherrschen, *du* musst der Herr des Spieles sein!" (KLICK – und schon war der Spielstand gespeichert)

Alice war beeindruckt. „Wow, so was kannst du? Ich frage nur, weil du Samstagnacht noch meintest…"

„AHHH!" schrie Fart. „Erinnere mich bloß nicht daran! Das war *grausam*! *Entsetzlich*!!!"

„Also ich fand es äußerst lehrreich…" widersprach Alice.

„Sag ich doch!" heulte Fart.

Das konnte Alice nicht nachvollziehen. „Was findest du so schlimm am Lernen?"

„Na es wird einem immer auf dem Tablett der Langeweile serviert!"

„Aber mach dir doch mal klar, wie cool zum Beispiel *Wissenschaften* drauf sind: die Natur schmeißt uns immer wieder irgendwelche Wunder entgegen, um uns zu imponieren, doch wir betreiben einfach ein bisschen Forschung und zack: sind die vermeintlichen Wunder entschlüsselt und ihrer Magie beraubt. Als würde man einer schönen Frau den Rock runterziehen! Dabei werden die neuen Entdeckungen detaillierter, klarer und doch interessanter, weil komplizierter!"

„Und langweiliger! Puh, Alice, sorry, aber ich bin echt schwer angeödet! Ich gehe nach Hause! Vielleicht kann mich ein *richtiges* Videospiel wiederbeleben! Uff, mich hat's wirklich böse erwischt…"

„Oh Fart, das tut mir schrecklich leid…"

„Lass stecken, bin's ja von dir gewohnt. Also, bis morgen in der Schule. Müssen da ja hin. Leider…" Damit verließ er den Raum.

Alice fluchte: „Ach Mist, jetzt ist er weg und ich muss wieder mit dieser Kathrin vorlieb nehmen!" Zu der drehte sie sich nun um: „Hey, *Frauenpower*!"

„Frauenpower am *Arsch*!" verschränkte Kathrin beleidigt ihre Arme.

„Wer hat *dir* denn die Suppe versalzen?"

Fassungslos blinzelte Kathrin: „Na… na *du*! Eben gerade!!! Erinnerst du dich? ‚Blöde Kuh' und so…"

„Jetzt sei doch nicht so empfindlich! Ich mag es nun mal nicht, wenn du was gegen Fart sagst! Zeig lieber etwas Dankbarkeit! Schau, wie sehr er dein Gemälde verschönert hat…"

„Jetzt reicht's! Ich habe die Schnauze voll…" Wütend begann Kathrin, ihre Sachen zusammen zupacken.

Alice hielt sie zurück: „Jetzt warte mal! Ich weiß überhaupt nicht, wo dein Problem liegt… Wir sind doch *Freundinnen*! Und Freundinnen streiten halt manchmal…"

„Mein Problem, ok, ich erklär's dir: du bist der totale Sklave von Fart! Und das obwohl du offensichtlich nur nach seinem Glied trachtest! Wieso tauschst du ihn nicht gegen ein Glied aus, dessen dazugehöriger Körper nett ist und Anstand hat? Warum lernst du nicht jemanden Neues kennen?"

„KENNEN?!?!" kreischte Alice entsetzt.

„W-was ist denn jetzt los?!" blinzelte Kathrin verwirrt.

Verkrampft suhlte Alice sich am Boden und weinte: „*Niemand* kennt *irgendwen*!!! Glaub mir, ich habe es *gesehen*! Schon allein wegen 8 und 3…"

„Bitte Alice, so komm doch klar…"

„Komm DU doch klar! ‚Jemanden *kennen*'! Pah! Man kann keinen *kennen*, denn unsere Winkel sind verschieden! Warum also überhaupt *versuchen*, jemanden zu ‚kennen'?! Nein, ich bleibe bei Fart. Da weiß ich woran ich bin…"

15

„Kein Plan, wie du immer auf solche Gedanken kommst, und deine Begründung kapier ich auch nicht. Ich nehme an, dass du einfach einen üblen Schaden im Kopf hast, und deshalb lass dir gesagt sein, dass ich immer für dich da bin. Du geplagtes Mädchen, du!" Voller Mitleid half Kathrin ihrer Freundin wieder auf die Beine.

„D-danke…" stotterte diese und presste ihre Stirn ans Fenster. „Weißt du, manchmal… zieht es mich irgendwie fort von hier. Dann will ich alles hinter mir lassen und… ferne Orte erkunden. Wissen, wie es sich woanders lebt. Warum alles so ist, wie es ist…"

Kathrin klopfte ihr auf die Schulter: „*Das* klingt schon viel eher nach deinem wahren Selbst!"

„Stimmt, du *nervst*!" hörte Alice Farts Stimme in ihrem Kopf, weshalb sie traurig zu dem Schluss kam: „Das muss ich mir abgewöhnen, sonst krieg ich Fart *nie* mehr wieder. Ob er gerade an mich denkt? Ob er mich jetzt doch vermisst?"

Nein tat er nicht, denn er hatte mal wieder das gute alte Super Probotector ausgekramt, und war begeistert darüber, wie verflucht gut er war! Nach dem Abspann wollte er sich ins Bett begeben, stolperte jedoch auf dem Weg dorthin über diese wunderliche Konsole, die noch immer ein seltsames buntes Glühen ausstrahlte. Stimmt, das Ding wollte er ja eigentlich auch noch ausprobieren! Aber anderseits…

„Morgen, morgen, nur nicht heute…" duselte er ohne weitere Aktivitäten ein.

Level 3: Mittwoch

„Olaf? Ich möchte dir hiermit noch einmal persönlich zu deinem Move von gestern Abend gratulieren! Das war der Oberhammer!" Rake streckte Olaf gespielt förmlich seine Hand entgegen. Es war Pause und sie standen wieder bei den Müllcontainern, wo Olaf heute der Held des Tages war. Fart, der irgendwie abwesend wirkte, wurde von Rake gefragt: „Und, hast du den Willen deiner Alten erfolgreich gebrochen?"

Fart nickte: „Yeah, hab' sie ordentlich schmoren lassen! Schätze, jetzt ist sie gar – Zeit für die Ernte!"

Kopfschüttelnd riet Olaf ab: „Warte lieber, bis sie alt und reich ist!"

Rake lachte, während Fart davon hastete, um Alice zu finden.

Im Raum des Französischkurses erzählte Kathrin gerade: „*Vier* Stunden stand ich in der Küche, um ihm die Mahlzeit seines Lebens zu kochen! Und weißt du, wie er sie nach dem Probieren beurteilt hat?"

Alice schüttelte den Kopf: „Sag's mir!"

„Völlig ernst meinte er: ,Nicht schlecht… wird dieser Fraß jemals werden, denn bei *diesem* Geschmack werden ihn selbst Schimmelpilze meiden! Eigentlich hättest du mir das Zeug im Trog servieren müssen!' Bastard, oder?"

„Also ich find's total romantisch, dass er so ehrlich zu dir war…"

„Und genau dort unterscheiden wir uns, Alice! Ich hätt's romantisch gefunden wenn er mal nicht nur an sein eigenes Wohlbefinden gedacht und stattdessen meine Mühe anerkannt hätte…"

„Im *Ernst*?! *Das* findest du romantisch? Ist das nicht einfach nur… *Heuchelei*?" Sie wollte gerade nach ihrer dunkelblauen Jacke greifen, musste jedoch feststellen, dass diese nicht mehr über ihrer Stuhllehne hing. „Nanu, wo ist…"

„Wenn sie gestatten, Ma'am?" hielt Fart ihr das Kleidungsstück entgegen.

„Oh, äh, d-danke schön…" schlüpfte Alice hinein.

„Und, was treibt ihr so?" erkundigte sich Fart.

Alice lächelte: „Wir haben gerade Französisch gemacht!"

Fart blickte sie versteinert an. Gequält quetschte er ein „Mit... *deinem Lehrer*?" heraus, woraufhin Alice ihn verständnislos ansah und sagte: „Nein, mit *allen* natürlich!"

Fart wäre in diesem Moment gerne *irgendwo* auf der Welt gewesen, nur nicht hier. Warum fühlte er sich bloß derart hilflos? Irgendwas lief hier furchtbar schief! Noch immer hatte sie Interessen neben ihm, und das ging gar nicht klar! Wie konnte es bloß dazu kommen? Er hatte ihr doch jedweden Kontakt zu seinem Ding verweigert... Eigentlich müsste sie nach seinem Körper lechzen als ob es kein Morgen gäbe! Stattdessen nahm sie mit diesem hässlichen Lehrer und diesem noch hässlicheren Kursus vorlieb... Schande! Das Glas der Hoffnung rutschte aus seiner Hand, KLIRR, Scherben des Leids verteilten sich über den Boden und er wälzte sich darin, bis seine Haut von den Splittern abrasiert war...

„Fart, was... *was machst du da*???" fragte Alice verwirrt während Fart am Boden zur Tür rollte.

„Schmach und Pein sind in mir entkeimt, nun bleibt die Einsamkeit meine Heimat..." wimmerte er und stahl sich davon.

Alice wischte sich eine Träne der Rührung aus den Augen. „Siehst du, Kathrin? Er kommt alleine auch nicht zurecht, er *braucht* mich!"

„Also war sein Desinteresse wirklich nur vorgetäuscht! Genau wie ich's dir gesagt habe: nichts als Balzgehabe!"

Anstatt Kathrins Worte zu beachten, hechtete Alice aus dem Raum um Fart einzuholen. Leider war von ihm weit und breit nichts zu entdecken...

Tatsächlich befand er sich nämlich bereits auf dem Weg nach Hause. Völlig zerstört hinkte er die Straße entlang, erfüllt von qualvollen Gedanken der Hoffnungslosigkeit! Hatte er zu hoch gesetzt und nun sein wertvolles Blatt verspielt? Würde er im Angesicht eines solchen Fehlers sein Dasein länger ertragen können? Nein, es gab keine Hoffnung! *Er musste fliehen*!!! Fort von ‚hier', fort von ‚dort', hinein in einen anderen Ort...

Endlich zu Hause. RUMMS – Zimmertür zu! Und jetzt schnell in eine andere Welt! Doch in welche bloß? Es gab so viele; D***? Nein, zu komplizierter Levelaufbau! Oblivion? Nö, denn dermaßen viele Logik- und Übersetzungsfehler passen auf keine Kuhhaut! H******? Nicht doch, viel zu wenig Munition ab Episode „Hell's Maw" auf „Black Plague Possesses Thee"!

Moment mal, da war ja noch die Konsole dieser ekligen Käthe! Yeah, das Spiel auf jener Konsole war genau das Richtige!

TACK – schaltete er das merkwürdige Gerät ein. Es begann zu summen und das knarrende Geräusch einer sich öffnenden Tür ertönte. Das pulsierende bunte Glühen wurde stärker. Der Titelbildschirm erschien; hurtig „Spielstand laden" ausgewählt, und schon leuchtete eine ganze *Liste* Spielstände unbekannten Ursprungs auf. Fart vermutete aufgebracht: „Ich wette, die gehören diesem Torfstecher, der mir das Ding hier letzte Woche geklaut hat! Na warte, Freundchen..."

„Spielstand wirklich unwiderruflich löschen?" fragte die Konsole kurz darauf nach.

„Na sicher, was denn sonst?!" rief Fart. Ungeduldig stellte er fest, dass er nur einen einzigen Spielstand anwählen durfte; es würde *ewig* dauern, jeden einzeln ins Nichts zu verbannen! KLICK.

„Spielstand wird gelöscht..." tat das Spielmenü kund.

SURRRRRR – „AHHHH!!!" Was war das?! Fart fühlte sich plötzlich, als hätte man ihn in eine Autopresse gesteckt! Seine Sicht durchlief sämtliche Farben, während es ihn irgendwie... *nach hinten* zog. RUMMS – schlug er mit dem Hinterkopf auf dem Boden auf. Blinzelnd blieb er ein Weilchen liegen...

„Uff!" keuchte er schließlich. Du liebe Güte, was war das denn für ein Anfall? Ob der vom ganzen Stress herrührte? Fart schämte sich! Dass er sich von dieser Alice derart fertig machen ließ – nein!

So nicht! Ruckartig raffte er sich wieder auf und richtete seine Konzentration auf das Wesentliche: in seinen Händen lag ein Gamepad, vor ihm stand ein Fernseher, und er wusste, was zu tun war! „Spiel laden, verdammt!" KLICK!

„Fehler! Bitte Spielstand oder Spieler wechseln!" durchkreuzte das Menü sein Vorhaben.

„WAAAS?! *Lad*', du Sau!!!" KLICK!!! Was zur Hölle sollte dieser Unsinn?!

Das Spiel quittierte seine Wut mit einer weiteren Meldung: „Spielstand für aktiven Spieler nicht gefunden. Neues Spiel starten?"

Fart fühlte sich vor den Kopf gestoßen. Hatte sich die ganze Welt gegen ihn verschworen? Selbst dieses Stück Technik wollte ihm Ärger machen... „Na schön, dann halt ,Neues Spiel', du verfluchtes…"

„Neues Spiel wird gestartet…"

Beim nun erscheinenden Bild verflog Farts Zorn. „Wow, diese Grafik ist aber auch *hyperfettgeil*!" Das Spiel war aus der Ich-Perspektive zu steuern, und es startete in einer Steinhöhle. Mittig brannte ein Lagerfeuer, welches die wundervollsten Lichteffekte an den Wänden tänzeln ließ, die er jemals in einem Videospiel gesehen hatte. Beim Anblick des Feuers selbst quadrierte sich seine Begeisterung: es sah absolut realistisch und glaubwürdig aus. Er konnte einen Ast herausnehmen und diesen als Fackel benutzen. „So schön kann das nicht mal in Wirklichkeit aussehen..." murmelte er verträumt vor sich hin.

Da fielen ihm sechs voll gefüllte Energieleisten auf. Grün, Hellblau, Dunkelblau, Pink, Rot und Gelb. Fart stieß auf: „Oh yeah, diese Balken zeigen mir meine… meine… äh… mein *Irgendwas*. Genau!" Anstatt sich darüber weiter Gedanken zu machen, begann er lieber, die Höhle zu erforschen. Schließlich entdeckte er einen kleinen düsteren Gang, der offensichtlich den einzigen Ausweg darstellte. Vorsichtig schlich er ihn entlang, ungeduldig auspustend: „Absturz, Alter! Kein Ende in Sicht! Einen Preis für Kreativität werden die Leveldesigner dafür nicht bekommen!"

QUIIIIK – hallte es plötzlich vor ihm in der Dunkelheit. Der schrille Ton wurde lauter, bis der leichte Umriss einer koboldhaften Gestalt zu erkennen war. Reflexartig betätigte Fart den Feuerbutton. Zu spät fiel ihm ein, dass er ja noch gar keine Waffe bekommen hatte… und schaute verärgert zu, wie seine Spielfigur den brennenden Ast in Richtung der Gestalt warf, wobei das Feuer beim Flug erlosch. Der pinke Balken verkleinerte sich, dafür erschallte aus der Dunkelheit das Geräusch von Holz, das Fleisch durchbohrt und einem Körper, der zu Boden fällt. Eine Mitteilung erschien – „LIGHT MY FIRE – STYLE BONUS!!!" – während die pinke Energieleiste wieder ein kleines Stück größer wurde. Dann stand er in absoluter Düsternis.

Blind ging er weiter und erschrak, als wieder so ein Quieken ertönte, noch dazu direkt neben ihm. Schnell die Feuertaste gedrückt und – PAM PAM PAM – war zu hören, wie seine virtuelle Faust auf einen Körper einprügelte. Anschließend ertönte das Spritzen und Niederrieseln von Flüssigkeit, und wieder erschien eine Mitteilung: „USE YOUR FIST AND NOT YOUR MOUTH – BONUS!!!"

Fart fluchte vor sich hin: „Ich muss aus diesem verdammten Gang raus! Oder ich bräuchte so was wie eine Taschenlampe…"

Er stockte; mit einem Mal sträubten sich ihm die Nackenhaare! Eine… *Urangst* hatte ihn ergriffen! Er fühlte sich, als hätte man ihn an einen weit entfernten, abseits liegenden Ort verschleppt, als hätte man ihn aus seinem Leben gerissen, als sei ihm der Boden unter den Füßen gestohlen worden! Käsebleich flüsterte er: „Was ist mit mir los?"

Verstohlen blickte er sich um. Es war nachmittags, er saß in seinem Zimmer vor dem Fernseher und hatte die Sonne mit den Jalousien ausgesperrt, um das Bild auf dem Fernseher besser erkennen zu können. Nur durch kleine Löcher drangen vereinzelte Sonnenstrahlen von draußen herein, reflektiert von herumfliegendem Staub. Eigentlich war doch alles so, wie immer...

KRRT RSCH…

Er fuhr herum. War da etwas? Ein Rascheln und Knistern? Da hinten in der dunklen Ecke neben der Tür?

Behutsam legte er den Controller beiseite, ohne die Ecke auch nur einen Moment aus den Augen zu verlieren. Er stand auf, tastete sich zur Schnur mit der man die Jalousie hochrollt, und… „RAHHH!!!" – als das Tageslicht ins Zimmer strömte, blieb ihm vor Schreck beinahe das Herz stehen!

In der Ecke stand ein roter Kobold, der verwirrt in den grellen Schein der Sonne blinzelte und mit der Hand das Licht von seinen Glupschaugen abschirmte. Er war ungefähr einen Meter groß und abgesehen von einem nassen Lappen um seiner Taille, der wohl auch als Windel diente, war er nackt. Dieselbe Funktion wie dieser Lappen nahm nun auch Farts Unterhose ein, denn als die Kreatur ihn entdeckte und ihn erschreckend laut anfauchte, verlor er die Kontrolle über seinen Verdauungsapparat.

Farts Angstschrei erfüllte die Luft als sich plötzlich die Tür öffnete. BRATSCH – wurde der Kobold zwischen dieser und der Wand eingequetscht! Entsetzt beobachtete Fart, wie grünes Blut hinter der Tür hervorspritzte, das dann an der Wand herunter lief und sich in Lachen am Boden sammelte. Gleichzeitig erschien, akustisch untermalt mit dem Klingeln einer Kasse und dem Klimpern von Kleingeld, ein gelbes Schild vor seinen Augen auf dem in schwarzer Schrift stand: „WONDERWALL - STYLE BONUS!!!". Daraufhin verzerrte sich seine Sicht und er war unfähig, auch nur seine eigene Hand vor Augen zu sehen.

„Hier, ein Anruf für dich!" hörte er auf einmal eine Stimme, die zu leiern schien, als würde man sie von einer defekten Kassette abspielen. Fart vermutete, dass es sich um seine Mum handelte, die ins Zimmer gekommen war, um ihm das Telefon zu geben. „Reiß dich zusammen!" fuhr er sich innerlich an, denn wenn seine Eltern mitkriegten, dass er schon wieder einen Anfall hatte, würden sie ihn bestimmt bald zurück ins Irrenheim schicken.

Er kam nicht klar, konnte nichts erkennen, vernahm ächzende Geräusche, die wie Flummis durch seinen Schädel hüpften, aber schaffte es dennoch irgendwie, seine Hand auszustrecken um den Hörer entgegen zu nehmen. Und dann war es vorbei…

Fart blinzelte. Sein Zimmer war wie immer. Kein Kobold, kein Blut. Stille. In seiner Hand das Telefon. Er schlug sich gequält gegen die Stirn; hatte er sich das alles etwa nur eingebildet? Schmerzhaft wurde ihm bewusst, dass das Malheur in seiner Unterhose auf jeden Fall echt war. Zitternd legte er sich den Hörer ans Ohr: „J-ja? Hallo?"

„Hi, ich bin's, Alice, dein allerliebster Schatz!"

„M-mein… *Schatz*?" Fart war mit der Situation hoffnungslos überfordert; noch vor einem Augenblick hatte er einen Kobold in seinem Zimmer gesehen und sich deshalb in die Hose gekackt…

„Fart? Bist du noch dran?" fragte Alice.

„Äh… j-ja… W-wer ist da noch mal?" – *In die Hose gekackt*!!!

„Na ich, Alice, deine wunderhübsche Freundin!"

„Ach, wunderhübsch bist du also?"

„Aber sicher! Was machst'n grad?"

„Ich habe gerade… äh… bin gerade… äh… auf Toilette!" Innerlich trat er sich selbst in den Hintern. Hätte er sich angesichts dieser Frau nicht etwas Besseres einfallen lassen können?

Alice klang erstaunt: „Deine Mutter bringt dir das Telefon, während du auf dem Klo bist?"

In diesem Moment kam Fart ein Gedankenblitz der vermeintlich *perfekten* Antwort: „Nur, wenn der Anrufer ein Traum von einer schönen Dame ist!" In seinem Kopf zeigte er sich selbst beide Daumen. Verdammt, war diese Antwort charmant gewesen! Einfach unglaublich! Und unwiderstehlich!

Doch als er aus seiner Selbstzufriedenheit erwachte, musste er feststellen, dass er Alices Reaktion verpasst hatte. Hatte sie gelacht oder war sie ruhig geblieben? Er schwieg einfach, bis Alice schließlich sagte: „Du brauchst mir gar nichts mehr zu erzählen, ich *weiß* was du empfindest! Du brauchst mich, und ich brauche dich!"

„Äh... o-ok..."

„Willst du nicht einfach vorbeikommen? Würde mich sehr freuen..."

„J-ja, o-ok... Äh... wo wohnst du noch mal?"

Alice klang erstaunt: „Aber Fart, das weißt du doch! Warst doch schon voll oft bei mir..."

„Ich... äh... bin gerade ein wenig... äh... *neben der Spur...*"

„Ja Fart, geht mir ähnlich! Das zwischen uns ist was wirklich Ernstes, da kann man schon mal den Kopf verlieren! Also, pass auf..." Sie beschrieb den Weg, dann verabschiedeten sie sich mit einem herzlichen „Bis gleich!".

Fart wollte das Haus gerade durch die Vordertür verlassen, als er plötzlich innehielt. Mit dem Handrücken wischte er sich imaginären Schweiß von der Stirn: „Puh! Gut, dass mir *das* noch eingefallen ist!" Bestürzt stellte er sich die Situation vor, in seinem jetzigen Hygienezustand bei Alice aufzukreuzen – zu einem Rendezvous erscheint man besser in *sauberer* Unterwäsche! Also schnell so ein paar zusammengeklebte Zettel zwecks Poreinigung vom Boden aufgelesen, und dann flugs ins Bad...

„Wenn du willst, leihe ich dir *Die Sims* mal aus!" bot Alice Fart an.

Seit er bei ihr eingetroffen war, hatten sie sich wieder über Videospiele unterhalten. Alice hätte gerne über andere Themen gesprochen, doch sie fand einfach keine Möglichkeit, das Gesprächsthema umzuleiten – nicht zuletzt weil Fart sich für nichts anderes zu interessieren schien.

„Danke!" nahm er ihr Angebot an. Er freute sich darüber sehr, denn so würde es nun etwas geben, das sie verband. Er könnte immer über *Die Sims* mit ihr sprechen!

Alice verlangte es nach einer romantischeren Atmosphäre. Draußen war es bereits dunkel geworden und das grelle elektrische Licht störte sie. Während sie aufstand, um zum Lichtschalter zu gehen, sagte sie: „Zündest du die bitte an?" Sie deutete auf den Tisch. Neben einem kleinen Kunstwerk von Kerzen lag eine Packung Streichhölzer.

„Klar!" sagte Fart und nahm die Packung.

Alice wollte gerade den Lichtschalter drücken, als ein lauter Schrei von Fart sie umfahren ließ. Zutiefst erschüttert blickte sie in seine Augen und erkannte ein Entsetzen darin, das sie noch nie zuvor bei einem Menschen gesehen hatte. Warum starrte er ihr bloß die ganze Zeit auf den linken Busen? Ihr drehte sich förmlich der Magen um, als sie mit ansehen musste, wie sich Farts ängstliche Miene in eine abscheuliche Maske der Wut verwandelte. Mit ihrem Arm schützte sie ihr Gesicht, denn sie wurde von ihrem brüllenden Freund mit dem flammenden Streichholz beworfen! Dieses landete vor ihr auf dem Teppich und würde einen Brandfleck hinterlassen. Bestürzt hielt sie sich die Hand vor den Mund und kreischte.

Auf einmal veränderte sich Farts Verhalten. Verwirrt blinzelte er Alice an und stotterte: „Ich... ich... ich muss jetzt sofort... gehen... es... es tut mir unglaublich leid... wirklich! Ich werde es dir noch erklären, aber nicht jetzt, denn ich *muss* jetzt gehen... entschuldige..."

Ohne weitere Worte hastete er an ihr vorbei. Sie lief ihm bis zur Haustür nach und sah, wie seine Silhouette wie von der Tarantel gestochen am Horizont verschwand.

Alice runzelte die Stirn und ging in ihr Zimmer zurück. Dort rümpfte sie die Nase – irgendwie hing hier ein ekliger Geruch in der Luft! Sie blickte dorthin, wo Fart gesessen hatte und meinte, etwas Unglaubliches entdeckt zu haben. Behutsam näherte sie sich ihrer Entdeckung und fand schließlich einen nassen Fleck auf dem Sofa. Sie blickte auf den Teppich – dort war ein weiterer Fleck, und es führte eine ganze Spur von Flecken zur Tür. Langsam näherte sie sich dem Sofafleck – ihre Neugierde wurde mit Urinpartikeln belohnt. Sie würgte.

Kathrin runzelte besorgt die Stirn, als sie Alice ansah. Seit ihre Freundin bei ihr eingetroffen war, hatte sie nur dagesessen und ihr Gesicht mit den Händen bedeckt. Kathrin konnte nicht abschätzen, ob sie lachte oder weinte und forderte deshalb: „Nun erzähl mal, was los ist!"

Alices Augen waren stark gerötet und wässrig als sie radebrechte: „Fart... Fart... er... er ist... er hat..."

„Nun sag schon!"

Alice blickte Kathrin fest in die Augen und stotterte: „Er... er ist nicht stubenrein! Er hat in meinem Zimmer sein Geschäft verrichtet!"

Kathrin erwiderte den festen Blick: „Mit Absicht oder aus Versehen?"

Alice runzelte die Stirn. Ihr ging es nicht in den Kopf, wie ihre Freundin bei einer solchen Mitteilung derart gefasst bleiben konnte. „Ich weiß nicht", sagte sie und beschrieb, was geschehen war, wobei sie sich steif gegenüber saßen und in die Augen schauten.

„Das ist natürlich eine sehr ernste Situation... aber entschuldige mich bitte kurz, ich muss mal aufs Klo! Ja, ich bin Fart weit voraus!" sagte Kathrin und stand auf ohne eine Miene zu verziehen.

Alice sah ihr misstrauisch hinterher. Irgendwie war das Verhalten ihrer Freundin gerade seltsam, und so folgte sie ihr auf die Toilette. Kathrin hatte die Tür nicht abgeschlossen und Alice öffnete sie leise – bei dem Anblick, der sich ihr nun bot, wurde sie wütend! Ihre Freundin lag mit Klamotten in der trockenen Badewanne und schien fast zu ersticken vor Lachen.

„Was soll das denn jetzt?" herrschte Alice sie an, doch nicht einmal jetzt konnte Kathrin aufhören, zu lachen: „Ent... Entschuldigung! Aber... er... er hat... er hat..." Sie schüttelte sich vor Vergnügen und konnte beim besten Willen kein einziges Wort mehr hervorbringen! Die Geräusche, die sie dabei von sich gab (einem Meerschweinchen nicht unähnlich) ließen Alices Wut wie eine Seifenblase zerplatzen. Irgendwann bekamen beide Bauchschmerzen vor Lachen.

Nachdem sie sich wieder gefangen hatten, meinte Kathrin überraschend ernst: „Er sah dich also *wütend* an. Die Frage lautet: wieso?"

Alice berichtigte: „Du hast das *Entsetzen* vergessen! Vor der Wut kam das Entsetzen!"

Kathrin nickte. „Richtig! Und dann folgte der Übergriff mit dem Streichhölzchen. Wieso er dich wohl in Brand stecken wollte? Hat er dich mit einer Hexe verwechselt?"

Alice meinte nur: „Du hättest diese Angst in seinen Augen sehen sollen! Doch woher kam sie? Woher dieses Entsetzen in seinem Gesicht? Und danach diese abscheuliche Maske der Wut... Was war bloß los mit ihm?"

„Ist dir, außer dass Fart ängstlich und wütend war, noch etwas aufgefallen?" fragte Kathrin.

Alice kramte in ihrem Gedächtnis. „Er wurde wütend als er... als er... *auf meine linke Brust starrte*! Ja! Das ist es!"

„Aha!" rief Kathrin. „Dann ist sie ihm vielleicht zu klein!"

Alice entblößte ihre linke Brust und überlegte: „Meinst du wirklich?"

„Darf ich sie mal anfassen?" fragte Kathrin.

Alice nickte. „Aber freilich, ist doch das normalste auf der Welt, wenn wir Frauen unter uns sind!"

Innig liebkoste Kathrin Alices linken Busen und fragte: „Würdest du sie bitte mit warmer Honigmilch begießen?"

Alice nickte. „Selbstverständlich, warte, ich hol' schnell welche!"

Kathrin nahm die warme Honigmilch erst zärtlich sanft, und anschließend von wilder Leidenschaft getrieben zu sich, bis sie erschöpft hauchte: „So süß wie die Milch der Milkakuh! An deiner linken Brust kann es wahrlich nicht liegen! Sie ist fantastisch! Wenn die andere auch so ist… boah, dann hat die Person mit dem Kopf dazwischen erstmal keine Sorgen mehr!"

Alice kratzte sich am Kinn. „Aber vielleicht *steht* Fart ja auf Sorgen!"

Kathrin vollzog nach: „Du meinst, er wollte dich in Brand stecken, damit er um dich besorgt sein kann?"

„Möglich wär's, hat es alles schon gegeben! Doch anderseits… nein, irgendwie passt das nicht zu ihm…"

„Wie kannst du dir da so sicher sein? Abgesehen von seinem Ding kennst du ihn doch kaum…"

Alice winkte ab. „Du warst nicht dabei! Wenn du seinen Blick gesehen, nein *gefühlt* hättest, dann… ich weiß nicht… mir war, als hätte er in mein tiefstes Inneres geschaut… ich weiß ja selbst nicht, wie es dazu kommen konnte, doch irgendwie gelang es ihm, eine Tür zu meinem Herzen zu öffnen! Ich glaube… ich glaube das zwischen uns ist was wirklich *Ernstes*…"

Kathrin sah sie verträumt an. „Du meine Güte, langsam begreife ich, was du meinst! Wenn er so aufgeregt ist, dass er sich selbst benässt, dann scheinst du ihm echt eine Menge zu bedeuten! Etwas derart Romantisches soll mir auch mal passieren… Am besten, du sagst ihm genau das, was du mir gerade erzählt hast!"

Alice schien nervös zu werden. „Bist du dir sicher? Was wenn er…"

Kathrin fuhr auf: „Quatsch nicht! Wenn es wirklich ernst ist, dann darfst du keine Zeit verschwenden! Sonst ist es möglicherweise zu spät!" Als sie sah, dass Alice immer noch zögerte, fügte sie an: „Hey, über so etwas Nettes *muss* er sich doch freuen, oder nicht?"

Alice nickte zaghaft. „Wahrscheinlich hast du Recht… Fart hatte sicherlich nur diese Angst, weil auch er dieses Ernste spürte!"

„Genau! Und weil er damit nicht umgehen konnte, wurde er wütend! So wütend, dass er sich eingepisst hat!"

Jetzt nickte Alice mit Bestimmtheit in der Miene. „Absolut richtig! Das ist *die* Erklärung! Ich danke dir Kathrin, du warst mir eine große Hilfe!"

Kathrin lachte. „Kein Ding! Aber nimm besser trotzdem einen Feuerlöscher mit…"

Doch Alice bekam von diesem Ratschlag nichts mehr mit, da sie bereits mit Höchstgeschwindigkeit Richtung Fart raste.

„Was verflixt, verdammt, *verflucht* noch mal ist bloß los mit mir?" Fart drückte sein Gesicht ins Kissen und weinte. Hatten all die Trottel, die behaupteten, dass Videospiele die Psyche nachhaltig schädigten, etwa wirklich Recht? Hatten die Spiele letztlich doch einen Weg in sein Unterbewusstsein gefunden? War er derart verrückt nach Alice, dass die virtuellen Kreaturen ihn nun zurückhalten wollten, auf dass sie ihn nicht als wohlmeinenden Peiniger verlören?

Ohne es ertragen zu können, sah Fart immer wieder vor sich, was er bei Alice erlebt hatte, und mit jedem Mal wurde es noch grauenhafter.

Zuerst war alles so schön gewesen. Er erinnerte sich noch, wie er das Streichholz angezündet und beim Anblick des Feuers überlegt hatte, wie cool es wäre, wenn er Feuer aus seinen Händen zaubern könnte wie die Magier in den entsprechenden Videospielen… und plötzlich hatte er wieder so einen Kobold gesehen! Er war ohne Vorwarnung aus dem Nichts heraus aufgetaucht und Alice auf den Rücken gesprungen. Als Fart daraufhin geschrieen und Alice sich umgedreht hatte, musste er sehen, wie die kleinen Koboldhände sich in der Mitte von Alices Brust ins Fleisch krallten. Daraufhin war sie vor seinen Augen zu beiden Seiten wie Schranktüren aufgerissen worden, sodass er direkt in ihre Innereien geschaut hatte. Besonders der Anblick des immer noch schlagenden Herzens blitzte wieder und wieder in seinem Kopf auf, ihm unbeschreibliche Qualen bescherend!

Seinen Kopf ins Kissen schlagend dachte er daran zurück, wie seine Antwort auf diese Grausamkeit der pure Hass gewesen war. Eine Flamme abscheulicher Wut war seinem Herzen entlodert und hatte jede Ader seines Körpers vereinnahmt! Nur noch eines hatte er im Kopf gehabt: dieses miese kleine Drecksvieh musste sterben!

Auf einmal hatte er gefühlt, wie diese Masse des Zorns über seine Hand ins Streichholz gewandert war – aus dem kleinen Flämmchen war eine gleißende Stichflamme wie bei einem Flammenwerfer geworden, und ohne weiter zu überlegen, hatte er dieses Flammeninferno nach einer kraftvollen Armbewegung im Maul dieses widerlichen Monsters versenkt, welches daraufhin mit Feuer im Hals am eigenen Lachen erstickt war.

Dieses makabre Schauspiel war mit dem Erscheinen eines Schildes abgeschlossen worden: „BURN – STYLE BONUS". Nach einem Blinzeln hatte Alice wieder unversehrt vor ihm gestanden, das Monster und dessen Überreste waren abermals spurlos verschwunden. Und zum zweiten Mal an diesem Tag hatte er eine frische Unterhose benötigt! Er war davongerannt, während warme Flüssigkeit seine Beine herunter lief, dabei hoffend, möglichst wenig Spuren zu hinterlassen.

„Ich bin so ein erbärmlicher Verlierer!" schluchzte er.

„Manchmal muss man verlieren um zu gewinnen" hörte er plötzlich eine weibliche Stimme hinter sich. Er fuhr auf und sah Alice in seinem Zimmer stehen. Sie setzte sich zu ihm aufs Bett und sah ihm tief in die Augen. „Alles in Ordnung?"

Fart schaute zu Boden. „N-n-na ja…eigentlich schon… bi… bis auf…"

Trost spendend nahm Alice ihn in den Arm. „Aber Fart, wo liegt denn das Problem? Wovor hast du solche Angst? Fürchtest du, dass ich ‚nein' sagen könnte? Wie? Fühlst du nicht dieses *Ernste* zwischen uns? Natürlich fühlst du es, du *musst* es fühlen! Ich *weiß*, dass du in mein tiefstes Inneres geschaut hast und…"

Panisch weinend ob des blutigen Anblicks von vorhin wich Fart zurück. „Nein… oh nein… bitte nicht…"

Alice ließ nicht ab: „Oh Fart! Armer kleiner ängstlicher Fart! Öffne dich mir doch ebenfalls! Überwinde deine Angst! Merkst du denn nicht, wie meine Brust schier zu platzen scheint vor lauter Gefühlen für dich? Siehst du nicht, wie ich mich für dich aufreiße?"

Oh doch, allerdings sah er es, denn es war einmal ein Kobold, der sich einem Replay ähnlich gewaltverherrlichende Scherze mit ihr erlaubte, wodurch dem armen Fart das Unvermeidbare geschah… Schock!

Aber Alice war begeistert. „Oh Fart, ich wusste ja nicht dass du derart romantisch bist! Jetzt sind wir wie Stan und Wendy in South Park! Du wolltest mir eine Freude machen, indem du mich an meine Lieblingsfernsehserie erinnerst, nicht wahr?" Sie kam mit ihrem Mund ganz dicht an seinen heran und hauchte liebevoll: „Ich konnte *fühlen*, wie du einen Blick in mein Herz geworfen hast!"

Im Gedächtnis sah Fart es noch einmal schlagen und das Unvermeidbare geschah ein weiteres Mal.

„Oh Fart…"

Und *noch* einmal.

„Far… Fart ich wollte dir sagen, dass…"

Und *einmal* noch. Dann meinte er: „Ok ich bin leer!"

Alice so: „Fart, ich möchte mich in dich verl…"

„Verloben?" unterbrach Fart, gefolgt vom *allerletzten* Mal. „Findest du das nicht ein wenig vorschnell? So lange kennen wir uns doch noch gar nicht! Musst du denn unbedingt gleich an Heirat denken?"

Alice empörte sich: „Aber das tue ich doch gar nicht, *du* tust das!"

„Geht!" widersprach Fart.

„Ich wollte ‚verlieben' sagen, nicht verloben!" stellte Alice unverblümt in den Raum.

Fart stockte und romantisches Klavierklimpern setzte ein. „Ver... *verlieben?"* Dann sah er sich verwirrt und panisch um. „Wo... wo kommt diese Musik her?" stotterte er.

„Ist das denn wichtig? Hat das noch irgendeine Bedeutung?" hauchte sie ihm sanft zwischen die Lippen, unterstützt von einem Violinencrescendo der Leidenschaft! Doch – „Halt Moment!" – stieß sie ihn von sich, „Da ist ja *wirklich* Musik! Jetzt höre ich sie auch!"

„Siehst du?" fühlte Fart sich bestätigt.

„Nein, ich *höre!"* spielte Alice die Besserwisserin. „Sehr interessant!"

Fart entsetzte sich: „Interessant??? Wir hören Musik, die gar nicht da sein dürfte! Wir sind offensichtlich vollkommen irre! Wir gehören in die Zwangsjacke! Und du findest das *interessant?!"*

Alice zuckte nur mit den Schultern. „Ach Fart, wir *verlieben* uns doch nur ineinander! Warum hast du denn bloß so eine Angst davor? Na komm, ganz ruhig jetzt..."

Aufgebracht rief Fart: „A... aber die Musik! *Die Musik!"*

Alice versuchte ihn mit Verständnis zu beruhigen: „Was hast du denn gegen die Musik? Gefällt sie dir nicht? Wollen wir uns etwas anderes anhören?"

Ungläubig sah Fart sie an. „Bist du blöd?"

Leichte Enttäuschung blitzte in Alices Augen auf. „Nun, ein Romantiker bist du wohl doch nicht so wirklich..."

Da packte Fart sie an den Schultern und rief: „Alter! Es geht mir nicht darum, *welche* Musik wir hören, es geht mir darum, *dass* wir Musik hören!"

Alice strich ihm über die Wange. „Wir *müssen* ja keine Musik hören, wenn du nicht willst!" Sie ging zum Fenster, riss es auf und schrie in Richtung benachbartes Haus: „Macht eure verdammte Musik leiser, mein kleiner Fart dreht sonst durch!" Kurz darauf verstummte die Musik. „Besser?" fragte Alice und ergriff Farts Hände.

Dieser blinzelte. „D... d-d-d... das kam vom Na... *Nachbarn?"*

„Aber sicher!" lächelte Alice. „Was dachtest du denn, wo das herkommt?" Sie bekam einen besorgten Gesichtsausdruck. „Du bist ja ganz nass geschwitzt! Ist wirklich alles in Ordnung mit dir? Hast du vielleicht Fieber?"

Das Klarkommen und die Sonne hatten für Fart eine Gemeinsamkeit: beides konnte er nur in der *Ferne* sehen. „I-i-irgendwas stimmt nicht m-mit mi-mi-mir..."

Alice entgegnete: „Ach Blödsinn! Es ist ganz normal, dass du aufgeregt bist! Du hast noch keine Erfahrung mit so was... *Ernstem!* Sei einfach offen für Neues und alles wird gut!"

Fart stotterte: „A-aber d-diese Musik... i-ich dach... dachte es wäre wieder so... so eine... *Einbildung...*"

„Was denn für eine Einbildung? Wovon sprichst du?" fragte Alice.

Fart schluckte und versuchte sich zu sammeln. Seine Stimme zitterte zwar, aber dennoch klang er ruhig: „Ok, ich erzähl's dir. Vorhin, als ich bei dir war, da..." Er stockte, doch Alices liebevoll auffordernder Blick ließ ihn weiter sprechen: „...da habe ich einen Kobold gesehen, der... d-der dich... na ja... brutal misshandelt hat... irgendwie..."

Alice schien ernsthaft nachzudenken: „Hm, das hätte mir doch eigentlich auffallen müssen... aber andererseits hatte ich nur Augen für dich..."

„Natürlich ist dir das nicht aufgefallen!" rief Fart verzweifelt. „Weil es niemals *geschehen* ist! Ich habe mir das nur eingebildet, *denn ich bin verrückt!* Wahnsinnig! Ich habe nicht alle Tassen im Schrank! In meinem Hirn sind die Rohre krepiert!"

„Hey, ganz ruhig!" hauchte Alice und nahm ihn wieder in den Arm. „Das ist nur deine Angst vor Zwischenmenschlichkeit! Sie lässt dich in deine virtuellen Spielwelten flüchten! Dein Unterbewusstsein klammert sich an jene Dinge, die du am besten kannst!"

Fart weinte: „Aber das passiert ja nicht nur, wenn du dabei bist! Bevor ich dich besuchen kam und dieses endcoole Spiel zockte…" Er hielt inne, denn eine Erkenntnis traf ihn wie eine Faust ins Gesicht. Wie Schuppen fiel es ihm von den Augen, als er seinen Blick auf jene seltsam glühende Konsole richtete. „D-da! Da! Das Ding da ist schuld! Es hat mich irgendwie… *verhext*!"

„Du bist so süß!" flüsterte Alice und begann, an seinem Ohr zu kauen.

„Was?!" entrüstete sich Fart.

Alice erklärte verträumt: „Du müsstest dich reden hören! Wie du versuchst, mir deine Tollpatschigkeit zu erklären, nur damit ich dich nicht für einen Trottel halte!"

Fart war (schon wieder) der Verzweiflung nahe: „Du glaubst mir nicht? Ok, dann beweise ich es dir! Komm! Spielen wir das Spiel!"

Er wollte sich aus dem Bett erheben, doch Alice hielt ihn zurück. „Ich hätte da eine viel bessere Idee! Und die ist derart verrucht, dass nicht einmal der Teufel persönlich darauf gekommen wäre!"

Mit diesen Worten drückte sie Fart ins Bett und… drei Sekunden später fügte sie hinzu: „Mach dir keine Sorgen, das kann jedem Mann passieren! Doch wir kriegen das schon hin, wir haben ja Zeit, nicht wahr?"

Fart gab ein Geräusch von sich das entfernt einem „*Allerdings*" ähnelte, und was dann geschah war eine Liebesnacht von solcher Intensität, dass sie jeglicher Beschreibung spottete. Ein *unbeschreibbarer Sommernachtstraum*.

Übrigens, der kleine Kobold unter dem Bett bekam *richtig* große Augen, bevor er unbemerkt von der Matratze zerquetscht wurde! „SEX IS A VIOLENCE – STYLE BONUS!!!"

Level 4: Donnerstag

Am nächsten Morgen war Fart so glücklich wie damals, als er Q**** endlich auf dem geheimen Nightmare-Schwierigkeitsgrad durchgeschafft hatte. Ein zauberhafter Sonnenaufgang tauchte die Straße in romantisches Pink, als er Händchen haltend mit der seiner Meinung nach schönsten Frau aller Zeiten zur Schule ging. Sabbernd gestand er: „Alice Schatzi, ich war letzte Nacht derart rattig auf dich, dass ich dich sogar im Traum weiter bedient habe!"

Lachend meinte Alice: „Hach Fart, du bist so ein toller Typ!"

Der Belobte nickte: „Stimmt! Am liebsten würde ich mich klonen und es den ganzen Tag mit mir selbst treiben! Doch da das leider nicht erlaubt ist, bleibst du eine äußerst brauchbare Notlösung!"

„Oh, wie *süß* von dir, mein Schmetterling!" rief Alice gerührt und küsste ihn innig. Dann verabschiedeten sie sich voneinander und wünschten sich viel Spaß in den nun folgenden Kursstunden. Allerdings war Fart klar, dass ihm der Unterricht ein weiteres Mal wie eine unendlich lang(weilig)e Ewigkeit vorkommen würde.

Als hätte Alice seine Gedanken gelesen, hauchte sie ihm noch sanft in den Hals: „Hey, Kopf hoch! Du bekommst *Wissen geschenkt*, bevor wir uns wieder treffen und da weitermachen, wo wir aufgehört haben!" Dann ging sie davon und während Fart daraufhin so alleine auf dem Schulflur stand, erkannte er, dass er weder Schulsachen dabei hatte noch wusste, in welchen Kurs er sich nun begeben müsste. Nun, wenigstens hatte er daran gedacht, sich etwas anzuziehen… hatte er doch, oder? Schwitzend versicherte er sich, dass dem so war.

Nach planlosem Schlendern durch die Schule traf er irgendwann auf Rake und Olaf, wobei letzterer gerade überlegte, ob man das Volk wirklich mit einer Tonfrequenz in der Telefonleitung verdummen lassen könnte wie bei Zak McKracken. Doch waren es nicht Olafs Worte, die Fart schockiert versteinern ließen, viel eher erinnerte ihn ein weiterer jener kleinen Kobolde daran, dass er ja noch dieses ernstzunehmende Problem mit seiner Psyche behandeln musste!

Olaf, der den blassen Fart zuerst bemerkte, fragte: „Hey Fart, was geht bei dir? Du wirkst irgendwie… *krank* oder so…"

Zitternd deutete Fart auf den Kobold, der laut lachend um ihn herum tanzte: „D-da… ein… ein Ko… Kobold…"

Sein kleinwüchsiger Deutschlehrer, der ganz zufällig in der Nähe stand und sich angesprochen fühlte, motzte: „Wie hast du mich gerade genannt?! Spar dir die Ausdrücke deiner gescheiterten Erziehung für Zuhause, oder ich sorge dafür, dass du noch mal sitzen bleibst!"

„Ich bin nicht sitzen geblieben sondern hab' *freiwillig wiederholt*, Mann!" erzürnte sich Fart.

Rake lachte: „Auf dringendem Anraten aller Lehrkräfte hin!"

Der Deutschlehrer schaute die Brüder entnervt an: „Dass ihr zwei jetzt teilweise in den selben Kursen seid, ist der größte von Menschenhand begangene Fehler!"

„Harter Tobak!" keuchte Olaf grinsend.

Ihn brüllte der Deutschlehrer an: „Und du *wasch* dich endlich!!! Mein Arzt sagt, dass meine Atemwegsinfektion von *deinem Gestank* rührt!!!" Dann ging er weiter seines Weges, fluchend: „Diese Jugend von heute…"

„Typischer Fall von ‚Sand in der Vagina'!" urteilte Rake dem Deutschlehrer hinterher schauend.

Olaf meinte: „Da ist er nicht der einzige…" Er deutete auf Fart, der sich völlig paranoid hinter ihm versteckte.

Der Kobold hatte Farts Zorn mit einem Tritt in den Hintern gerügt, weshalb dieser nun eingeschüchtert wimmerte: „Wieso musste es ausgerechnet *mich* treffen? Kann sich diese Krankheit nicht einen anderen Wirt suchen?" Er schob Olaf vor: „Hier, nehmt *ihn*!"

Rake fragte: „Wovon zum Teufel sprichst du eigentlich?"

„V-von *dem da*!" deutete Fart bebend auf den Kobold, der sich am Boden kringelte vor Lachen.

Olaf und Rake schauten in die gewiesene Richtung. „Ja und? Wo liegt dein Problem?"

Dem armen Fart kam der Gedanke, dass sie das Monster nicht sehen konnten, da sie, im Gegensatz zu ihm, noch nicht von jener Wunderkonsole verhext worden waren. – Doch halt! Wenn es tatsächlich alles nur von dieser verdammten *Spielkonsole* herrührte, dann… Laut rief er: „Sicher! Es… es ist nur ein *Spiel*!" Das machte Sinn! Schließlich hatte der Spuk ja auch stets ein jähes Ende gefunden, sobald er die Biester über den Jordan geschickt hatte. Viel Zeit blieb ihm nicht, denn das quiekende Koboldgelächter schien ihm den Verstand abzusaugen wie zehn Stunden Teletubbies! Deshalb rief er mit sich überschlagender Stimme „ES REICHT!" und sprang dem Kobold auf den Kopf wie Super Mario. BRATSCH – wurde der zu einer Unmenge grünem Blut zerdrückt, welches – WUSCH – den gesamten Flur überströmte. Abschließend erschien, wie gehabt, ein Belohnungsschild: „SOMEWHAT DAMAGED – BONUS!!!"

Seit diesem Moment stand für Fart absolut fest, dass es sich bei dieser ganzen Chose tatsächlich nur um ein Spiel handelte; es gab Gegner und die musste man töten. Ganz einfach! Wie in zig Spielen, die er bis zum Kollaps gezockt hatte. Und die Quelle für diese Hexerei war bei ihm zu Hause noch immer an den Fernseher angeschlossen.

„Verdammt, Fart, was ist bloß los mit dir?" fragte Rake.

Fart legte jedem verschworen eine Hand auf die Schulter: „Genau das habe ich mich in letzter Zeit des Öfteren *selbst* gefragt, glaubt mir! Es gibt zwei Möglichkeiten! Erstens: ich bin total übergeschnappt und werde schon sehr bald wieder ins Tollhaus wandern. Oder zweitens…" Er wollte nicht riskieren, dass die beiden mit anderen darüber plauderten, weil sie die Sache nicht ernst genug nähmen. „Ich verspreche euch, dass ihr es erfahren werdet, sobald ich weiß, ob es wirklich so ist, wie ich vermute!"

„Wie du *was* vermutest?" wollte Rake wissen. Doch Fart rannte bereits wie bekloppt in Richtung Ausgang und bekam diese Frage nicht einmal mehr mit.

„Was auch immer Möglichkeit zwei ist, ich tippe auf Nummer eins!" wettete Olaf.

„Hoffen wir's!" nickte Rake.

„Und, liebst du ihn?" stellte Kathrin die Frage, die schon so manche Denkfalte verursacht hatte.

Es war gerade kleine Pause und die Freundinnen befanden sich auf der Mädchentoilette. Alice hatte von vergangener Nacht erzählt, und nun seufzte sie: „Liebe? Leben wir den Traum der Liebe? Leben wir all jene Vorstellungen? Ja, Vorstellungen plus *Stellungen*! Oh Mann, war das eine Nacht! Mann! Dieser Mann! Oh Mann-o-Mann! Hölle yeah, verdammt!"

Während Kathrin sich trommelfeuerartig entleerte, sagte sie: „Hast du ein Glück! Ich habe ihn ehrlich gesagt für den kompletten Loser gehalten, doch anscheinend war ich zu voreingenommen! Wenn daraus was Ernstes wird, dann… dann hast du es wirklich verdient!"

Alice hörte Kathrins geräuschvolle Aktivität auf dem Klo. „Du musst irgendwas Schlechtes gegessen haben!" vermutete sie und zupfte sich – TWINNK – ein paar Haare aus der Nase.

„Kann sein…" kam Kathrins Antwort vom Abort, gefolgt von den Tönen weiterer Analemissionen. Nach einer Weile nahm Alice den Faden wieder auf: „Allerdings erzählt er recht komische Sachen! Da ist zum Beispiel diese Geschichte mit den Ungeheuern…"

Kathrin hakte nach: „Was für Ungeheuer?"

Alices Nase war inzwischen enthaart und sie wandte sich nun ihren Wimpern zu, während sie berichtete: „Ach, das hat wahrscheinlich nichts weiter zu bedeuten… anderseits ist es schon ziemlich krass…"

„Was denn, verdammt?" wollte Kathrin endlich wissen und verfluchte innerlich ihre letzte Mahlzeit.

Alice zuckte mit den Schultern. „Er… er ist wohl nur aufgeregt und flüchtet sich deshalb in seine Metzelwelten… Auf jeden Fall behauptet er, dass er hin und wieder irgendwelche Monster sieht, die dann schlimme Dinge tun und so…"

„Was für Dinge?" wollte Kathrin es genauer wissen.

Alice versuchte, sich an Farts Worte zu erinnern. „Na ja, es ist wohl sein Beschützerinstinkt, der ihn sehen lässt, wie sie mich auf brutalste Weise misshandeln… Und dann ist da noch dieses seltsame Gerät in seinem Zimmer! Weißt du, letzte Nacht, da…" Beim Sprechen merkte sie, wie ihr ein kalter Schauer den Rücken herunter lief. „Ich… konnte nicht einschlafen, weil dieses Ding die ganze Zeit so ein buntes Leuchten ausgestrahlt hat. Deshalb habe ich den Stecker herausgezogen, doch… es leuchtete einfach weiter… und was noch viel übler ist: es… es schien mit mir zu sprechen, schien nach mir zu *rufen*! ‚Bist du dein Grün, bin ich dein Pinkes! Finde mich, finde… *dich*…' hörte ich immer wieder wie ein Echo in meinem Kopf! Das war so… *unheimlich*!"

Kathrin hörte nicht mehr richtig hin, da sie gerade zu sehr mit sich selbst beschäftigt war: „Boah, nimmt das denn kein Ende? Nie im Leben habe ich so viel gegessen!"

Alice sprach jetzt eher zu ihrem Spiegelbild: „Er hat ja auch gesagt, dass diese Konsole ihn ‚verhext' hätte, aber… das kann doch nicht sein! Es *muss* eine wissenschaftliche Erklärung dafür geben! Ich… ich *muss* der Sache auf den Grund gehen!"

Kathrin fluchte. „Oh Mist! Hier ist kein Klopapier! Alice? Würdest du mir bitte… Alice?!"

Doch ihre Freundin war bereits verschwunden.

Dem armen Fart war längst jegliches Zeitgefühl abhanden gekommen, als er sich durch Gruetze metzelte. Eigentlich wollte er möglichst schnell nach Hause, um das Geheimnis der Wunderkonsole zu entschlüsseln, doch aus allen Ecken und Winkeln erschienen kleine Kobolde die hartnäckig darauf beharrten, von ihm ermordet zu werden.

Gerade wischte er sich grünes Blut aus dem Gesicht, als er plötzlich mit seinem Deutschlehrer zusammenstieß. Wie bereits erwähnt hatte dieser sich Zeit seines Lebens im Wachstum ziemlich zurückgehalten. Unterhalb der glänzenden Mönchsglatze machte sich ein Ausdruck der Verwunderung breit: „Nanu, Fart, was machst du denn hier? Wieso bist du nicht im Unterricht?"

Farts Augenlider zuckten nervös, als ein Kobold auf die Schultern der Lehrkraft gesprungen kam. „Warum sind *Sie* denn nicht im Unterricht?" entzog er sich einer Antwort.

„Ich meldete mich heute krank, weil ich von Olafs Gestank Kopfschmerzen bekommen habe!" erklärte der Lehrer.

Fart glaubte ihm aufs Wort, dass sein Schädel schmerzte, denn der Kobold war gerade dabei, ihm einen Korkenzieher in die Glatze zu drehen. „Oh… das ist… *schade*… äh… vielleicht sollten Sie zum Arzt gehen!"

Da wurde der Lehrer misstrauisch: „Du sprichst eigenartig! Ist alles in Ordnung? Bedrückt dich etwas? Ärger zu Hause? Oder in der Schule?"

RTSCHSCH – zog der Kobold den Korkenzieher heraus und freute sich über eine Hirnfontäne voller Literatur-Zitate. Da konnte Fart der Versuchung nicht länger widerstehen und gab seinem Lehrer – PATSCH – eine *harte* Klatsche auf die Glatze. Danach schienen die Ohren des ohnehin schon kleinen Mannes auf einer Ebene mit dessen Füßen zu sein und von unten fuhr er Fart an: „Das ist jawohl die Höhe!"

Fart entgegnete: *„So* würde ich das nicht ausdrücken…"

Der Lehrer war verständlicherweise stocksauer: „Einen unverbesserlichen Frechdachs wie dich habe ich ja in meiner gesamten Karriere noch nicht erlebt! Was fällt dir eigentlich ein, du Lümmel?"

Fart fühlte sich miserabel. Sicher, sein Lehrer hatte keine Ahnung von dem, was hier gerade abzugehen schien. Alles, was der sah, war ein prügelnder Schüler! Es war eine Situation, die Fart gerne jemand anderem übertragen hätte! Immerhin kam ihm noch eine halbwegs brauchbare Ausrede in den Sinn: „Das… das ist die so genannte *Schocktherapie*… gegen Ihre Kopfschmerzen… Ich hoffe es geht Ihnen jetzt besser!"

Verstört watschelte der Lehrer davon, murmelnd: „Ich muss unbedingt mal ein Wörtchen mit den Eltern dieses Knaben wechseln! Unfassbar…"

Fart sah ihm hinterher, ihm und dem zermalmten Kobold auf der Kopfhaut, welcher sich mit dem Schild „HEAD LIKE A HOLE – BONUS" in Luft auflöste. Irgendwie beneidete Fart den kleinen Mann – ein Leben als wehrlose Lehrkraft, die Dresche von den eigenen Schülern kassiert, schien ihm derzeit ein herrlich einfaches Los zu sein. „Wenigstens gibt's da Feierabend und Urlaub!", zwei Dinge, die diesen Kobolden offensichtlich fremd waren…

Als er *endlich* sein Zuhause erreicht hatte, war der Weg hinter ihm mit Leichen gepflastert. Sie waren einzeln aufgetaucht und *schnell* gestorben. Es war gerechtfertigt, dass Fart sich als meisterhaften Zocker betrachtete! Dennoch schlauchte es; um sich zu treten wie ein Wilder erwies sich als wesentlich anstrengender denn Knöpfe zu drücken! „PIGEON STREET – BONUS!"

Vor seiner Zimmertür lief ihm seine Mutter über den Weg, die ihn erstaunt fragte: „Schon wieder da? Ist etwas ausgefallen?"

Fart verdrehte genervt die Augen. Gleich würde der nächste Kobold erscheinen und nach einer weiteren Blamage vor einem Unbeteiligten stand ihm gerade wirklich nicht der Sinn. Erst recht nicht vor seiner Mum, die ihn aufgrund seiner Anfälle ohnehin schon für irre hielt. Wenn er jetzt Faxen wie ein Affe vor ihr machte, oder gar auf sie einschlüge, würde sie ihre Meinung garantiert nicht ändern! Barsch wimmelte er sie deshalb einfach so ab, wie sie es gewohnt war: „Lass mich, ich muss dieses Spiel zocken!" – BAMM! Erleichtert wischte er sich den Schweiß von der Stirn, nachdem er seiner Mutter die Tür vor den Latz geknallt hatte. Doch sofort folgte der nächste Schock: Alice saß in seinem Zimmer! „Was machst *du* denn hier?" krakeelte er.

Alice wandte sich vom Fernseher ab. „Ich spiele dein Spiel!"

Fart kam (wie in jüngster Zeit viel zu oft) so was von *gar nicht* klar, dass man für seinen Zustand eigentlich ein neues Wort erfinden müsste! „Du... du spielst... d-d-das *Spiel*?!"

Alice nickte. „Dieses Feuer sieht echt beeindruckend aus! Aber hilf mir mal, ich weiß nicht was ich jetzt machen muss!"

Fart erläuterte: „Du musst einen Zweig heraus nehmen und..." Er schüttelte den Kopf und riss Alice das Pad aus der Hand, brüllend: „Bist du eigentlich vollkommen übergeschnappt?! Ist dir überhaupt bewusst was du gerade angerichtet hast?!"

Alice erschrak: „Bin ich zu nah ans Feuer gegangen?"

Fart packte ihren Kragen, um sie beim Schreien ordentlich aufzumischen. „Durch dieses verfluchte Spiel sehe ich überall Kobolde, die mir ans Leder wollen! Und jetzt bist du ebenfalls infiziert! Als Amateurzocker wirst du ihnen hilflos ausgeliefert sein…"

Alice schenkte ihm einen liebevollen Blick. „Wie süß von dir, dass du dir solche Sorgen um mich machst, aber jetzt hör mir mal gut zu! Lass mich dir erklären, was mit dir los ist!"

Fart vergrub sein Gesicht in den Händen und hechelte fassungslos: „Sie hat sich ihren eigenen Spielstand erstellt… ihr wird *hart* gegeben werden…"

Alice gestand ein: „Ich gebe zu, dass diese Konsole außergewöhnlich ist, schon allein weil sie auch ohne Strom aus der Steckdose funktioniert!"

Fart schaute zu Boden und bestätigte: „Richtig, sie wird von dunkler Magie angetrieben!"

Alice nahm Fart in den Arm und sagte: „Oder mit einem Akku wie Laptops und Handys!"

Fart seufzte: „Kein Handy und kein Laptop hat bei mir je eine Halluzination hervorgerufen…"

Alice erklärte: „Die haben ja auch nicht so eine fantastische… äh… *Optik* oder wie man das nennt!"

„*Grafik*, du Spaten! Das heißt *Grafik*! ‚Optik' ist ein Plattenlabel!" stellte Fart klar.

Alice winkte ab. „Egal! Jedenfalls hat dich dieser visuelle Fotorealismus derart beeindruckt, dass dein geplagtes Zockerhirn seitdem nicht mehr zwischen dem Spiel und der Wirklichkeit unterscheiden kann!"

Ob Fart ihr Recht gab oder ob Fart widersprach, wusste nur Fart alleine als er meinte: „Gmpf grr!"

Alice rief: „Was soll das heißen? Glaubst du mir etwa nicht? Habe ich deine Magie-Theorie nicht gerade mit einer sachlichen Erklärung entzaubert?"

Farts Stimme war ein gehemmtes Flüstern: „Auf eine Erklärung kommt es überhaupt nicht an, aber das wirst du eher erfahren als dir lieb ist, mein Schatz! Doch keine Angst, ich werde dich beschützen!"

Alice wollte gerade Spott auf diese Aussage betreiben, da bekam sie plötzlich eine Gänsehaut am gesamten Körper! Sie fühlte sich, als ob sie von einem Riesen an den Haaren gepackt und quer durchs Universum geschleudert worden wäre. Ihre Füße waren dem Boden enthoben; wie aus weiter Ferne sah sie Fart, der ihr etwas zu sagen schien, doch der Schall seiner Stimme wurde abgetötet von einer Präsenz zwischen ihnen, die alles Sein aufsaugte und als Schein wieder ausspuckte!

KLIRRRR – zerbarst die Fensterscheibe mit einem lauten Scheppern und ein kleiner Kobold kam von draußen ins Zimmer gesprungen. „Nein!" schrie Alice in hysterischer Panik, „Bitte nicht! Er soll verschwinden! Mach, dass er weg geht!"

Fart bemerkte, dass sich für ihn inzwischen so eine Art Routine eingestellt hatte. Diszipliniert machte er eine Schlaufe in das Controllerkabel und legte es dem Kobold um den Hals. Dann zog er es immer enger, bis der Kopf des Kobolds – PFLOPP – wie ein Sektkorken von einer Blutfontäne umhüllt gen Decke flog und dort zerplatzte wie verfaultes Obst. Alice konnte diesen Anblick nicht ertragen und musste sich auf der Stelle übergeben, doch nachdem das Schild „CHAMPAGNE SUPERNOVA – BONUS!!!" erschienen war, hatte sich offenbar die Normalität wiederhergestellt.

Mit Tränen des Entsetzens setzte Alice sich auf Farts Bett und wimmerte: „Bei meinen nicht vorhandenen Barthaaren... ich wünschte, ich hätte dir geglaubt! Dabei habe ich doch letzte Nacht diese… *Stimme* gehört… doch ich dachte, das wäre von meiner Schläfrigkeit verursacht worden… ein Wachtraum… und nun… ein *Alptraum*… in der Wirklichkeit… Oh Fart, was sollen wir bloß tun? Ich will in keiner Welt leben, in der es vor fürchterlichen Monstern nur so wimmelt!"

Fart versuchte, eine beruhigende Miene aufzusetzen: „Hey, keine Angst, April O'Neill schafft das doch auch! Wir kommen da schon irgendwie wieder raus! Es ist bloß ein Spiel und dir steht der beste Zocker der Welt zur Seite! Bessere Vorraussetzungen kannst du gar nicht haben!"

Alice versuchte zu lachen, doch nichts als Schluchzer entströmten ihrer Kehle. Resigniert schaute sie zu Boden. Da schien ihr etwas einzufallen, und als sie Fart anblickte, konnte dieser ihre abscheuliche Furcht aus den Augen ablesen: „Du Fart? In Videospielen gibt es doch mehrere Gegnerarten, oder? Und sie werden immer stärker, je weiter man im Spiel voranschreitet, nicht wahr?" Ohne seine Antwort abzuwarten fuhr sie fort: „Ich frage mich, wie erst die Gegner aussehen, die *nach* diesen Kobolden kommen..."

In diesem Augenblick wurden beide von einer höllischen Hitze erfasst. Sie fühlten sich auf einmal so erschöpft, als wären sie gerade eine Million Meilen durch die heißeste Wüste gerannt, und durch ein stetes Hitzeflimmern erkannten sie ein Pentagramm aus Feuer, das sich auf dem Boden ausbreitete.

Der Mitte des Kreises entstieg ein haarsträubendes Monster. Es hatte einen zwei Meter großen, menschenähnlichen, muskulösen Körper, der überall mit scharfen Krallen und Stacheln gespickt war. Das Gesicht war mit zahlreichen Augen verziert, in denen das Feuer der Hölle loderte.

„Ein *Imp* wie in Doom 3!" rief Fart erstaunt. Der Imp drehte sich zu ihm um, öffnete sein Maul und offenbarte seine rasiermesserscharfen Zähne. Dann begann er zu brüllen; die *Hölle* fuhr auf Fart und Alice herab, denn keine Luft der irdischen Welt könnte jemals einen derart unerträglich lauten und fürchterlichen Schall tragen! Beide hielten sich die Ohren zu und schrieen vor Schmerzen im Trommelfell gegen das bestialische Kreischen des Imps an…

Farts Entsetzen quadrierte sich, als das Monster wie eine Raubkatze auf alle Viere ging und mit unglaublicher Schnelligkeit in Richtung Alice sprang. Vor ihr angekommen bäumte es sich wieder zu seiner vollen Größe auf und riss ihr mit seinen Vorderkrallen den Hals auf. Schlagartig verwandelte sich ihr Schrei in ein ersticktes Gurgeln. Ihr stark überhöhter Puls schoss das Blut stoßartig ins Freie. Sie fiel besinnungslos in Farts Bett. Das Laken war bald rot getränkt.

Fart war dezent erzürnt! Weniger wegen der zum Schein versauten Bettwäsche als vielmehr aufgrund der Tatsache, dass seine Freundin von diesem Höllenbastard dicke Packung kassiert hatte! „NEIN!!!" johlte er und stürmte auf den Imp zu. Er nutzte die Kraft seiner Geschwindigkeit, als er der Kreatur in den Rücken trat und sie so in die Ecke neben der Tür beförderte. Diese riss er auf und hörte, wie der Imp mit entsetzlicher Lautstärke aufbrüllte, doch sobald die Tür gegen die Wand prallte, war schlagartig Ruhe. Blut kam hervorgespritzt, doch das löste sich in Nichts auf noch während es durch die Luft flog.

Fart beachtete das Schild „WONDERWALL – BONUS" nicht und wandte sich seinem Bett zu.

Alice lag dort regungslos und war noch immer wunderschön. Und blutüberströmt. „Oh Alice..." weinte er und strich sanft mit seiner Hand über ihre Stirn. Dann küsste er sie auf den Mund, in der Hoffnung, sie würde davon erwachen wie Schneewittchen. Doch diese Hoffnung blieb unerfüllt.

Auch bei all den anderen Stellen, die er jetzt probierte, klappte es nicht. Alice war Game Over! Nur wehklagend konnte er diese Erkenntnis ertragen.

Plötzlich klopfte es an der Tür.

„Welche Teufelei ist das nun wieder?" murmelte Fart.

Es war seine Mutter. „Fart? Kann ich mal kurz mit dir sprechen?"

Völlig erledigt fuhr Fart sich durch die Haare und kombinierte: wenn seine Mum Alice jetzt tot in seinem Bett vorfinden würde, dann könnte das durchaus einen schlechten Eindruck hinterlassen – selbst wenn sie die triefende Wunde nicht wahrnähme! Doch sie *musste* wissen, dass Alice hier war; nur sie konnte die Ärmste hier hereingelassen haben. Es gab nur eine Möglichkeit!

„Warte kurz Mama, bin gleich da! Nicht reinkommen!" rief Fart seiner Mutter zu, während er Alices Leiche in den Kleiderschrank stopfte. Er würde einfach behaupten, dass sie bereits wieder gegangen war. Durchs Fenster oder so.

Seine Mutter antwortete derweil: „Dauert nicht lange! Ich komme jetzt rein, ok?"

„Nein, nicht!" schrie Fart. Soeben war ihm etwas klar geworden: was, wenn seine Mutter an den Schrank wollte? Da sie seine Wäsche wusch, war das nicht unwahrscheinlich! Was sollte er bloß machen? Was immer war: er sollte dabei *cool* bleiben!

Seine Mutter klopfte wieder. „Fart? Bist du jetzt so weit?"

„Nein!" gab der zurück und dachte hart nach. Coole Leute, was würden die jetzt tun? „Wer ist cool?" Zuerst fiel ihm Duke Nukem ein, genauer gesagt dessen Satz in **** ***** **: „Niemand stiehlt unsere Chicks… und *lebt*!" Cool war der Satz zwar schon, doch nicht sehr hilfreich, da der verantwortliche Imp bereits das Zeitliche gesegnet hatte und seine Mutter sich dafür nicht interessieren würde. Diese wollte vielmehr wissen, warum Fart so lange brauchte, denn genau das fragte sie unter weiterem Klopfen.

„Moment noch!" versuchte Fart Zeit zu gewinnen und setzte seine Überlegung fort. Wenn er doch bloß übelste Zynik an den Tag legen könnte wie Humphrey Bogart, oder wenigstens in der Lage wäre, sich nach zahlreichen Rückschlägen wieder aufzuraffen wie Bruce Willis… Stattdessen hatte er wie letzterer in Stirb Langsam 3 einfach nur Kopfschmerzen, dass er die Wände hochrennen könnte, weshalb der leidende Fart dieses anstrengende Ding mit dem Coolsein auf ein Andermal verschob. *Jetzt* müsste er einen *eigenen* Pfad beschreiten und wenn dieser von Demütigungen und Freveleien gesäumt war, dann sollte es eben so sein! „Komm später wieder, Mum! Wir treiben es gerade wie die Tiere!" rotzte er in Richtung Tür.

Diese Mitteilung wurde von draußen zunächst mit Schweigen bedacht, bis schließlich ein leises „Ok…" den Abgang seiner Mutter verriet. Endlich Zeit zum Nachdenken…

„Fart yo!" ertönte Rakes Stimme vor dem zertrümmerten Fenster.

…besonders ergiebig war die halbe Sekunde, die Fart zum Überlegen geblieben war, nicht gerade! Doch als er nun Rake und Olaf erblickte, die beide mit fragenden Gesichtsausdrücken im Garten warteten, da wurde ihm bewusst, dass diese beiden Versager *Geschenke* waren: niemanden sonst wollte er lieber mit in die Hölle zerren, um Alice zu retten! Im gleißenden Licht der Mittagssonne standen sie da und ahnten noch gar nicht, wie radikal sich ihr Leben in wenigen Minuten verändern würde. „Kommt rein, Freunde, ich muss euch etwas zeigen, auf das ihr nicht klarkommen werdet. Ich schwör's euch!" winkte er sie ins Zimmer.

Während die zwei durchs Fenster kletterten, bedeckte Fart den Kotzfleck, den Alice auf dem Boden hinterlassen hatte – er wollte der Überraschung nichts vorweg nehmen. Dann wartete er gespannt, ob sie das Blutbad in seinem Bett wahrnehmen würden, doch als Rake sich auf die triefende Matratze setzte ohne eine Miene zu verziehen, schloss Fart daraus, dass Alices Verletzung tatsächlich nur ein Teil dieses Spieles gewesen war und sie in Wirklichkeit keinen einzigen Tropfen Blut verloren hatte. Verdammt gut zu wissen!

31

„Was geht denn jetzt? Was willst du uns zeigen? Ein Instrument zur Volksverdummung?" fragte Olaf mit glitzernden Augen und fügte begeistert an: „Wenn ja, dann lasst es uns zur Machtergreifung *missbrauchen*!"

„Nein, lasst uns lieber die Kunst des Spielens betreiben und dabei die Grenze der Realität überschreiten!" hielt Fart die Wunderkonsole empor.

Rake kräuselte die Stirn: „Ich dachte, du hättest dieses Ding letzte Woche verschenkt…"

Geheimnisvoll meinte Fart: „Wovon auch immer du da quatschst, glaub mir: dieses Ding hier ist… *anders*! Es wird mit *dunkler Magie* betrieben!"

Olaf frohlockte: „Korrekt Alter! Dann schmeiß mal an!"

„*Noch* lachen sie!" dachte Fart und freute sich auf ihre dummen Gesichter, wenn ihnen das erste Monster an die Gurgel springen würde. Was für ein Spaß! Hektisch schloss er die Konsole wieder am Fernseher an und schaltete sie ein. „Ihr müsst euch jetzt beide schnell einen neuen Spielstand erstellen!" Mit diesen Worten drückte er Olaf das Pad in die Hand.

Der murmelte: „Ok, also Neues Spiel und…" ZACK – war er infiziert! Ungewollt klappte ihm die Kinnlade herunter…

Rake konnte Olafs staunende Ganzkörperstarre (noch) nicht nachvollziehen, weshalb er aufstand und pöbelte: „Los Mann, jetzt zock' oder gib das Pad!" Mit diesen Worten eignete er sich den Controller an und ließ sich schwungvoll zurück aufs Bett fallen, wobei er Unmengen von Blut aus der Matratze quetschte. Sein Blick ruhte auf dem Fernsehbildschirm, als er ausrief: „Alter, ich kenne dieses Spiel! Mit dem Lagerfeuer und den Kobolden…"

Fart unterbrach gereizt: „Mann! Hör auf zu labern und erstell dir einen neuen Spielstand!"

„Geht! Ich lade lieber einen alten Spielstand!" kündigte Rake an, doch wurde enttäuscht: bei jedem Spielstand, den er auswählte, erschien die Mitteilung: „Spieler und Spielauswahl stimmen nicht überein. Bitte richtigen Spielstand wählen oder neues Spiel starten."

Ehe Rake jeden Spielstand ausprobieren konnte, fuhr Fart auf: „Alter, lass es und starte neu! Na los, mach hin! Mach, verflucht! *Mach* einfach!"

„Schon gut, chill!" ließ Rake sich breitschlagen, da er beim letzten Mal ohnehin nicht besonders weit gekommen war. Er wählte „Neues Spiel" und erblickte das Lagerfeuer. Entzückt rief er aus: „Wow! Diese Optik ist aber auch genial!"

Fart meckerte: „Junge, das heißt *Grafik*! *Grafik*, Mann!"

Rake winkte ab: „Ist doch so was von egal! Auf jeden Fall sieht dieses Feuer verflucht realistisch aus!" In diesem Moment erblickte er die geborstene Fensterscheibe in Farts Zimmer. „Was geht? Wieso ist die kaputt, Alter?"

Fart erzählte beiläufig: „Das war nur ein angreifender Kobold. Er weilt mittlerweile nicht mehr unter uns! Hey, nimm doch mal einen Zweig aus dem Lagerfeuer heraus!"

Rakes Stimme wurde lauter: „Was geht?! *Ein Kobold*?! Was für ein Kobold?"

Fart erklärte: „Tja, so funktioniert dieses Spiel halt! Es erscheinen einem Monster und die muss man dann besiegen!"

Rake deutete mit zitternden Händen auf das Fenster: „Ich… ich kann das einfach nicht glauben! Monster tauchen auf und zerstören einem die Einrichtung?!"

Olaf, der sich inzwischen gefasst hatte, meinte trocken: „Das ist noch gar nichts! Ahn' erst mal ab, worauf du es dir bequem gemacht hast…"

„WAS GEHT?!" sprang Rake mit überschlagender Stimme in die Höhe, als er seinen Sitzplatz so bluttriefend wahrnahm, wie der Schein des Spiels es gebot. Er stolperte durchs Zimmer, gegen den Kleiderschrank, die Türen öffneten sich und die darin gehortete Alice stürzte leblos auf ihn herab. Keuchend warf er die Leiche Olaf zu, der sie auffing und die berechtigte Frage stellte: „Ist sie tot?"

Fart nickte: „Yep, Game Over! Keine gute Spielerin! Hat voll die Panikattacke geschoben, die Gute! Dieses Spiel ist zu hart für zarte Amateure!"

Olaf untersuchte: „Boah, das sieht echt übel aus! Wo ist ihre Kehle?"

Fart machte eine schwammige Handbewegung in Richtung Bett. „Irgendwo dazwischen schätze ich… doch keine Sorge, in Wirklichkeit ist ihr nichts passiert!"

Rake meinte dazu: „Das scheint ihr aber nicht besonders viel zu bringen!"

Fart bestätigte: „Genau deshalb müssen wir herausfinden, *wie* dieses Spiel funktioniert! Was wir brauchen ist ein Heilungszauber oder so…"

Rake betrachtete Alice. „Ein *Wiederbelebungs*zauber wäre angebrachter!"

Olaf warnte: „Aber wir sollten uns beeilen oder ihr zumindest eine Nahrungssonde einführen damit sie uns nicht wegverreckt!"

Fart nickte. „Stimmt schon! Wie kriegen wir bloß neue Fertigkeiten?"

Rake sah Fart verständnislos an und fragte: „Dumm oder was? Hast du noch nie ein RPG gespielt?" Da er von Fart nur stumpf angeblinzelt wurde, fügte er seiner Erklärung hinzu: „Na durch *Töten*! Wir müssen ganz viele Gegner vernichten, damit wir Erfahrungspunkte bekommen, die wir dann in neue Skills einlösen!"

Fart war misstrauisch: „Welch frivole Idee! Töten um zu heilen, in der Realität ist *jeder* damit gescheitert!"

Olaf erinnerte: „Aber das ist nicht die Realität, es *spielt* nur dort! Gewöhn' dich entweder *daran* oder an eine Freundin mit Sonde!"

Fart war begeistert. „Wirklich erstaunlich, wie schnell ihr auf das Spiel klarkommt! Ich für meinen Teil war voll am Durchdrehen, hab' mich selbst beschmutzt…"

Rake und Olaf lachten ihn derbe aus. „Er hat sich besudelt!" „Was für ein Weichei!"

Fart verteidigte sich: „Hey, als mir das erste Ungeheuer erschienen ist, wusste ich doch nicht dass es sich nur um ein Spiel handelt…"

Olaf wirkte gierig: „Apropos! Wann kommt denn jetzt endlich eins dieser Monster?"

Farts Blick wanderte durch die zerbrochene Fensterscheibe nach draußen. „Du wirst für den Rest deines Lebens von ihnen umgeben sein, also genieße diesen letzten Augenblick der Ruhe! Von nun an ist dein Sein von verherrlichter Scheingewalt beherrscht!"

Eine Träne kullerte Olaf die Wange hinab.

Rake klopfte ihm tröstend auf die Schulter und meinte: „Geht's?"

Olaf schnäuzte und nickte. „Sicher… wisst ihr… es ist nur so… dass ich mir so was schon immer gewünscht habe! Bereits bei meiner Geburt badete ich in Blut… und dachte mir: ich will *mehr* davon! *Mehr*! Und noch *mehr*! Die Geschichte der Menschheit erscheint mir ästhetischer als jeder Porno! Ich… will einfach nur metzeln… Metzeln *spielen*! Der Traum eines Kindes… und nun scheint er wahr! Nein, er *ist* wahr!"

Rake berichtigte: „Eigentlich müsstest du sagen dass *sein Schein wahr ist*!"

Fart bat: „Kommt zur Erde zurück, ihr Klauberer der Worte! Wir haben viel zu tun, da bleibt keine Zeit für Laberei!"

Rake hatte nebenbei wieder das Pad zur Hand genommen, um jene Höhle mit dem Lagerfeuer weiter zu erkunden. Da stellte sich seinem virtuellen Alter Ego ein Kobold in den Weg, genau wie es Fart ergangen war. Im Gegensatz zu diesem drückte Rake jedoch nicht wild auf den Feuerknopf, sondern freestylte eine Tastenkombination, wie er sie in einem Beat'em'Up gemacht hätte – zur Belohnung sah man, wie der Kobold mit einem Uppercut in die Höhe gefäustet wurde, um als Blutbolzen wieder aufzuschlagen und schließlich als grüner Fleck zerfloss; „10 MILES HIGH – BONUS".

Fart johlte: „Der *Burner*, Alter! Wie hast du denn *so* manövriert?"

Rake deutete die entsprechende Tastenkombination an.

Auf einmal fragte Olaf: „Hey, spürt ihr auch dieses angenehme Kribbeln im Nacken?" Wie eine Person drehten sich alle drei um. Vor dem Bett stand ein Kobold und tanzte verrückt durch die Gegend.

Rake und Olaf wollten sich gerade erheben, doch Fart drückte beide wieder zu Boden, indem er sich auf ihren Schultern abstützte um aufzustehen: „Nein, bitte lasst *mich*! *Ich* will!" Er stürmte auf den bedrohlich fauchenden Kobold zu und ballte seine rechte Hand zur Faust. Dann setzte er zu einem Kinnhaken an und übertraf sich selbst: sein Ausschwung begann am Boden und endete hoch in der Luft. Der Kobold flog gegen die Decke und blieb dort blutig kleben, doch damit nicht genug! Fart war beim Uppercut zu weit nach vorne gegangen und hatte aus Versehen unter das Bett geschlagen, welches dadurch gegen die Wand katapultiert wurde. Es prallte spritzend ab und stand schließlich wieder so, dass man drin liegen könnte. In diesem Moment löste sich der tote Kobold von der Decke und fiel genau hinein. Das Schild „SLEEPING SONG – BONUS!!!" erschien und Fart ließ einen Brunstschrei des Sieges verlauten. Noch niemals zuvor hatte er sich derart stark gefühlt.

„Wusste gar nicht, dass du so kräftig bist..." meinte Olaf, während er testend das schwere Bett anhob.

Rake beanstandete: „Freak, warum muss ich dich an deinen eigenen Satz erinnern? Es ist *ein* *Spiel*! In Wirklichkeit stand das Bett die ganze Zeit da und Fart hat einfach schmerzhaft drunter gekloppt!"

Da begann Fart zu jaulen: „Auf jeden! Alter! Schmerzen! Nichts als Schmerzen!" Wild schüttelte er seine Schlaghand.

Olaf analysierte: „Ist euch eigentlich bewusst, dass Fart gerade eine Technik aus diesem Videospiel in die Realität übertragen hat?"

Fart überlegte: „Das würde ja bedeuten, dass man sich automatisch alles aneignet, was man im Fernseher *sieht*…"

Rake brachte ein: „Dann würde man sich ja auch schon infizieren, sobald man das Spiel nur *erblickt*. Dabei muss man doch offensichtlich erst seinen eigenen Spielstand erstellt haben… Wenn wir bloß wüssten, ob man sich auch mit *verbundenen Augen* infizieren kann…"

Olaf meinte: „Wir bräuchten ein Versuchskaninchen, mit dem wir genau *das* herausfinden können!"

Fart dachte kurz nach. Schließlich stach er hervor: „Alles klar! Ich hab's! Wo ist Alices Handy?"

Sie wurden bei – nein *in* – ihren Überresten fündig.

Kathrin saß hinter dem Steuer ihres Wagens, als sie Farts Haus mit einem misstrauischen Blick bedachte. Der Kerl hatte sie von Alices Handy aus angerufen und ihr eine Überraschung versprochen, doch irgendwie war ihr diese Sache nicht ganz geheuer. Anderseits war sie zu neugierig, als dass sie hätte ablehnen können. So war sie nach der Schule in ihr Auto gestiegen und hierher gefahren.

Vorsichtigen Schrittes betrat sie Farts Garten. Obacht war geboten, denn bei einem komischen Kauz wie ihm konnte man *nie* wissen! Wieso war sie zum Beispiel nicht von Alice *selbst* angerufen worden? Kathrin konnte diesen Gedanken nicht weiter verfolgen, da sie in ebendiesem Moment von jemandem gerufen wurde: „Kathrin yo, schön dass du kommen konntest!"

Es war Fart, der mit zwei anderen Leuten auf dem Rasen abhing und sie anscheinend erwartet hatte. Jetzt begrüßte er sie: „Willkommen in meinem bescheidenen Heim!"

Rake küsste ihre Hand: „Viel zu lange schon ist uns die Ehre deines Besuchs verwehrt geblieben!"

Und Olaf: „Freut mich dich wieder zu sehen!"

Kathrin fühlte sich geschmeichelt; die waren heute ja *richtig* nett! Derart höflich war sie selten in Empfang genommen worden!

Fart fragte leutselig: „Hattest du bisher einen korrekten Tag?"

Kathrin war ob der Freundlichkeit fast schon verwirrt: „Ich äh… doch… äh, ging klar, war nichts Besonderes los… Hm… wo ist denn Alice?"

Fart winkte lächelnd ab: „Och, die hat sich in meinem Zimmer zur Ruhe gelegt!"

Olaf kicherte.

Erneut keimte Misstrauen in Kathrin auf. „Du meinst… sie *schläft*? Um *diese* Zeit? Es ist helllichter Nachmittag…"

Rake nahm Kathrin zuvorkommend in den Arm. „Oh, das hängt alles mit der Überraschung für dich zusammen! Sie hat sich ein wenig… *überschätzt*, die Gute!"

Olafs Stimme war voll der Gefälligkeit: „Du bist bestimmt gespannt, oder? Nun, wir wollen dich gar nicht länger hinhalten…"

Fart kramte ein Stofftuch hervor. „Wenn du erlaubst, würde ich dir jetzt gerne die Augen verbinden…"

Kathrins Begeisterung über diese Idee hielt sich stark in Grenzen. „Also ich weiß nicht…"

Rake unterstützte: „Ach komm schon! Alice hat sich so viel Mühe gegeben! Willst du ihr das wirklich verderben?"

Und Olaf setzte den Gipfel: „Denk mal an deine Freundin und nicht nur an dich! Gönn' ihr doch diesen kleinen Gefallen!"

„Ok, na schön, tut was ihr nicht lassen könnt" erklärte Kathrin sich schließlich widerwillig einverstanden. Dunkelheit legte sich über ihr Blickfeld, als Fart mit dem Tuch ihre Augen verband. Dann erklärte er: „Wir führen dich jetzt in mein Zimmer, doch wundere dich nicht! Wir müssen es durchs Fenster betreten um meiner Mum auszuweichen. Sie ist zurzeit ein wenig stinkig, weißt du?"

Kathrins Interesse war geweckt. „Warum das denn? Was ist passiert?"

Während Olaf und Rake sie durchs Fenster hievten, legte Fart dar: „Ich habe etwas überreagiert und nun sucht sie den Dialog. Nichts Besonderes, der übliche Stress mit Eltern. Kennst du ja bestimmt selbst!"

„Kann ich die Augenbinde jetzt abnehmen?" fragte Kathrin, als sie drinnen waren.

Ruhig bat Fart: „Momentchen noch, ok? Wenn du so nett wärst und mal kurz dieses Ding hier halten könntest…" Er drückte ihr den Controller der Wunderkonsole in die Hand. „Und jetzt betätige bitte den Knopf bei deinem rechten Daumen…" Geduldig leitete er sie durch das Hauptmenü, damit sie sich einen Spielstand erstellen konnte.

Der armen Kathrin war dabei gar nicht gut zumute! Sie fühlte sich daran erinnert, wie sie als kleines Kind bibbernd im Bett gelegen und sich vor eingebildeten Ungeheuern versteckt hatte. Erst durch den Film „Monster AG" war es ihr gelungen, dieses Kindheitstrauma zu überwinden.

Da wisperte Fart auf einmal: „Alles klar, geschafft. Halt still, ich nehme dir jetzt die Binde ab!"

Kathrin blinzelte und… erstickte beinahe am eigenen Schrei! Da war Blut! *Überall sah sie Blut*!!!

„Aha!" triumphierte Fart. „Es hat also rein gar nichts mit Sehen zu tun!"

„Moment!" bremste Olaf. Er deutete auf die vom Schrecken übermannte Kathrin und erläuterte: „*Noch* wissen wir doch überhaupt nicht, ob sie wirklich *infiziert* ist! Vielleicht kommt sie nur nicht auf die unhygienischen Zustände hier klar…"

Um das herauszubekommen fragte Rake sie: „Kathrin yo, alles klar? Beschreib mal was du gerade siehst!"

Sie reagierte nicht direkt auf ihn, sondern wankte nur durch den Raum und hauchte: „Oh Grauen! Welch schreckliches Verbrechen wurde hier begangen?"

Olaf nickte. „Ok, sie *ist* infiziert!"

Rake lachte: „Hey Kathrin, keine Angst, es ist nur ein Spiel, dass... AUA!" Ein unauffälliger Fußtritt von Fart brachte ihn zum Schweigen.

„Ruhe!" gebot dieser leise. „Mir ist gerade was eingefallen: wir sollten Kathrin besser nicht vom Spiel erzählen!"

Während Kathrin im Hintergrund vollkommen paranoid durchs Zimmer zappelte, fragte Olaf: „*Warum* nicht? Aus Spaß?"

Fart schüttelte den Kopf. „Nein, das nicht. ...na ja, auch. Aber hauptsächlich, weil beste Freundinnen von Freundinnen *nerven*, es sei denn... sie sind so drauf wie Kathrin gerade!"

Diese war inzwischen an diesen ganz bestimmten Schrank geraten. Kontinuierlich strömte Blut aus den Ritzen, und obwohl sich alles in ihr danach verzehrte, diesem üblen Ort zu entfliehen, obsiegte ein weiteres Mal ihre Neugierde. Langsam öffnete sie die Schranktür... WUSCH – wurde sie von einem gigantischen Blutstrom zu Boden geworfen. Dann fiel irgendwas auf sie rauf. Etwas recht Schweres. Panisch wischte sie sich ihre Augen frei und erblickte... Alice! Sie war tot! Ihre beste Freundin war tot! *Ermordet*!!! Sie hatten ihr den Hals aufgeschnitten...

Derweil überlegte Rake: „Meint ihr nicht auch, dass sie voll die Probleme in ihrem restlichen Leben kriegen wird, wenn wir ihr nicht sagen, was abgeht?"

Fart beruhigte: „Da mach dir mal keine Gedanken drüber! Die hatte ohnehin schon einen Schaden. Schau dir doch an, wie die aussieht! Wenn die sich jemals im Spiegel betrachtet hätte, wäre ihr sowieso aufgegangen, dass sie bekloppt ist! Ne du, darauf kommt es jetzt echt nicht mehr an!"

Olaf stimmte grinsend zu: „Wo er Recht hat, hat er Recht!"

Fart hob Alice auf, indem er ihren leblosen Arm um seine Schultern legte. Laut, damit Kathrin es hören konnte, rief er: „Willkommen auf deiner Überraschungsparty, liebe Kathrin! Wir haben den ganzen Tag damit verbracht mein Zimmer für dich auszuschmücken! Ich hoffe es gefällt dir! War verdammt anstrengend, findest du nicht auch, Alice?" Indem er ihren Körper leicht rüttelte brachte er ihren Kopf zum Nicken. Große Mengen an Blut wurden dabei aus ihrer Wunde gedrückt.

Kathrin stotterte: „W-was? Pa... Party? A-aber... Blut... ich sehe überall Blut... Und Alice... ist tot..."

Farts vorgetäuschte Verwunderung war perfekt: „Wie bitte? Wovon redest du? Alice steht doch hier neben mir! Und es geht ihr prächtig! Nicht wahr, Schatz?" Erneut ließ er sie nicken.

Kathrin stolperte rückwärts gegen die Wand und kreischte: „Aber ich sehe *wirklich* überall Blut..."

Rake fragte scheinhelfend: „Hast du dich vielleicht zuviel mit der Geschichte der Menschheit beschäftigt?"

Es war Olaf, der nun heimtückisch Alices Stimme nachahmte: „Du solltest dich wohl besser wieder nach Hause begeben um dich auszuschlafen!" Und nach einem Augenblick fügte er noch boshaft an: „Aber ich bin sehr enttäuscht von dir! Ich dachte, du wärst meine Freundin!"

Kathrin weinte: „Oh Alice... es tut mir furchtbar leid... ich... ich hatte schon als Kind solche Probleme... glaub mir! Ich habe mir immer irgendwelche Monster eingebildet, die..."

Ein Pentagramm aus Feuer erschien am Boden und es wurde heiß. *Sehr* heiß!

Fart flüsterte seinen Kumpanen zu: „Aha, ein Imp! Aber denkt dran: nicht beachten, solange Kathrin hier ist!"

Diese brachte ihren Schrecken gerade in einem lauten Aufschrei zum Ausdruck: „Was zur Hölle ist *das*?!"

Fart gab Alice schnell an Olaf weiter, hüpfte über das im Entstehen begriffene Pentagramm auf Kathrin zu, nahm diese in den Arm, drückte sie in Richtung Tür und sagte: „Schön, dass du hergekommen bist, obgleich dir unsere Party nicht gefallen hat. Wirklich schade, damit scheinst du

Alice ziemlich hart verletzt zu haben! Deshalb solltest du jetzt besser auf sie hören und nach Hause fahren!"

Kathrin brüllte: „D-d-da! Da kommt was aus dem Boden! Ein *Monster*!"

Rakes Stimme sollte äußerst beruhigend wirken: „Aber nicht doch! Das bildest du dir nur ein! Das ist nur dein schlechtes Gewissen, weil du dich gerade so daneben benimmst! Aber keine Angst. Alice wird dir schon verzeihen, auch wenn es sicherlich eine Weile dauern wird! Also mach dir keine Sorgen, falls sie sich in der nächsten Zeit nicht bei dir meldet…"

Unter entsetzlichem Getöse war der Imp dem Feuerkreis entstiegen, um sich unter furchteinflößenden Drohgebärden in Szene zu setzen. Gleichzeitig klopfte es an der Tür.

Fart ächzte: „Och nö, nicht jetzt! Das ist bestimmt wieder Mum…"

Wie ihre Stimme verriet, war sie es tatsächlich: „Fart? Was ist das für ein Lärm hier? Wer schreit da so herum?"

Es war Kathrin. Und zwar *unablässig*. Der Imp war ihr nicht besonders sympathisch…

Fart nutzte es eiskalt aus, dass sie derart abgelenkt war und rief seinen beiden Mitstreitern zu: „Schnell, versteckt sie!" Er deutete auf Alice. „Und kümmert euch auch um *ihn*!" Damit meinte er den Imp. Dann riss er die Tür auf, packte Kathrin im Nacken und stieß sie direkt seiner Mutter in die Arme, befehlend: „Mum yo, dass ist Kathrin. Sie spinnt voll und wollte uns gerade verlassen. Würdest du sie bitte zu ihrem Wagen begleiten?"

Seine Mutter fragte: „Was ist hier eigentlich los?"

Kathrin zeigte sich ziemlich neben der Spur: „Monster… Blut… Tod… Feuer… Verdammung…"

Fart zuckte mit den Schultern: „Wie gesagt: sie spinnt! Aber du kriegst das schon hin!" WAMP – und die Tür war wieder *zu*. Da wandte Fart sich um und sah, wie Olaf und Rake gerade zufrieden ihre Hände abwischten. Keine Spur von Alice und dem Imp. Fart lobte: „Yeah, gut gemacht, Jungs! Wo habt ihr Alice diesmal ausgelagert?"

Rake deutete auf den Schrank.

Fart lachte: „Cool! Und der Imp, wo ist der?"

Mit leicht schuldbewusstem Blick deutete Rake erneut auf den Schrank; von Innen heraus rappelte dieser gewaltig!

Fart rieb sich die Stirn. „Na toll! *Verbessern* wird sich Alices Zustand dadurch nicht unbedingt… Warum habt ihr das Vieh nicht getötet?"

Olaf entgegnete: „Sie war doch schon tot…"

Fart fuhr auf: „Der Imp, Mann! Ich meine den verdammten Imp!"

Rake rechtfertigte: „Es ist gar nicht so einfach, einen Imp ohne Waffe zu erlegen!"

Olaf unterstützte: „Wir brauchen unbedingt mehr Vernichtungstechniken, ansonsten haben wir keine Chance…"

Traurig blickte Fart zu Boden: „Stimmt schon… Diese jämmerlichen Schläge reichen zwar gegen die kleinen Kobolde, doch Imps sind verflucht zähe Bastarde! Dass ich den einen besiegt habe, war pures Glück…"

Rake grübelte: „Wie haben wir bloß diesen Uppercut gelernt? Auf jeden Fall wissen wir jetzt, dass wir ihn uns nicht durch Zuschauen angeeignet haben…"

Olaf nickte: „Richtig! Was wir in der Realität sehen, ist für das Spiel vollkommen unerheblich…"

Fart hetzte: „Quatscht nicht dumm herum, sondern *unternehmt* etwas gegen diesen Imp!" Er betrachtete den Schrank, in dem es noch immer ordentlich zur Sache ging. „Das Biest wird von Alice nicht allzu viel übrig lassen…"

Rake fragte: „Aber was sollen wir tun? Ich habe keine Lust so zu enden wie deine Freundin!"

Olaf stimmte zu: „Damit wäre ihr auch nicht geholfen!"

In diesem Moment ertönte Kathrins Gezeter draußen im Garten. Die drei Zocker schauten aus dem

Fenster und sahen, wie Kathrin mit wild rudernden Armen auf ihren Wagen zustürmte, während die Mutter von Fart und Rake vergeblich versuchte, sie zu beruhigen.

Fart rieb sich das Kinn und fragte: „Denkt ihr auch, was ich denke?"

Olafs Grinsen reichte von einem Ohr zum anderen: „Aber auf *allerjedsten*!"

Fart nickte. „Ok, dann los Jungs! Packen wir's an!"

Gemeinsam schoben sie den Schrank bis vor das Fenster. Dann öffneten sie die Türen und Fart betörte den Imp: „Na los, Kleiner! Geh zu Kathrin! Lecker Zickenfleisch!"

Fauchend sprang der Imp ins Freie und raste in Richtung Kathrin, die gerade mit durchdrehenden Reifen davon fuhr. Dabei passierte er die Mutter, der er – TSCHING – im Vorbeilaufen die Brüste abriss. Diese flogen im hohen Bogen davon und lagen fortan auf dem Dach…

Dem besorgten Fart war das hart egal. Er wollte einfach nur wissen, wie es seiner Freundin ging. Also inspizierte er den Schrank, und was geschah? Ein fleischiges Etwas fiel ihm in die Arme; jetzt war Alice nicht mehr wunderschön! „Boah igitt! Langsam wird es echt abartig!" stöhnte er.

Rake tickte ihn an: „Dann baller dir erstmal Mum…"

Die stand direkt vor dem Fenster und machte oberhalb zweier Hochdruckblutstrahlen ein wütendes Gesicht: „Was zum Teufel habt ihr mit diesem Mädel gemacht? Bei der sind ja sämtliche Sicherungen durchgebrannt!"

Fart beteuerte: „Ey, die war vorher schon doof, ich schwöre!" Zur Unterstützung brachte er Alice zum Nicken.

Da entdeckte die Mutter den Schrank. Auf ihn deutend fragte sie: „Und was soll *das* nun wieder?"

Fart stakste: „Wir… äh… mussten ihn verschieben, weil… äh…"

Olaf half aus: „Weil Kathrin dahinter gepinkelt hat!"

Fart nickte: „Genau! Und jetzt müssen wir… äh… sauber machen und äh… aufräumen… und so…"

Bei dieser Behauptung wurde die Mutter noch misstrauischer: „Sauber machen? *Aufräumen*? Ihr wisst doch nicht einmal, was das *bedeutet*! Da stimmt jawohl irgendwas nicht! Ich will jetzt wissen, was bei euch los ist!"

Alle drei stammelten: „Alles… bestens… alles… ok… hier…" Und um zu zeigen, dass das auch für Alice galt, ließ Fart sie kurzerhand winken.

Die Mutter holte Luft, um etwas zu sagen, überlegte es sich jedoch anders und schüttelte einfach nur mit dem Kopf. Sie ging ins Haus zurück – aufgrund ihrer Scheinwunde mit einer immensen Blutspur im Gefolge.

Nach einer Weile des Schweigens meinte Olaf: „Also ich muss zugeben, dass ich den heutigen Tag extrem amüsant fand!"

Rake stimmte zu: „Vor allen Dingen Kathrin! Die hat uns mit ihrem Auftritt echt Stand-Up-Comedy vom Feinsten geboten!"

Die drei lachten lange und innig.

Irgendwann schrak Fart auf: „Alter, es ist doch voll gefährlich, wenn Kathrin in diesem Zustand durch die Gegend fährt! Wenn sie stirbt, kann sie uns nicht mehr unterhalten!"

Rake riet: „Dann ruf sie an und sag ihr, dass sie aufpassen soll!"

„Auf jeden!" stimmte Fart zu und nahm Alices Handy zur Hand.

Während Fart mit Kathrin telefonierte, wandten Olaf und Rake sich wieder der Wunderkonsole zu. Letzterer überlegte: „Yo, hast du dir mal die ganzen Spielstände geballert?"

Olaf nickte: „Es scheint noch eine Menge anderer Spieler zu geben…"

Rake kratzte sich am Kopf. „Wenn wir sie bloß finden könnten…" Er betrachtete Alice. „Vielleicht weiß einer von denen, wie man aus diesem Steak wieder einen Menschen macht…"

Olaf untersuchte die Spielerliste und stellte fest: „Null Chance, Mann! Keine Namen, keine

Adressen, da sind nur verdammte Nummern! Es ist wie auf dem Arbeitsamt!"

„Das schimpft sich schlechterdings Agentur für Arbeit!" berichtigte Fart.

Rake fragte: „Was geht bei Kathrin? Alles klar?"

Fart bestätigte: „Jep, sie ist gut zu Hause angekommen! Ist euch eigentlich aufgefallen, wie verdammt spät es geworden ist?"

Rake gähnte: „Geht schon! Ich glaub', ich geh jetzt pennen!"

Olaf meinte: „Gute Idee! Wir hatten einen harten Tag!"

Behutsam legte Fart den kargen Rest von Alice aufs Bett und hauchte: „Keine Angst, mein Schatz, wir werden dich retten! Keine Angst!"

Olaf grinste: „Oh sieh' nur, sind sie nicht süß, die zwei Turteltäubchen?"

Rake schloss sich dem Schalk an: „Wir sollten sie jetzt besser alleine lassen, sie wollen sicherlich ein wenig Zeit für sich haben!"

Schon halb aus dem Fenster gestiegen rief Olaf noch: „Macht euch eine schöne Nacht der Fleischeslust!"

Und Rake verabschiedete sich indem er scherzte: „Hey Fart, soll ich dir den Grill aus dem Schuppen holen?"

Fart schenkte diesen Verhöhnungen keine Aufmerksamkeit. Er starrte einfach nur seine Freundin an und flüsterte dorthin, wo er ein Ohr vermutete: „Alice Schatzi, ich lasse dich nicht im Stich, ok? Wohin auch immer dein Geist sich verkrochen hat: vergiss niemals, dass ich stets für dich da sein werde! Alles wird wieder gut…" Er begann zu weinen.

„Fart!!!" kreischte Alice und riss die Augen auf. Verwirrt stockte sie.

Grauer Himmel und doch keine Wolken. Licht war da, aber… keine Sonne?

Sie lag auf dem Rücken. Nackt.

Stille. *Absolute* Ruhe!

Mühsam raffte sie sich auf und sah sich um. Aha, eine endlose Wiese. Nur grünes Gras und grauer Himmel, so weit das Auge reichte. Sonst nichts. „Wo… wo bin ich hier?" wisperte sie mit zitternder Stimme. Dann fiel ihr Blick auf ihren Schritt. „Und wieso habe ich Schamhaare?" Die hatte sie doch gerade erst abrasiert, um Fart eine Freude zu bereiten… Was war geschehen?

Alice wischte sich durchs Gesicht. Irgendwas erschien ihr hier… *falsch* oder so! Alle Grashalme bewegten sich absolut synchron, sie wehten in einem Wind, der… nicht vorhanden war! Was war hier los???

Da! Goldenes Licht schimmerte aus dem Boden. „Was…?" murmelte Alice und kniete nieder. Vorsichtig drückte sie einige Grashalme beiseite und entdeckte… Ziffern. *Ziffern*?!?

Alice stand wieder auf, um das ganze aus einem weiteren Winkel betrachten zu können. Die Ziffern setzten sich zu einer Zahl zusammen, und diese war Teil eines… *Zahlenstrangs*! Eine Linie aus goldenem Licht leuchtete bis zum Horizont hinauf. Daneben erstrahlten in gleichmäßigen Abständen viele, viele weitere Zahlen. „Oh Erleuchtung!" erfreute sich ihr Herz an diesem Anblick, doch… was sollte das? Was war Sinn und Zweck dahinter?

Sie wandte sich um. Wie bei einer Linie üblich erstreckte sich auch diese hier in zwei Richtungen. In der einen wurden die Zahlen größer, in der anderen wurden sie kleiner. Alice kratzte sich am Kopf. „Eine Achse wie in einem Koordinatensystem… aus goldenem Licht… auf einer Weide ohne Ende… unter einem grauen Himmel ohne Sonne… an einem Ort, den ich nicht kenne… ok…" Nachdenklich ließ sie sich wieder zu Boden fallen.

Nach einer Weile merkte sie, dass das Rumsitzen auch nichts brachte. Ihr fiel wieder ein, dass man die Dinge *erforschen* musste um sie zu verstehen, und so nahm sie sich vor, den Zahlenstrang entlang zu wandern; sie hatte ja ohnehin gerade nichts Besseres vor. Doch in welche Richtung sollte sie sich wenden? „Ursprung oder Unendlichkeit?" fragte sie laut. Dann lachte sie. Wenn sie zur Unendlichkeit ginge, wäre sie wahrlich verflucht lange unterwegs, *unendlich* lange um genau zu sein! Nein, sie würde die Richtung einschlagen, die sie zur Null führte. Es war doch schließlich generell so: wenn man etwas verstehen wollte, dann musste man verstehen, *woher* es rührte, *woraus* es folgte! Und bei einem Zahlenstrang folgte alles aus der Null, dem Ursprung aller Zahlen. Sicheren Schrittes hüpfte Alice los.

Irgendwann blieb sie gebannt stehen. Mit Blick auf ihren Schritt rief sie aus: „Wieso lichtet es sich?" Ihre Schamhaare waren viel seichter geworden, fast nur noch ein zarter Flaum. Außerdem stellte sie fest, dass ihre Brüste sich *erheblich* verkleinert hatten. „Bin ich etwa jünger geworden?" überlegte sie. Dann schüttelte sie verwundert den Kopf und hopste weiter den Strang entlang, stets der Folge der Zahlen entgegen.

„Au Backe, womit habe ich das verdient?" Vollkommen verstört saß Kathrin hinter dem Lenkrad. Soeben hatte sie ihre Flucht angetreten. Weg von Farts Haus, wo man schnell dem Wahnsinn anheim fiel. Wie hatte es nur so weit kommen können?

Nun, darüber würde sie sich später Gedanken machen, denn im Moment hatte sie dafür wahrlich keine Zeit. Zwei Probleme bereiteten ihr momentan Unbehagen: Nummer eins war dieses schreckliche Monster, das dem Boden von Farts Zimmer entflohen war und jetzt immer wieder hinter ihr her rennend im Rückspiegel auftauchte, und Nummer zwei war die Frontscheibe, durch die sie nichts mehr sehen konnte, weil diese über und über mit grünem Blut besudelt war. Woher dieses Blut kam? Na von den unzähligen Kobolden, die sich direkt vor ihrer Haube manifestierten! „Vielleicht helfen die Scheibenwischer…" hoffte Kathrin, wurde allerdings enttäuscht, da diese das Blut nur noch mehr verwischten.

„Das darf doch alles nicht wahr sein, verdammt!" heulte sie, schaltete einen Gang nach unten und trat das Gaspedal durch. Sie musste ihren Kopf durch das Seitenfenster hinaushalten um die Straße sehen zu können, und jedes Mal, wenn sie einen weiteren Kobold überfahren hatte, peitschten ihr dessen Überreste ins Gesicht. Hernach flossen diese ihren Körper hinab und machten ihren Wagen zu einer Blutbadewanne.

Es wurde eine höllische Irrfahrt zu ihr nach Hause, und es kam nur deshalb zu keinem Unfall, weil die anderen Verkehrsteilnehmer sehr vorausschauend fuhren. Manchmal war es allerdings wirklich haarnadelscharf! Kathrin sah *nichts*…

Irgendwann wusste sie, dass sie zu Hause angekommen war. Na ja, eigentlich *ahnte* sie es eher. Aus dem Auto heraus ergoss sich eine heftige Koboldblutlache, als sie die Fahrertür öffnete. Die ganze Einfahrt war grün gefärbt und während sie zur Haustür schlitterte erschien ihr plötzlich ein Schild vor Augen: „SUNDAY DRIVER – STYLE!!!"

Hilfreich war das nicht bei ihrem Versuch, wieder einen klaren Gedanken zu fassen. „Ich will das nicht…" weinte sie beim Betreten des Hauses. Wenigstens hatte sie dieses Ungeheuer, das ihr die ganze Zeit auf den Fersen gewesen war, abgehängt.

Total erledigt stürzte sie in ihr Zimmer und ließ sich aufs Bett fallen. Schlafen! Yeah, das wäre jetzt eine gute Sache!

Draußen herrschte ein blutroter Sonnenuntergang, der einen düsteren Schimmer ins Zimmer warf. Es war so unheimlich ruhig…

Kathrin schloss die Augen und atmete tief durch. Normalerweise müsste sie sich noch die Zähne putzen und… Sie schrak hoch! WAR DA WAS? Nein, unmöglich. Es war genau wie damals in ihrer Kindheit. Monster waren aus ihren Schränken gekommen, um sie zu erschrecken, doch waren das nichts als Halluzinationen gewesen! Genau wie vorhin! Auch dabei handelte es sich nur um Einbildungen! Absolut! Beruhigt legte sie sich wieder nieder.

Puh, was für ein Tag! Die arme Alice... sie hatte sich solche Mühe gegeben... „Ich bin so eine dumme Kuh!" schimpfte Kathrin auf sich selbst. Bestimmt saßen Alice und die drei anderen jetzt in Farts Zimmer und machten sich irrsinnige Sorgen aufgrund ihres merkwürdigen Verhaltens. „Ich blöde Sumpfkuh!" fluchte Kathrin noch einmal. Zweifellos war sie mit irgendeiner Hirnkrankheit zur Welt gekommen und würde für immer unter diesen Halluzinationen leiden...

TICK TICK TICK – klopfte plötzlich eine rasiermesserscharfe Kralle an ihre Fensterscheibe. Vor Schreck fiel Kathrin kopfüber aus dem Bett! Mehrere feuerrot glühende Augen starrten sie von draußen an. „Nicht... n-nicht..." stotterte sie von größtem Entsetzen erfüllt.

KLIRR – zerbarst die Scheibe in unzählige Scherben, als der Imp herein gesprungen kam. Er veranstaltete einen Mordskrach, schlug wild brüllend um sich und nahm Kathrins Zimmer auseinander.

Diese erhob sich mit zitternden Knien und sprach: „Ok, also gut! Dich... dich gibt es nicht! Du existierst nur in meinem Kopf, um mich zu erschrecken. Das ist dir hiermit gelungen und somit kannst... kannst du jetzt... wieder... ge-gehen..."

Da hielt der Imp inne und wandte sich Kathrin zu. Er öffnete sein Maul und... nun, das Geräusch, das dort heraus kam, ging zwar nicht besonders *gut* ins Ohr, *rein* gelangte es allerdings trotzdem, da es *höllisch* laut war!

Kathrin konnte diesen Krach nicht ertragen. Zum Glück lag die Fernbedienung ihrer Stereoanlage direkt neben ihr. Schnell drückte sie den Powerknopf und zack, *Territorial Pissings* von Nirvana ertönte...

Der Imp hatte nicht die geringste Chance! Nicht gegen Kurt Cobain! Da musste schon mehr kommen als die geballte Kraft der Hölle! Sich seiner Sache plötzlich nicht mehr so sicher, versuchte er dennoch, gegen den Grunge-Meister anzukommen... bis ihm die Puste ausging. Verzweiflung stand ihm deutlich in die schreckliche Fratze geschrieben, als er hechelnd zu Boden ging.

„Soviel dazu!" lachte Kathrin ihn aus und drehte die Lautstärke noch ein wenig höher.

Unerwartet raffte der Imp sich wieder auf. Geschwind wie ein Tiger sprang er auf Kathrin zu und verpasste ihr einen Schlag ins Gesicht – eine typische Anime-Narbe war hinterher unter ihrem linken Auge zu sehen.

Erstaunt starrte Kathrin das Monster an. „Du... du hast..." Sie schüttelte ihren Kopf. „Du bist hier, um mich zu erschrecken! Das... das ist ok, du bist ein Monster und es ist deine Natur, Leute zu erschrecken! Kein Ding, dafür habe ich vollstes Verständnis!" Ihre Narbe begann zu glühen und ihre Augen wurden zu kleinen Schlitzen. „Aber du... du hast es tatsächlich gewagt..." Ihre Stimme wurde immer dunkler und lauter. „Du hast es gewagt, mich zu... schlagen... *zu schlagen*! DU HAST MICH GESCHLAGEN!!! Niemand, *niemand*, NIEMAND darf mich schlagen! Ich HASSE es, geschlagen zu werden!"

Nicht nur aufgrund ihrer immensen Lautstärke wurde dem Imp jetzt angst und bange; viel erschreckender war ihr Anblick: überall blähte sich ihr Körper zu einem gigantischen Muskelberg auf; gleißende Flammen kamen aus ihren Poren geschossen! Ihr Gebrüll war so grollend wie ein Gewitter: „DAFÜR WIRST DU ZAHLEN!!!"

Mit seiner Klaue zog sich der Imp die Haut an seinem Hals nach vorne und schluckte hart. Offenbar hatte er jetzt einen wichtigen Termin *woanders*, denn schnurstracks tastete er sich zur Türe.

Kathrins Schritte ließen die Erde erbeben, als sie auf den völlig verängstigten Eindringling zustürmte. Mit ihren flammenden Pranken packte sie den bemitleidenswerten Flüchtling, stemmte ihn barbarisch grölend in die Luft und – WRATSCH – *riss* ihn dort auseinander, bis die einzige Verbindung zwischen den Beinen und dem Rumpf der *Darm* war. Dieser legte sich wie eine

41

Halskette auf ihre Schultern, als sie beide Hälften in unterschiedliche Richtungen davon warf und mit ihnen die Wände zertrümmerte. „BIG LONG NOW – BONUS!!!"

„WILL NOCH JEMAND?" rumorte sie.

Ein Feuerkreis breitete sich am Boden aus und unter einem roten Blitz erschien ein weiterer Imp, der jedoch sofort mit durchdrehenden Beinen das Weite suchte, als er sah, wem er gegenüber stand. KRACH – wetzte er durch die Tür und hinterließ seinen Umriss darin.

Kathrin sprang ihm umgehend hinterher und trat so heftig in seine Waden, dass diese ihn überholten, obwohl er eigentlich verdammt schnell unterwegs war. Dann zerrte sie ihn ins Zimmer zurück.

Der Imp versuchte, sich mit den Pfoten im Boden festzukrallen und hinterließ so eine blutige Kratzspur. Er wusste nicht, wie ihm geschah, als er mehrmals *gegen* und schließlich *durch* die Wand ins Freie geschleudert wurde, wo er – PLING – am Horizont entschwand wie Team Rocket in Pokémon. „MEXICAN SEAFOOD – BONUS!!!"

Kathrin ging ans Fenster und schrie ihrem Opfer hinterher: „Dämliche Mistviecher, verschwindet und lasst euch hier ja nie wieder blicken!"

Ihre Nachbarn, die grillend im Garten saßen und sich angesprochen fühlten, pöbelten zurück: „Zieh gefälligst woanders hin, wenn wir dich stören, du Ratte!"

Beschämt schloss Kathrin das Fenster. Sie hatte wieder ihre normale Gestalt angenommen, und verwirrt legte sie sich zurück ins Bett. Ihr Zimmer war unbeschädigt... als hätten hier niemals irgendwelche Ungeheuer ihren Spuk getrieben. Nun, hatten sie ja auch nicht. Nur ein paar Halluzinationen. Und verflucht, denen hatte sie hart gegeben! Grinsend schlief sie ein.

Mitten in der Nacht klingelte plötzlich ihr Handy. Schlaftrunken meldete sie sich: „Ja, verdammt?"

Es war Fart. „Yo Kathrin, was geht?"

„Ich schlafe..."

Plötzlich fiel ihm auf: „Wow, ist ja schon richtig spät geworden..." Dann klang er besorgt: „Ich... äh... wollte dir nur sagen, dass du besser vorsichtig fahren solltest! Du warst ziemlich übel drauf..."

Kathrin war gerührt: „Oh Fart, das ist wirklich nett von dir! Ihr habt euch bestimmt die ganze Zeit voll die Sorgen um mich gemacht, oder?"

Fart stockte: „Äh... geht... äh... Wie... was läuft denn jetzt bei dir?"

Kathrin musste fast weinen: „Der Weg hierher war so grausam! Der ganze Tag war derart schrecklich, dass ich..."

„Schon gut, ich habe dich nicht nach deiner Lebensgeschichte gefragt!" klaute Fart bei Homer Simpson und fügte an: „Fahr einfach vorsichtig, wenn du am Durchdrehen bist, ok? Oder nimm am besten den Bus!"

Kathrin versicherte: „Das werde ich!" Nachdem sie ihr Handy weggelegt hatte, murmelte sie: „Für einen Freak ist er eigentlich ganz nett, dieser Fart..."

Level 5: Freitag

Früh am Morgen kam Rake verschlafen aus seinem Zimmer geschlurft und wollte sich strecken, doch – WURSCH – rutschte er auf dem nassen Boden aus und fiel hart – BAMMS – auf seine Kehrseite. Benommen schüttelte er seine Müdigkeit ab, sah sich um und erkannte mit gekräuselter Stirn, dass sein Zuhause vor Blut nur so *triefte*!

Seine Mutter kam durch den Flur, spritze mit ihren Hochdruckblutstrahlen um sich und bemerkte verwundert: „Nanu? Warum hockst du da so herum? Alles in Ordnung?"

„Sicher…" winkte Rake genervt ab. Dieser Ort war ihm zu unchillig; da war ja selbst die Schule angenehmer. Deshalb beschloss er, aufs Frühstück zu verzichten und direkt dahin zu gehen.

Dort angekommen, traf er bei den Müllcontainern auf Olaf, mit dem er lachend in den Erinnerungen des gestrigen Tages schwelgte. So manchen Kobold hatten sie noch vermöbelt, bevor sie zu Bett gegangen waren. Rake wollte von Olaf wissen: „Erscheinen dir hinterher auch immer diese Belohnungsschilder?"

Olaf zuckte mit den Schultern: „Nicht *mehr*! Ich fand die end-nervig und deshalb habe ich sie ausgeschaltet!"

Rake nickte. „Korrekt Alter. Du hast es inzwischen also auch alles abgeahnt."

„War kein Ding."

„Nicht mal geringstens, yo!"

Da kam auch Fart angerannt. Er war blutüberströmt und wirkte äußerst gestresst.

Olaf sprach ihn an: „Junge, siehst du *scheiße* aus! Du missgebürtiges Geschwür im Darm einer räudigen Fäkalmilbe!" – Er und Rake lachten ihn aus.

Fart winkte traurig ab: „Frag bloß nicht, was bei uns Zuhause abgeht! Unsere Mutter hat mit ihrer Wunde das ganze Haus zugeblutet und es ist ein Drecksgefühl im Lebenssaft seiner Freundin zu liegen! So kann das nicht weitergehen! Wir müssen unbedingt was unternehmen!"

Rake warf ein: „Also ich habe da so eine Idee…"

Fart rief aufgebracht: „Eine *Idee*?! Alter, was wir brauchen sind *Taten*!"

Rake besänftigte: „Junge, chill! Bevor man etwas macht, sollte man drüber nachdenken…"

Fart wedelte wild mit den Armen: „Ey, meine Freundin ist verdammtes Hackmett und unserer Mutter fehlen die Titten! Erzähl mir hier keinen vom Chillen, verflucht nochmal!"

Olaf beruhigte: „Es ist ein Spiel! *Nur ein Spiel*!"

Und Rake fügte hinzu: „Alles wird wieder gut, also komm klar!"

Unter großer Anstrengung zügelte Fart seine Emotionen: „Entschuldigt bitte… es ist bloß so… *verwirrend*! Bis vor kurzem war alles noch wie immer, und jetzt… von heute auf morgen… liegt Alice im ganzen Raum verteilt… Es ist wirklich eine merkwürdige Sache! Völlig unerwartet kommt dieses Spiel in dein Leben, und schon siehst du überall Blut und Monster …"

„Äh…" meinte Rake leicht verlegen und deutete hinter Fart.

Mit gelangweiltem Blick murmelte Fart: „Mir schwant Entsetzliches!" Bedächtig wandte er sich um und… da war *sie*: The Incredible Kathrin!!! Fart nickte: „Yep, das habe ich mir gedacht!"

Rake stimmte zu: „Richtig, es *musste* so kommen!"

Olaf informierte: „Ich muss weg!" Dann vergrub er sich im Müll.

Kathrin war wieder zum furchteinflößenden Berserker geworden. Mit einer Stimme, die mehrere Oktaven tiefer war als gewöhnlich, herrschte sie Fart an: „DU HAST MICH VERARSCHT! DAFÜR WIRST DU ZAHLEN!"

Fart wurde derart klein, dass er mit Kathrins Schatten am Boden regelrecht *verschmolz*. Seine Hände zitterten, als er seine Brieftasche hervorholte und stotterte: „O… ok… äh… wie viel macht das dann?"

Kathrin brüllte: „DU MIESER KLEINER… DIE GANZE ZEIT WOLLTET IHR MIR WEISMACHEN, DASS ICH VERRÜCKT BIN! NA WARTE!!!"

Fart versuchte sich herauszureden: „A… also, zunächst solltest du bedenken, dass das alles *Alice'* Schuld war! Außerdem…" Weiter kam er nicht denn – PAMMS – rammte Kathrins monströse Faust ihn unangespitzt in den Boden.

Rake stand staunend daneben, als Fart nun übelste Frauenprügel bezog. Auch Olaf lugte neugierig aus dem Schmutz hervor, kommentierend: „Boah, die Olle geht ziemlich heftig ab, Alter!"

Rake gab ihm Recht: „Sie könnte sich als wertvolle Verbündete erweisen! Hey Fart, meinst du nicht auch, wir hätten ihr doch vom Spiel erzählen sollen?"

„N... niemals!" brachte der zwischen zwei harten Schlägen hervor.

Rake beharrte: „Nein ernsthaft! Sie ist ziemlich stark!"

„Was du nicht sagst!" ächzte Fart, während sein Körper böse malträtiert wurde. Zwar konnte er viele von Kathrins Hieben halbwegs abwehren, doch wäre es ihm deutlich lieber, wenn sie ihre Wut in den Griff bekäme. „Kathrin yo!" rief er deshalb schließlich, „Wir haben das alles nur gemacht, um Alice zu retten!"

Da hielt Kathrin in ihrem Schlaghagel inne. Ihre Gestalt normalisierte sich und erschöpft weinend sackte sie zu Boden. „Was habt ihr Alice angetan? Warum wurde ihr der Hals aufgeschnitten?"

Fart humpelte aufbrausend herum: „Alter, raffst du es nicht? *Nichts* wurde ihr in Wirklichkeit angetan, sie wurde bloß von einem unrealen Monster zersäbelt, weil sie ein Spiel gespielt hat, das nicht für Leute wie sie gedacht ist!"

Kathrin schnäuzte: „Und... dieses Spiel... spiele ich es jetzt auch?"

Fart verdrehte die Augen. „Weißt du was? Komm mit zu mir nach Hause, dann zeige ich dir alles!"

Kathrin wurde von einem tiefen Schock heimgesucht. Käsebleich wimmerte sie: „Ich... ich will nicht zu diesem Ort des Grauens zurück..."

Fart zog sie auf die Beine: „Flenn' hier nicht rum und komm mit, verdammt! Wir haben keine Zeit für diesen Gefühlsquatsch!" Erbarmungslos zerrte er sie hinter sich her.

Zurück blieben ein verwunderter Rake und ein ranziger Olaf.

Letzterer rätselte: „Ich würde zu gerne wissen, wie sie das mit ihrem Körper hingekriegt hat! Ob das von ihrer Wut kam wie bei Hulk?"

Rake meinte: „Kann gut sein! Aber ey, irgendwas wollte ich doch noch erzählen..."

Olaf half auf die Sprünge: „Vielleicht wolltest du dich endlich für deine Visage entschuldigen..."

Rake schüttelte den Kopf. „Junge, du stinkst so dermaßen!"

Olaf grinste: „Danke, ich gebe mein Bestes!"

Sie hörten die Klingel, die den Beginn des Unterrichts signalisierte und begaben sich ins Gebäude, wobei Rake immer wieder fluchte: „Was zum *Teufel* wollte ich erzählen?"

„Also, eines verstehe ich an dieser ganzen Sache nicht!" rief Kathrin aufgebracht, als sie Farts Zuhause erreichten. Auf dem Weg hierher hatte der ihr alles berichtet, was bisher vorgefallen war. Nun fragte Kathrin: „Wenn ihr wissen wolltet, ob man etwas Neues lernen kann ohne es zu sehen, wieso habt ihr euch dann nicht einfach *selbst* die Augen verbunden?"

Fart überlegte kurz und zuckte dann mit den Schultern. „Ich schätze, weil uns das mit dir *zuerst* eingefallen ist..." Als er jetzt sah, wie aus Kathrins Körper schon wieder die Funken sprühten, verlangte er: „Du musst mir unbedingt erklären wie du das machst!"

Kathrin normalisierte sich wieder. „Wie ich *was* mache?"

Fart wurde genauer: „Na diese Berserker-Nummer! Wie verwandelst du dich zum Hulk?"

Kathrin schaute ziemlich verwirrt drein. „Ich... verwandle mich? Was?! Wovon sprichst du?"

Fart winkte ab. „Ach vergiss es! Komm, lass uns nachsehen, was bei Alice so geht!" Er holte den Hausschlüssel hervor, um die Tür aufzuschließen.

Farts Haustür war etwas Besonderes, denn im Gegensatz zu einer *normalen* Haustür öffnete *diese* sich *nach außen* hin. PAMMS – bekamen Fart und Kathrin sie ins Gesicht, wodurch beide benommen nach hinten taumelten. Doch das war erst der Anfang, denn – ZZZZSCHSCH – kriegte jeder einen Hochdruckblutstrahl gegen den Kopf und als Folge flogen sie mit einem Rückwärtssalto mehrere Meter weg, um schließlich unsanft auf dem Boden aufzuschlagen.

Als sie wieder zu sich kamen, beugte sich Farts Mutter zu ihnen herunter. Mit strengem Blick fragte sie: „Weshalb turnt ihr hier vor meiner Nase herum? Warum seid ihr nicht in der Schule?" Beim Herunterbeugen richtete sie den Blutstrahl ihrer Brustwunde erneut auf die beiden, sodass die wie von einem Feuerwehrschlauch fortgespült wurden. Hilflos paddelten sie gegen die Blutmengen an…

Farts Mutter schimpfte: „Sagt mal, tickt ihr noch ganz richtig?!" Kopfschüttelnd wandte sie sich ab und setzte sich in ihr Auto, welches nach circa zwei Sekunden – FLAPP – überlief vor Blut. Bevor sie wegfuhr, rief sie noch: „Ich muss zur Arbeit! Und ihr zwei macht, dass ihr in die Schule kommt, aber *pronto*!" Damit ließ sie die beiden mit ihrem Blut alleine.

Kathrin wischte sich die Augen frei. „Dieses Spiel ist *nicht witzig*, verflucht!"

Fart widersprach: „Geht! Wenn man es richtig spielt, bestimmt schon! Man muss halt nur immer seine Liebsten beschützen!"

„Was dir bei Alice nicht besonders gut gelungen ist…" bemängelte Kathrin.

Fart schaute beschämt zu Boden. „Und bei meiner Mum auch nicht, wie du gerade selbst gesehen hast!"

Sie betraten das Haus und tiefe Bestürzung fuhr durch Kathrins Glieder; *überall* klebte Blut! „Dieser Ort ist der reinste Alptraum!" wisperte sie.

Da kam Farts Hund Lucky um die Ecke. Irgendwas hatte er im Maul, was er jetzt jedoch fallen ließ um Kathrin lauthals anzubellen. Dies war *sein* Revier, und Fremde hatten hier nichts verloren!

Fart so: „Biddu Bell-Tell? Ja, muddoch belln! Ganzer Brav-Tav!"

Kathrin sah Fart mit besorgtem Gesichtsausdruck an. „Was ist denn mit dir auf einmal los?"

Fart deutete auf Lucky. „Er ist so niedlich, ich kann nicht anders mit ihm sprechen!" Und an Lucky gewandt fügte er hinzu: „Ei, ein Niedlich-Tietlich, muddoch Freu-Teu sein! Ja!"

Lucky begann, mit dem Schwanz zu wedeln, nahm sein Mitbringsel wieder auf und setzte seinen Weg fort.

Kathrin fragte: „Was hatte der denn da? Das sah ja aus wie… ein Arm oder so…"

Fart winkte ab: „War wahrscheinlich nur sein Kauknochen! Durch das Spiel sieht einiges anders aus, wie dir vielleicht schon aufgefallen ist! Hey, geh doch schon mal in mein Zimmer, ich muss noch eben meinem Dad sagen, dass Lucky draußen ist!" Er deutete Kathrin den Weg und begab sich anschließend in die Küche, wo er seinen Vater beim Studieren einer nackten Frau in der Morgenzeitung erwischte.

„Nanu Fart, was machst du denn noch hier? Müsstest du nicht längst in der Schule sein?" fragte er und legte seine Zeitung beiseite.

Fart erklärte: „Ich… äh gehe gleich! Ich wollte nur noch eben mit einer Freundin etwas… äh… *überprüfen*!"

Farts Vater war skeptisch: „Aber doch nicht die Freundin, die dir gestern hinter den Schrank gepisst hat, oder? Deine Mutter hat mir davon erzählt…"

„AHHH!" ertönte in diesem Moment Kathrins lautes Kreischen aus Farts Zimmer.

Der zuckte ergeben mit den Schultern und gestand: „Um ehrlich zu sein: ja, genau die!" Dann rannte er eilends zu Kathrin um herauszufinden, was die Ursache für ihren Krach war.

Kaum in seinem Zimmer angekommen, schrie auch er überrascht auf – in seinem bluttriefenden Bett, wo eigentlich Alices karger Rest liegen sollte, war nur noch ein rosaroter Fleischklops, kaum größer als ein Tennisball.

Fassungslos keifte Kathrin: „Jetzt sag mir nicht, dass *das* Alice ist…"

Fart sah sich hektisch im Zimmer um. „Kein Plan… vorhin war noch deutlich mehr von ihr übrig!" Er sah im Schrank nach – nichts! Unter dem Bett – nichts! „*Verdammt*! Wo zum Teufel ist sie?!" durchwühlte er allerhand Zeugs.

Kathrin sah sich das Bett aus der Nähe an und musste fast weinen. „So grausam… so furchtbar…"

Fart kam hinzu und nahm den rosaroten Fleischball in die Hand, um ihn ein paar Mal in die Höhe zu werfen. „Dies kann nicht ihr echter Körper sein, ansonsten könnte ich es nicht so einfach hochheben! Dies ist nur ihr Magen…"

„Ihre *Gebärmutter*, Dummerjan!" berichtete Kathrin kopfschüttelnd.

„Wovon redet ihr da eigentlich?" fragte plötzlich Farts Vater, der unbemerkt ins Zimmer gekommen war.

Fart rechtfertigte: „Wir… äh… lernen für Bio…"

„Aha!" meinte sein Vater und wandte sich an Kathrin: „Ich wollte dir eigentlich nur kurz erklären, wo die Toilette ist und weshalb man sie benutzt!"

Kathrin stieß überrascht auf: „*Mir*?! Das Ding mit der Stubenreinheit sollten Sie lieber *Ihrem Sohn* noch mal eintrichtern!"

Jetzt empörte Fart sich: „Was soll das denn bitte sehr heißen?!"

Kathrin sah ihn bedrohlich an: „Ja, ich weiß was dir bei Alice passiert ist!"

Darüber wollte Fart nicht sprechen, weshalb er ablenkte: „Du Dad? Das klingt jetzt vielleicht ein wenig seltsam, aber siehst du hier irgendwo eine schlafende junge Dame in meinem Zimmer?"

Sein Vater bedachte ihn mit einem misstrauischen Blick. Dann ging er einfach davon.

Fart rief ihm hinterher: „Nein? Soll das ‚nein' heißen?" Kathrin fragte er: „Was hat der denn?"

Die wusste aus Erfahrung: „Er fühlt sich von dir verarscht!"

Beide sahen sich noch einmal im Zimmer um, bis sie sich schließlich mit besorgten Gesichtern gegenüber traten. Da sie nicht aus dem Fenster schauten, sahen sie auch nicht, wie Lucky gerade im Hintergrund fleißig damit beschäftigt war, sein Mitbringsel einzubuddeln.

Fart meinte: „Wir müssen *unbedingt* ihren echten Körper finden und ihr eine Sonde einführen, sonst verdurstet sie!"

Kathrin fragte: „Vorhin war ihr Körper noch komplett, sagst du?"

Fart nickte halb. „Mehr oder weniger… eigentlich eher weniger…"

Kathrin überlegte: „Und jetzt ist nur noch ihre Gebärmutter übrig… Wo ist bloß der Rest von ihr hin?"

In diesem Moment bemerkten beide Luckys emsiges Treiben im Garten. Mit weit aufgerissenen Augen sahen sie sich an und schrieen wie aus einem Munde: „Lucky!!!" Während sie durchs Fenster nach draußen stürmten, rief Fart seinem Hund zu: „Haddu Buddl-Tuddl macht? Muddoch nich Grab-Tab sein!"

Der Angesprochene freute sich kurz schwanzwedelnd über die Aufmerksamkeit, markierte flugs die Eingrabung und ging dann wieder seiner eigenen Wege, da er hier alles erledigt hatte.

So schnell Fart und Kathrin konnten, gruben sie das Ding aus, das Lucky hier so mühevoll versteckt hatte. Kathrin hielt es schließlich triumphierend in die Höhe: „Ich wusste doch, dass es ein Arm ist!"

Fart nahm ihn ihr ab und betrachtete ihn genauer: „Schon, aber gehörte der echt Alice? Er wirkt irgendwie so… *verschrumpelt*!"

Bedächtig analysierten sie den abgetrennten Arm und bemerkten deshalb nicht, wie in Farts Zimmer hinter ihnen Luckys wuscheliger Kopf beim Bett auftauchte und sich frohlockend die Gebärmutter schnappte.

Kathrin meinte: „Vielleicht weil dein Hund ihn so lange im Maul hatte…"

Fart überlegte: „Auf jeden Fall kann es nicht ihr echter Körper sein, denn den hätte Lucky niemals in den Garten tragen können! Es ist nur das Spiel und…"

Kathrin unterbrach: „Das bedeutet ja, dass dein Hund jetzt auch mitspielt!"

Ungläubig blinzelte Fart. War sein Hund wirklich infiziert worden? Spielte er das Spiel indem er Alices Körper zerstückelte und die Einzelteile versteckte? Oder war dieser abgetrennte Arm hier tatsächlich nur ein Kauknochen wie ursprünglich vermutet? Grübelnd wandte Fart sich um und erblickte Lucky, der gerade glücklich mit seinem Ball spielte. – Moment! Ball? VON WEGEN!!!

Kathrin hatte es auch bemerkt: „Dein Köter hat die Gebärmutter geklaut!"

Fart rannte auf ihn zu, flehend: „Brav-Tav, sei ein Dib-Tib!"

Lucky wedelte mit dem Schwanz und hechtete davon. Für ihn war das Fangspiel eröffnet!

Fart war der Verzweiflung nahe: „Nein, tein Spiel-Tiel, dib Ballabum!"

„Alter, du spinnst so!" rief Kathrin, die ebenfalls versuchte Lucky zu fangen.

Der Hund schaffte es locker, den beiden immer wieder zu entkommen, wobei er zwischendurch mit seiner Beute im Maul den Kopf schüttelte, ganz wie der T-Rex in Jurassic Park 1 beim Verspeisen des Anwalts.

„Arme Alice!" bemitleidete Kathrin.

Fart beruhigte hechelnd: „Keine Angst, sie kriegt davon nichts mit! Ihr geht es bestimmt gut!"

Alice war völlig zerrüttet gewesen, als sie sich dem Ursprung genähert hatte, war sie doch auf dem Weg hierher eine Kette unsäglichen Leids entlang gereist. Ihr Körper hatte sich dabei immer weiter zurückentwickelt, bis sie schließlich zu der Spermazelle geworden war, die jetzt wild durch eine Gebärmutter kreiste und diese so zum Springen brachte.

Da waren keine Augen mehr, mit denen sie ihre bitteren Beobachtungen hätte ausweinen können! Blind war sie, nur noch die Zahlen des Strangs konnte sie wahrnehmen, wobei ihr die meisten mit Schlechtheit befleckt zu sein schienen. Leiden, Ungerechtigkeiten, Krankheiten und Leiden und Leiden und Leiden! Doch da war sie ja: der Ursprung jeder Zahl!

Mächtig breitete sich vor ihr eine unendlich kleine Null aus, doch war es nicht dieses Nichts, welches sie nun mit ihrer Aufmerksamkeit bedachte, sondern das, was sich dahinter befand: dort stand jemand!

Zwar hatte sie weder Mund noch Stimmbänder, doch konnte sie trotzdem zu diesem Jemand sprechen: „Hi, ich bin Alice!"

Der Jemand grüßte zurück: „Hi, ich bin dein Gegenteil!"

„W-was?" rief Alice erstaunt aus.

Ihr Gegenteil erklärte: „Wird einer von uns größer, wird der andere kleiner, weil dann beide immer weiter dem Ursprung entweichen! Gehst du zum Leiden, gehe ich Richtung Glück, und gehst du nach vorne, gehe ich zurück!"

Alice fragte: „Wo… wo gehst du hin?"

Ihr Gegenpart antwortete: „Ich gehe dir entgegen wenn du auf mich zu kommst, doch mache ich kehrt sobald du dich entfernst!"

Alice erkannte: „Du… du bist mein Spiegelbild!"

Dieses widersprach: „Nein, du bist meines!"

Alice überlegte: „Dann… dann sind wir ja eigentlich eines! Aber wieso erkenne ich nicht mich, wenn ich dich erblicke, wo du doch eigentlich ich bist?"

Ihr Gegenüber gab zurück: „Vielleicht, weil du einen anderen Pfad beschritten hast als ich. Doch sag, was hat dich bloß jenseits meines Pfades gebracht?"

Alice grübelte: „Dein Pfad? Ich weiß nicht was du damit meinst. Ich weiß nur, dass mein Weg hierher wahrlich sehr schwer war!"

Jetzt war ihr Gegenüber offensichtlich erstaunt. „Ehrlich? Meiner war sehr schön und einfach! Erkläre mir deine Verklärung!"

Alice berichtete: „Ich bin den Strang der Zahlen entlang geschritten, denn ich wollte seinen Ursprung erblicken! So sprang ich der Folge der Zahlen entgegen und musste größtes Leid miterleben! Ich sah wie Gutes zu Staub zerfiel und wie es den folgenden Zahlen gefiel! Ich sah die

Zeit und sie ließ Glück zu Leid verwelken. Diese Kälte des Bösen hatte stets tausend Keime, nur das Schöne stand immer ganz alleine und wurde alsbald von Verdammnis überrannt!"

Da erzählte ihr Gegenteil: „Also bei meinem Pfad war das alles ganz anders! Zwar ging auch ich dem Ursprung entgegen, doch durfte ich viel Schönes erleben! Ich sah, wie sich aus etwas Schlechtem was Gutes offenbarte, ich sah Zahlen, die waren so wunderbar, als seien sie nur aufgrund eines Wunders da! Voller Dank labte ich mich am Springen entgegen des Strangs…"

Plötzlich stockte das Gegenteil.

Alice fragte: „Was hast du denn?"

Ihr Gegenteil war scheinbar zutiefst schockiert: „Mir ist gerade was aufgefallen und im Gegensatz zu mir wird es dir gefallen! Sieh: wir beide reisten *entgegen* der Zahlen, das heißt, dass wir alles Rückwärts sahen! Wenn wir zurückkehren, woher wir kamen, dann werden wir umgekehrte Wahrnehmung haben! Das, was uns beim Hinweg als Folge erschien, wird zur Ursache, aus der dann folgt, was wir auf dem Weg hierher als Anlass betrachteten!"

Alice verstand und kombinierte: „Dann war das, was *ich* sah, ja das Wunderbare! Ich sah, wie tausend Keime des Leids dank der Zeit zu Glück erblühten! Ich sah Zahlen, welche an Staub Gefallen fanden und daraus Gutes erschufen…"

Ihr Gegenteil führte fort: „Nun bin ich du und du bist ich! Du bist heiter und ich leide, doch noch immer sind wir keine Einigkeit sondern zwei Schreitende!"

Alice stimmte überein: „Ja, wir gleiten den Ursprung suchend auf uns zu, nur um uns selbst im Wege zu stehen. Sag, kannst du den Ursprung wenigstens *sehen*?"

Ihr Gegenteil antwortete: „Sehen? Na ja, eher erahnen aber ohne Verstehen! Stets ist und bleibt er die halbe Strecke zu dir, und nun liegt er direkt hier zwischen uns beiden und ist unendlich klein! Wollen wir ihn betreten, so *müssen* wir vereint sein zu Einem! Wir müssen miteinander verschmelzen, selbst wenn es uns nicht gefällt!"

Ja, zwischen ihnen tat sich etwas auf. Nein, *nichts* tat sich zwischen ihnen auf, *das Nichts*! Die Null des Zahlenstrangs, der Ursprung. Sie hatten ihn gefunden, sie standen ganz in der Nähe. Doch irgendwas fehlte noch… so kurz davor… Was war es, was ihnen noch nicht klar war? Ihnen fiel nichts ein. Nichts. *Nichts*. Was war eigentlich *Nichts*???

An diesem Morgen saß Olaf grinsend im Physikunterricht.

Er versicherte sich, dass ihn niemand beobachtete und lehnte sich zufrieden zurück. Außer ihm konnte keiner im Kursus das mit einem Mal einsetzende Brutzeln hören und den schwarzen Qualm sehen, der sich gerade unter seinem Tisch ausbreitete. Grienend warf er einen Blick dorthin – aus Buntstiften hatte er ein Lagerfeuer gezaubert, mit dem er nun genüsslich einen Kobold am Spieß zubereitete. Verkohlte Brandblasen markierten dessen Haut und er schien große Qualen zu erleiden.

Olaf riss sich los von diesem Anblick und wandte sich wieder dem Lehrer zu, der mit einem Glühlämpchen und einem Stromkreis herumhantierte. Dabei wollte er von den Schülern wissen: „Wer kann mir sagen wie groß der Widerstand sein muss, damit die Lampe leuchtet ohne durchzubrennen?"

Da bekam Olaf eine Idee! Er musste sofort hier weg, weshalb er sich meldete: „Sehr geehrter Herr Lehrer? Bitte entschuldigen Sie die Störung, doch ich fürchte ich muss mal pinkeln… und zwar aus dem *Arsch*! Darf ich jetzt nach Hause gehen?"

Genervt deutete der Lehrer zur Tür: „Verschwinde schon, Olaf! Wir können hier sowieso mal wieder ein wenig frische Luft vertragen! Wann gewöhnst du dir endlich Hygiene an?"

„Sobald es in der Wüste schneit!" antwortete Olaf beim Hinausgehen.

Alle atmeten erleichtert auf, nachdem Olaf den Raum verlassen hatte, doch kurz darauf steckte der noch einmal seinen Kopf herein und fragte: „Ach Herr Lehrer? Wie groß ist eigentlich die Widerstandskraft von *Fleisch*?"

Der Lehrer rieb sich nur die Stirn und befahl: „Geh, Olaf! *Geh* einfach!"

Olaf tat, wie ihm geheißen und der Lehrer fuhr mit dem Unterricht fort. „Also Schüler, welche Spannung verträgt das…" Erstaunt starrte er seinen Stromkreis an. „Wo ist das Lämpchen hin, verdammt?"

Nun, draußen auf dem Flur ließ Olaf es zufrieden in seiner Tasche verschwinden. Später würde er es gut gebrauchen können! Plötzlich kamen ihm Fart und Kathrin entgegen. Freudig begrüßte er sie: „Ah, da seid ihr ja wieder! Was ging bei Alice?"

Fart holte den abgetrennten Arm und die Gebärmutter aus seinem Rucksack. „Urteile selbst!"

Während Olaf sich über diesen Anblick kaputtlachte, meinte Kathrin: „Und am Schlimmsten ist, dass wir nicht wissen wo ihr echter Körper ist!"

Kichernd begutachtete Olaf die beiden Körperteile. „Sagt mal, habt ihr darauf herumgekaut?"

Fart entgegnete: „Wir nicht, mein Hund schon! Mudde doch Kau-Tau sein!"

Kathrin winkte ab: „Freak! So, ich muss zu Physik! Bis später!"

Olaf rief ihr hinterher: „Dann baller dir mein Lagerfeuer!"

„Du kannst Feuer machen?" fragte Kathrin rückwärts gehend.

Olaf nickte. „Man muss nur ein paar Holzstifte stapeln und die dann reiben, bis sie sich entflammen! Wie bei einem echten Lagerfeuer!"

Kathrin meinte: „Ok, ich schaue es mir mal an!" Noch wusste sie nicht, dass ihr gar keine andere Wahl bleiben würde, doch schon als sie sich dem Physikraum näherte, stieg ihr der beißende Geruch von verbranntem Fleisch in die Nase. Vorsichtig öffnete sie die Tür und… erstarrte! Der ganze Raum war komplett ausgebrannt, wobei mitten drin einige Brandleichen saßen und Unterricht machten. Von einer, die vorne stand, wurde sie jetzt angesprochen: „Ach Kathrin, schön, dass du auch noch kommst! Setz dich doch!"

Würgend betrat Kathrin den Raum; der Geruch hier war echt unerträglich! Leise murmelte sie: „Lagerfeuer, ja? Dieser Olaf hat doch ein Rad ab!" Und laut entschuldigte sie sich: „Sorry, dass ich zu spät komme… ich… äh… urgs…" Und zack, geschah ihr das Unvermeidbare.

Ein paar Räume weiter saß Rake recht gestresst im Politikunterricht. Die Lehrerin war eigentlich ganz nett. – Der Kobold auf ihren Schultern war es nicht! Gerade wandte sie sich Rake zu: „Meinst du auch, dass unsere Politiker eher sich selbst dienen als unserem Land?"

„Manche vielleicht…" gab Rake zurück, der im Moment wirklich nicht gewillt war, über derart anspruchsvolle Themen nachzudenken. Der Kobold, der seiner Lehrerin kichernd den Kopf absägte, wirkte doch ein wenig ablenkend.

Auf einmal wurde die Tür ruppig aufgetreten und Fart kam herein. „Entschuldigen Sie bitte meine Verspätung, doch ich…" Er hielt inne, denn – WURSCH – warf man ihm den bluttriefenden Kopf seiner Lehrerin zu. Reflexartig fing er ihn auf und schaute ratlos drein, als der Schädel in seinen Händen ihn nun fragte: „Ja Fart? Warum kommst du erst jetzt?"

„Ich äh…" Hilflos warf er Rake einen Blick zu, doch der zuckte nur mit den Schultern. Nein, Fart musste sich da alleine herausreden, und so stotterte er: „Ich… äh… Hund… meiner… äh… war Fang-Tang!"

Da kam der Kobold angesprungen und kickte keifend das Haupt der Lehrerin davon. BARTSCH – flog er direkt in Rakes Richtung, der ihn zwar – TSCHACK – mit seinen Armen abwehren konnte, im Anschluss jedoch durch den Schwung – WAMP – rückwärts über die Stuhllehne katapultiert wurde.

Die Lehrerin war empört: „Was soll denn dieses Theater?! Rake, setz dich wieder auf deine vier Buchstaben, und Fart, wir reden *nach* der Stunde weiter!"

49

Fart schaute zu Boden. „Ja Sir... Ma'am..." Dann ließ er sich neben Rake auf seinem Platz nieder und hörte, wie der auf seinem Tisch liegende Kopf fragte: „Also, wo waren wir vor dieser unschönen Störung stehen geblieben?"

Der Unterricht ging weiter seinen Gang, wobei der Kobold wie verrückt durch den Raum hechtete und den Mitschülern etwaige Körperteile abschnitt, um sowohl Fart als auch Rake damit zu bewerfen.

Letzterer flüsterte nach einer Weile: „Alter, Fart, wir müssen etwas gegen dieses Biest unternehmen! Das nervt, Mann!"

Fart nickte und zischte zurück: „Bloß wie? Die Frau Lehrerin hat uns ständig im Blick!" KLATSCH – bekam er ein Gesäß gegen die Schläfe.

Rake nur so: „Dann schau zu und lerne!" Er packte einfach den Kopf der Lehrerin bei den Haaren, holte aus und warf ihn – HUISCH – nach dem Kobold.

„Yeah, Volltreffer!" sprang Fart begeistert jubelnd auf, zügelte sich jedoch sofort wieder als der enthauptete Körper seiner Lehrerin vor ihn trat und fragte: „Ist das alles, was dir zum 11. September einfällt?"

Fart konnte sie kaum verstehen, da ihr Kopf tief in den Innereien des Kobolds steckte. „Ich äh... wollte damit nur... äh... der Unterstellung... zustimmen... die... äh... wahrscheinlich... gerade jemand... vorgebracht... hat... und so..."

Die Lehrerin hakte nach: „Welcher Unterstellung? Etwa, dass Politiker ihr Beileid hauptsächlich deshalb zum Ausdruck bringen, weil sie sich selbst profilieren wollen?"

Fart stammelte: „Manche... vielleicht?"

TRIEF – wandte der kopflose Körper der Lehrerin sich um. „Was meinen die anderen dazu?"

Fart und Rake wurden endlich wieder in Ruhe gelassen. Die Zeit tröpfelte gemütlich weiter.

Irgendwann fragte Fart leise: „Yo, welchen Bonus hast du bekommen?"

Rake winkte ab: „Gar keinen, denn ich habe es geschafft, diese Schilder abzuschalten!"

Fart war verblüfft. „Krass, wie geht *das* denn?"

Rake erläuterte: „Ist total easy! Du musst sie dir einfach *wegwünschen*!"

„Und *warum* hast du sie dir weggewünscht?" bat Fart um Erklärung.

Rake zuckte mit den Schultern. „Weil sie sinnlos sind! Versperren einem nur die Sicht!"

Fart überlegte: „Tja, wenn die Tötungsboni nichts bringen, dann war's das wohl mit deiner Theorie, dass man durch Metzeln neue Fähigkeiten bekommt..."

Rake berichtigte: „Nicht ganz! Meine Schläge werden mit jedem erlegten Gegner stärker!"

„Aha!" erkannte Fart. „Dann bekommt man also nichts Neues dazu, aber dafür verbessert sich das, was man bereits kann!"

Rake seufzte. „Hör mir zu, ich bring dich mal auf den neusten Stand. Hab gestern in einigen... nun ja... *Koboldexperimenten* etwas über diese farbigen Balken herausgefunden..."

„Ja ja, ich weiß, die bedeuten irgendwas!"

„Gut kombiniert! Und zwar, um genau zu sein: Lebensenergie und damit auch Körperkraft wird durch Grün symbolisiert. Emotionen durch Rot..."

„Der dürfte bei Zickenkathrin hart ausgeprägt sein!"

„Yeah. Aber pass auf: der gelbe Balken hat mit Nahrung zu tun. Ist er leer, bist du verhungert, und ist er voll, musst du deinen Stuhlgang tätigen. Hellblau repräsentiert das Wetter und die Temperatur, dunkelblau das Datum und die Tageszeit. Und der krasseste, nämlich Fleischfarbe, steht für Willenskraft..."

„Du meinst den pinken?"

„Scharf erkannt! Und nun überleg mal, was der Begriff ‚Willenskraft' bedeutet!"

Dazu kam Fart jetzt nicht, da es in ebendiesem Moment läutete. Die Stunde war vorbei und das

Gespräch mit der Lehrerin erwartete Fart. Rake entschied sich auch noch hier zu bleiben, schließlich könnte es was Lustiges zu sehen geben.

Noch immer ohne Kopf setzte die Lehrerin sich auf Farts Tisch und meinte: „So Jungs, jetzt erklärt mir bitte, weshalb ihr euch immer noch nicht für Politik interessiert!"

„Tun wir!" behauptete Fart.

Und Rake fügte hinzu: „Diese sogenannte Jugendschutzpolitik ist eine riesen Schweinerei! Die totale Industriebehinderung!"

„Yeah, *Revolution*!" wetterte Fart.

Die Lehrerin lachte, wodurch besonders viel Blut aus ihrem Rumpf gedrückt wurde. Dann meinte sie: „Politik ist so viel *mehr* als das! Ich habe euch doch diese CD ausgeliehen…"

„Die hat Rake verbaselt!"

„Nein, *du* warst das!"

Die Lehrerin winkte ab: „Schon gut, ist ja doch immer wieder das gleiche mit euch! Ich habe noch eine für euch dabei… Beschäftigt euch unbedingt mal mit Bob Marley! Wisst ihr, dieser Typ war politisch äußerst engagiert, was ihn letzten Endes unsterblich gemacht hat…"

Rake unterbrach: „Aber er ist tot…"

„Im übertragenen Sinne!" stellte die Lehrerin klar und fuhr fort: „In seiner Heimat gab es zwei Parteien, die sich gegenseitig bekriegt haben, wodurch sie großes Leid über das Land brachten! Was glaubt ihr, hat Bob Marley getan?"

Rake überlegte: „Sie gegeneinander ausgespielt?"

Fart schlug vor: „Ihnen Drogen verkauft?"

„Ihr liegt beide völlig falsch!" wies die Lehrerin zurück und erzählte: „Während eines großen Konzerts holte er die Anführer der beiden Parteien auf die Bühne. Dann, im Rausch der Friedensmusik, brachte er sie dazu, sich gegenseitig die Hände zu reichen. Damit war der Zwist beigelegt! Ich möchte, dass ihr euch seine Lieder anhört und ein wenig auf die Texte achtet!"

„Warum?" fragte Fart.

Rake herrschte ihn an: „Na, damit wir uns für Politik interessieren!"

„Tun wir doch! Diese Jugendschutzpolitik ist eine Frechheit!" wiederholte Fart.

Die Lehrerin wühlte derweil in ihrer Tasche herum. Als sie das versprochene Album schließlich gefunden hatte, hielt sie es den beiden entgegen und bat: „Aber passt bitte auf, dass da keine Kratzer raufkommen, ok?"

Fart und Rake erblickten das Cover und… *der Donner traf sie!* Ruckartig zeigten beide in dieselbe Richtung und schrien wie aus einem Munde: *„Dort ist jemand!"*

Die Lehrerin wandte sich um, konnte jedoch in der gedeuteten Richtung nichts und niemanden entdecken.

Derweil entriss Fart ihr die CD, rief „Schönen Dank auch!" und zerrte Rake hurtig hinter sich her. Auf dem Flur meinte er dann voll aufgeregt: „Ey, du hast es auch gespürt, oder? Sag schon, Mann! Ich *weiß*, dass du es auch gespürt hast!"

Rake bestätigte: „Auf jedsten! Gib mir mal die CD!" Er nahm sie entgegen, um das Cover zu betrachten und da war es wieder: so ein Gefühl, als hätte er einen Kompass im Kopf, der ihm den Weg zu einem weiteren Spieler wies.

Fart rannte inzwischen zum Ausgang, hetzend: „Jetzt komm schon! Wir müssen da sofort hin! Vielleicht kann dieser Spieler meine Freundin wieder ganz machen!"

Hinter Fart herlaufend befürchtete Rake: „Wer weiß, vielleicht befindet sich der Typ am anderen Ende der Welt!"

Fart wusste Rat: „Genau deshalb müssen wir auch erst nach Hause! Ich check' uns Dads Wagen!"

Rake hatte *noch* eine Sorge: „Und was ist, wenn das gar kein *Spieler* ist, sondern ein fetter

Endgegner?"

Nachdenklich blieb Fart stehen. „Hm... irgendwie kann ich ganz deutlich *fühlen*, dass es ein Spieler ist, denn... da ist *keine Feindseligkeit*... aber... gib mir noch mal das Album!" Kurz darauf versicherte er: „Ja, es ist ein Spieler! Keine Ahnung woher ich das weiß, aber es ist so! Und falls ich mich irre und es doch ein Endboss sein sollte, dann... geben wir ihm einfach Kathrins Adresse!"

„Klingt vernünftig!" erklärte Rake sich einverstanden und beide hasteten weiter.

Endlich kamen sie völlig erschöpft Zuhause an. Durchs blutverschmierte Fenster blökte Fart hinein: „Yo Dad? Ich brauche dein Auto!"

Von drinnen ertönte seines Vaters Stimme: „Nichts da! Ich muss gleich zur Arbeit!"

Fart saß schon halb im Wagen als er erwiderte: „Diese paar Kilometer kannst du auch zu Fuß gehen! Sei nicht so faul!" Mit durchdrehenden Reifen fuhren sie los. Vor ihnen auf der Straße erschienen Kobolde, doch Fart fuhr erbarmungslos. Das altbekannte Problem: schon nach dem Ableben des ersten konnte man nichts mehr sehen, denn grünes Blut reduzierte die Sicht auf ein Minimum.

Rake, der seinen Kopf zum Fenster hinaus hielt, warnte: „Vorsicht, Mann! Die Ampel vor uns wird emotional, weil sie ihre Tage kriegt!"

„Hä?" kapierte Fart rein gar nichts.

Laut und eindringlich schrie Rake: „Rot, Alter! Die verdammte Ampel wird *rot*! *Halt an*, verflucht!"

Mit einer Vollbremsung brachte Fart den Wagen zum Stehen. Umgehend verschwand das Blut und sie hatten wieder klare Sicht.

Rake meckerte: „Du musst die Viecher *langsamer* überfahren, damit ihre Innereien nicht auf die Scheibe spritzen!"

„Alles klar, kein Problem!" meinte Fart. Und tatsächlich: als er sich an die vorgegebene Geschwindigkeit hielt, verschwanden die Kobolde unter der Motorhaube ohne Spuren zu hinterlassen.

Eine Weile fuhren sie ohne bemerkenswerte Zwischenfälle, bis Rake auf einmal wieder aufgeregt hervorbrachte: „Halt an, Alter! *Halt an, verdammt!*" Auf einen Spielzeugladen deutend erklärte er: „Warte hier, ich gehe kurz da rein!"

Fart schüttelte den Kopf. „Ich hätte nie gedacht, dass ich das mal sagen werde, doch: wir haben keine Zeit, um uns Videospiele anzuschauen!"

Rake stieg aus. „Nein, darum geht es nicht! Mir ist nur gerade wieder eingefallen, was ich vorhin erzählen wollte! *Meine Idee!*"

Fart startete seine Tirade ein weiteres Mal: „Deine *Idee*?! Alter, was wir brauchen sind..." WAMP – schnitt Rake ihm das Wort ab, indem er die Tür von außen zuschmetterte, doch Fart kurbelte quietschend das Fenster herunter und rief ihm hinterher: „...Taten! *Taten*, verstehst du?"

Rake beruhigte: „Keine Angst, es dauert nicht lange! Und glaub mir, es wird sich auszahlen!" Damit verschwand er im Geschäft.

„Oh Mann, dieser Rake..." murmelte Fart in sich hinein, doch sein Bruder kam wirklich bereits nach kurzer Zeit mit zwei Einkaufstüten in der Hand wieder heraus. Fart holte schon Luft, um ihn anzupöbeln, doch sein Opfer bog in ebendiesem Moment ab und betrat einen Kiosk. Hibbelig penetrierte Fart die Hupe, um Rake zur Eile anzuspornen, bis der schließlich breit grinsend angerannt kam und wieder ins Auto hüpfte. Dann warf er Fart mehrere Zeitschriften auf den Schoß und behauptete: „*Das* wird gleich *richtig* cool!" Er nahm die Tüten und drehte sie um – unzählige Plastikwaffen ergossen sich klappernd auf seinen Beinen.

Fart schwärzte ihn an: „Was zur Hölle soll dieser Unfug? Wenn du Cowboy spielen willst, warum hast du dir dann keinen Hut gekauft?"

Rake mahnte zur Ruhe: „Sei doch nicht so ungeduldig! Für das, was ich gerade tue, wirst du mir noch dankbar sein!"

Fart verdrehte genervt die Augen. „Ok, und würdest du mir bitte auch erklären, *was* du gerade tust?"

Freundlich bejahte Rake: „Aber natürlich! Ich werde diese Spielzeugwaffen hier *Kraft meines Willens* in echte Waffen verwandeln, damit ich sie im Spiel benutzen kann! Du erinnerst dich? *Willenskraft!*"

Da war Farts Interesse geweckt. „Und… und wie willst du das anstellen?"

„Na *damit*!" deutete er auf die mitgebrachten Illustrierten.

Jetzt erst bemerkte Fart, dass es sich dabei um allerhand Waffenzeitschriften handelte.

In seinem Schulrucksack kramend fügte Rake noch hinzu: „Und außerdem…" – er holte sein Physikbuch hervor – „…hiermit! Ich werde in meinen Gedanken das Material umwandeln! Aus Plastik wird… tja… irgendein Blech! Keine Ahnung, schau in den Zeitschriften nach und finde heraus, wie die Metalle heißen! Ich kümmere mich derweil um Munition!" Leise murmelnd begann er im Physikbuch zu blättern: „Schwarzpulver… oder Dynamit… das muss doch hier drin sein… Oh! *Knallgasreaktion!* Interessant…"

Fart begann in einem Magazin zu blättern… Plötzlich klopfte es an der Fensterscheibe.

Sein Deutschlehrer, der zufällig dieses Weges gekommen war und Fart im Wagen entdeckt hatte, stand auf der Straße und begann wütend zu schimpfen: „Fart, schwänzt du etwa schon wieder die Schule? So geht das aber nicht! Was glaubst du Dreikäsehoch, wer du…" Da schossen seine Augenbrauen in die Höhe, denn er entdeckte die Waffenzeitschrift in Farts Händen. „…bist…"

Sein Blick wanderte nervös weiter zu den zahlreichen Spielzeugwaffen, die im ganzen Wagen verteilt lagen, und von dort aus in die Gesichter der zwei Insassen, die ihn beide fragend anblinzelten. Rückwärts davon stolpernd stotterte er: „Na ja, a-aber eigentlich wollte ich… äh… wollte ich euch… äh… nur einen schönen Tag wünschen und… *muss nun leider weg!*"

Beiläufig rief Fart ihm hinterher: „Wünsche ich Ihnen auch, Herr Lehrer!" Dann wandte er sich wieder seiner Lektüre zu.

„Komischer Typ…" urteilte Rake im Buch versunken.

Fart klärte auf: „Gestern habe ich ihm eine verpasst…"

„Aha…" war Rakes einzige Reaktion, denn er prägte sich gerade diverse physikalische Formeln ein.

Nach einer Weile legte Fart die Zeitschrift beiseite, starrte noch einmal das Bob Marley Cover an und fuhr schließlich los.

Rake wollte wissen: „Hast du das Metall herausgefunden?"

Fart so: „Was? Äh, ja, klar!"

Rake hielt ihm die Wertigkeitstabelle entgegen und fragte: „Welches ist es?" Nachdem ihm eines gezeigt wurde, hakte er nach: „Aluminium? Bist du sicher?"

„Natürlich, was denn sonst?" beteuerte Fart.

Rake glaubte ihm. „Ok, dann wollen wir mal schauen ob es funktioniert!" Er nahm ein Gewehr in die Hände, zielte nach draußen, bekam einen äußerst konzentrierten Gesichtsausdruck und… BAMM – flog die Waffe von seinem Blut umhüllt zum Fenster raus! Für einen Augenblick geriet der Wagen ins Schleudern, doch Fart brachte ihn schnell wieder unter Kontrolle.

„UI UIUI UI!!!" ertönte Rakes Schmerzensschrei! Er blickte seine Hände an, die nur noch eine qualmende Fleischmasse waren. Überall um ihn herum klebte sein Blut und voller Wut fuhr er Fart an: „Du Affenkind! Du hast mir das falsche Metall genannt!"

Fart schrie zurück: „Und du hast die Scheibe vollgeblutet! Jetzt kann ich schon wieder nichts sehen!"

Rake heulte: „Wegen dir liegen meine Finger jetzt überall im Wagen verteilt!"

Während Fart hektisch das Frontfenster sauber wischte, keifte er: „Dann sammle sie halt wieder ein!"

Rake hielt ihm seine beiden blutspritzenden Handstummel entgegen. „*Wie denn*, bitte schön?"

Aufgebracht rief Fart: „Alter, blute gefälligst in eine andere Richtung oder willst du unbedingt, dass ich einen Unfall baue?!"

„Diese Pein! Oh Schmerz…" jaulte Rake.

Kopfschüttelnd fuhr Fart an den Straßenrand. Dann meinte er: „Du Weichei! Tut das *wirklich* weh?"

Rake ächzte: „Ja verdammt! Wobei…" Seine Miene wurde recht nachdenklich. „…nein! Nicht *wirklich*… nur… *in meinem Kopf*…"

Fart nickte. „Na also, ist doch gar nicht so schlimm!"

„Ich will meine Finger zurück…" brachte Rake hervor.

Fart versicherte: „Kriegst du, kein Ding!" Schnell hatte er alle zehn Stück zusammengesucht, da ließ er sie mit den Worten „Hier sind sie! Bitte schön!" in den Schoß ihres Eigentümers prasseln.

Der schaute nicht gerade glücklich drein: „Na toll, und was soll ich jetzt damit? Die bringen mir gar nichts mehr…"

Fart winkte ab: „Sei unbesorgt! Nachdem wir Alice gerettet haben, werden wir…"

Rake fuhr ungehalten dazwischen: „Du und deine verfluchte Alice! Du denkst an nichts anderes mehr! Merkst du eigentlich, wie *besessen* du von dieser Hoe bist? Alice hier, Alice da, blablabla!"

Fart gab zurück: „Hey, schimpf nicht auf Alice, nur weil du zu blöd bist dir eine Waffe auszudenken!"

Rakes Stimme überschlug sich: „*Ich? Zu blöd?* In welcher Welt lebst du eigentlich? Jedenfalls scheint sie sich radikal von meiner zu unterscheiden! *Du* warst doch derjenige, der zu dumm war, das richtige Metall herauszufinden!"

Fart fragte böse: „Bin ich ein Diplomphysiker oder was?! Das alles war *deine* Idee, also kümmere dich gefälligst selbst drum!"

Rake nickte entschlossen. „Das werde ich! Und meine erste Kugel werde ich deiner geliebten Alice in den Hintern jagen!"

Fart fauchte: „Dann pass auf, dass du dir dabei nicht deinen eigenen wegsprengst!" Nach einer gewissen Zeit des beleidigten Schweigens fügte er noch leiser hinzu: „Davon abgesehen hat Alice gar keinen Hintern mehr…"

Zwei oder drei Sekunden verstrichen, dann prusteten beide übertrieben hart los. Sich zu streiten war zwar nicht gerade konstruktiv, aber es konnten ziemlich witzige Erkenntnisse dabei herauskommen!

Lachend wollte Rake wissen: „Was meinst du damit eigentlich?"

Fart wunderte sich: „Oh, habe ich sie dir noch gar nicht gezeigt?" Er kramte die Gebärmutter und den Arm hervor. „Hier, mehr ist von ihr nicht übrig!"

„Krass!" staunte Rake.

Fart meinte: „Siehst du? Manche Leute trifft es noch viel härter als dich! Alice würde sich *freuen*, wenn ihr nur die Finger fehlen würden!"

Rake schränkte ein: „Aber ohne Finger kann ich keine Waffe bedienen…"

Fart überlegte: „Hm, vielleicht gibt es ja eine Möglichkeit, dich direkt zu heilen…"

„Die da wäre?" horchte Rake auf.

Fart zuckte mit den Schultern. „Nun, möglicherweise wachsen dir neue Finger, wenn du die alten… na ja… *vertilgst*…"

Ungläubig rief Rake: „Das kann nicht dein Ernst sein!"

Fart beharrte: „Damit sie wieder *raus*kommen musst du sie irgendwie *in* deinen Körper kriegen und da ist essen jawohl eindeutig die angenehmste Variante! Zumindest für einen Mann! Und du bist doch ein Mann, oder?"

Rake versicherte: „Natürlich bin ich das, aber…"

Fart unterbrach: „Dann benimm dich auch wie einer und *iss deine Finger*!"

Rake seufzte ergeben und pickte seinen kleinen Finger auf. Unter Qualen würgte er ihn herunter während Fart im Hintergrund grinste: „Wünsche guten Appetit!"

„Bäh, igitt, wie abartig!" ächzte Rake.

Fart schlug vor: „Trink doch ein wenig Blut hinterher, dann flutscht es besser!"

Rake schüttelte nur mit dem Kopf. Ihm war zu schlecht, als dass er hätte antworten können. Dann starrten beide gespannt auf seine Hand, doch… nichts geschah!

Fart vermutete: „Wahrscheinlich musst du erst *alle* verspeisen bevor es wirkt…"

Rake lehnte entschieden ab: „Aber auf gar keinsten, Alter! Das kannst du voll vergessen!"

Fart startete schulterzuckend den Motor. „Deine Sache!"

Sie waren wieder unterwegs. Währenddessen studierte Rake die Magazine jetzt selbst und stieß auf eine Metallverbindung, die man bei der Herstellung echter Waffen verwendet bevor die fertigen Produkte von den Händlern des Todes in arme Länder exportiert werden. Sorgfältig prägte er sich die entsprechende Formel ein. Im Anschluss starrte er einen Revolver an, bündelte seine Gedanken und… funkelnd verlor das Spielzeug sein plastikhaftes Aussehen!

Fart gaffte herüber und röhrte erfreut: „Wow, geil, die sieht ja richtig echt aus! Magie, Alter!" Ehe Rake es verhindern konnte, schnappte er sich die Waffe, doch – PAFF – hatte sie sich in ein Spielzeug zurückverwandelt.

Rake griente: „Tja, du musst die Umwandlung schon *selber* verstehen!"

Fart flehte: „Erklär's mir! Bitte Alter!"

Seufzend ergab Rake sich Farts Gesuch. Danach bekam er zur Antwort: „Ok, alles klar, aber eine Frage hätte ich da noch! Und zwar… wo zum Teufel sind wir hier eigentlich?"

Verwirrt schaute Rake aus dem Fenster. Gruetze hatten sie längst hinter sich gelassen und nun befanden sie sich in einer waldigen Gegend mit vereinzelten Bungalows zwischen den Bäumen. Ihm ging auf: „Alter! Ich glaube, ich *weiß* wo wir hier sind! Hier wohnt doch diese *Della*!"

Fart überlegte: „Du meinst dieses Mädel, das in der Schule die ganze Zeit Karotten frisst? Denkst du, sie…"

„Finden wir's heraus!"

Fart nickte. Er parkte den Wagen und stieg aus. Seinem Bruder die Tür öffnend warnte er: „Verhalt dich jetzt bloß unauffällig! Nicht dass die uns vertreiben, nur weil du einen Aufstand machst!"

Sie gingen zu ihrem Zielgebäude und klingelten. Eine Frau öffnete ihnen die Tür. „Ja?" fragte sie.

„Äh… hallo!" sagte Fart und gab ihr die Hand. Unauffällig stieß er Rake an, um ihn dazu zu bringen, der Bewohnerin ebenfalls seine Hand zu reichen. Erwartungsvoll schauten die beiden drein, als Rake ihr seine blutigen Stummel entgegen hielt, doch für die Frau schien alles normal auszusehen. Wie aus einem Schwamm presste sie mit ihrem Handschlag rote Flüssigkeit aus seiner Wunde, weshalb er schrie: „AHHH… ahhh… aaag…. *Taaag*… Tag!"

Sofort versuchte Fart, die Frau von Rakes ungewöhnlichem Verhalten abzulenken: „Wir… äh… wollten der Della einen Überraschungsbesuch abstatten!"

Die Frau schien erfreut: „Das ist aber nett von euch! In letzter Zeit benimmt sich mein Töchterchen arg seltsam, da wird ihr ein gepflegter Herrenbesuch sicherlich gut tun!"

Beim Eintreten warfen sich die Brüder einen wissenden Blick zu. Bevor Fart jedoch an Dellas Tür klopfen konnte, hielt Rake ihn zurück: „Warte mal! Macht das wirklich Sinn? Ich meine, selbst wenn sie das Spiel spielt… ist sie immer noch nur eine *Frau*! Jeder weiß, dass diese Lebensform zum Zocken meist völlig ungeeignet ist! Siehe Alice und Kathrin!"

Fart dachte an seine Freundin und deren Sims zurück. „Geht, denn das Ding ist: Frauen haben einfach einen anderen Geschmack! Wenn das Spiel mit Langeweile harmoniert, dann werden sie die Kings! Aber sobald harte Action am Start ist, werden sie hilflos wie Fische auf dem Trockenen…" Er holte den Revolver hervor und lud ihn stilvoll durch. „Doch jetzt braucht sie keine Angst mehr zu haben!" Bevor er anklopfte wandte er sich noch mal mit leicht zweifelndem Blick um und fragte: „Bist du sicher, dass die Waffe nun *richtig* funktioniert?"

Mit einem bösen Funkeln in den Augen grinste Rake ihn an: „Ganz und gar nicht, *großer Bruder*!"

„Natürlich…" seufzte Fart und klopfte endlich.

„Kommt rein!" ertönte wieder die zarte Stimme.

Vorsichtig öffnete Fart die Tür und betrat langsam das Zimmer. Rake, der seine Armstümpfe in den Hosentaschen vergraben hatte, um nicht alles vollzubluten, war direkt hinter ihm. Zu ihrer Linken erblickten sie ein Bett, welches jedoch von einer schwarzen Gardine eingehüllt war, sodass sie nicht sehen konnten, was sich darauf abspielte. Die ruhige, zärtliche Frauenstimme war zu hören.

Vorsichtig schob Fart den Vorhang ein wenig beiseite… und *erstarrte* vor Fassungslosigkeit! In der Mitte des Bettes hockte eine junge Frau mit schulterlangen Dreadlocks und las fünf Kobolden eine Liebesgeschichte vor. Diese saßen im Schneidersitz um sie herum und stützten ihre kleinen Köpfchen auf ihre Hände. Einer senkte gerade sein Haupt und begann zu schluchzen. Der Kobold neben ihm, welcher ebenfalls ein feuchtes Glitzern in den Augen hatte, klopfte ihm tröstend auf die Schulter.

Die Frau las gerade: „...sie konnte es einfach nicht fassen! Sie hatte so fest an die wahre und aufrechte Liebe ihres Ehemannes geglaubt! Ihre Welt war zu tausend scharfen Scherben zersplittert, als sie von seinen nächtlichen Fremdbegattungen bei den Dirnen erfahren hatte. Ist *das* Liebe? Ist es Liebe, wenn man vor lauter Pein im Geiste keinen klaren Gedanken mehr fassen kann? Ist es Liebe, wenn man alle Selbstgenügsamkeit von sich schmeißt und voll der leidhaften Hoffnung auf Glück einer Liturgie der Abhängigkeit verfällt – mit der festen Überzeugung, niemals wieder aus ihr erwachen zu können? Ja, *das ist* Liebe. Und sie schmerzt! Wie sehr hatte sie ihren Ehemann geliebt! Oh Enttäuschung, oh Verblassen eines schönen Traumes; wahrlich, es brach ihr das Herz entzwei, als sie ihm nun heimlich Aids ins Frühstücksmüsli mischte…"

Vollkommen geschockt wich Fart zurück. Dabei verhedderte er sich in der Gardine, riss sie aus ihrer Befestigung und stieß mit Rake zusammen, der den Halt verlor, da er sich mangels Finger nirgendwo festhalten konnte. Es entstand ein verwirrendes Durcheinander, als die beiden Ankömmlinge zu Boden fielen und die Kobolde sich unter dem niederfallenden Vorhang verhedderten.

Aus dem Liegen richtete Fart seine Waffe in Richtung Bett, doch der sich ihm bietende Anblick verhinderte, dass er abdrückte: hinter Della lugten die fünf Kobolde mit großen, ängstlichen Äuglein hervor, wobei die Gardine als gemeinsame Kopfbedeckung diente. Della schaute ihn irgendwie leidmütig an und bat mit leiser Stimme: „Würdest du dieses eklige Ding bitte wegpacken?"

Fart rappelte sich auf, wobei er Rake mit auf die Beine zog, denn dieser wollte seine schwere Wunde jetzt lieber noch nicht offenbaren und behielt seine Hände stur in den Taschen.

Die Kobolde machten einen absolut harmlosen Eindruck. Fart hatte so viele Fragen auf einmal, dass er gar nicht wusste, wo er anfangen sollte. Schließlich erklärte er erstmal: „Ich bin Fart, das ist Rake, und diese CD hier hat uns zu dir geführt…" Er holte das Bob Marley Album aus seiner

Tasche.

Überraschung zeichnete sich in Dellas Miene ab: „Welch seltsamer Zufall! Ich besitze dieses Album ebenfalls, und gerade vorhin habe ich das Cover analysiert! Bob Marley ist der schönste Mann der Welt, findet ihr nicht auch?"

Fart machte einen auf Gentleman, oder versuchte es zumindest: „Er hätte dich sicherlich nicht abgewiesen!"

Kühl entgegnete Della: „Das machte er bei den wenigsten! Seine arme Ehefrau! In ihrer Haut möchte ich wirklich nicht stecken!" Obwohl sie bei ihren folgenden Worten keine Miene verzog, schwang in ihrer Stimme irgendeine starke Emotion mit: „Seit der letzten Party werde ich von drei Fragen geplagt: Kann es sein, dass das alles Verrückte waren? – Und wenn nein: warum *sonst* soll man sie alle… *abgeholt* haben…"

Rake und Fart betrachteten derweil staunend die Kobolde: sie steckten in selbst zusammen geschneiderten Kleidungen, und jeder trug eine Windel. Sie schienen Dellas Leid fühlen zu können und schmiegten sich wie Katzen an sie, offensichtlich bemüht sie zu trösten. Einer führte einen verrückten Tanz vor, doch als er bemerkte, dass Della davon auch nicht glücklicher wurde, schlug er geschlagen seine großen Äuglein nieder und bestieg sie von hinten.

Della nahm das fiktive Wesen wieder von ihren Schultern und legte es in ihren Schoß. „Mein kleines Rehlein!" hauchte sie und kraulte es am Kopf. Zu Fart und Rake gewandt fuhr sie fort: „Und Nummer drei: Bin vielleicht auch *ich* verrückt? Schon allein, weil ich diese Wesen hier *sehe*?"

„Ich glaube, heute ist dein Glückstag, denn wir sind die… äh… *Boten*, die dir mitteilen, dass mit diesem Ding zwischen deinen Ohren alles in Ordnung ist!"

Misstrauisch kniff Della die Augen zusammen: „Boten? Was für *Boten*? Und wer schickt euch?"

Rake legte dar: „Wir sind… *Boten des Spiels*!" Er erklärte ihr, dass diese Geschöpfe Teil eines außergewöhnlichen Spiels waren und schloss letztlich: „Seltsamerweise sind die Kobolde bei uns nicht so friedlich…"

Dellas Gesicht verdüsterte sich schlagartig. Sie schien in weite Ferne zu blicken, als sich vor ihrem inneren Auge noch einmal ihre älteste Erinnerung an die Kobolde abspielte.

Jener Tag hatte ganz normal begonnen. Ein Tag wie jeder andere. Sie hatte gerade noch ein hartes Buch gelesen, dann war sie hinuntergegangen und...

Eine Träne lief ihr die Wange hinunter. „Als sie zum ersten Mal auftauchten... da haben sie meiner Mutter..." Sie konnte den heftigen Schluchzer nicht unterdrücken.

„.... und meinen Vater haben sie ebenfalls..." Mit einem Mal flossen ihr die Tränen in Strömen herunter. Sofort kuschelten sich die Kobolde an sie ran.

Della fuhr fort: „Dann habe ich *geschrien*!" Ja, an den Schrei konnte sie sich noch deutlich erinnern. Alle Kobolde hatten innegehalten und sie angestarrt. Keine Ahnung, wie sie in ihr Bett gekommen war, auf jeden Fall hatte sie plötzlich genau dort gelegen, noch immer kreischend. Da hatten die fünf Kobolde ihre Köpfe durch die Tür gesteckt, wobei der obere einen derart langen Bart gehabt hatte, dass die vier darunter ihn wie Vorhänge öffnen mussten, um Della in ihrem Bett sehen zu können.

Als sie ihr Weinetönen sehr lange Zeit später eingestellt hatte, waren die Kobolde in ihr Zimmer gekommen, um dort in einem Stehkreis miteinander zu flüstern, wobei einer seinen Kopf aus der Runde erhoben und Della angestarrt hatte. Sein Nachbar hatte ihn mit dem Zeigefinger wieder nach unten drücken müssen.

Dann waren sie zu ihr ins Bett geklettert. An ihren Klamotten zupfend hatten sie ihr bedeutet, ihnen ins Wohnzimmer zu folgen, wo sie ob des grauenhaften Anblicks erneut kreischend auf die Knie gegangen war.

Die Kobolde waren panisch um sie herumgerannt, bis einer schließlich angefangen hatte, mit einem Lappen ihre Eltern vom Boden zu wischen. Dabei hatte er sie erwartungsvoll angestarrt, und da sie zumindest ein wenig leiser geworden war, hatte der Kobold sein Tun weiterhin in ihre Richtung blickend beschleunigt.

Della beendete ihren Bericht: „Irgendwann... irgendwann haben sie meine Eltern einfach wieder zusammengeflickt..." Sie putzte sich die Nase indem sie in den oberen Teil eines Taschentuchs schnäuzte. Dann faltete sie es behutsam zusammen. Später würde sie den unteren Teil noch verwenden können.

Rake holte seine blutigen Stümpfe aus der Tasche: „Meinst du, sie können *das* auch zusammenflicken?"

Della erschrak: „Ach du meine Güte! Tut das weh?"

Rake informierte: „Zu Beginn ja, aber jetzt eigentlich nicht mehr!"

Fart patschte direkt in seine Wunde: „Und jetzt?"

„AHHH! Bist du bescheuert oder was?!" schrie Rake und wedelte mit den Armen, wodurch er mit seinem Hämoglobin die Wände bemalte.

„Hört auf, ihr Chaoten!" hieß Della sie, während die Kobolde umgehend begannen, Rakes Blut wieder wegzuwischen.

Fart murmelte: „Ich wollte nur wissen, ob man eine Verwundung auch später noch spürt! Wir müssen doch das Spiel erforschen, um Alice zu retten!"

Della seufzte voller Mitgefühl: „Hach, was hat das geplagte Mädchen dieses Mal zu erleiden?"

Fart begann seinen Vortrag: „Die Geschichte von Alice: ein klassisches Liebesdrama voller Schmerz, Sehnsucht und Verlangen! Die in Not geratene Geliebte, die von ihrem mutigen Helden errettet werden muss!"

Rake erläuterte: „Damit meint er *sich*!"

Della schien verwirrt: „Ja ok, aber was fehlt der armen Alice *dieses Mal*?"

„Alles, bis auf *das hier*!" warf Fart ihr die Gebärmutter ins Bett.

„Und ihrem zerfleischten Arm, welchen Fart leider im Wagen vergaß!"

„IIIIHHH!" kreischte Della, als sie sah, wie der rosarote Fleischbrocken ihr Kissen versiffte.

Fart fuhr sie an: „Hey, pass auf, was du über meine Freundin sagst! Zufällig ist es mir ernst mit ihr!" Kraftlos sank er auf die Knie. „Wünschte, die Dinge wären anders gelaufen... Hätte ich sie doch bloß vor dem Imp beschützen können... doch ich habe versagt... ich habe sie im Stich gelassen..." Liebevoll streichelnd steckte er die Gebärmutter zurück in seine Tasche.

Anteilnahme spiegelte sich in Dellas Gesicht wider. „Krass! Sie scheint dir wirklich viel zu bedeuten! Wie romantisch! Du musst sie sehr vermissen..."

Fart bestätigte traurig nach unten schauend: „Vor allen Dingen ihren Körper! Ihren wunderschönen, graziösen, *gelenkigen* Körper..."

Rake mischte sich trocken ein: „Ja das ist echt tragisch und so, aber ey, vielleicht könnten deine Viecher erstmal *meinen* Körper verarzten, dann wäre ich auch in der Lage mich wieder an der Rettungsaktion zu beteiligen!"

Della nickte. „Sicher! Außerdem fürchte ich, dass wir für Alice nichts tun können, solange wir nicht ihre übrigen Körperteile haben! Meine süßen Kleinen können nur *zusammennähen*..."

Rake kapierte: „Alles klar, dann müssen wir also bloß den Rest ihres Körpers finden und ihn dann dir hier vorbei bringen! Korrekte Mission! Hast du gehört, Fart? *Fart*?"

Der war noch immer im Gedenken versunken und sabberte gerade: „Ihre weiche Haut... ihre zarten Windungen... Oh Alice... süße, geschmeidige Alice..."

Rake tickte ihn an. „Fart yo, komm, wir gehen runter zum Auto! Zu meinen Fingern!"

„Und... und Alice?" fragte Fart.

Della bot an: „Ich könnte ihren Arm an ihre Gebärmutter nähen lassen, aber was soll das bringen?"
Fart überlegte: „Hm… also theoretisch könnte das ausreichen…"

Fremdscham überkam Rake. Er deshalb schnell zu Della: „Nein nein, wir äh… suchen natürlich auch den… äh… Rest von ihr!" Auf dem Weg nach draußen erkundigte er sich leise: „Sag mal, haben deine Eltern dich nicht für verrückt gehalten, als du hier so herumgeschrien hast?"

Della gestand: „Also ehrlich gesagt habe ich schon immer mit dem Weinerlichen sympathisiert, deswegen ist ihnen da kaum ein Unterschied aufgefallen! Die sind dran gewöhnt…"

Inzwischen war vor der Haustür ein hitziger Streit unter den Kobolden darüber entbrannt, wer zuerst hinaus dürfte. „Hört auf damit!" gebot Della. Ihre Worte schlichteten umgehend das kleine Handgemenge; schnell wie der Blitz standen ihre kleinen Schützlinge in einer Linie vor ihr und beschuldigten einander der Reihe nach mit dem Daumen, wobei der Letzte erschrocken hoch hüpfte als er merkte, dass er in leeren Raum gedeutet hatte.

Es war Della, die als Erste hinausging, und erst *nach* ihr zwängten sich alle fünf Kobolde gleichzeitig durch die Tür, wodurch schließlich jeder von ihnen hinpurzelte.

„Ha, seht euch diese *Trottel* an!" feierte Fart die Gefallenen aus, doch anhand des skeptischen Blicks von Dellas Mutter konnte er erkennen, dass diese ihn wahrscheinlich ähnlich einschätzte; beschämt buckelte er sich aus ihrem Sichtfeld. Beim Auto angekommen reichte er Rakes Finger an Della weiter, welche feststellte: „Das sind ja nur neun…"

Rake gestand: „Den zehnten habe ich gegessen…"

Stirnrunzelnd hakte Della nach: „Du hast ihn *gegessen*? Ja wieso das denn?"

Rake wandte sich wütend Fart zu, welcher ihn an der Schulter packte und breit grinsend meinte: „Echt mal! Warum das denn? Was machst du für Sachen?"

Rake bekam einen hochroten Kopf, doch ehe er seiner aufkeimenden Wut Luft lassen konnte, wurde er von Della gefragt: „Hattest du Hunger? Wenn du willst, kannst du was zu Essen haben!"

Fart lehnte an Rakes Statt ab: „Nicht nötig, er hat genügend Proviant dabei!" Er deutete auf die übrigen Finger.

Rake zischte nur noch: „Manchmal… machst du mich… so… *wütend*!!!"

Della zuckte mit den Schultern. „Keine Sorge, irgendwann kommt dein zehnter Finger schon wieder mit heraus!"

Fart stieß Rake lachend in die Rippen: „Dann wünsche ich dir viel Spaß beim Suchen und Aussortieren!"

Rake grummelte böse Flüche vor sich hin, als die Kobolde ihm nun wieder seine Finger annähten. Währenddessen fragte Fart an Della gewandt: „Wo war diese Party, von der du eben gesprochen hast? Ich verwette nämlich Rakes Leben, dass diese ‚Verrücken' allesamt Spieler waren…"

„Ich wurde gefahren und habe nicht mitgekriegt, wo es war! Fragt doch mal Zeero. Er war einer der wenigen, die nach der Party… *nicht* eingewiesen wurden…"

Aufgeregt rief Fart: „Yeah, lass uns Zeero besuchen! *Sofort*!" Erregt hüpfte er im Kreis, bis die Kobolde endlich ihr Werk vollbracht hatten. „Viel Glück dann…" wünschte sie anschließend und ging zurück ins Haus, während Fart beim Anfahren vor Ungeduld mehrmals den Motor abwürgte.

So hatte Rake Gelegenheit, den merkwürdigen Anblick auf sich wirken zu lassen, den Della beim Reingehen darstellte. Die Kobolde folgten ihr im Gänsemarsch, wobei der Letzte dem Vorletzten ein Bein stellte. Dieser sprang wieder auf und wurde handgreiflich, bis Della sich umdrehte, um beide zu rügen. Die Betadelten zogen ihre Köpfe ein und starrten sie mit großen, unschuldigen Augen an, mit dem Zeigerfinger aufeinander deutend.

„Was für eine durche Frau!" urteilte Rake letztlich.

Fart entgegnete: „Aber keine besonders große Hilfe! Hoffentlich hat dieser Zeero mehr drauf!"

Rake verteidigte: „Hey, immerhin habe ich dank ihr neun meiner Finger wieder!"

Fart rotzte: „Na und?! Das bringt mir Alice auch nicht zurück!"

Rake bedeckte genervt sein Gesicht. „Ich kann es nicht mehr hören! Verflucht! Das muss ein Ende haben! Wir müssen diese verdammte Dorfmatratze endlich heilen!"

Fart fiel erneut der Verzweiflung anheim. „Doch wie? Wenn Zeero uns auch nicht helfen kann, dann gute Nacht, Herr Wachtmeister! Uns läuft die Zeit davon! Wie zum Teufel sollen wir bloß ihren Körper finden?"

Rake brummte: „Wenn du nicht so viel quatschen würdest, könnte ich vielleicht drüber nachdenken! Hm... wir... wir könnten dieselbe Technik verwenden, mit der wir auch Della gefunden haben!"

Fart nickte. „Richtig, doch dazu müssen wir sie erstmal verstehen!"

Rake versuchte sich am Begreifen: „Ok, ok... *wir* haben also diese Bob Marley CD und Della hat *die gleiche*... und... und das Spiel steht wie eine *Antenne* zwischen uns... *verbindet* uns... weil... weil wir *dasselbe* sehen?"

Geheimnisvoll nuschelte Fart: „Wer weiß... wahrscheinlich geht es über *Sehen* weit hinaus..."

„Wie kommst du darauf?" wollte Rake wissen.

Fart lehnte sich erhaben zurück und lehrte: „Nun, dank Alice kenne ich mich inzwischen ziemlich gut mit Frauen aus! Es ist davon auszugehen, dass Della sich mit dem Album an intimen Stellen gerieben hat! Frauen machen das nämlich immer so, weißt du?" Als er merkte, dass Rake da irgendwie misstrauisch war, rief er: „Was ist? Glaubst du mir etwa nicht?"

Nein, das tat Rake tatsächlich nicht: „Bist du... bist du dir sicher? Glaubst du echt, Frauen wären derart... *körperlich*?"

Fart fuchtelte gereizt herum: „Na klar, Alter! Du kannst dir gar nicht vorstellen, wie *simpel* die gestrickt sind! Vollkommen unkompliziert und absolut frei von Widersprüchen!"

Rake war noch immer nicht überzeugt. „Wenn du da mal keine Details übersehen hast..."

Fart winkte ab: „Ach Blödsinn, da gibt es nichts was man übersehen könnte! Nun gut, du kannst das noch nicht wissen, aber zu deinem Glück kennst du ja *mich* und ich erkläre dir jetzt dieses Ding mit den Frauen! Also pass auf, es ist so: wenn eine Frau auf sich selbst gestellt ist, fühlt sie sich hilflos und unvollkommen, weswegen sie sich Reibung sucht, in der sie dann all ihre Sorgen und Probleme verliert. Sprich: erst wenn sie einen Mann gefunden hat, der ihr Reibung bietet, fühlt sie sich *ganz*!"

Rake leuchtete ein: „Ach *das* meinten Atomic Kitten also mit ‚You Can Make Me Whole Again'!"
Dennoch blieb er misstrauisch: „Aber irgendwie klingt deine Erkenntnis trotzdem voll nach Boulevard! – Hm, doch mal angenommen, es stimmt was du da sagst und Alice hat in dir ihre Reibung gefunden ... weshalb besteht dann keine Verbindung zwischen euch? Warum kannst du nicht *spüren*, wo sie ist?"

Fart zuckte mit den Schultern. „Nun, einerseits bin ich wahrscheinlich zu cool für so was, und andererseits ist diese... *Antenne des Spiels* wohl irgendwie... kaputt oder so..."

„Nein Mann, es ist weil eure Reibungen *selbstbezogen* sind! Würdet ihr lieber reiben statt gerieben zu werden, dann..."

Da deutete Fart nach vorne: „Sieh mal, da hinten am Straßenrand steht irgendein Gespenst! Los Alter, knall es ab!"

„Yeah..." grinste Rake, nahm den Revolver, zielte und... BAMM – der vermeintliche Geist ging zu Boden!

Da schrie Fart: „Oh *verflucht*! Ist das etwa..."

Rake widersprach, obwohl er das gleiche vermutete: „Ne Mann, das... das kann doch nicht sein! Wieso... warum sollte *die* ausgerechnet *dort* sein?!"

„Kein Plan, Alter, aber sie *ist* es!" beharrte Fart. – Sie war es tatsächlich!

Ganz… *woanders*???

– Alice hatte keine Ahnung, wie lange sie jetzt bereits über Nichts nachgegrübelt hatte, doch schien leider alles falsch zu sein! Die Null war wieder weit in die Ferne gerückt, als hätte ein Sog der Zeit ihre Position verschoben. Verzweifelt rief sie aus: „Wir kommen nicht weiter! Wir können dieses Nichts hier zwischen uns nicht begreifen, denn sobald wir meinen, Nichts begriffen zu haben, merken wir, dass wir nichts begriffen haben! Wie sollen wir dieses Nichts begreifen ohne nichts zu begreifen?"

„Gib nicht auf, sieh hinauf!" lieferte ihr ihr Spiegelbild geballten Widerwillen.

„Huch!" erschrak Alice. „Dort ist eine weitere Säule, die sich wie eine *Antenne* gen Himmel bäumt! Die y-Achse im Koordinatensystem!" wähnte sie.

Ihre Begleitung meinte: „Lass uns hinaufschauen und an einem Glänzen im großen Konsequenzstrang, der wie eine Antenne bis in den Himmel langt, die Zahlen des Zahlenstranges erkennen, auf dem wir gerade entlang wandern!"

Das tat Alice und sah, dass die Säule eine Kette von Perlen war. In sechs Farben erstrahlten sechs Kugeln, und dazwischen ließen ihre Lichtstrahlen sie zu einer Säule erleuchten. Doch besonders auffällig war, inmitten des Leuchtens, eine goldene Aneinanderreihung von Zahlen. Alice fragte: „Was meinst du, verheißen jene Zahlen mitten in den Farben?"

Ihr Gegenpart sagte: „Um das zu verstehen, musst du noch einmal zu Boden sehen. Dort ist er, der goldene Zahlenstrang, in unendliche Längen wachsend. Jede Zahl ist eine Möglichkeit, die das Leben bietet, und durch das aufeinander folgende Betreten geben wir ihnen Zusammenhang. Dieser wird sichtbar im nach oben gerichteten Strang der Farben, welcher nur aufzeichnet wofür wir uns entschieden haben, also welche Zahlen wir nacheinander betraten."

Alice verdeutlichte: „Dann mal angenommen die 1 sei das Ein- und 2 das Ausatmen, und ich entscheide mich nacheinander für beides, dann…"

„Versuch's, tu's!" forderte ihr Gegenüber.

Sie hüpften auf die 1/-1. Ob diese Zahl wirklich das Einatmen war, wurde ihnen niemals klar, doch sie sahen, wie die Ziffer 1 oberhalb der bereits vorhandenen Zahlen im Farbstrang zu Leuchten begann. Da gingen sie weiter zu 2/-2, und direkt über jener 1, welche sich soeben ermalt hatte, war mit einem Mal ein Abbild der 2 als oberste Zahl da. Sie hüpften zurück zu 1/-1, woraufhin sie eine weitere 1 als Gipfel der Zahlenkette im Farbstrang erblickten.

Ihr Gegenpart fasste zusammen: „Durch Betreten einer Zahl am Boden kopieren wir ihren Wert nach oben in die Farben!"

Alice grübelte: „Na schön, wir bestimmen die Zahlen im Antennenstrang, doch was bedeuten die Farben?"

„Beschreibe deine!" verleitete ihr zweites Verheiß.

Alice beschrieb: „Nun, das Grün des Rasens dient scheinbar als Basis, und von dort hinauf kommt als nächstes zwei Mal Blau! Erst hell, dann dunkel, und darüber wird es immer pinker, bis daraus schließlich das Rot entspringt, welches letztlich über gelb zurück zum Grün erblüht. Ein Kreislauf, der nie aufhört!"

Aus der Ferne rief ihr Spiegelbild: „Seltsam, mir mutet das alles etwas anders an: von hier aus gesehen beginnt es beim Pinken, und *danach* erst geht es weiter in der Reihenfolge, wie du sie beschriebst…"

Alice hakte nach: „Heißt das gar, dass sich dein Rasen in Pink verdingt?"

Ihr zweites Gesicht berichtigte: „Von wegen Rasen. Das, worauf ich wandere, gleicht eigentlich eher Fleisch. Ein pink wirkendes Pfirsichblüt verübt sein Dasein als Basis meiner Zahlenreihe!"

Alice nickte. „Tja, wie wir bereits zuvor erfahren haben, sind unsere Pfade verschiedene Ausgangsbasen. Doch sag, was vermutest du hinter all den farbigen Kugeln, die zu einer Säule erleuchten?"

Aus der Ferne erklärte ihre Gefährtin: „Nun, bei mir leuchten nicht die Farben, sondern mein Blick, und jene Farben sind bloß gemalte Bilder für Daten, welche aussagen, was genau woraus folgt!"

Alice versetzte: „Für mich sind sie eine Ansammlung festgelegter Gesetze und Regeln des Lebens, welche strikt gegeben und so von uns schlicht zu nehmen sind!"

Das ihr Entgegengesetzte hielt fest: „Also ich würde sie eher als *Erfahrungen* besagen, ein Protokoll von Erzeugtem, das auseinander folgte!"

Alice winkte ab: „Zu abstrakt! Lass uns lieber eine genaue Bedeutung durchleuchten!"

Ihr Entgegen bestätigte: „Gute Idee! Da wir andere Wege gehen und dadurch andere Anfänge sehen, wird das unter Garant interessant! Fang du an!"

Alice begann: „Wie gesagt habe ich am Anfang das Grün. Grün, die Farbe des Wachstums, symbolisiert das Erwachen aus grauer Starre des Abhandenseins. Ein Keim, welcher der finsteren Erde entsprießt und zuerst nur ganz seicht hellblaue Wolken sieht, die ihn begießen. Mit der Zeit lichtet sich die Sicht des Keimlings und das Blau im Himmel gewinnt deutlich an Farbe! Da er nun genug Kraft hat und die Wolken nicht mehr braucht, gerinnt das Blau immer weiter ins Dunkle, bis der Keimling so weit gereift ist, dass er von jetzt an sein eigenes Sein verheißen kann! Eine Entwickelung zum denkenden Menschen, allein *er* weiß über sein Selbst Bescheid und von nun an trägt der Keimling die Farbe des Fleisches. Nicht länger hilflos den Trieben des Wachstums ausgeliefert, ist er nun in der Lage, sein Leben zu planen. Was daraus folgt, ist nicht nur die Farbe der Liebe, sondern die des blutigen Leids im selben Zuge! Jener rote Lebenssaft verleiht uns zusätzliche Willenskraft, die wie jede Form von Macht mit der Zeit verblasst. Ausgeschieden wird er wie gelber Urin, welcher hernach im Boden verrinnt, wo er den nächsten Keimling ernährt und alles wieder von vorne beginnt!"

Ihr Gegenüber gab sich löblich: „Sehr schön. Doch beachte, dass das, was du machst, eh bloß Poesie ist! Mit fehlbaren Worten, Bildern und Gleichnissen versuchst du einem etwas unendlich Komplexes begreiflich zu machen. Leider sieht jeder zunächst nur sein eigenes Thema und von seiner Verheißung aus schließt er auf deine Gleichung, wodurch er deine Bilder auf seine eigene und nicht deine Weise begreift!"

Alice warf dem entgegen: „Doch *du bist ich*, also verstehst du mich!"

Ihr zweites Ich nickte: „Richtig, doch mal sehen, ob du dich auch selbst verstehst! Nicht nur du bist ich, sondern bin ich auch du, weshalb dies deine zweite Sicht, ja dein zweites Gedicht ist: ich selbst bin mir mein eigener Anfang, erst mit meinem Leib fängt mein Konsequenzenstrang an. Ich verleibe mir einen Rhythmus ein, damit mein Blut nicht mehr stehen bleibt! Nun beginnt es zu fließen und ich kann von da an mit Urin um mich gießen. Ich pinkle Kreise auf toten Boden und erwarte einen Keimling, welcher nur dank mir und meinem Begreifen auf die Weise erscheint, wie er sich mir zeigt. Er ist mein Erzeugnis und jetzt deutet er gen Wolken. Hinter ihrem hellblauen Schimmern finde ich einen dunklen Himmel, welcher mir hoch erhaben sagt, dass ich ein nichtiger Riss mitten im Nichts bin – alles, was mir damit bleibt, ist mein eigenes Dasein, geprägt und erstellt… von meinem Selbst."

Alice hängte an: „Und mir wird gerade unser Unterschied klar. Du lässt dein Selbst die Welt erbauen, während ich meine These aus ihr heraus lese!" Da sackte sie zusammen: „Oh nein, wie sollen wir uns mit diesem Widerspruch je wieder vereinen?"

Ihr Spiegelbild erinnerte: „Dabei waren wir eben beinahe Eines, doch nun haben wir wahrlich miese Karten… Ist unsere Einigkeit vielleicht nur ein einander Akzeptieren ohne Kapieren?"

Empört blökte Alice: „Nein, das reicht nicht! Ich will das Wissen nicht missen!" Verdrießlich ließen sich beide nieder und durchdachten diesen Unterschied wieder und wieder. Selbstkenntnis erdenkend bewegten sich beide immer weiter entgegen der Zahlen, bis sie sich schließlich von so Nahem sahen, wie es zuvor noch nie der Fall war!

Alice meinte: „Wer ganz dicht vor dem Spiegel sitzt, dem verschwimmt die Sicht... bis sie einst vielleicht gleich Nichts ist?"

Ihr Spiegelbild war gewillt: „Lass es uns einfach weiter probieren, was haben wir dabei schon zu verlieren?"

Alice gab sich tapfer: „Na Nichts, aber ich bin bereit, dieses Risiko einzugehen! Wir *müssen* einander verstehen! Wir *müssen* unsere Einigkeit erleben! *Dann* erst werden wir weiter sehen!"

Und sie kamen sich näher, und näher, und näher…

Erschöpft wischte Olaf sich den Schweiß von der Stirn.

Ohne Pause hatte er im Garten gewerkelt, doch jetzt war endlich alles für das große Sterben vorbereitet! Zumindest beinahe, denn eine Sache fehlte noch: aus seiner Tasche kramte er jenes kleine Lämpchen heraus, das er vorhin seinem Physiklehrer abgezogen hatte. Damit begab er sich ans Ende eines Stromkabels, das er aufwendig im gesamten Garten verlegt hatte, und hob ein metallenes Schraubgewinde auf. Quietschend ließ sich das Lämpchen dort hineindrehen.

„Das wird *wunderbar*!" hangelte sich Olaf grienend das Stromkabel entlang, bis er einen integrierten Widerstand erreichte. Ein letztes Mal regelte er die Amperezahl.

Nun teilte sich das Kabel zu mehreren parallel geschalteten Bärenfallen auf, die er mit einem Stock auf ihre Funktionstüchtigkeiten überprüfte. KLAPP – sie verrichteten ihren Dienst tadellos!

Hernach vereinten sich die Stromleitungen wieder zu einem einzelnen Kabel, das zum Haus führte, wo Olaf jetzt den Stecker in die Steckdose steckte. DZZZZ – ertönte sofort ein überlautes Surren! Erschrocken beobachtete er, wie dunkle, von Elektroblitzen durchzogene Wolken lautstark aus den Bärenfallen strömten.

Beeindruckt ging er zurück zum Lämpchen, setzte sich auf einen Klappstuhl und wartete chillend auf das erste Opfer. Er hatte alles genau ausgerechnet: würde auch nur ein einziges Monster in eine der Fallen tappen, so würde beim Lämpchen eine Spannung anfallen, die gerade groß genug war, um es zum Aufleuchten zu bringen – für eine derart ausgefeilte Konstruktion *musste* einem das Spiel einfach neue Fähigkeiten zugestehen, dessen war Olaf sich sicher!

Er war schon kurz vorm Einschlafen, da leuchtete das Lämpchen plötzlich – PLING – auf. Bei einer Bärenfalle war das reinste Inferno entbrannt, und nicht einmal annähernd konnte er erkennen, welche Art Gegner es erwischt hatte. So zog er den Stromstecker wieder heraus, woraufhin mit einem Schlag jedweder Blitzwirbel verschwunden war. Und da erkannte Olaf das Opfer: sein Bruder Jerry zuckte, allmögliche Körperflüssigkeiten aus jeder Öffnung ausstoßend, in seinem eigenen Unrat herum. Wahrscheinlich war der Typ gerade erst wieder bei seiner Freundin rausgeflogen und hatte nicht darauf geachtet, wo er hintrat – schlechte Idee, wenn man sich bei Olaf einnisten wollte!

Der schlenderte zum Werkzeugschuppen und holte einen Spaten hervor, um Jerry ins Bewusstsein zurückzuprügeln, doch sobald er ausholte, bildete sich eine Elektrowolke, die seine Arme von Grund auf lähmte. Nachdenklich ließ Olaf sich zu Boden fallen, während sein Bruder hinter ihm qualmend die Horizontale genoss.

Im Unterricht wurde gerade Rilke besprochen, als Kathrin plötzlich eine Eingebung bekam: mit einem Mal wusste sie doch tatsächlich, wo ein weiterer Spieler zu finden war! Folglich erinnerte sie der Rest des Schultages an ein Wartezimmer beim Arzt: die Zeit wollte einfach nicht vorüber gehen! Am liebsten wäre sie sofort in die Richtung gehechtet, die ihr vorschwebte, doch Schulpflicht hatte Vorrang!

Nach einer halben Ewigkeit war es endlich soweit: die Schüler wurden wieder zurück in die Freiheit geschickt. Kathrin war die erste, die von dieser Huld Gebrauch machte. Doch nach Verlassen des Schulgebäudes geriet sie umgehend ins Stocken. Eine riesige Rauchwolke breitete sich von einem Haus mitten in Gruetze aus und stieg *weit* gen Himmel! Abgesehen von Kathrin kümmerte sich niemand darum, woraus sie schloss, dass nur sie als Spielerin des Spiels diesen Rauch wahrnehmen konnte. Neugierde übermannte sie; was war da los? Jedenfalls hatte es nichts mit der Richtung zu tun, die wie ein Kompass durch ihren Kopf schwirrte, denn die deutete ganz woanders hin. Doch egal! Erstmal war dieser Sache mit dem Rauch auf den Grund zu gehen!

Mit ihrem Auto hatte sie das Zielgrundstück schnell erreicht. „Natürlich, wer sollte denn auch sonst dahinter stecken…" murmelte sie als sie bei der Pforte ein leuchtendes Schild erblickte, welches „*Olafs Vernichtungsdisko*" proklamierte.

Erschrocken fuhr sie zusammen, als sie ihre Autotür öffnete – ultralaute Elektromusik (wie im Tanzlokal bei Conker) zerstörte beinahe ihr Trommelfell.

Mit größter Vorsicht betrat sie Olafs Grundstück. Was hatte dieser kranke Typ da bloß auf die Beine gestellt? Nun, jedenfalls nicht diesen Kerl, der sabbernd beim Zaun lag. Offensichtlich hatte der erst vor kurzem einen starken Elektroschock erlitten, wie seine zu Berge stehenden Haare verrieten. Kathrin schüttelte den Kopf. Dann bog sie um die Ecke. Was sie dort sah, raubte ihr den Atem: die Grashalme des Rasens sahen allesamt aus wie funkende Elektrokabel, und auf ihnen tanzten unzählige Monster einen erzwungenen Tanz des Todes bis sie von ihren Qualen erlöst zu Boden fielen und dort weiter brutzelten.

„Gefällt dir die Show?" wurde Kathrin plötzlich von hinten angesprochen.

Sie wandte sich um und erblickte den Urheber dieser Veranstaltung. Es war Olaf, der vollkommen in Gummi gekleidet eine Schubkarre voller Monsterleichen vor sich her schob, wobei eines der Opfer noch zu leben schien. Hilfe suchend streckte es den Arm zwischen all seinen verstorbenen Artgenossen heraus. Kathrin fehlten die Worte ob des grauenhaften Anblicks.

Olaf forderte sie auf: „Komm, ich zeige dir, was ich heute alles über das Spiel herausgefunden habe!"

Kathrin folgte ihm zu einem gigantischen Leichenberg, wo er sich seiner Fracht entledigte. Dabei ächzte er: „Puh, verflucht anstrengend dieser Job!" Als er nun den Haufen in Brand steckte, wusste Kathrin, woher die Rauchwolke rührte.

Plötzlich drehte Olaf sich um und richtete ein Küchenmesser auf sie, fauchend: „Was, wenn ich dich hiermit erstechen wollte?"

Die Bedrohte wich erschrocken zurück. Um Olafs Messer herum hatte sich eine knisternde, von grellen Lichtzuckungen durchsetzte Wolke gebildet. „Bitte nicht! Lass mich am Leben!" flehte Kathrin.

Olaf lachte. „Keine Angst, das werde ich! Um genau zu sein bleibt mir gar keine andere Wahl!" Da reichte er ihr das Messer. „Hier, versuch mich zu töten!"

Kathrin fragte: „Dieses… Messer ist *echt*?"

Olaf nickte: „Und außerdem schweinemäßig scharf!"

Kathrin nahm das Messer entgegen und probierte, Olaf umzubringen, ganz wie er sie drum gebeten hatte. Doch es klappte nicht! Beim Zustechen erschien jedes Mal jene Knisterwolke und lähmte ihre Arme!

Olaf erklärte: „Das Spiel beschützt uns vor realen Gefahren!"

„Aber wieso?" rätselte Kathrin.

Olaf vermutete: „Das liegt wahrscheinlich in der Natur eines Spiels! In Anleitungen von Videospielen zum Beispiel findet man ja auch immer einen Abschnitt mit Gesundheitswarnungen! Ein Spiel will seinem Spieler stets Spaß bereiten, ihn fordern, doch niemals will es ihm Schaden zufügen…" Er deutete auf die „Tanzfläche": „Zuerst habe ich echte Stromkabel mit Bärenfallen verlegt, doch die erwiesen sich als reale Gefahr…"

Kathrin meinte: „Davon kann der Typ da vorne am Zaun ein Liedchen singen!"

Olaf grinste: „Wenn er irgendwann wieder zu sich kommt, bestimmt! Wobei ich nicht glaube, dass er sich daran erinnern wird…" Er nahm das Messer wieder entgegen und warf es nach einem krepelnden Monster – es flog hindurch ohne Schaden anzurichten. Olaf kommentierte: „Interessant, oder? Mit realen Waffen kannst du keinem Gegner was anhaben!"

Kathrin fragte: „Und wie hast du das mit dem Rasen hingekriegt?"

Olaf tippte sich gegen seinen Kopf. „Hiermit! Es ist alles eine reine Willenssache! Entscheidend ist nur, was du denkst! Ich denke mir die Grashalme als Stromkabel, et voilà: die Party beginnt!"

Kathrin erinnerte sich: „Wo du gerade von Kopfsachen sprichst: ich habe einen Kompass in meinem Schädel, der mir den Weg zu einem weiteren Spieler deutet! Hast du Bock mitzukommen?"

Olaf freute sich: „Cool, auf jeden! Lass uns sofort los, meine Kunden können auch ohne meine Anwesenheit weiter feiern!"

Kurz bevor sie Kathrins Wagen erreichten, stolperte Olaf über seinen bewusstlosen Bruder. Nachdenklich fragte er Kathrin: „Hast du einen großen Kofferraum?"

Die bestätigte: „Ja, wieso?"

Olaf deutete auf Jerry. „Nimm du seine Füße!"

Gemeinsam hievten sie den Bewusstlosen in den Kofferraum. Während der anschließenden Fahrt wollte Kathrin wissen: „Was hast du mit ihm vor?"

Olaf deutete die Straße herunter. „Das Krankenhaus ist nicht weit von hier. Dort werfen wir ihn vor die Tür!"

Vorwurfsvoll fragte Kathrin: „Wieso hast du nicht sofort einen Krankenwagen gerufen? Vielleicht schwebt er in Lebensgefahr…"

Olaf winkte ab. „So ein Krankenwagen ist viel zu teuer! Du musst wissen, dass er nicht krankenversichert ist…"

Kathrin empörte sich: „Was?! Das ist doch gar nicht erlaubt…"

Olaf lachte: „Ach Mädchen, wenn du wüsstest, wie viele Dinge auf dieser Welt geschehen, obwohl sie verboten sind; du würdest deine Klüsen nie wieder zu bekommen! Ich wette es sind sogar mehr als die Erlaubten!"

Kathrin schaute düster drein. „Ja, diese Welt ist schlecht, ich weiß!"

Olaf widersprach: „Nein, sie *ist* einfach, Punkt und Ende. Mehr kann man dazu wirklich nicht sagen, ohne sich zu blamieren, weil es peinlich wird!"

Sie erreichten das Krankenhaus und Olaf beförderte seinen Bruder mit einem beherzten Tritt vor den Eingang. „Gute Besserung, Jerry!" rief er noch und stieg wieder ins Auto.

Schon bald hatten sie Gruetze hinter sich gelassen. „Was machst du da eigentlich?" fragte Kathrin Olaf, der die ganze Zeit komisch herumfingerte.

„Ich versuche, Elektroblitze mit meinen Händen zu erzeugen…" informierte der abwesend.

Kathrin versuchte nachzuvollziehen: „Indem du dir vorstellst, dass Strom durch deine Finger fließt?"

Olaf schüttelte den Kopf. „Dann würde es *nie* funktionieren! Wenn du glaubst, dass Strom *fließt*, dann hast du eine völlig falsche Vorstellung davon. Strom ist so was wie eine *ausgleichende Kraft*, eine *Spannung*, und keine Materie die sich von A nach B bewegt! Sozusagen der *Ausgleichswille zweier Ladungen*…" DZT DZT – begann es plötzlich zwischen seinen Händen vereinzelt zu funken. Leise murmelte er: „Negative Ladung zu meiner Linken… positive zu meiner Rechten…" DZZZT – das Funken wurde stärker!

Kathrin so: „Äh, das ist ja echt beeindruckend und interessant… aber… irgendwie stört das ziemlich hart beim Autofahren, wenn da jemand neben einem sitzt und voll die Hochspannung erzeugt…"

Krasse Blitze zuckten zwischen Olafs Händen, als er mit stark elektrisierter Stimme zurückgab: „EhRliCh? KaNn iCh MiR gAr NiChT vOrSteLLeN!"

Genervt fuhr Kathrin an den Straßenrand. „Na schön, trainier du weiter, ich vertrete mir ein wenig die Beine!"

Sie befanden sich auf einer verlassenen Landstraße. Hinter seinen Blitzen sah Olaf, wie Kathrin davonspazierte… bis sie auf einmal zusammensackte! „Was ist passiert?" rief Olaf nach draußen.

Am Boden stöhnte Kathrin: „Irgendwas hat mich in den Hintern gebissen…"

Da kam ein anderes Fahrzeug angefahren und parkte am Straßenrand. Fart, der als erster herauspurzelte kam, deutete wild auf Kathrin, brüllend: „Siehst du? Sie ist es *tatsächlich*, ich hatte Recht!"

Rake trat als nächstes in Erscheinung und rannte zu Kathrin. „Yo, was geht? Bist du ok?"

Kathrin schrie unter Schmerzen: „Ob ich ok bin?! Verdammt, sehe ich danach aus? Nein Mann, ich bin verflucht weit entfernt von ok! Irgendwas hat mir böse ins Heck gebissen!"

Rake versteckte seine Waffe hinter dem Rücken und meinte: „Wahrscheinlich eine Schlange oder so…"

Da kam Olaf hinzu, der Rakes immer noch qualmende Waffe sah und grinsend verriet: „Und wie soll diese „Schlange" ihren After erreichen? Nur mal so zur Information: Schlangen können nicht springen, wir sind hier nicht bei Donkey Kong Country!"

„Klappe zu!" rief Rake und schoss Olaf – BAMM – in den Bauch. Der stolperte zu Boden, doch nicht ohne Rake – DZZZT – einen gehörigen Elektroschock zu verpassen.

Fart, der jetzt als einziger noch auf den Beinen stand, fühlte sich so ähnlich wie Mister Pink in Reservoir Dogs. Fassungslos blökte er: „Ihr… ihr *Amateure*! Was zum Teufel habt ihr getan? Anstatt mit mir Alice zu retten, richtet ihr euch lieber selbst zugrunde… Eine *tolle* Hilfe seid ihr, vielen Dank auch!"

Von den drei Angesprochenen kam keine Reaktion. Sie waren zu sehr damit beschäftigt, sich in ihren Schmerzen zu weiden. Deshalb tickte Fart Olaf mit dem Fuß an und fragte: „Was macht ihr hier überhaupt?"

Der Angesprochene ächzte: „Wir… wir folgen einer Eingebung von Kathrin… sie weiß, wo ein weiterer Spieler ist!"

Fart nickte: „Gute Sache. Auf den Orientierungssinn einer Frau kann man sich immer verlassen! Wo wir gerade von anderen Spielern sprechen: wir haben auch einen gefunden! *Eine*, um genau zu sein!" Ungefragt erzählte er alles, was ihm und Rake heute widerfahren war.

Erstaunt wollte Olaf hinterher von Rake wissen: „Krass, du hast wirklich deinen eigenen Finger gegessen?"

Pampig erwiderte der: „Nein, nicht *wirklich*! Nur *im Spiel*! Verflucht…"

Fart schlug vor: „Ich würde sagen, dass wir euch begleiten! Jetzt wo wir bewaffnet sind können wir euch beschützen! Wer weiß, was bei dem Spieler geht, von dem Kathrin da träumt! Hoffentlich befindet der sich nicht allzu weit entfernt…"

Kathrin deutete zitternd auf einen Wald am Horizont: „Nein, ich denke, wir finden ihn *dort*! Aber zuvor sollten wir diese Della aufsuchen…"

„WOZU?!" unterbrach Fart aufgebracht.

Kathrin erklärte: „Wie zur Hölle soll ich in diesem Zustand Auto fahren, hä?"

Fart motzte: „Wofür brauchst du beim Autofahren *deinen Hintern*?! Ok, das Sitzen tut weh, aber ich habe dir schon mal gesagt, dass wir keine Zeit haben um auf zweitrangige Dinge wie deine

Gefühle Rücksicht nehmen zu können! Auch wenn das jetzt so verflucht romantisch klingt: es geht hier nur darum, Alice zu retten damit sie und ich uns wieder reiben können! Außerdem darfst du auch bei *mir* mitfahren…"

„Nein danke…" lehnte Kathrin gequält ab und kämpfte sich hoch.

Rake war inzwischen wieder einigermaßen fit und Olaf unterdrückte die Bauchschmerzen durch eiserne Disziplin. Ungeduldig scheuchte Fart alle in die Autos und es ging weiter. Kathrin fuhr voraus und führte sie über Stock und Stein bis tief in einen düsteren Wald hinein. Fart warnte: „Halt die Augen offen, Rake! Das alles erinnert mich an Blair Witch Project! Wenn du diese verdammte Hexe siehst, dann weißt du, was du zu tun hast!"

Mit entschlossener Miene nickte Rake und lud eine Schrotflinte durch.

Plötzlich bremste Kathrin derart stark ab, dass ihrem Beifahrer Olaf der Magen aus der Wunde flutschte. Fluchend drückte er ihn zurück: „Verdammt, kannst du nicht ein wenig… ein wenig… wie heißt das doch gleich?" Der Ausdruck „Rücksicht nehmen" fiel ihm nicht ein.

„Pst!" mahnte Kathrin und deutete auf eine Lichtung. „Hier müssten wir richtig sein!"

Vor ihnen breitete sich eine runde Weide aus. Genau in der Mitte stand eine farblose, düstere Gestalt mit dem Rücken zu ihnen, und anscheinend hatte die sie noch nicht bemerkt. Irgendwie war sie schwer zu erkennen, denn in ihrer unmittelbaren Umgebung schien das Licht an Kraft zu verlieren.

Die vier Gefährten verließen ihre Fahrzeuge und betraten langsam das feuchte Gras der Lichtung. Bedächtiges Schweigen herrschte vor, bis Fart schließlich grob die Stille des Waldes durchbrach: „He, du! Was machst du da?"

Die Gestalt wandte sich nicht um, sondern blieb einfach reglos stehen und pustete gemächlich grauen Rauch aus. Erst danach antwortete sie mit trauriger Stimme: „Ich beobachte Massenmord. Tag für Tag, Nacht für Nacht."

Die vier Neuankömmlinge warfen sich fragende Blicke zu. „…wo?" wollten sie schulterzuckend von der mysteriösen Figur wissen.

Ruckartig zeigte diese auf die Bäume. „Dort! Hier! *Überall*!"

Fart meinte: „Also ich sehe da nur Gestrüpp! Bäume! *Natur* halt!"

Die Gestalt erklärte: „Natur *ist* Massenmord! Fressen und gefressen werden! Krieg um Lebensraum! Das so genannte *Gleichgewicht der Natur* ist nichts weiter als ein reihenweises Dahinmetzeln! Überall Mächtige, welche über ihren bemüßigten Opfern triumphieren und diese ohne Schuldgefühl vertilgen…"

Rake rief: „Wo ist dein Problem, Mann? So ist die Natur nun mal!"

Die Gestalt hauchte: „Du willst wissen, was mein Problem ist?" Sie fiel auf die Knie und pflückte einen Grashalm, „Ich werde dir sagen, was mein Problem ist!" – strömender Regen setzte von einer Sekunde zur nächsten ein – „Mein Problem ist, dass wir Menschen diesem barbarischen Akt der gegenseitigen Zerstörung *entsprungen* sind, und man kann das, was ich eben über die Natur gesagt habe, *ohne Probleme* auf die menschliche Gesellschaft übertragen!" Blitze zuckten am Himmel, mächtige Donner ließen die Erde erbeben. Die Stimme der Gestalt überschlug sich beim Schreien: „WIE… WIE SOLL ES JEMALS… *JEMALS* FRIEDEN GEBEN, WENN WIR DEM *PUREN* KRIEG ENTWACHSEN SIND?!" Erschöpft sackte die Gestalt zusammen, hauchend: „*Glück* erscheint mir heute so… *künstlich*… von… von Menschenhand erdacht… und niemals realisiert… eine… eine nie verwirklichte Idee… ein Plan ohne Tat…"

Fart gähnte: „Das… das ist wirklich sehr grausam und… auch irgendwie schade…"

Die Gestalt stimmte zu: „Richtig! Wahrlich schade, dass man von Gerechtigkeit nur *träumen* kann!"

Fart stellte klar: „Ich meinte: absolut schade, dass du unser aller Interesse verfehlst, denn wir sind gerade voll auf Rettungsmission unterwegs und *du* bist möglicherweise genau *die* Person, die uns helfen kann!"

Da drehte sich die Gestalt um und offenbarte ein mitgenommenes, unrasiertes Gesicht. Die Kippe in seinem Mundwinkel drohte, jeden Moment herunter zu fallen als er aus Olafs übertriebener Bauchwunde schlussfolgerte: „Ihr… habt ein Problem im *Spiel*?"

„SHADOW!" erkannte Rake überrascht. „Aber du… du *spielst das Spiel*?!"

Shadow brummte: „Nein, ich schaue nur der Natur zu und schlage dabei tiefe Töne an…"

„Genug der Nichtigkeiten!" bat Fart. „Hilf mir lieber, Alice zu heilen!"

Ruhig schüttelte Shadow den Kopf und meinte bedrohlich: „Die einzigen, die jetzt Hilfe gebrauchen können, sind *wir*, denn ihr müsst wissen, dass es eine Regel im Spiel gibt…"

Fart unterbrach: „Wowow, nicht so schnell! Zwischenfrage: ‚Regel' im Sinne von ‚Vorschrift' oder im Sinne von ‚Menstruation'?"

Fart nicht beachtend fuhr der Kerl fort: „Sobald sich fünf Spieler treffen…" – bestialisches Brüllen und Kreischen ertönten leise aus den Tiefen des Waldes – „…kommt es zu einer massiven Attacke! Besser, ihr macht euch verteidigungsbereit!"

Paralysiert starrten die vier Ankömmlinge in den Wald. Die bedrohlichen Geräusche wurden lauter und lauter. Die Gefahr rückte immer näher! Für einen schrecklichen Moment wusste keiner von ihnen, was sie nun tun sollten, bis Rake schließlich zitternd seine Schrotflinte anhob und unsicher meinte: „Ok… d-dann… sollen sie kommen…"

Hektisch nickte Fart. „Waffen! Gute Idee! Ich brauche Waffen!"

„Ich nicht!" grinste Olaf zwischen zwei Blitzen in seinen Händen, während Fart zum Wagen raste um sich zwei Berettas klarzumachen.

Nur Kathrin wirkte noch recht hilflos: „Und was ist mit mir?"

Rake riet: „Du musst wieder zum Barbaren werden!"

Verzweifelt rief Kathrin aus: „Wie denn das? Ich habe doch keine Ahnung, wie das funktioniert…"

Es war der düstere Shadow, der sich nun einmischte: „Dann solltest du es schnell herausfinden!"

Rake fragte ihn: „Wie wirst *du* töten?"

BAMM BAMM BAMM – ertönten laute Schüsse aus Farts Richtung, welcher aufgebracht schrie: „Sie sind da! Die ersten sind daaaaa…" BAMM BAMM…

Shadow beantwortete Rakes Frage: „Ich töte *nie*." Damit rannte er auf eine Monstermeute zu, die soeben die Lichtung erreicht hatte. Obwohl der Boden vom immer noch anhaltenden Regen äußerst rutschig war, verlor er niemals den Halt, als er galant wie ein Schatten mitten durch die Ungeheuer tanzte und diese in Auseinandersetzungen mit sich selbst versetzte. Jedem noch so schnellen Hieb wich er geschickt aus, Treffer landeten die Angreifer nur *beieinander*!

Der Panik nahe krallte Kathrin sich an Olaf und Rake fest. „Bitte! Ihr müsst mich beschützen! Ich kann nicht kämpfen…"

„Schon gut, du hast mein Wort, dass ich auf dich Acht gebe!" beruhigte Rake und riss sich los, „Aber hindere mich nicht am Zielen, sonst sind wir gleich beide nur noch Hackfleisch!"

Der Boden zitterte unter den trampelnden Füßen der angreifenden Monsterhorde. Gleißende Blitze am Himmel verstärkten ihr furchteinflößendes Aussehen, als sie flutartig zwischen den Bäumen hervorgeströmt kamen.

Rake lieferte ihnen mächtiges Dauerfeuer auf Kopfhöhe. Oftmals enthauptete er gleich mehrere mit einem Schuss, doch für jeden erlegten Gegner erschienen sofort zwei neue! Sie waren einfach nicht aufzuhalten. Schon bald bäumte sich ein wütender Imp direkt vor ihnen auf!

„Fahr zur Hölle, du Bastard!" schrie Rake, richtete die Mündung seiner Schrotflinte auf die Impvisage und drückte ab – KLACK! KLACK KLACK!!! *„Verflucht!!!"* Seine Munition war alle!!!

Der Imp fauchte ihn bösartig an und machte sich bereit, ihm an die Kehle zu springen, doch im allerletzten Moment wurde er an der Schulter gepackt und herumgerissen: es war Olaf, der dem überraschten Ungeheuer den psychopathischen Rat gab: „Heute hättest du dich besser *isoliert*!" Dann klatschte er den Kopf des Monsters zwischen seine Hände und ließ – DZZT – die Funken sprühen! Die Augen kamen aus dem verkohlten Schädel geschossen, welcher hernach – PAFF – zu Staub zerfiel. Hinter dem zusammensackenden Körper erschien umgehend der nächste Angreifer, nur um – DZZT – zum nächsten *Opfer* zu werden! „Hey, das macht Bock!" lachte Olaf und wandte sich um. DZZT – „Wiedersehen!" – DZZT – noch einer weniger – DZZT – der würde keinen Hut mehr tragen können – DZZT – nicht einmal Aspirin würde *dem* noch helfen – DZZT – das mit dem Friseur hatte sich für *ihn* erledigt…

BAMM TSCHK TSCHK – Rake hatte sich inzwischen neue Munition ausgedacht und räumte blutige Schneisen in die Reihen der Gegner! „Nehmt *das*, ihr Drecksäcke!" brüllte er! BAMM TSCHK TSCHK!!! BAMM – zerfetzte Monsterleichen flogen kreuz und quer durch die Luft…

Kathrin hatte sich zitternd am Boden zusammengekauert und merkte nun, dass sie über und über mit Monsterblut und Schädelasche besudelt war. „Ich… ich halte das nicht mehr aus…" Sie sprang auf und hechtete los!

„Hey, wo willst du hin?" rief Rake ihr hinterher.

„Ich… ich muss hier weg…" weinte Kathrin und stolperte auf dem Weg zum Wagen über einige Leichenteile. PATSCH – landete sie mit dem Gesicht im nassen Rasen!

„KATHRIN! NEIN!!!" schrie Rake und versuchte mit wildem Geschieße, die Monster, die sich jetzt auf sie stürzten, von ihr fernzuhalten… doch zu spät! Unter einer geifernden Leiberflut wurde die arme Kathrin begraben bis nur noch reißende Klauen zu erkennen waren.

Mit einer Träne der Verzweiflung sank Rake auf die Knie, leise beklagend: „Kathrin… es tut mir leid…"

DZZT – kam Olaf kämpfend heran und meinte: „Komm klar, Alter! Das kriegen wir schon wieder hin! Aber jetzt schieß weiter! *Schieß*!!!" DZZT, DZZT!!!

WAMP – erschlug Rake einen Widersacher beim Aufstehen mit dem Griff seines Gewehrs. Hektisch erdachte er sich neue Munition und lud nach – TSCHK TSCHK BAMM!!! Zwischen den daraufhin sterbenden Gegnern schrie Rake: „Ich habe ihr versprochen, dass ich sie beschütze! Ich habe es ihr VERSPROCHEN…" – TSCHK TSCHK BAMM – Monsterblut spritzte bis in den Himmel!

Plötzlich erklang eine dunkle Stimme, die mühelos den Krach der Schlacht übertönte: „IHR… IHR HABT ES TATSÄCHLICH GEWAGT… MICH ZU… SCHLAGEN…"

Sowohl Spieler als auch Ungeheuer hielten in ihrem Tun inne und starrten zum Monsterhaufen, von dem jene grollende Stimme herrührte. Für drei Sekunden schien die Zeit still zu stehen, bis sich auf einmal – WURSCH – die *Unglaubliche Kathrin* mit mächtiger Pose aufbäumte und sämtliche Gegner in ihrer Nähe als flammende Kadaver davonflogen! „DAFÜR WERDET IHR *TEUER* BEZAHLEN!!!" Und da ließ sie ihre Fäuste sprechen: BARSCH – zerfetzte sie fünf Imps mit einem einzigen Schlag, WAMPS – trampelte sie zwei weitere Widersacher blutig nieder, RUASCH – schleuderte sie noch eineinhalb davon! Diese flogen mit Höchstgeschwindigkeit durch zwei Imps, die gerade Fart ans Leder wollten.

Der hatte bis eben folgendes Problem gehabt: 6 Feinde, 2 Berettas mit je einer Kugel. Dank der Unglaublichen Kathrin waren seine Gegner jetzt nur noch zu viert. Nun wusste er, was zu tun war: mit Anlauf schmiss er seine beiden Handfeuerwaffen auf die zwei vorderen Imps. Rotierend flogen sie auf deren Visagen zu und – BATSCH – schlugen schließlich so ein, dass die Mündungen aus den Hinterköpfen austraten. Dann machte er einen Sprung mit dem Kopf voran in ihre Richtung, vollführte eine Rolle am Boden und stand schließlich genau richtig, um die aus den Gesichtern herausragenden Griffe seiner Waffen ergreifen und abdrücken zu können. BAMM BAMM – mit jeweils einem Loch in der Stirn sackten die hinteren zwei Imps zusammen.

Sich den Schweiß von der Stirn wischend sah Fart sich um: Die letzten Gegner erdrosselten sich gerade dank Shadow gegenseitig – die Schlacht war vorbei!

Rake jubelte: „Yeah, wir haben *gewonnen*!"

Olaf lachte: „Das müssen wir feiern!"

Anteilnahmslos stand Shadow vor ihnen und drehte sich eine Kippe. Dabei meinte er mit ruhiger Stimme: „Wenn ihr feiern wollt, dann solltet ihr bedenken, dass uneingeladene Gäste..." – er leckte das Blättchen – „...zu einem Problem werden können!"

Rake fragte: „Wie... wie meinst du das? Wovon sprichst du?"

Völlig cool zündete Shadow sich seine Kippe an. Dann nahm er einen tiefen Zug, deutete mit dem Daumen über seine Schulter und erklärte Rauch auspustend: „Ich spreche von *ihm*..."

Hinter Shadow erschien eine riesige Pranke aus der Dunkelheit des Waldes. Sie krallte sich um einen Baum, riss diesen mit Leichtigkeit aus dem Boden und schleuderte ihn – WUSCH – nach den Spielern. Die einzige, die sich nicht bückte, war Kathrin; da sie noch immer ein Barbar war, zerbrach der Stamm – KRACH – an ihrem Körper, ohne ihr Schaden zuzufügen. „DU HAST ES GEWAGT, MICH MIT EINEM BAUM ZU BESCHMEISSEN! NA WARTE..." Brüllend raste sie in die Dunkelheit! PAFF BÄNG – kam sie wieder auf die Lichtung geflogen und blieb bewusstlos liegen.

„Oh verflucht!" bibberte Fart und blickte ängstlich empor, als ein gigantischer Zyklop mehrere Bäume beiseite schlug und – WAMPS – donnernd auf die Lichtung gesprungen kam.

Panisch wandte Rake sich an Shadow: „Du... du musst ihn plätten! Du hast mehr Erfahrung mit dem Spiel! Los Mann, *töte* ihn!"

Gelassen erklärte Shadow: „Ich töte *nie*!" Und mit einem halben Lächeln fügte er an: „Außerdem will ich euch nicht den Spaß verderben!"

Fart packte ihn verzweifelt am Kragen: „Der macht uns fertig... wir haben keine Chance, Mann!"

Gelangweilt trat Shadow seine Zigarette am Boden aus und brummte: „Nun... dann rufst du wohl besser deine Mami an..."

„GUAAHRRR!!!" tat der Zyklop lauthals seine schlechte Laune kund und wirbelte einen ultragroßen Steinhammer durch die Luft, bis er ihn auf die Spieler niedersausen ließ – gerade noch rechtzeitig sprangen alle beiseite... außer Kathrin natürlich! PCHRK – von da an klebte sie am Hammer!

Hektisch zog Fart Olaf und Rake zu sich heran: „Na schön Jungs, wir müssen das selbst erledigen! Ich habe einen Plan! Ihr lenkt ihn ab, ich erledige den Rest!"

Rake sah ihn misstrauisch an. „Irgendwas gefällt mir an deinem Plan nicht!"

„Mir doch egal!" rief Fart und schubste beide direkt vor die Füße des Zyklopen. Dieser schaute mit finsterer Miene auf sie herab, ließ seinen Hammer kreisen und meinte: „UARRG!"

Rake ächzte: „Was hat das Vieh für ein Problem, verdammt?"

Olaf so: „Was weiß ich! Vielleicht haben wir ihn gestört, als er ein Bild aufhängen wollte. Woher zum Teufel soll *ich* das wissen?"

„Das war eine *rhetorische* Frage, Blödmann!" gab Rake zurück, während er sich einer heftigen Attacke entzog.

„Bitte tausend Mal um Entschuldigung!" spottete Olaf und sprang nach vorne, um – DZZT – dem großen Zeh des Zyklopen einen kleinen Elektroschock zu verpassen. Doch das hätte er besser nicht getan, denn nun steigerte sich der Rabiatheitsgrad des Ungetüms um ein Vielfaches! In ungezügelter Rage jagte es die beiden über die Weide, immer wieder mit dem Hammer zuschlagend und doch verfehlend!

Völlig außer Atem hustete Rake irgendwann: „Fart Alter, was geht mit deinem *Plan*?"

„Bin gleich soweit!" kam Farts Antwort aus dem Wagen. Angespannt werkelte er dort herum…

Shadow hatte sich derweil am Rande der Lichtung auf einer Wurzel niedergelassen und eine weitere Kippe gedreht. Jetzt sprang er auf, spazierte wie die Ruhe selbst auf den Zyklopen zu, holte ein Streichholz hervor und zündete dieses – TSCHFFF – an der Ferse des Riesenmonsters an. Die Kippe anrauchend wich er nebenbei einem Hieb aus, ging gemächlich zu Farts Wagen, lehnte sich an die Tür und meinte: „Deine Freunde wirken, als könnten sie Hilfe gebrauchen…"

Fart schaute aus dem Fenster und sah, wie die beiden Ablenkungsobjekte nur durch den *Luftsog* eines verfehlten Hiebes von den Füßen gerissen wurden. Meterweit kullerten sie über den blutgetränkten Boden und rafften sich stark verdreckt wieder auf.

Olaf rief: „Mach hin, Fart! Dieses einäugige Riesenbaby ist ziemlich angepisst und es lässt sich auf keine Diskussionen ein…" KLONG!!! Verwundert stellte er fest, dass er keinen Boden mehr unter den Füßen hatte; die Bäume des Waldes bewegten sich verflucht schnell auf ihn zu. Im letzten Moment wurde ihm bewusst, dass *er* derjenige war, der sich bewegte, doch diese Erkenntnis half ihm auch nicht mehr… KRACH!!! Dunkelheit lullte ihn ein…

„Du MISTVIEH!!!" schrie Rake verzweifelt.

Der Zyklop schaute spöttisch auf ihn herab und holte mit seiner blanken Pranke aus, um ihn am Boden zu zerquetschen.

TSCHK TSCHK – lud Rake seine Schrotflinte durch, während sich der Schatten der Zyklopenhand über sein Gesicht legte. Er zielte direkt nach oben und – BAMM PRTSCH – schoss seinem übermächtigen Gegner ein klaffendes Loch in die Flosse, was diesen jedoch nicht davon abhielt, weiter zuzuschlagen. WRATSCH – flutschte Rake direkt durch die von ihm verursachte Wunde und blieb darin stecken, die Pranke wie einen Gürtel tragend. „Fart… die Zeit wird knapp…" wisperte er, bevor er in die Luft gerissen wurde…

In diesem Moment war Fart bereit für seinen Auftritt. „He, Kleiner!" rief er dem Zyklopen zu, der vergeblich versuchte Rake abzuschütteln. Jetzt hielt er inne und wandte sich mit fragendem Gesichtsausdruck Fart zu.

„Ja, genau *dich* meine ich! Weil du so ein netter Kerl bist, habe ich hier ein Geschenk für dich!" Fart holte eine Shotgun hinter seinem Rücken hervor. Beim Abzug war ein Böller befestigt, dessen Lunte er nun ohne hinzuschauen an Shadows Kippe anzündete. Dann holte er aus und warf…

CHOU CHOU CHOU – wie in Zeitlupe flog die Konstruktion rotierend auf das Zyklopenauge zu. Sie kam näher… und *näher*… und *noch näher*… BRRTZ – Volltreffer: die Mündung steckte genau in der Iris! ZZZZ WAPP – erreichte die Lunte des Böllers ihr Ende, BÄNG – explodierte der Knallkörper, KLICK – wurde dadurch der Abzug betätigt, BAAAMMMMM – entlud sich eine gewaltige Schrotladung im Zyklopenauge und TSCHSCHSCH – kam dem Opfer der rote Lebenssaft *literweise* aus dem Kopf geschossen!!! WUMMP – ließ das besiegte Monster seinen Hammer fallen und torkelte blind über die Lichtung…

„Oh nein!" murmelte Fart, als er ahnte, wohin das führen würde. „Nein… *nein*… nicht dorthin… stirb woanders!" versuchte er, das wankende Ungetüm zu beeinflussen – ohne Erfolg!

KRACH WAMP BOOOOOOM – brach der Zyklop zusammen und begrub dabei Farts Wagen unter seinem massigen Körper.

Mühevoll befreite Rake sich aus der Hand des Toten. Kaum aufgerichtet wurde er direkt von einem wütenden Fart angefahren: „Das ist alles nur *deine* Schuld! Warum hast du ihn nicht woanders hingelockt?"

Der Beschuldigte erklärte: „Weil ich bewegungsunfähig in seiner Pranke gesteckt habe…"

Fart fluchte: „Diese… diese einäugige *Missgeburt*! Verranzter Mistdreck!"

„Wer spricht hier von meinem Lebensraum?" kam Olaf benommen aus dem Gebüsch hervor. Nachdem ihm klar wurde, was geschehen war, meinte er: „Keine Sorge, deinen Wagen kriegen wir schon wieder fit! Alles, was wir brauchen, ist ein Mechaniker, der über jede einzelne Schraube Bescheid weiß!"

Fart schüttelte den Kopf. „Nicht mein Auto betrübt mich, sondern der Inhalt! *Alice* war da noch drin…"

„Oh scheiße!" fluchte nun auch Rake.

Olaf zuckte mit den Schultern. „Na und? Welchen Unterschied macht das? Die Alte war eh hin!"

Rake holte sein Handy hervor. „Ich simse Babban an. Der repariert alles, was Schrauben hat!"

Fart warnte: „Aber nicht, dass er Reißaus nimmt wenn er mich erblickt! Immerhin war mein Auftritt eben gerade *überdick*. Da kann man bei meinem Antlitz schon mal die Hosen voll kriegen!"

Rake warf ein: „Babban ist kein Spieler…"

Shadow korrigierte: „Aber natürlich ist er das!"

„WAS?!" – Rake kam nicht klar – „Wieso spielt jeder das Spiel, ohne mir davon zu erzählen?!"

Shadow nahm einen tiefen Zug. „Junge, Junge, Rake! Das letzte Wochenende scheint bei dir einige Löcher in deiner Erinnerung hinterlassen zu haben! Weißt du noch von der Party?"

Fart fuhr dazwischen: „Egal, Alter! Er muss nur wissen, dass *ich* der beste Spieler aller Zeiten bin und…"

Shadow atmete tief durch. „Nein Fart, du bist immer noch nicht der Beste! Es gibt einen… *den Einen*, dem *keiner* das Wasser reichen kann!"

Fart winkte ab: „Nur in deinen Träumen!"

Shadow lächelte kalt: „Oh nein! Er ist echt! Der *Eine Spieler* über allen anderen! *Ein Spieler*, um sie *alle* zu besiegen, ins Game Over getrieben, wird ihm *jeder* erliegen!"

Olafs Frage war ein ehrfürchtiges Hauchen: „Und wie lautet der Name jenes Spielers, oh finsterer Mann?"

Fast konnte man so etwas wie Angst in Shadows Augen erkennen, als er sich nun umsah und schließlich leise flüsterte: „Seinen wahren Namen kennt heute niemand mehr! Er hatte ihn abgelegt, da er zu lang war für die Ranking-Listen, die er allesamt anführte! Doch aus Angst vor dem Ruhm… *verschwand* er eines Tages spurlos vom Bildschirm. Hernach kamen die anderen Spieler, um seine Krone streitend und seine Existenz verleugnend… wodurch er schließlich zur *Legende* wurde! Ja, ich spreche vom… *Legendären*!"

Ein eisiger Windzug wirbelte herumliegendes Laub auf.

Fassungslos wichen Olaf, Rake und Fart zurück. Letzterer schrie: „*Unmöglich*! Ich habe in einigen der althergebrachten Foren von ihm gelesen! Er… er ist ein Mythos aus dem 8-Bit Zeitalter! Die Dinge, die er in dieser längst vergangenen Ära der Videospiele vollbracht haben soll, sind schier *unglaublich*!"

Rake wusste ein Beispiel: „Angeblich konnte er Ghost'n'Goblins auf dem höchsten Schwierigkeitsgrad in Bestzeit durchzocken, ohne auch nur ein einziges Mal getroffen zu werden, und zwar… mit *verbundenen Augen*!"

Fart beharrte: „Das… das kann nicht sein! Nein, Shadow lügt! Den Legendären hat es *niemals* gegeben!"

Shadow zuckte mit den Schultern: „Na wenn ihr meint! Ich bin nicht hier, um euch von der Wahrheit zu überzeugen! Wenn ihr in eurer Welt der Ignoranz glücklich seid, dann werde ich der Letzte sein, der versucht, euch dort herauszureißen…"

„Welche *Beweise* hast du zu bieten?" wollte Olaf wissen.

Shadow so: „Nun, der Legendäre meidet gesellschaftlichen Tumult, aber *einen* von euch könnte ich zu ihm bringen!"

Fart reagierte sofort: „Ich! Ich! *Ich will*! Alle anderen sind egal, aber ICH! ICH!! ICH!!!"

Rake wandte ein: „Und was ist mit Alice?"

„Ach ja…" schaute Fart nachdenklich zu seinem zertrümmerten Wagen, murmelnd: „Hey Shadow, du weißt nicht zufällig, wie ich meine zur Gebärmutter zerschnetzelte Freundin wieder zum Leben erwecken kann, oder?"

Shadow tröstete: „Keine Sorge, so was ist normal! Kann jedem passieren! Uns Spielern mag sie tot erscheinen, doch das Spiel wird sich gut um sie kümmern!" Verbitterung stach aus seiner Stimme hervor: „Das Spiel lässt niemanden wirklich sterben, denn *es braucht unsere Denkkraft als Nährboden*! Stück für Stück nistet es sich in unseren Gedanken ein, spioniert unsere intimsten Gefühle aus… und wächst… und wächst… während deine Freundin in Wirklichkeit mit hirnlosem Gesichtsausdruck in einem Dönerladen sitzt und vegetarischen Lahmacun verputzt!"

Fart winkte ab. „Echt toll, Dönerläden gibt es viele! Wie *egoistisch* von ihr! Und was bleibt *mir*? Soll ich mich etwa mit ihrer *Gebärmutter* reiben?!" Er wandte sich seinen Kameraden zu und meinte: „Also gut, hier ist der Plan: Rake und Olaf, ihr kümmert euch um meinen Wagen und um meine Freundin! Ich suche derweil den Legendären auf, um ihn platt zu machen und *wirklich* der beste Zocker der Welt zu werden. Und wenn ich wieder komme, will ich Alice nackt in meinem Bett vorfinden!"

Rake meckerte: „Fart Alter, deine Pläne sind für'n Arsch!"

Fart legte ihm versöhnlich die Hand auf die Schulter: „Rake, kleines Brüderlein, erzähl das jemandem, der sich dafür interessiert! Aber check vorher die Sache mit Babban klar! Hier, die Autoschlüssel! Und Olaf, nimm du Alice' Reste und lass dich von Kathrin zu Zeero bringen, möglicherweise kann er irgendwie Hilfe leisten!"

Olaf sah sich um. „Apropos Kathrin. Weiß jemand wo die ist?"

Beim Weggehen informierte Fart beiläufig: „Die klebt immer noch am Hammer! Besser, jemand kratzt sie ab… – Shadow Alter, komm schon! Lass uns los!"

Während Rake sich im Hintergrund hilfsbereit um Kathrin kümmerte (KRRT, KRRT), stellte Olaf sich Shadow in den Weg und meinte: „Bevor ihr geht, hätte ich noch eine Frage. Du… scheinst nicht besonders glücklich darüber zu sein, dass du ein Spieler des Spiels bist… Sag mir, wie kam es zu deiner Infektion?"

Olaf schien einen wunden Punkt in Shadow getroffen zu haben, denn zerrüttet wie nach einer Katastrophe blickte der in die Ferne und flüsterte: „Dieser Gedanke… ist… mein ständiger Begleiter…" Seine Stimme festigte sich ein wenig: „Ich war ein Kind und träumte viel und hatte noch nicht Mai; da trug ein Mann sein Saitenspiel an unserm Hof vorbei. Da hab' ich bange aufgeschaut: ‚Oh Mutter, lass mich frei…' Bei seiner Laute erstem Laut brach etwas mir entzwei. Ich wusste, eh sein Sang begann: es wird mein Leben sein. Sing nicht, sing nicht, du fremder Mann: es wird mein Leben sein. Du singst mein Glück und meine Müh, mein Lied singst du und dann: mein Schicksal singst du, viel zu früh, so dass ich, wie ich blüh und blüh, – es nie mehr leben kann. Er sang. Und dann verklang sein Schritt, – er musste weiter ziehen, und sang mein Leid, das ich nie litt, und sang mein Glück, das mir entglitt, und nahm mich mit, und nahm mich mit – und keiner weiß, wohin..."

Kathrin, die langsam wieder zu Sinnen kam, rief: „He Moment! *Niemals* hast du dir dieses Gedicht selbst ausgedacht! Irgendwo habe ich es schon mal gehört…"

„Interessiert keinen!" versuchte Fart, das Gespräch abzuwürgen.

Olaf vollzog nach: „Du… wurdest von einem *Lied* infiziert? Erstaunlich!"

Shadow erklärte: „Es war der Anschlag eines gebrochenen Mannes und dessen Gitarre. Umgeben von einer Aura der Trauer, getrieben vom Durst nach Rache. Niemand kennt seinen Namen, weshalb man ihn einfach *Mariachi* nennt! *El* Mariachi! Das ‚el' bedeutet ‚der'!"

Jetzt hatte Fart genug: „Verflucht, wir haben keine Zeit um Japanisch zu lernen! Jetzt komm endlich, Shadow! Und *ihr* macht euch verdammt noch mal auch endlich auf den Weg. Ich will meine Freundin noch in *diesem* Jahrtausend weiter reiben!"

„Wo geht's denn hin?" kam Kathrin herbei.

Olaf informierte: „Wir besuchen Zeero damit… WOW!" Erstaunt schossen seine Augenbrauen in die Höhe. „Ist dir eigentlich klar, dass du den Traum vieler BV-Frauen verwirklicht hast? Dein Gewicht hat sich in Rekordzeit minimiert!"

Kathrin betrachtete sich: sie war flach wie ein Blatt Papier.

Hektisch fuhr Fart dazwischen: „Ja, ja! Pass auf, dass du nicht wegfliegst, wenn jemand in deiner Nähe ausatmet… aber hey, Shadow?! Was geht denn jetzt? Lass uns endlich los! Was… was zum Teufel machst du da?"

„Ich erstelle einen *Sector*!" erklärte der Gefragte, während er mit seinem Zeigefinger ein weißes Quadrat auf den Boden malte.

„Hä?" Fart verstand nur Bahnhof.

Shadow erläuterte: „Um zum Legendären zu gelangen müssen wir in die weit entfernte *SW-Build*-Provinz der 3D Realms reisen. Und dies ist der schnellste Weg!" Er deutete in die Mitte des Quadrats und rief: „Alt plus S!" Die Linien färbten sich rot. Erneut zeigte er ins Quadrat und sprach: „S! Textur Nummer 2307, bitte!" Eine weiße, zweidimensionale Zeichenfolge erschien, die stets dem Betrachter zugewandt war. „Dies ist ein ST1-Sprite!" Dieses berührend murmelte er: „Hitag 84, Lotag 23!" Da begann das Quadrat auf magische Weise zu schimmern, unterstützt von einem seltsamen Geräusch. Zufrieden nickte Shadow: „Fertig ist der Teleporter! Nach dir, Fart!"

Entschlossen tat der, wie ihm geheißen. DSCHIUPP – war er weg!

Shadow verabschiedete sich: „War nett mit euch. Viel Glück…" DSCHIUPP – so verschwand auch er und mit ihm der Teleporter.

Olaf wandte sich an Kathrin: „Komm, begeben wir uns zu Zeero! Ich habe die Schnauze voll vom Wald! Kannst du Auto fahren?"

Sie nickte.

Rake meinte: „Ich finde es hier eigentlich ganz chillig! Werde mich gemütlich an einen Baum lehnen bis Babban auftaucht, um den Wagen zu reparieren!"

Kathrin so: „Gut, dass es dir gefällt, Farts Befehle auszuführen!"

Wütend gab Rake zurück: „Ich wollte damit sagen, dass ich nicht wegen Fart hier bleibe, sondern weil ich es sowieso will!"

Olaf hatte derweil angefangen, die Trümmer nach Alices Resten zu durchwühlen. Leider war ein Großteil unter der Zyklopenleiche begraben, sodass er nun den Satz formulierte, der schon so Manchen von der Geburt abgehalten hatte: „Ich kann die Gebärmutter nicht finden!"

„Was ist mit dem Arm?" fragte Kathrin, als sie in ihren Wagen stieg.

Olaf wedelte mit einem lädierten Etwas herum. „Der ist hier!"

„Gut, das reicht! Dann los!" urteilte Kathrin und startete den Motor. WUSCH – wurde sie an die Heckscheibe geweht. Hilflos schrie sie: „Mach… das… Gebläse… aus!!!"

Lachend tat Olaf ihr den Gefallen, nachdem er es sich auf dem Beifahrersitz bequem gemacht hatte.

„Bis später!" rief Rake ihnen schließlich hinterher. Dann suchte er sich ein nettes Plätzchen, um den Augenblick zu genießen. „Pause!" seufzte er zufrieden und legte sich hin. Herrlicher Sonnenschein verwöhnte ihn mit angenehmer Wärme. Der Regen von eben war spurlos verschwunden; wahrscheinlich hatte es ihn niemals wirklich gegeben! Vögel zwitscherten ihre Lieder, Eintagsfliegen feierten ihren Geburtstag und ganz in der Nähe war ein Ameisenhügel, wo man fleißig an der Einrichtung feilte; Rake wollte jetzt nirgendwo anders sein. Endlich mal keine Herausforderungen, endlich mal niemand, der irgendwas von ihm wollte, und vor allen Dingen: *endlich mal Ruhe!*

Da ertönte aus der Ferne ein stetig lauter werdendes Brummen. Rake ächzte: „Oh nein, was kommt nun? Eine Riesenhummel? Ich habe keinen Bock… ich will Pause machen…"

BRRRWWW – nach kurzer Zeit war das Brummen derart laut geworden, dass es die Erde zum Erbeben brachte. „Nicht schon wieder! ICH WILL NICHT, VERDAMMT!!!" schrie Rake das Schlimmste befürchtend.

Tja, ob er wollte oder nicht: das war's mit der herrlichen Entspannung im Walde, denn dieser wurde gerade – KRRRACH – rücksichtslos von einem feuerroten Riesentruck plattgewalzt, welcher nun prustend auf der Lichtung zum Stehen kam.

Obwohl Rake sich gequält die Ohren zuhielt, war das nun folgende Hupen nicht zu überhören; sämtliche Vögel bekamen vor Schreck einen Herzinfarkt und fielen – PLACK PLACK PLACK – tot von den Bäumen. Na ja, zumindest *schien* es so, denn Rake bezweifelte, dass dieses haushohe Ungetüm wirklich in dieser Form existierte. „Babban – der richtige Mann am richtigen Ort!"

„So muss das sein!" schwang sich der Fahrer an einem Seil nach unten.

Rake rief: „Babban yo, wir haben ein Problem mechanischer Art. Leider ist es derzeit etwas… *schwer zugänglich*!" Er deutete auf den monströsen Leichnam des Zyklopen.

Babban sah das anders: „Kein Problem! Solche Viecher trage ich gewöhnlich an meiner Taschenuhr! Du weißt doch: ich bin einer der glücklichen Menschen, die als *Türken* zur Welt gekommen sind und als solcher habe ich zwei Asse am Ärmel! Nummer eins…" Er präsentierte seine linke Hand, „…und Nummer zwei!" bot er seine rechte dar. Dann ballte er beide zur Faust und – PRRATSCH – zerprügelte den Kadaver mit einem entschlossenen Hieb in einzelne Moleküle. Hernach holte er behutsam ein Tuch hervor, säuberte sorgfältig seine beiden Schätze, steckte das Tuch wieder weg und lehrte: „Die Werkzeuge gut zu pflegen ist extrem wichtig! Ohne Werkzeug wären wir alle *am Arsch*!"

Rake versicherte sich: „Du sprichst… von deinen Händen, oder?"

Liebevoll küsste Babban seine Fäuste. „Zwei wahre Allzweckutensilien!" schwärmte er, ließ die Finger knacken und wandte er sich dem Schrotthaufen zu. „Dann wollen wir mal…"

„Wirst du lange brauchen?" erkundigte sich Rake.

Babban winkte ab: „Schwachsinn, ist doch nur ein kleiner Totalschaden! Hinzu kommt, dass er nicht einmal echt ist…"

Rake bestätigte: „Yeah, der Wagen fuhr noch einwandfrei, bevor der Zyklop sich dazu entschieden hat, genau hier zu sterben! Aber sag mal, warum hast du mir eigentlich nie erzählt, dass du *das Spiel* spielst?"

Babban seufzte ergeben. „Genau das mag ich nicht am Alkohol! Junge, wir haben auf der Party am Samstag *ewig* lange über das Spiel philosophiert, aber du erinnerst dich an… *nichts*… Na ja, vielleicht war ich einfach zu freizügig mit meinem Raki! Hehe, ‚Raki für Rake', das war das Motto des Abends…"

Rake sagte den Satz, den schon so mancher verlauten ließ, der am Morgen danach zittrig und welk vor seinen Richter geführt wurde: „Ich weiß von gar nichts mehr…"

Babban winkte ab: „Kein Ding! So, dann wollen wir uns mal um dein kleines Problem kümmern!" Erhaben wandte er sich dem Schrotthaufen zu.

Rake bat: „Erklärst du mir, wie's geht?"

Babban rief aus: „Das hast du auch vergessen? Na egal, also gut: mach dir als erstes bewusst, was ein ‚Gerät' oder eine ‚Maschine' überhaupt ist: nämlich ein Zusammenschluss vieler Einzelteile, die *in perfekter Harmonie miteinander arbeiten*!"

Rake dachte an Shadows Worte über den Wald zurück und überlegte: „Ganz im Gegensatz zur Natur, in der man sich lieber bekriegt! – Die Bestandteile einer Maschine hingegen nutzen die Kraft der Einigkeit. Sie ziehen am selben Strang und sind dadurch *mächtiger* als zum Beispiel der Wald: mit *Leichtigkeit* wird er von Maschinen abgerodet!"

„Leider hat seine Mutter namens ‚Natur' ein *riesen* Nudelholz! Egal, was wir erfinden; mit diesem Ding wird sie uns *immer* plätten können! Doch zurück zum Thema: Eine Maschine ist eine Kettenreaktion vieler Einzelteile, und jede Kettenreaktion hat irgendwo ihren Anfangspunkt. Bei einem Auto ist es das Zündschloss…" Er griff ins Wrack hinein, doch schon kurz darauf zog er seine Hand angeekelt wieder heraus – ein blutiger Fleischklumpen zierte seine Finger. „Igitt, was ist das?"

Rake rief: „Oh, das ist Farts Freundin! Gib her, ich pass auf sie auf!"

Verwundert meinte Babban: „Komischer Typ, dieser Fart! Ich würde das Ding vielleicht in die Pfanne hauen um eine Frikadelle draus zu machen, aber *verlieben* könnte ich mich darin nicht!"

Rake lachte: „Ja, Fart ist… *seltsam*!"

„Wie auch immer…" winkte Babban ab und wandte sich wieder dem Schrotthaufen zu, murmelnd: „Das Zündschloss setzt einen Mechanismus in Gang, der sich in mehrere einzelne Kettenreaktionen verzweigt, welche schließlich in Bewegungsenergie der Achsen münden! Die Achsen wiederum tragen die Last der Sitze und so weiter, woraus folgt, dass am Ende alles auf irgendeiner Weise miteinander im Zusammenhang steht! Diese Zusammenhänge wurden vom Spiel durch den Zyklopen zerrüttet, doch indem ich sie mir bewusst mache, stelle ich sie wieder her!"

Rake grübelte: „Ein Körper ist doch im Grunde genommen auch nur eine Kettenreaktion! Ein Gerät, das Nahrung in Scheiße umwandelt… Könnte man einen Menschen nicht genauso reparieren wie ein Auto?"

Abwesend schüttelte Babban mit dem Kopf. „Nein, leider nicht! ‚Ein Lebewesen ist mehr als die Summe seiner Teile', Einstein! Das Problem liegt beim Anfangspunkt der Kettenreaktion: wie willst du dir den Prozess bewusst machen, der aus toter Materie etwas Lebendiges macht? Bisher ist das niemandem gelungen und ohne Start kommt man generell nicht weit!"

Nachdenklich ließ Rake sich nieder und betrachtete die Gebärmutter. „Du weißt also auch nicht, wie man einen Körper heilt?"

Da hatte Babban eine interessante Information parat: „Das Spiel ist in *Sessions* unterteilt. Normalerweise endet eine Session, wenn man sich schlafen legt, und am nächsten Tag startet man sozusagen neu. Das bedeutet einerseits, dass alle Verletzungen verschwunden sind, und andererseits, dass man sich erneut seine Ausrüstung erstellen muss!"

Rake hakte nach: „Aber wenn man so hart Game Over gegangen ist, dass man es… *bleibt*?"

Babban lachte. „Dann hätte man ein echtes Problem! Mir wurde allerdings erzählt, dass man nach einem Game Over am nächsten Morgen ganz normal im Bett aufwacht. Oder an der Bushaltestelle, die einen zum Bett führt! Anscheinend übernimmt das Spiel die Kontrolle über deinen Körper und du torkelst wie ein Schlafwandler oder Zombie zurück nach Hause; doch dass man gar nicht mehr aufwacht…"

Wortlos warf Rake ihm die Gebärmutter vor die Füße.

Babban kratzte sich am Kopf. „Na ja, wirklich tot sein wird sie schon nicht. Das Spiel würde euch aus gesundheitlichen Gründen nicht mit der Leiche spielen lassen…"

„Dann müssen die anderen einen Weg finden, sie zu heilen…" Rake schob alle Sorgen beiseite.

„Da ist es: Zeero!" sagte Olaf und drückte den Klingelknopf. Dann drehte er sich um und schaute grinsend zu, wie Kathrin sich ebenfalls zum Eingang des großen Mehrfamilienhauses kämpfte: sie musste den Ersatzreifen ihres Wagens mitschleppen, damit der Wind sie nicht fortwehte…

Aus einem Lautsprecher erscholl schließlich eine müde Stimme: „Ja? Hallo? Wer ist da?"

„Zeero?" fragte Olaf.

Die Stimme klang überrascht: „Hey, so heiße ich auch!"

Olaf so: „Ich erbiete dir meine Grüße, Olaf hier. Plus Mitbringsel Kathrin!"

Diese schimpfte: „Nenn' mich noch einmal ‚Mitbringsel' und du wirst an deinen eigenen Zähnen ersticken!"

Olaf gab zurück: „Jetzt bleib mal locker oder ich muss dir leider deinen Reifen wegnehmen! Dann wirst du vom Winde verweht!"

Die Stimme aus der Sprechanlage klang ziemlich desinteressiert: „Hä? *Was* ist los?"

Olaf wandte sich wieder dem Lautsprecher zu. „Wir benötigen deine Hilfe im *Spiel*!"

Gelangweilt erlaubte die Stimme: „Verstehe, ihr braucht die *Formel*. Kommt rein. Tür ist offen, oberster Stock."

Oben angekommen standen sie einem Typen mit kleinen, stark geröteten Augen gegenüber, welcher grüßte: „Yo, was geht, Spieler?" Da sah er Kathrin und fügte verblüfft an: „Bist du so was wie ein Supermodel?"

Olaf grinste: „Sie ist nur so schlank, weil sie von einem Zyklopen genagelt wurde!"

Kathrin stellte klar: „Er hat mich mit einem Nagel *verwechselt*, mehr lief da nicht!"

„Jeder hat seine Gründe für das, was er tut!" tolerierte Zeero gleichgültig, während er sie in seine Wohnung führte. „Setzt euch, macht es euch bequem und erzählt mir… äh… weshalb ich euch herein gelassen habe…"

Olaf begann zu berichten: „Wir benötigen deine Hilfe in Bezug auf…", geriet jedoch ins Stocken, als plötzlich eine Figur herbeigewatschelt kam, die aussah wie eine Mischung aus Frau und Hanfpflanze. Anstatt Haaren und Fingern hatte sie Blätter, während ihre Haut in hellem Grün schimmerte. Jetzt setzte sie sich auf Zeeros Schoß und hauchte ihm beschwörend ins Ohr: „Bevor wir uns anhören, was die uns zu sagen haben, sollten wir erstmal einen rauchen! Dann werden wir ihnen eine viel größere Hilfe sein!"

Zeero nickte. „Du hast Recht!" Er holte eine Bong hervor und stopfte sich einen Kopf, nebenbei nuschelnd: „Sie ist harmlos, bloß eine THC-Dechse!" Dann zog er sein Rauchgerät übelst durch und lehnte sich verballert zurück.

Seine THC-Dechse flüsterte jetzt: „Eigentlich ist es doch *egal*, was sie uns zu sagen haben, oder? Lass uns lieber einfach nur chillen!"

Kathrin wurde sauer: „Das kann doch nicht dein Ernst sein! Verdammt, wir müssen unbedingt wissen wie man…"

Die THC-Dechse unterbrach an Zeero gewandt: „Nein, *unmöglich* können wir uns nun mit *denen* beschäftigen! Die sind viel zu unchillig! Wir aber *müssen* chillen!"

Zeero nuschelte: „Sorry, ich bin gerade ziemlich angebrightet! Wollt ihr vielleicht auch ein bisschen kiffen?"

Aufgebracht rief seine THC-Dechse: „Ist denn noch genug für *uns* da? Können wir es uns überhaupt leisten, mit denen zu teilen? Wir kriegen doch garantiert nichts von ihnen zurück…"

Zeero beruhigte einschlafend: „Keine Sorge, ich habe genug auf Lager…"

Kathrin herrschte ihn an: „Wir sind nicht extra hierher gekommen, nur um Drogen zu nehmen!"

Olaf fiel ihr spontan in den Rücken: „Na und? Sei doch nicht so unflexibel…"

Kathrin war empört. „Willst du etwa enden wie *er*?!" Sie deutete auf Zeero. „Was ist, wenn dann ein Imp auftaucht? Er würde uns in Stücke reißen!"

Zeero grummelte im Halbschlaf: „Warum sollte er so was Stressiges tun? Ist doch viel zu anstrengend…"

Kathrin mahnte: „Offensichtlich hast du noch nie Bekanntschaft mit einem dieser *Monster* gemacht! Wenn du wüsstest…"

Mühsam setzte Zeero sich auf. „Vielleicht sollte ich euch etwas zeigen! Folgt mir ins benachbarte Zimmer…"

Gerade als er sich erheben wollte, drückte seine THC-Dechse ihn wieder herunter: „Wir sollten noch einen rauchen, bevor wir dorthin gehen! Wenn wir schon mal hier sitzen und alles am Start haben…"

„Nichts da!" widersprach Kathrin und zog Zeero grob auf die Beine.

Die THC-Dechse ächzte: „Oh Mann, ist die *stressig*…"

Lustlos latschte Zeero voran und öffnete die Tür zu einem dunklen Zimmer. Das hereinströmende Licht enthüllte eine weitere THC-Dechse, die vor einem Bett kniete und eine darin liegende Gestalt streichelte.

Zeero nickte in deren Richtung. „Darf ich vorstellen? Twimp, mein Mitbewohner…"

Olaf und Kathrin sahen sich warnend an, gingen dann aber vorsichtig auf das Bett zu. Schließlich waren sie dicht genug um erkennen zu können… dass ‚Twimp' EIN IMP WAR!!!

„Achtung!" schrie Kathrin und hastete in Deckung!

DZZZZ – machte Olaf sich verteidigungsbereit!

Twimp seinerseits blinzelte verwirrt ins Licht. Dann richtete er sich verhältnismäßig langsam auf und peilte Olaf bedrohlich mit seinen Klauen an.

Die THC-Dechse neben Twimps Bett packte den Imp am Arm und riet: „Besser wir rauchen noch einen bevor wir ihn angreifen! Dann wird's viel mehr Spaß machen!"

Offensichtlich sah Twimp das genauso, denn anstatt zum Angriff überzugehen, ergriff er eine Bong vom Nachttisch, stopfte sich gierig einen Kopf und – FFFFFT – zog das Ding (unter Zuhilfenahme eines Feuerballs) derart hart durch, dass sämtliches Bongwasser beim Rauchen *verdampfte*; völlig fertig mit der Welt fiel Twimp ins Bett zurück.

Als weiter nichts geschah, ließ Olaf die Elektrizität zwischen seinen Händen verschwinden. „He… äh… wolltest du mich nicht bekämpfen?"

Twimp bedachte diese Frage lediglich mit einer halbherzigen Handbewegung, bevor er sich auf die Seite rollte und Olaf so den Rücken zukehrte. Dann begann er zu schnarchen.

Fassungslos kam Kathrin aus ihrer Deckung hervor. „Das… das gibt's ja nicht…"

Zeero klopfte ihr auf die Schulter. „Und du glaubst wirklich, *der* würde euch in Stücke reißen?! Nein Mann, Twimp könnte keiner Fliege etwas zuleide tun! Dafür müsste er sich schließlich *bewegen*…"

Da kam seine THC-Dechse herbei und schlug vor: „*Wir* sollten uns schleunigst bewegen, und zwar zurück auf's Sofa, um noch einen zu rauchen!"

Gesagt, getan, und während Zeero wieder seine Bong blubbern ließ, flehte Kathrin: „Ich bitte dich, denk kurz nach und erzähl' uns dann, wie man im Spiel Wunden heilen kann…"

„Durch *Chillen*!" antworteten die THC-Dechse und Zeero wie aus einem Munde, wobei letzterer anfügte: „Es wundert mich nicht, dass ihr danach fragt, mir ist schon die ganze Zeit dieser kleine Kratzer an seinem Bauch aufgefallen!" Er deutete auf Olafs offen liegenden Magen.

Der rieb sich die Hände: „Tja, dann wollen wir mal Drogen nehmen! Ich wünschte, es gäbe eine andere Möglichkeit, aber leider, leider…" Er wirkte nicht besonders ernst.

„Bedien' dich!" lud Zeero ein und reichte ihm einen Zettel mit einigen Formeln.

„Was ist das?" fragte Olaf.

Zeero erklärte: „Ich rauche hier natürlich kein echtes Ott, viel zu teuer der Shit! Nein, ich erstelle es mir selbst mithilfe des Spiels! Leider kann man sich nicht einfach eine Ottpflanze erdenken, da sie etwas Lebendiges ist. Ihr wisst ja bestimmt, dass man Lebewesen nicht ohne *Lebensformel*

erschaffen kann, welche ich persönlich nicht kenne! Äh… nebenbei… kennt *ihr* sie zufällig?"
Kathrin und Olaf verneinten.

Enttäuscht schlug Zeero die Augen nieder. „Schade, aber das war zu erwarten! *Niemand* kennt sie!"

Seine THC-Dechse umarmte ihn fürsorglich: „Wenn wir jetzt einen rauchen, wird die Enttäuschung im Nu verfliegen!"

Nachdem Zeero einen Kopf durchgezogen hatte, fuhr er mit seiner Erläuterung fort: „Was man jedoch erschaffen *kann*, ist der *Wirkstoff*, denn für ihn gibt es eine eindeutige chemische Formel! Diesen so genannten Tetrahydrocannabinol-Wirkstoff kombinierst du mit normalem Tabak, und schon hast du Rauchstoff, der dich härter wegballert als das edelste Grass!"

„Faszinierend!" Olafs Augen glänzten ob seiner Begeisterung, als er sich die Formel einprägte. Von Zeero nahm er die einsatzbereite Bong und ein Feuerzeug entgegen, zog das Teil durch, behielt den Rauch ein paar Sekunden in der Lunge und pustete schließlich langsam aus. Der Rauch manifestierte sich zu seiner eigenen THC-Dechse, die ihn umgehend begrüßte: „Von nun an siehst du die Welt mit anderen Augen! Lass ab von deinen Sorgen! Welchen Sinn macht es, verletzt zu sein, wenn man genauso gut einfach chillen kann? Die Welt ist zu schön um Schmerzen zu haben…" Langsam streichelte sie über seinen Bauch, und siehe da: seine Wunde verschwand! Entspannt lehnte Olaf sich zurück.

Jetzt bekam Kathrin den Zettel und die Bong in ihre Hände gedrückt. Sie jedoch war unsicher: „Ich glaube nicht, dass das gut für mich ist…"

Zeero beruhigte: „Keine Angst! Zieh ein bisschen Kessel und deine Sorgen werden im Nichts verschwinden, wie Steuergelder in den Händen kriegsgeiler Politiker! Komm, ich helfe dir dabei! Zieh ein *bisschen*, und wenn ich ‚jetzt' sage, dann saugst du besonders dolle!" Er ließ sie blubbern bis der Rauch bei ihrem Mund angekommen war, dann nahm er den Finger vom Kickloch und rief: „*Jetzt!*"

Kathrin zog und – „UARGH" – kotzte sich schmerzhaft *ihre* THC-Dechse vor die Füße. Zitternd umklammerte sie ihren Stuhl, während ihre THC-Dechse panisch auf sie einredete: „Oh nein! Was ist das für ein Gefühl in unserem Kopf?! Es fühlt sich so… *gelähmt* an! Luft! Luft!! Wir kriegen keine Luft mehr!!! *Wie furchtbar!* Wir… wir hätten niemals kiffen dürfen… Dieses… dieses *schreckliche* Gefühl… es wird *nie mehr* verschwinden! Das war's! Unser Leben ist vertan! Hilfe! *Hilfe!* Es soll aufhören…"

„Hi-hilfe…" stotterte Kathrin mitleiderregend.

„Har har har, was geht denn bei *der*?" feierte Olaf sie aus.

Zeero winkte ab. „Ach, selbst Schuld! Sie ist mit einer zu negativen Grundeinstellung an die Sache herangegangen, und jetzt frisst sie das bittere Ende! Wieso smifft sie auch, wenn sie gar keinen Bock auf diese Erfahrung hat? Ne ne, Leute gibt's…"

WAMP – trat Twimp plötzlich die Tür ein und marschierte im Halbschlaf ins Zimmer. Verpeilt sah er sich um, kratzte seinen Hintern, ließ einen fahren und schlurfte schließlich zum Kühlschrank. Seine THC-Dechse war ihm direkt auf den Fersen, planend: „Wir müssen möglichst viel essen! Aber uns bleibt nicht viel Zeit, denn wir müssen auch schnellstens zurück ins Bett um noch einen zu rauchen! Hach, das Leben ist ja so stressig!"

WOMMS – fiel Kathrin in diesem Moment vom Stuhl und wand sich unter Qualen am Boden, während ihr von ihrer THC-Dechse erzählt wurde: „Unser Herz… *unser Herz!* Es schlägt *viel zu schnell*!!! Gleich wird unsere Brust explodieren! Wir werden sterben! *Wir werden sterben*!!! Wir wollen nicht sterben…"

„Hey Kathrin, alles klar bei dir?" fragte Olaf rhetorisch und wandte sich dann an Zeero: „Wo sie gerade vom Sterben spricht: wir haben da so eine Bekannte, die ist Game Over gegangen und jetzt sind nur noch zwei Körperteile von ihr übrig. Weißt du eine Möglichkeit, wie wir ihren restlichen beziehungsweise *richtigen* Körper wieder finden können? Shadow meinte, dass sie in irgendeinem Dönerladen sitzt…"

Zeeros THC-Dechse schlug vor: „Wir sollten uns Döner bestellen!"

Zeero stimmte zu: „Gute Idee!" Während er das Telefon suchte, antwortete er Olaf: „Kein Plan wie man sie finden kann! Aber vielleicht brauchst du das auch gar nicht! Wir können versuchen, sie aus ihren Überbleibseln wiederzubeleben! Hast du sie dabei?"

Olaf fluchte: „Verdammt, ich habe den Arm im Auto vergessen!"

Zeero forderte: „Dann *hol*; ich bestell' uns derweil Döner!"

Olafs THC-Dechse stöhnte: „Oh nein, welch weiter Weg! Wenn wir unterwegs nicht wenigstens eine Tüte rauchen, kriegen wir das nie gebacken!"

Olaf grinste böse. „Ich bin dir weit voraus, Schätzchen! Warum selber gehen, wenn man auch andere schicken kann?" Mit diesen Worten wandte er sich Kathrin zu. Hilfsbereit nahm er ihre Hand und meinte mit besorgter Stimme: „Du Ärmste, tun dir die Drogen nicht gut? Du wirkst zwar nicht mehr so geplättet, aber oh je, dafür siehst du jetzt ziemlich blass aus…"

Kathrin radebrechte: „Ja… mir… ist total schlecht…"

Olaf schien erschüttert: „Das ist ja furchtbar! Du solltest unbedingt ein wenig frische Luft schnappen, dann geht es dir bestimmt bald wieder besser! Ja? Meinst du nicht auch?"

Sie nickte. „Ich glaube, du hast Recht…"

Olaf streichelte fürsorglich ihre Hand. „Sehr schön! Und wenn du unten beim Auto bist, wärst du so freundlich und bringst Alices Arm mit hoch? Das wäre echt nett von dir…"

Kathrin lächelte: „Na klar, kein Problem!" Ihr wurde richtig warm ums Herz – dieser Olaf schien sich ja echt Sorgen um sie zu machen!

Twimp war inzwischen gesättigt. Als er nun an den anderen vorbei schritt, hinterließ er ihnen noch einen gewaltigen Furz und verkrümelte sich dann zurück in sein Zimmer. Von dort ertönte schließlich ein ekelhafter Rülpser, gefolgt vom Blubbern der Bong, und danach war Ruhe.

Kathrin schleppte sich derweil zur Haustür. Bevor sie die Wohnung verließ, hörte sie gerade noch, wie Zeero in den Hörer sprach: „Tach, ich hätte gerne eine faustvoll Döner bestellt! Außerdem hätte ich mal eine Frage: sitzt bei euch irgendjemand im Laden, der ziemlich geistlos wirkt?"

Kathrin schloss die Tür hinter sich und stand im Treppenhaus, ganz allein! Abgesehen von ihrer THC-Dechse natürlich, die jetzt flüsterte: „Hoffentlich sieht uns niemand! Wir sind voll auffällig, Mann! Uns *darf* niemand sehen!"

Tja, Pech gehabt, denn auf dem Weg nach unten kreuzte irgendein älterer Einwohner ihren Weg, der sich allerdings nüchtern betrachtet und grob geschätzt *überhaupt nicht* für sie interessierte.

Die THC-Dechse war da jedoch anderer Meinung: „Oh Mist! *Verdammt!* Der Alte hat's gecheckt, ich sag's dir! So eine verfluchte… Er wird die Bullen rufen und uns werden sie den Führerschein wegnehmen!"

Kathrin hielt entgegen: „Aber… aber in Wirklichkeit haben wir doch nur Tabak geraucht…"

Aufgebracht schrie die THC-Dechse: „Alter, na und? Komm' mal klar, weißt du eigentlich, wie *verballert* wir aussehen?! Wir… wir hätten dem Alten nicht über den Weg laufen dürfen…"

Kathrin beschwichtigte: „Psst, sei doch nicht so laut! Was… was machen wir denn jetzt?"

Besonnen empfahl die THC-Dechse: „Was bleibt uns denn für eine Wahl? Wir verhalten uns weiterhin unauffällig… gehen nach draußen…"

„Holen den Arm!" ergänzte Kathrin.

Die THC-Dechse nickte. „Und gehen wieder rein um noch einen zu rauchen!"

Erstaunt fragte Kathrin: „Meintest du nicht vorhin noch, dass wir besser nie gekifft hätten?"

Die THC-Dechse schien genervt. „Vorhin, vorhin! Das ist lange her! Seitdem ist viel passiert!"

„Ach ja? Was denn?" wollte Kathrin wissen.

Die THC-Dechse warnte: „Klappe zu jetzt, wir kommen auf die Straße! Schau bloß niemandem in die Augen, sonst war's das!"

Pech gehabt, die Zweite: Kathrin trat ins Freie und fand sich direkt vor einer alten Frau wieder, die komplett in einem schäbigen Mantel eingehüllt war; nur ihr zerfurchtes Gesicht konnte man sehen. „He ihr da!" sprach sie Kathrin und die THC-Dechse an, „Kann die alte Käthe darauf bauen, dass ihr mir helft, ein Gerät zu klauen?"

„Ey bloß nicht, viel zu stressig!" begehrte die THC-Dechse auf.

„Tut mir leid, ich habe leider keine Zeit!" entschuldigte sich Kathrin.

Käthe bellte: „Ihr zwei faulen Rabauken, eure Trägheit wird euch euer Leben versauen!"

Die THC-Dechse deutete auf eine entfernte Kreuzung: „Ok, dann geh' da hinten links, dann rechts, und bei der nächsten Ampel wieder links! Wenn du dich beeilst und ein wenig Glück hast, findest du dort jemanden, der sich dafür interessiert!"

Kathrin fiel auf: „Wieso kann die alte Dame dich überhaupt sehen? Spielt sie etwa… *das Spiel*?"

Käthe rotzte: „Das werde ich euch *nie* verraten, ihr miesen kleinen Satansbraten!" Dann humpelte sie beleidigt davon.

„Es tut mir *wirklich* leid…" schrie Kathrin ihr hinterher.

Die THC-Dechse legte die Hand auf ihre Schulter: „Lass stecken! Komm, gehen wir lieber wieder Kessel ziehen!"

Ihren Wagen aufschließend sagte Kathrin: „Warte kurz! Wir nehmen noch Alices Arm mit…"

Da kam Käthe wieder angehechtet: „Der Arm! Gib ihn mir! Lass ihn mir hier!"

Kathrin wich zurück: „Auf keinsten, der gehört meiner besten Freundin! Geh weg!" Sie schubste die alte Frau von sich.

Käthe stolperte auf die Straße. WROMM – heulte auf einmal ein Motor laut auf. Mit halsbrecherisch hoher Geschwindigkeit kam ein Trecker angefahren. Dieser war vorne mit einer Mistgabel bestückt, offensichtlich hatte sich der Konstrukteur von Gameteks „Road Warrior" inspirieren lassen.

TSCHACK – wurde Käthe vom Fahrzeug aufgegabelt. „Yeah, erwischt!" gröhlte der Fahrer. Sein Opfer hing zappelnd vor der Haube. Dort kletterte jetzt jemand während der Fahrt rauf und kickte die alte Frau wieder ab. Nach einigen Drehungen blieb Käthe reglos mit dem Gesicht nach unten auf dem Asphalt liegen. Der Trecker verschwand mit seinen jubelnden Insassen am Horizont.

Kopfschüttelnd befestigte Kathrin Alices Arm an ihrem Gürtel und hievte Käthe über ihre Schultern, murmelnd: „Oh Mann, dieses Spiel! Was zum Teufel geht Krankes ab in diesem Spiel?!"

Alice und ihr Spiegelbild hatten sich einander so weit genähert, wie es ihnen möglich gewesen war. Dann waren sie stagniert und hatten reglos dagestanden wie Statuen; der Blick auf sich selbst reichte einfach nicht aus, um die Unvereinbarkeit der zwei Seiten des eigenen Seins zu überwinden!

Plötzlich war ein Klatschen ertönt und beide hatten auf ihrer Seite jeweils eine alte Frau mit dem Gesicht nach unten auf dem Boden liegen sehen. Hilfsbereit auf sie zustürmend hatte Alice erkannt, dass jene Gestalt auf einem eigenen Zahlenstrang lag, der zwar am selben Ursprung begann, sich im weiteren Verlauf jedoch immer weiter von ihrem eigenen entfernte.

Alice hatte versucht, auf den Strang jener Dame zu springen, doch vergeblich: wie bei einer Schiene blieb sie immer auf ihrer eigenen Linie, weshalb sie die liegende Gestalt nie erreichte.

Als Alice nun der alten Frau ihr Hilfsangebot zuschreien wollte, steuerten ihre Worte nicht direkt auf das Ziel zu, sondern verwandelten sich in Zahlen, die oben in der Konsequenzensäule erleuchteten, ganz als hätte sie eine Zahl auf dem Strang betreten. „Logisch!" dachte sich Alice. „Etwas zu sagen ist schließlich auch eine Entscheidung!"

Die alte Frau blinzelte und starrte auf genau jene neu erleuchteten Zahlen. Leise ächzte sie: „Es ist sehr nett, dass du mir helfen willst, Liebes, wirklich korrekt!"

Alice nahm diese Worte natürlich auch irgendwie in Form von Zahlen auf dem Konsequenzenstrang wahr, nur dass *diese* Zahlen *der alten Frau* zugerichtet waren, schließlich stammten sie ja von ihr. Alice hingegen musste sie aus einem anderen Winkel sehen, und eine schockierende Erkenntnis traf sie wie der Blitz! Zerrüttet ging sie zu Boden, weinend: „Es ist totaler Zufall wenn wir einander *richtig* verstehen! *Glücklicher* Zufall, denn eigentlich müssten wir uns *immer* missverstehen! Unsere Worte… werden zu Zahlen… und nur auf unsere eigenen Zahlen blicken wir *gerade*! Die Zahlen anderer sehen wir aus der Schräge, wodurch sie sehr leicht in der Bedeutung variieren! Allein aus der 8 kann dann locker eine 3 werden…"

Die betagte Frau tröstete: „Lass dir was von der alten Käthe sagen: beachte weniger das, was die Farben dir verraten, als vielmehr das, was jenseits jener Farben lagert! Dort nur ist die Wahrhaftigkeit, Farben aber verblassen mit der Zeit! So, und nun muss ich leider weiter! Alles Gute, meine Kleine!" Sie richtete sich auf, malte einen Sector auf den Boden, machte ihn zum Teleporter und – SCHWAPP – war sie fort.

Alice schaute genauso ratlos drein wie ihr Spiegelbild. Dieses fand dann: „Letztern sind wir falsch an die Sache herangegangen! Wir schauten ausschließlich aufeinander anstatt hinauf! Unser Blick richtete sich nach innen anstatt nach außen, doch ist das Nichts *draußen* und nicht drinnen! In uns selbst finden wir nichts als Zwiespalt, außerhalb hingegen die ersehnte Vereinbarkeit!"

Alice ging darauf ein: „Und das, was uns beide in insgesamt zwei Teile zerreißt ist nichts anderes als das, was uns unterscheidet!"

Ihr Gegenteil wusste, was sie meinte. „Ja, nämlich allein unser Pfad, der uns beiden gegenteilige Sichtwinkel gab!"

Genau diesen Pfad entgegen des Zahlenstrangs wanderten beide nun ein weiteres Mal entlang. Aufeinander zubewegend ersehnten sie den Ursprung zu sehen.

Alice fiel auf: „Meine Zahlen werden immer kleiner!"

Ihr Spiegelbild schilderte: „Ganz anders bei meinen! Mit jedem Schritt vergrößern sie sich! Geliebte Unvereinbarkeit! Yeah, der Herweg verkehrt uns in die Quere, drum lass uns nicht den Pfad beachten, sondern stattdessen den Konsequenzenstrang betrachten!"

Alice rief: „Sieh! Von direkt darunter betrachtet wird aus dieser Säule ein Kreis… und all die Farben vermischen sich… zu *weiß*!"

Ihr Gegenteil verneinte: „Bei dir vielleicht, weil deine Farben von sich aus leuchten! Doch da die Farben bei mir gemalt sind und es mein Blick ist, der sie leuchtend anstrahlt, wird die Hälfte auf meiner Seite des Kreises zum Schwarz!"

Alice schrie: „Ein schwarzweißer Kreis… reichend bis in… *das himmlische Grau der Unendlichkeit*! *Unendlichkeit*! Ja! Was heißt ‚Unendlichkeit'?"

Ihr Alter Ego überlegte: „Hm… ‚Unendlichkeit' heißt, dass keine Grenze es einschränkt!"

Alice wieder: „Und die 0? Was ist die 0?"

Ihre andere Seite meinte: „0 heißt… *unendlich* klein… UNENDLICH KLEIN! *Eine zweite Unendlichkeit*!"

Und Alice: „Eine *zweite*? Wie?! Wenn Unendlichkeit keine Grenze kennt, wo soll dann die eine beginnen und die andere enden?!"

Da wurde auch ihrem Gegenüber klar: „Aber dann… sind unendlich groß und unendlich klein… also 0 und Unendlichkeit… ja *eines*!!!"

Alice wusste kaum noch, wer sie war: „Und die Säule der Farben dazwischen ist wie ein Riss, eingekleidet und umspannt von etwas… *Unbeschreiblichem*! Unbeschreiblich, weil keine Zeit reicht, um *alles* zu beschreiben… All die Farben münden in weitester Ferne in dem grauen Gefilde, dem sie entfleuchten, und – oh feuchter Traum der Weisheit – jetzt erkenne ich *die* Gemeinsamkeit aller Dinge innerhalb der Farben: alle erdenklichen Sichtweisen, alle Pfade… sind *banal*! ALLES IST EGAL! Alles wird Nichts… Wenn einem alles egal ist, wird man Nichts! Gefunden! Endlich haben wir Nichts gefunden!!!"

Sie bekam keine Antwort, denn ihr Spiegelbild war… *in ihr*! *Sie* war *sie selbst*! Das Schwarz und das Weiß des Kreises vermischten sich, heraus kam Grau, Grau wie der Himmel dahinter, und dieses Grau des Alles und Nichts… saugte sie auf…

„Wow…" staunte Fart, als sich seine Sicht nach der Teleportation manifestierte. Er stand in einer quietschbunten Landschaft, niedliche kleine Kaninchen hoppelten überall herum (einige paarten sich auch), Vögel zwitscherten, der hellblaue Himmel war leicht bewölkt; und alles wirkte… *gemalt*. Da realisierte er einige Zahlen, die stets am unteren Ende seines Sichtfelds zu sehen waren, und ihm wurde klar: er befand sich in einem Videospiel und jene Zahlen waren Daten wie Lebensenergie, Rüstung und Munition; abgesehen von ersterem war bei ihm alles leer!

„Diese Engine, einst erschaffen von Mister Silverman, ist zwar alt, aber aufgrund ihres unverwechselbaren Charmes noch immer gut besucht!" sagte Shadow, der soeben hinter Fart aufgetaucht war.

„Von… Kaninchen?!" zweifelte Fart, da er niemanden sah.

Shadow winkte ab. „Diese Landschaft habe *ich* gebaut, hier kommt nur selten jemand her. Keine Deckung, keine Waffen… für die meisten Leute stellen ein paar Zwei-Bilder-pro-Sekunde-Karnickel keinen Reiz dar! Sie besuchen diese Ebene des Spiels, um sich im Kampf zu messen! Manchmal auch, um Flaggen zu erobern!"

Fart spottete: „Aber du siehst lieber den Kaninchen zu!"

Shadow zuckte mit den Schultern. „Ich mag Kaninchen…"

„Wo ist der Legendäre?" kam Fart auf den Punkt.

Shadow ging voran. „Folge mir. Wir müssen zur Stadt der Einigkeit…"

Fart wiederholte: „Zur Stadt der Einigkeit?"

Shadow nickte. „Ja. Alle sind sich einig, dass keiner das Recht hat, am Leben zu bleiben…"

„Mogadischu?" scherzte Fart böse.

Shadow lächelte halb. „Nicht ganz. In der Stadt der Einigkeit tötet man sich nicht aus Hass oder Armut, sondern aus Prinzip. Zum Spaß sozusagen!"

Fart schwärmte: „Eine… eine *Deathmatch-Stadt*! Wie wundervoll!"

„Du verstehst, was ich meine!" sagte Shadow und führte Fart über liebevoll ausgestaltete Felder und Wiesen. Schließlich erblickten sie mächtige Stadtmauern, hinter denen permanent Blutspritzer, abgetrennte Köpfe und zerfetzte Körper hervorgeflogen kamen. Ohne Zweifel: die Bewohner hatten eine Menge Spaß!

Shadow blieb wie angewurzelt stehen und seufzte: „Dieser Anblick berührt mich immer wieder! *Das* ist Harmonie, *das* ist natürliches Gleichgewicht! Vor uns, mein Freund, sehen wir die einzige Sprache, in der sich die Menschen so verstehen, wie sie es meinen! Und nur hier in der Unrealität können sie diese Sprache ausleben, ohne dass sie mit unendlichem Leiden einhergeht!"

„Wirst du *hier* töten?" wollte Fart wissen.

Shadows Miene war aus Stein gemeißelt vor Selbstsicherheit: „Niemals! Ich beuge mich nicht dieser *Schwäche*, die uns von der Natur aufgezwungen wird! Ich gehe lieber tanzen! Und du?"

Fart grinste: „Ich gehe töten! Oh yeah, diese Stadt lechzt nach einem neuen König! Und wenn du so gerne tanzt, kann ich dich ja als offiziellen Hofnarren einstellen!"

Shadow lehnte ab: „Danke, aber ich würde vorschlagen, dass wir uns beim großen Turm in der Stadtmitte treffen! Der wird nämlich vom Legendären bewohnt!"

Fart stimmte zu: „In Ordnung! Doch was ist, wenn die mich auf dem Weg dorthin ermorden?"

Shadow erklärte: „Dann stirbst du und wirst an einem der Respawn-Punkte wiedergeboren! Also bis dann und… viel Glück! Wirst es brauchen…" Er stürmte auf die Mauern zu, kletterte sie gewand hinauf und verschwand im Stadtinneren.

Fart ließ es etwas gemütlicher angehen; diese Erfahrung wollte er genießen! Während er sich den Stadttoren näherte, wurden unterschiedlichste Schussgeräusche und Schreie immer lauter. Mehreren herbeifliegenden Leichen musste er ausweichen, bis er schließlich von einem Torwächter mit den Worten angehalten wurde: „Stehen bleiben, Fremder! Ich muss dich durchsuchen, bevor du passieren darfst!"

„Nur zu, kein Ding!" erklärte Fart sich gleichgültig einverstanden.

Hinterher meinte der Wächter: „So darf ich dich nicht herein lassen, du bist ja überhaupt nicht bewaffnet! In dieser Stadt herrscht Waffenpflicht! Hier, nimm das!"

Fart bekam ein Samuraischwert in die Hand gedrückt. Beim Durchschreiten des Tores ließ er es vorsichtig durch die Luft sausen.

Der Wächter stellte sich ihm erneut in den Weg und warnte: „Wenn du nicht schnellstens einen Mord begehst muss ich dich leider wieder der Stadt verweisen!"

Fart blinzelte. Dann holte er aus und – RATSCH – eine blutige Linie zierte die Brust des Wächters!

Der sah Fart mit weit aufgerissenen Augen an, bis er schließlich ächzte: „Will… willkommen in der Stadt der Einigkeit! Urghhh…" Tot und blutspritzend zerfiel er in zwei Hälften.

Über den zerhackten Körper steigend betrachtete Fart sein Schwert: war es gerade noch blitzsauber gewesen, so klebte jetzt das Blut des Wächters dran. „Cool!" war Fart begeistert.

Doch seine Begeisterung quadrierte sich, als er den ersten Blick in die Stadt warf: nirgendwo hatte er bisher ein derart selbstloses Miteinander erlebt! Keiner hier kümmerte sich um sein eigenes Leben, sondern nur um das der anderen (und darum, es möglichst kurz zu halten)!

Fart passte sich den hiesigen Sitten an, indem er den ersten Typen zerstückelte, der ihm über den Weg lief. Danach war er stolzer Besitzer einer Uzi, mit welcher er nun einen Trupp Spieler davon überzeugte, sich ihres Blutes zu entledigen. Sie hinterließen neben ihren Leichen auch noch Munition und einen Raketenwerfer, den Fart gierig aufsammelte. Darauf war ein Knopf mit einem Atomsymbol zu erkennen, welchen Fart jetzt erwartungsvoll betätigte.

„3… 2… 1… all systems ready!" ertönte eine Stimme aus der Waffe.

Fart lachte: „Ha ha ha ha, es ist ein guter Tag zum Sterben!" TJIUSCH – schickte er seine Atomrakete auf Reise. KLIRR – verschwand sie durchs Fenster in einem Haus. PRCHCHUSCH!!! Die Erde bebte und Fart wurde von einem riesigen Atompilz geblendet! Als seine Sicht wieder klar wurde, stand das Haus zwar unversehrt an Ort und Stelle, die Einwohner jedoch… nun, die wären in der Realität wohl indiziert worden!

„Autsch!" rief Fart, als er plötzlich bleihaltige Grüße von der Seite kassierte. Nett wie er war, antwortete er mit einer Rakete – versprengt endete sein Konversationspartner (teilweise) an der nächsten Wand.

Jemand anderes kam um die Ecke gebogen; auch ihn beschenkte Fart mit einer Rakete. Danach ging Fart zu ihm hin und fragte: „Hey, der Turm des Legendären, ist das dieses riesige Gebilde dort hinten?" Er deutete auf ein gewaltiges Bauwerk, das alle anderen locker in den Schatten stellte.

Der Sterbende nickte mühevoll. „Ja, du musst einfach der Straße folgen…"

„Alles klar, hab' Dank! Und viel Spaß noch!" Grob klopfte Fart ihm auf die verkohlte Schulter.

„Kein Problem, gern geschehen… argh…" spuckte der Typ freundlich Blut und respawnte.

Jene Straße war voller Menschen und Fart geizte nicht mit blauen Bohnen aus seiner Uzi. Qualvoll erinnerte er sich an die engen Einkaufspassagen realer Städte, wo die Leute anscheinend extra langsam gingen, um einen am schnellen Vorankommen zu hindern; dieses Problem erübrigte sich hier! Leute, die in der Stadt der Einigkeit jemandem den Weg versperrten, nannte man ‚Kanonenfutter'. Oder anders ausgedrückt: es gab sie nie lange! Unter anderem dank Fart…

Als der den Turm fast erreicht hatte, piekste ihn irgendwas in den Hintern. Gewandt fuhr er herum und sah gerade noch einen Kerl, der die Beine in die Hand nahm und davon rannte. PIEP. Fart rief: „Hey, wo willst du hin? Ich lebe noch!" PIEP. Kopfschüttelnd ging er weiter zum Turm. PIEP. Dort erblickte er Shadow, der sich lässig an die Turmmauer lehnte und eine Kippe anrauchte. PIEP. Fart so: „Hey Shadow, diese Stadt ist der Hammer! Hier muss ich unbedingt öfters herkommen!" PIEP.

Shadow nahm einen tiefen Zug von seiner Zigarette. Dann brachte er gemächlich etwas Abstand zwischen sich und Fart, bemerkend: „Die Sticky Bomb scheint dich zu mögen…"

PIEP. „Wer? Was?" fragte Fart. PIEP. Und da bemerkte er diese – PIEP – stachelige Kugel an seinem Hintern. PIEP! „Ach *da* kommt dieses Piepen her…" erkannte Fart und – PIEP – riss erschrocken – PIEP – die Augen – PIEP, PIEP – auf – PIEP, PIEP, PIEP!!! „Oh oh…" KARUMMS!!! Fart war einmal!

Glücklicherweise wurde er nicht unweit des Turms respawnt, weshalb er schon kurz darauf wieder bei Shadow war und diesen hetzte: „Los Alter, lass uns bloß da rein! Mit einer Bombe am Körper explodieren will ich kein zweites Mal! Erst recht nicht, wenn ich nicht noch irgendwen anderes mit in den *Frag* reißen kann…"

Shadow hielt entgegen: „Es ist wirklich großzügig von dir, dass du dir so viele Gedanken um Andere machst, aber denk doch gelegentlich auch einfach mal nur an dich! Ist doch egal, ob die Anderen weiter leben…"

Fart sah ein: „Ja… außerdem kann ich sie ja auch später noch töten…" TSCHUMM – duckte er sich unter dem Schuss einer Railgun hinweg, schreiend „Aber zur Zeit sieht's eher danach aus, dass *die mich* killen!" Geschwind raste er zur Turmtür und begann an ihr zu kratzen. „Geh auf, verflucht! Öffne dich!"

Shadow kam hinzu. „Probier's *so*, ist einfacher!" half er, drückte die Klinke herunter und gewährte auf diese Weise den Zutritt.

Ungeschickt plumpste Fart ins Innere des Bauwerks. Beinahe wäre er in einen klaffenden Abgrund gestürzt, denn mittig befand sich nichts als düstere Tiefe. Nur an den Wänden waren sich windende Stufen, die sowohl nach oben als auch nach unten führten; wobei in keiner Richtung ein Ende zu sehen war.

WUMMS – schloss Shadow die Tür hinter ihnen. Dann entflammte er eine Fackel und meinte: „Wie ich den Legendären kenne, steht er ganz oben am Fenster und betrachtet die Stadt! Komm, leisten wir ihm Gesellschaft!"

Fart rappelte sich auf. Sein Blick blieb gebannt an der Wand hängen; sie war nicht etwa mit Steinen texturiert, sondern mit Screenshots aus den unterschiedlichsten Videospielen. Direkt neben ihm war beispielsweise ein Bild, welches eine Szene aus Super Mario Bros. darstellte. Ehrfurchtsvoll hauchte er: „Dieser Turm ist alt und… voller Erinnerungen aus grauer Vorzeit…"

Shadow nickte. „Der Legendäre hat viel erlebt! All die Zeugnisse seiner Heldentaten haften an diesen Gemäuern!"

„Beeindruckend!" staunte Fart.

Während sie aufwärts schritten, erklärte Shadow: „*Wirklich* beeindruckend ist die Architektur dieses Turms. Hier wurde massenhaft Gebrauch vom Room-Over-Room-Feature der SW-Build-

Engine gemacht, und wenn du wüsstest, was das bedeutet, dann wäre dir klar, dass dieses Gebäude das so ziemlich genialste Machwerk ist, dass man sich vorstellen kann. Zumindest in dieser Engine! Interessant, oder?"

Fart gab zurück: „Wenn du unter ‚interessant' ‚total öde' und ‚absolut langweilig' verstehst, dann ja: *unglaublich* interessant! Das Interessanteste, was ich je in meinem Leben gehört habe!"

Shadow ging auf den Sarkasmus nicht ein. „Ich kann mich noch genau erinnern, wie der Legendäre dieses Gemäuer vor langer Zeit errichtet hat, mit dem festen Vorhaben, es niemals wieder zu verlassen... Nicht nach... jenem *Vorfall*..."

Fart horchte auf: „Meinst du, als er von *mir* erfahren hat?" Frotzelnd fügte er an: „Oder ist diese Frage zu indiskret?"

Shadow schüttelte ernst mit dem Kopf. „Fragen, die sind nie indiskret. Nur *die Antworten* können es sein... Aber *du* hast damit nichts zu tun!"

„Dann ist es unwichtig!" winkte Fart ab und drängelte: „Wann sind wir endlich oben? Langsam wird mir von dieser verdammten Wendeltreppe schwindelig..."

„Noch ungefähr vier Mal die Sesamstraße, Kleiner!" hielt Shadow ihn hin.

Zwei Stunden später endete die Treppe abrupt in einer steinernen Wand. Fart jammerte: „Oh Schmach! Eine Sackgasse! Der Legendäre ist umgezogen! Der ganze Weg war umsonst..."

Shadow musterte ihn. „Gibst du immer so schnell auf?" Er drückte einen kleinen Stein, ging einfach durch die Mauer hindurch, und dort vor dem einzigen Fenster stand er: sein ältester und treuster Freund, der Legendäre. Offensichtlich hatte der die Ankömmlinge noch nicht bemerkt...

Fart fixierte den ansonsten kahlen Raum und holte Luft, um etwas zu sagen, wurde allerdings jäh von Shadow beschwichtigt: „Ruhe! Lass *mich* erstmal mit ihm sprechen! Jemanden von solch entsetzlicher Macht zu erschrecken könnte gefährlich werden! Und du hast bestimmt keine Lust den ganzen Weg noch ein zweites Mal zu gehen, richtig?"

Fart war irritiert: „Woher... woher weißt du das? Bin ich wirklich derart durchschaubar? Aber von mir aus quatsch' *du* ihn an! Bereite ihn mental auf seine unvermeidliche Niederlage vor! Sag ihm, dass der beste Spieler aller Zeiten hier ist um ihm gehörig in den *Arsch* zu treten!"

„Ein *Traumgast* schlechthin!" murmelte Shadow und lehnte sich vorsichtig an die Mauer neben dem Fenster. Aufmerksam betrachtete er diesen in einer schwarzen Robe vermummten Kerl, der reglos aus dem Fenster starrte und noch immer nicht bemerkt hatte, dass er nicht mehr allein im Zimmer war. Klar, dies war sein bester Freund, doch Shadow wusste nur allzu gut, wozu dieser Typ imstande war. Er hatte gesehen wie er kämpfen konnte, zuletzt damals bei der großen Schlacht, bevor alles anders wurde, bevor...

Fart unterbrach Shadows Gedanken, indem er ihn an der Schulter packte und flüsterte: „Sag ihm auch, dass ich keine Gnade kenne, ok?"

„Schwirr ab!" scheuchte Shadow ihn wieder in den Hintergrund und sprach jetzt den Legendären mit fester Stimme an: „Du hast dich nicht verändert seit unserem letzten Zusammentreffen!"

Wütend fuhr der Legendäre herum: „Wer wagt es..." Dann erkannte er, um wen es sich handelte. Seine Mimik blieb im düsteren Schatten der Robe verborgen, doch seine Stimme klang erfreut: „Shadow! Mein alter Freund! Lange ist es her, da wir einander im Angesicht standen und Worte des Abschieds tauschten!"

Shadow berichtete: „Ja, ich war viel unterwegs. Über Stock und Stein führte mich mein tänzelnder Schritt durch... *die Realität*..."

Plump wandte der Legendäre sich wieder ab und ließ seinen Blick in die Ferne schweifen.

Shadow erkannte: „Du... erinnerst dich jenes Ortes, nicht wahr?"

Als der Legendäre nun den Kopf senkte, offenbarte sich der geschlagene Mann, der hinter der Legende steckte. Beinahe weinend meinte er: „Jener Erinnerung... kann ich mich nicht erwehren.

Dabei ist sie das *einzige*, das zu vergessen ich trachte…"

Shadow folgerte: „Noch immer trauerst du um jene eine…"

Verbitterung durchstach des Legendären Stimme: „Du weißt noch, wer *el Mariachi* ist? *Er* brachte uns dereinst ins Spiel, nur verstand ich jener Tage nicht, wie er sich trotz all der Möglichkeiten in Freudlosigkeit verlieren konnte. Dies… verstehe ich nun!"

Shadow war sich sicher: „Der Tag wird kommen, da wirst du diesen Abgrund hinter dir lassen…"

Der Legendäre schüttelte langsam mit dem Kopf. „Nein, es… ist zu spät für mich. All meine Hoffnung verabschiedete sich… mit ihr…"

Shadow fuhr ihn an: „Dann *kämpfe*! Kämpfe und gewinne deine Hoffnung zurück!"

Unter seiner Kapuze schien der Legendäre traurig zu lächeln. „Du bist mein bester Freund, mein einziger Freund. So ist es seit Ewigkeiten, so wird es immer bleiben und sollte ich eines Tages wieder in den Kampf ziehen, dann nur… wenn *du* mich um Hilfe rufst. Für *dich* würde ich kämpfen, doch *niemals* für mich. Da ist einfach nichts mehr übrig, für das ich kämpfen könnte… Ich bin… *ausgelöscht*…"

Bevor Shadow etwas erwidern konnte wurde der Legendäre plötzlich an den Füßen gepackt und kopfüber aus dem Fenster gestoßen. Fart wischte sich die Hände ab und jubelte: „Yeah, ich habe den Legendären besiegt! Danke, dass du ihn abgelenkt hast! Jetzt bin ich der *King*!"

In seinem Triumph merkte er nicht, wie der Legendäre hinter ihm wieder hereingeklettert kam, nachdem er sich galant an der Fensterbank festgehalten hatte. Jetzt fragte er: „Wer bist du nach der Krone zu greifen? Weißt du denn nicht, wie schwer diese wiegt?"

Fart fluchte: „Ach Mist! Das wäre ja auch zu einfach gewesen…"

Shadow brummte: „Fart hier glaubt, er hat's drauf."

Eingehend betrachtete der Legendäre den Anwärter. Dann bot er an: „*Freiwillig* werde ich dir meine Krone überlassen, wenn du nur *eine* Bedingung erfüllst…"

„Welche?" wollte Fart gierig wissen.

Der Legendäre verlangte: „Du musst mich dazu bringen, dich zu *hassen*!"

„Das ist *bescheuert*!" rief Fart.

Der Legendäre sah wieder aus dem Fenster und erklärte abwesend: „Einst war ich wie du! Wollte die Welt im Sturm erobern, als bester Spieler aller Zeiten Ruhm und Ehre ernten! Das Glück schien so greifbar nahe. GEIRRT habe ich mich!!! Zu zart zum Halten ist das Glück! Nur *einmal* den Griff gelockert, schon rinnt es durch die Finger und… *kehrt nie mehr zurück*…"

„Dann nimm' es dir zum Vorbild!" schrie Fart und – ZACK – schubste den Legendären erneut durchs Fenster.

Shadow rieb sich die Stirn. „Verdammt, Fart, lass es! Du kannst ihn nicht besiegen!"

Tatsächlich kam der Legendäre sofort wieder herein gesprungen und meinte: „Noch nicht begriffen hast du, was ich sage! Doch werde ich es dir erklären, also hör zu und lerne! In der Zeit vor meinen großen Taten war ich ein klassischer O-T…"

Fart hakte ein: „O-T? Was ist das?"

Es war Shadow, der definierte: „Die Abkürzung für ‚Opfer-Typ'! Du kennst diese Leute, es gibt sie überall! Sie haben keine Freunde, sitzen schweigsam in der Ecke und werden von allen anderen gemieden oder fertig gemacht!"

„Die Ernies aus ‚Stromberg'…" kapierte Fart.

Der Legendäre nickte. „Genau das war ich. Doch Shadow war stets anders als die anderen! Er sprach mit mir, holte mich heraus aus meiner Isolation und… wurde mein Freund…"

Shadow erläuterte: „Jeder sollte einen O-T abernten, denn wenn du es schaffst, dass sie sich zu einem Freund weiterentwickeln, dann hast du stets jemanden, auf den du dich absolut verlassen kannst! In jedem Leben kommt der Tag, an dem es dich hart zu Boden wirft, an dem du von allen im Stich gelassen wirst! Bekannte, Freunde, ja nicht einmal Verwandte… sie alle werden an genau jenem Tag keine Zeit für dich haben! Nicht jedoch der Freund, den du aus einem O-T erweckt hast! Selbst in tiefster Finsternis steht er dir zur Seite und wächst über sich selbst hinaus! Wahrhaftige *Könige* unter den Menschen! Merk dir das gut: in jedem O-T steckt eine Legende und wartet darauf, von dir erweckt zu werden! Du wirst es nicht bereuen!"

Fart nahm sich vor, einstweilen ebenfalls einen O-T hochzuzüchten. Ein paar weitere Diener neben Rake könnten schließlich niemals schaden…

Der Legendäre berichtete weiter: „Ein absoluter Verlierer war ich, nichts auf die Reihe kriegend und ganz allein mit meinen Sorgen. Doch schon ein einziger Mensch genügte, um mich so weit zu bestärken, dass ich mich zu dem entwickeln konnte, der ich nun bin!"

Shadow verbesserte: „Du hättest es auch ohne mich geschafft! Es war *dein* Glaube an *dich selbst*, der dich erstarken ließ, nicht meiner!"

Der Legendäre erinnerte sich: „Doch ist es nicht leicht den Glauben an sich selbst zu finden, wenn man ganz alleine ist…"

Fart wurde ungeduldig: „Also entweder heiratet ihr jetzt oder ihr kommt endlich auf den Punkt!"

Der Legendäre führte seinen Bericht fort: „Es war im längst vergangenen Zeitalter der 8-Bit-Konsolen, da ich den Zenit meines Könnens erreicht hatte, vor dem Bildschirm genauso wie im Spiel! Wahrlich: mein Erscheinen war stets gleichbedeutend mit dem Sieg! Ich badete in Lob und Anerkennung, in Glanz und Glorie! Ich war nicht der Beste, nein, ich war der *Allerbeste*! Ich war das, was du, Fart, gerne wärst!"

Traurig schaute Shadow zu Boden: „Und dann brach alles zusammen…"

Zwar ruhten des Legendären Augen auf Fart, doch schien er irgendwie ganz woanders hin zu blicken: „Der Tag kündigte sich an als ein Tag wie jeder andere… als… ich starb…"

Fart schlussfolgerte: „Du bist Game Over gegangen? *Das* ist der ganze Text?"

Heftig widersprach der Legendäre: „Nein, *nein*! Viele Male bin ich Game Over gegangen, Niederlagen zeichnen den Weg zum Sieg! Nein, Fart, nicht Game Over bin ich gegangen, mir… wurde mein Licht entrissen…"

„Du… kannst deine Stromrechnung nicht bezahlen!" meinte Fart zu wissen.

Genervt wandte der Legendäre sich Shadow zu: „In welchem Kindergarten hast du diesen Clown aufgetrieben?" Dann riss er Fart zu sich heran und schrie unter einem Hauch von Wahnsinn: „Wenn du ganz oben, sozusagen einsame Spitze bist, dann gibt es *niemanden* auf einer Höhe mit dir! Verstehst du? Egal, ob zu deiner Linken oder zu deiner Rechten, überall nichts als karge Leere! Niemand über dir, an dem du dich orientieren könntest, nur unter dir diese anonyme Masse, die dir zujubelt und so sein will wie du! Von oben blickst du auf diesen Pöbel herab und merkst: es… sitzt sich einsam auf dem Throne! Und du versuchst einen Sinn zu finden, und du findest den Ruhm, und du findest die Einzigartigkeit deiner Taten! Und… du findest die Einsamkeit, du… du findest dich mit ihr ab und du suchst Vergessen in dem, was du gefunden hast! Du labst dich an deiner Einzigartigkeit, führst sie fort, nährst den Jubel mit Heldentaten und er nährt dich mit Kraft!"

Fart zuckte mit den Schultern. „Klingt doch cool! Genau deshalb will ich dich besiegen! Mal sehen, wem sie danach zujubeln…"

Laut unterbrach der Legendäre: „Doch DANN… kommt jener Tag wie jeder andere, dann… kam *sie*! Die tägliche Schlacht war unlängst zum Sieg geführt, als ich *sie* erblickte! Wie ein funkelndes Juwel leuchtete sie aus dem Gelichter heraus, ließ mich mit einem halben Lächeln ganze Welten vergessen, schickte mir diese Brise einer Liebe. Für einen Augenblick, kürzer als der Schlag eines Herzens und schöner als tausend Siege, belächelte sie jene Person, die ich noch immer *darstelle*: den König aller Spieler! Jener König, der keine Königin haben darf, weil er nicht mehr der

Allerbeste wäre, wenn jemand seine Stufe erstiege! Unerreichbar auf seinem einsamen Thron, nur von seiner Krone geküsst und mit Händen, die allein von seinem Zepter gehalten werden! Dieser kurze Augenblick, dieser flüchtige Blick meiner Augen, dieser *Moment der Veränderung...* Die Zeit spülte ihn geschwind hinfort, das halbe Lächeln jedoch... ließ sie mir zurück! Es... *brannte* sich in meine Sicht, und seitdem sehe ich nichts anderes mehr! In Schmerzen weide ich mich, seit mir klar wurde, dass sie nicht *mir* jenes halbe Lächeln schenkte, nicht *mir*, so wie ich *geworden war* und *bin* und *sein werde*, sondern... meinen *Taten*. Meinem *Ruhm*. Die Erinnerung an dieses Lächeln, einst anmutig wie Porzellan, war zersprungen und blieb als eine scharfe Scherbe, die mich von innen aufschneidet und meine Tage durch einen Strom von Blut und Tränen sehen lässt! Trotz jubelnder Massen war mir das Jubeln verstummt, und nicht länger hatten die Siege auch nur den geringsten Sinn. Dunkelheit umschloss meinen Geist. Doch ehe diese mich zu großen Untaten treiben konnte, entschied ich mich für dieses Exil. Ich widerstehe ihr und... bleibe für immer... *allein...*"

Fart sackte zu Boden und rollte in Qualen den Boden entlang.

Shadow legte dem Legendären die Hand auf die Schulter: „Du musst *gehen*! Nein, *laufen*! Renn' hinaus in die Welt und *suche* nach ihr!"

Der Legendäre wies zurück: „Welchen Sinn soll das haben? Selbst wenn ich direkt vor ihr stünde, bliebe ich doch von meinem Königsgewand verhüllt..."

„*Leg es ab*! Lass deinen Thron hinter dir zurück!" verlangte Shadow eindringlich.

Der Legendäre lachte, doch es war keine Fröhlichkeit darin. „Dieses Gewand... kann man nicht einfach ablegen! Solange mich kein Spieler besiegt, *bleibe* ich der Allerbeste! Und welcher Mensch ist böse und schlecht genug, dass ich ihm ruhigen Gewissens diese Bürde auflasten könnte?" Er beugte sich zu Fart hinab, der noch immer am Boden kauerte, und flüsterte: „Das ist der Grund, weshalb du mich dazu bringen musst, dich zu *hassen*! Wenn du das schaffst, wird meine Krone dir allein gehören!"

Fart hatte gar nicht mehr richtig zugehört. Stattdessen murmelte er völlig verstört: „Dieses... dieses wunderschöne Lachen in ihrem Gesicht... Wie... wie *konnte* ich es bloß vergessen?! Wie *besessen* wollte ich der Allerbeste werden... Ruhm finden... und dabei vergaß ich... vergaß ich... meinen allerliebsten Schatz! *Alice*! Ich... ließ ihr Schicksal in den Händen meiner dilettantischen Freunde... nur um... nur... um... oh SCHEISSE!!!" Jetzt sprang er energisch auf, packte den Legendären am Kragen und schüttelte ihn ordentlich durch: „Alter, meine Freundin ist verschwunden! *Ich muss sie wiederfinden*!!!"

Der Legendäre befreite sich aus dem Griff. „Nun... dabei bin ich wohl der Letzte, der dir helfen kann! Wenn du meine Geschichte verfolgt hast, wird dir unweigerlich aufgefallen sein, dass ich nicht einmal *versuche, meinen Schatz* wiederzufinden..."

Fart sprach leise: „Nein, du hast mir bereits weit mehr geholfen, als du jemals begreifen wirst! Du hast mich an meine Mission erinnert und... na ja... dafür danke ich dir! Hey Shadow, lass uns aufbrechen! *Sofort*!!! Es gibt viel zu tun, wenn wir Alice retten wollen!"

Shadow meinte gleichgültig: „Also ehrlich gesagt ist mir Alice ziemlich *egal*..."

Fart würgte ab: „Laber' nicht, *komm* einfach!" Da ihm die Treppe zu lange dauern würde nahm er den direkten Weg, indem er sich aus dem Fenster schwang.

Jetzt legte der Legendäre Shadow eine Hand auf die Schulter. „Du solltest ihm helfen! Verhilf ihm zu dem, was ich niemals haben werde!"

Shadow lächelte: „Eines Tages, mein Freund, eines Tages! Die Hoffnung stirbt zuletzt!"

Der Legendäre konterte: „Da diese mich nicht betrifft, werde ich sie wohl überleben! Und nun geh!" (SPLÄSCH) „Hörst du? Fart ist bereits unten angekommen! Eile dich!"

Entschlossen nickte Shadow, nahm Anlauf und sprang.

„Dies ist der beste Dönerladen der Welt! Er wird von Spielern betrieben!" sagte Babban zu Rake und bedeutete ihm vorzugehen.

Nachdem die Reparatur von Farts Wagen vollendet gewesen war, hatten beide ihren Kohldampf bemerkt. Rake hatte vorgeschlagen, nach Waldbeeren zu suchen, doch Babban führte sie zu jenem Dönerladen, den sie nun betraten.

Drinnen blieb Rake versteinert stehen. „Hier sind mehr als fünf Spieler oder? Gleich wird es wieder zu einer Schlacht kommen!"

Babban gebot: „Denk das nicht! *Shadow* hat dich auf diesen Trichter gebracht, richtig? *Vergiss* den Blödsinn! Das passiert immer nur *ihm*, weil *er* daran glaubt! So funktioniert das Spiel nun mal; wie ein… *Gedankenspiegel*: was immer du denkst, erkennt das Spiel als wahr an, solange es irgendwie plausibel und verwertbar ist!"

Rake zog eine seiner Pistolen. „Na klar, auf diese Weise funktioniert ja auch dieses Teil hier!"

Interessiert nahm Babban ihm die Waffe ab und begutachtete sie. „Schönes Ding, aber noch ausbaufähig!" Über der Mündung entwuchs ein Laserpointer. TWIRR – strahlte dieser einem der speisenden Kunden in die Augen, welcher sofort zu Boden ging und schrie: „Ich bin blind! *Ich bin blind*!"

Der Dönermann brummte: „Bitte keine Waffen hier!"

Babban gab Rake die Pistole zurück (der Laserpointer verschwand) und meinte zum Erblindeten: „Keine Sorge, in der nächsten Session wirst du wieder Sehen können!" Dann gab er dem Dönermann die Hand und grüßte: „Iyi akşamlar! Wie läuft dein Geschäft, mein Freund?"

Bescheiden erteilte der Dönermann Auskunft: „Es genügt, um meine Familie zu ernähren! Von daher: şöyle böyle, mein Freund! Was darf's heute sein? Wie immer?"

Babban nickte. „Yeah, Zwiebeldöner mit *viel* Zwiebel!"

Wissend grinste der Dönermann: „*Viel* Zwiebel? Oder *sehr viel*?"

Nachdenklich rieb Babban sein Kinn. „Hm, ich denke… ja, ich denke, heute würden mir zwei Sonnensysteme genügen… wobei… nein, mach drei draus!"

Der Dönermann notierte die Bestellung und fragte dann Rake: „Und was möchtest du gerne?"

Rake überlegte: „Ich denke… ich… nehme einmal Dürüm, extra scharf… und… ein Wasser… bitte!"

Der Dönermann hakte nach: „Wie scharf genau?"

Rake zuckte gelassen mit den Schultern. „So scharf wie möglich…"

Der Dönermann murmelte beim Notieren: „Also gegen Unendlichkeit strebende Schärfe…" Dann verschwand er in einem Hinterzimmer um die Notizen an einen Kollegen weiterzureichen.

Babban erkannte an: „Du beweist Mut, Rake! Aber wenn du das nächste Mal auf dem Klo sitzt, solltest du auf jeden Fall einen Feuerlöscher bereit stehen haben!"

Rake wollte wissen: „Wie funktioniert das mit den ‚drei Sonnensystemen Zwiebeln'?"

Es war der Dönermann, der antwortete: „Wie es *genau* funktioniert, ist ein Geschäftsgeheimnis, aber du kannst es dir so vorstellen, dass wir eine normale Zwiebel nehmen, sie beliebig vergrößern und danach wieder klein quetschen! Ein durch das Spiel betriebener Geschmacksverstärker!"

Der Kollege aus dem Hinterzimmer kam heraus und reichte die Zutaten an den Dönermann weiter. Dieser fragte während der restlichen Zubereitung: „Mitnehmen oder hier essen?"

Babban schlug vor: „Hier essen, oder? Nur hier funktioniert der Geschmacksverstärker…"

Rake war einverstanden.

Hungrig nahm Babban seinen Döner entgegen und grinste: „Weißt du, mit der Zwiebelenergie, die hier drin steckt, könnte man tausende von Todessternen betreiben!"

Rake lachte: „Tja, wenn der Imperator aus Star Wars diesen Laden gekannt hätte, dann wäre er vielleicht als Sieger von der Leinwand spaziert!"

Der Dönermann bekundete: „Oh, er *kennt* unseren Laden! War erst vor ein paar Monaten hier!"

Erstaunt riss Rake die Augen auf: „D-der… Imperator… war… *hier*?! *Es gibt ihn*???"

Babban erklärte dem Dönermann auf Rake deutend: „Er hat sein Gedächtnis versoffen!" Dann beantwortete er Rakes Ausruf: „Ja, er existiert! Genau wie die meisten anderen Leute, die du aus Filmen kennst! Um genau zu sein, schildern diese ganzen Filme nur die Sessions von uns Spielern! Was dachtest du denn, wie es zu diesen ausgefallenen Ideen kommt? Glaubst du etwa, da sperrt sich irgendwer in ein dunkles Zimmer und denkt sich das alles aus?"

Rake kam nicht klar: „Äh… äh… *ja*, verdammt! Genau das dachte ich immer!"

Babban winkte ab: „Hast du dich je in ein Zimmer gesetzt und versucht, solche Stories zu erfinden? *Das geht nicht*, Mann!"

Rake massierte sich die Stirn. „Das ist… unglaublich… Der… der böse Imperator mag also Döner…"

Der Dönermann schränkte ein: „Korrekt, aber nur ohne Fleisch! Er ist Vegetarier!"

„*Unglaublich*!!!" rief Rake und bekam seinen Dürüm in die Hände gedrückt.

Babban setzte sich an die Theke und nahm einen herzhaften Biss. Während gleißende Zwiebelenergiefunken aus seinem Rachen sprühten, wägte er ab: „Äußerst delikat… könnte allerdings doch etwas mehr Zwiebel vertragen!"

Der Dönermann bot an: „Soll ich noch eine Galaxie raufpacken?"

Dankend lehnte Babban ab: „Schon ok, ab und zu kann es ruhig ein wenig milder schmecken!" Da bemerkte er Rake, der immer noch fassungslos dastand und Löcher in die Luft glotzte. „Hey Rake, was ist los? Willst du nicht deinen ultrascharfen Dürüm probieren bevor er kalt wird?"

Rake schüttelte seine Nachdenklichkeit ab. „Ich… ich muss bloß erstmal verdauen, was ich gerade erfahren habe… Diese… diese ganzen Helden… und Bösewichte… sind… real…"

Babban überlegte: „Na ja… *real*? Sie spielen halt das Spiel! ‚Real' ist da nicht unbedingt der passendste Ausdruck!"

Rake haspelte: „Und… und… und Comicfiguren? Jetzt sag' nicht die basieren auch auf…"

Babban unterbrach mit vollem Mund: „Alles Spieler, die einen eigenen Weg gefunden haben, um im Spiel zu agieren!"

„Wir… wir sind quasi alle in der Matrix! – Nein! Die Matrix ist *hier*! Mitten unter uns…"

Babban lachte: „Ha, gut dass du das erwähnst! Ja ja, die Matrix-Session! Die war wirklich ziemlich verrückt… Du musst dir das mal vorstellen: morgens wachst du auf und setzt dich vor deinen PC, doch anstatt deines Betriebssystems erscheint ein Bildschirm voller grüner Zeichen, die dich irgendwie aufsaugen! Du blinzelst und sitzt wieder ganz normal in deinem Zimmer, nur dieser allgegenwärtige leichte Grünstich macht dich irgendwie misstrauisch…"

Rake erriet: „Du warst in… der Matrix!"

Babban nickte. „Ja, mein Geist war fortan in diesem verdammten Computerprogramm, das einem die gesamte Realität vorgaukelt, während das Spiel die absolute Kontrolle über meinen echten Körper hatte! Als wäre ich Game Over gegangen, aber verflucht, ich gehe *nie* Game Over! Mein echter Körper ist mir viel zu wichtig, als dass ich ihn irgendwem anders überlasse!"

Rake fragte: „Was hast du getan, um der Matrix zu entkommen?"

Babban erzählte gelassen: „Zunächst habe ich alles verprügelt, was mir dort über den Weg gelaufen ist! Irgendwann kamen dann einige Spieler an, die mich zum ‚Orakel' geschleppt haben, du kennst die Alte ja aus der Trilogie. Sie laberte mich voll, dass ich der ‚Auserwählte' sei, welcher alle Menschen befreien könnte und bla, doch ich habe ihr erklärt, dass die Menschheit von mir aus bleiben kann, wo der Pfeffer wächst und dass ich nachmittags einen Zahnarzttermin habe, weshalb die Menschheit wohl leider auf meine Hilfe verzichten müsse! Danach prügelte ich aus einem der Spieler eine blaue Pille heraus, die ich mir vor einem Spiegel geballert habe, woraufhin sich mein eigenes Spiegelbild mit mir vereinigt hat. Schließlich wachte ich zu Hause vor meinem PC auf und kam gerade noch rechtzeitig zum Zahnarzt, obwohl der Himmel aufs übelste verdunkelt war und überall irgendwelche aggressiven Maschinen herumgekurvt sind! Ja ja, die Matrix-Session war schon irre, aber gesunde Zähne sind mir einfach wichtiger!"

Rake schüttelte den Kopf und wiederholte: „Das ist einfach unglaublich! Was sich alles vor meiner Nase abgespielt hat, ohne dass ich etwas davon mitbekommen habe…"

„Vielleicht wusstest du's und hast's im Suff wieder vergessen…" kaute Babban.

„Filme, Comics… wahrscheinlich sogar Videospiele spielen darauf an. Und ich… kriege *nichts* mit…" Rake konnte es nicht fassen!

Babban schmatzte: „Die Hinweise auf das Spiel sind ja auch gut getarnt! In Matrix Reloaded zum Beispiel spricht dieser Informationshändler an einer Stelle zwar ganz deutlich aus, dass alles nur ein Spiel ist, aber wer hat das schon gerafft? Jeder dachte, dass es sich nur auf seine Liebschaften bezöge, wer kann schon erraten wie viel Wahrheit da in Wirklichkeit drin steckt? Keine Sau, ich sag's dir! Außer natürlich *jene*, die *spielen*!"

Rake war einem Nervenzusammenbruch nahe. „D-doch wer spielt? Wer ist infiziert? Shadow ist infiziert, *ihr* seid alle infiziert…s-sind meine Eltern ebenfalls infiziert?! Ich… erkenne die Welt nicht wieder!"

Babban meinte: „Da du, genau wie ich, korrekte Eltern hast, ist es völlig egal, ob sie infiziert sind oder nicht!"

„W-was?"

„Der Elterninstinkt von korrekten Eltern ist eine derart mächtige Willenskraft-Quelle, dass es dem Spiel *unmöglich* ist, irgendwas in ihrer Wahrnehmung zu verändern! Sie schenken dem Spiel keine Aufmerksamkeit, weil diese zu 100% auf das Wohlergehen ihrer Kinder gerichtet ist! Aber hey, jetzt hör auf zu Denken und probiere lieber endlich deinen ultrascharfen Dürüm!"

„Ja, du hast wohl Recht…" seufzte Rake ergeben und machte sich bereit.

Jeder im Laden starrte ihn erwartungsvoll an, und der Erblindete rief: „Was passiert? Hat er ihn gegessen? Lebt er noch? Erzählt schon!" – Es war immer ein Ereignis, wenn sich jemand an die Ultraschärfe wagte!

Rake vertilgte seine Bestellung ohne eine Miene zu verziehen. Im Anschluss kippte er sich sein bestelltes Wasser in den Hals, welches allerdings verdunstete, ehe es seine Kehle erreichte. Dann starrte er mit leerem Gesichtsausdruck Babban an, öffnete langsam den Mund und… „BRRÖÖÖAAAHHGG!!!" Sein Rülpser war eine solche Bombe, dass sämtliches Glas der Umgebung – KLIRR – von der Druckwelle zerfetzt wurde. Hinterher würgte er kurz, pulte sich im Rachen herum, holte etwas heraus und jubelte: „Mein kleiner Finger ist wieder da! Cool!"

Babban fragte: „Wie zum Teufel kam der da hin? Hattest du ihn etwa *gegessen*?"

Rake schaute zu Boden: „Ja, jemand hielt es für plausibel, dass er mir dadurch nachwächst…"

Babban wusste: „Die Ratschläge anderer Leute sind stets mit Vorsicht zu genießen! Am Besten man verlässt sich nur auf seine eigene Intuition, zumindest solange man kein Trottel ist!"

In diesem Moment wurde die Tür aufgestoßen und so ein komischer Typ betrat den Laden. Mit einer Flappe wie zehn Tage ohne Zocke setzte der sich an den Tresen und murmelte: „Babban, Dönermann, Rake, was geht?"

Der Dönermann bemerkte: „H-KO, du siehst traurig aus!"

Babban grinste: „Immer noch Stress mit deiner Alten?"

Wütend fuhr H-KO auf: „Ich habe euch schon tausend Mal gesagt, dass die nicht *meine* Alte ist, sondern *eine* Alte! Und ja verdammt: sie stresst immer noch!" Völlig erledigt bedeckte er sein Gesicht mit den Händen. „Ich werde noch wahnsinnig! *Jeden Tag* denkt sich dieses aus einer Sau herausgeschnittene Stück Leben was Neues aus, um mir eins auszuwischen!"

„Was sich liebt das neckt sich!" urteilte Babban schäkernd.

Der Dönermann fügte hinzu: „Ich habe dir ja gesagt, dass die zu alt für dich ist! Du hättest sie nicht anbaggern dürfen!"

H-KO rechtfertigte gegenüber Rake: „Nur dass du es weißt: meine Baggerei bestand lediglich darin, dass ich sie plattgefahren habe! Mit einem Bagger. Mehr war da nicht! Und jetzt habe ich ständig diesen verfluchten Ärger am Sack! Wieso bloß? *Wieso*?! Ich will doch nur *leben*! *Lasst mich leben*!!!"

Der Dönermann begann auffällig, seinen Laden zu durchsuchen. „Hier muss doch noch irgendwo… nein… hier vielleicht? Hm… auch nicht…"

„Was zum Geier suchst du?" wollte H-KO wissen.

Der Dönermann wirkte schauspielerisch: „Ich? Oh, äh… *Mitleid*! Irgendwo habe ich doch neulich noch welches gesehen… aber… ne, sieht schlecht aus! Ist mir wohl gerade ausgegangen…"

Babban zeigte seine leeren Hände: „Ich hab' leider auch keins dabei…"

Rake schloss sich Babban lediglich mit einem Kopfschütteln an.

„Leckt mich!" rief H-KO aufbrausend und wandte sich ab. Auf die Straße schauend erstarrte er und brummte überrascht: „Ich will verdammt sein! *Da ist die Alte*!"

Rake spähte ebenfalls hinaus. Auf dem Bürgersteig buckelte sich eine alte Frau entlang, deren schäbiger Mantel ob seiner Länge über den Boden schleifte.

Drinnen klingelte das Telefon. Kurz nachdem der Dönermann rangegangen war, fragte er: „Was ist das denn für eine Frage? ‚Geistlos wirken'? Meinst du Game Over oder was?"

Den weiteren Verlauf dieses Gesprächs bekam Rake nicht mehr mit, denn mit einem üblen Gefühl im Bauch folgte er H-KO hinaus. Dieser war nämlich zu einem beeindruckenden Vehikel gestürmt, welches direkt vor dem Dönerladen parkte. Es handelte sich um einen Trecker, dessen Front mit einer Mistgabel bestückt war, und da Rake H-KOs Plan erahnte, rief er vorwurfsvoll: „Alter, du willst diese betagte Dame doch nicht etwa damit überfahren, oder?"

H-KO winkte Rake in den Traktor: „Quatsch' nicht und steig' ein! Das wird lustig!"

Zwar folgte Rake der Einladung, aber dennoch warnte er: „Du könntest sie *wirklich* verletzen!"

H-KO widersprach: „Auf keinsten, Alter! Sie ist bloß ein verfluchter NPC!"

Rake war schockiert: „Ein… *NPC*? Ein… ein Nichtspielercharakter? Das Spiel kann die Form eines *Menschen* annehmen?!"

RATT TATT TATT – versuchte H-KO vergeblich, den Motor zu starten. „Verdammt, spring an, du Rostlaube! Was? Ja, kann es! Na und?"

Fassungslos schrie Rake: „*Na und*?!? Alter!!! Wenn das Spiel sich als Person ausgeben kann, dann… dann kann *jede Person* nur das Spiel sein! Woher weiß man, wann ein Mensch echt ist? Woher weiß ich, dass *du* echt bist?!"

Gleichgültig schaute H-KO zu Rake herüber. „Komm' mal klar! Du machst dir viel zu viele Gedanken! Zu deiner Beruhigung: NPCs haben die Eigenschaft, dass sie hin und wieder einfach verschwinden! Wenn du also nach einer schönen Liebesnacht morgens allein im Bett aufwachst, dann brauchst du nicht enttäuscht zu sein, denn mit hoher Wahrscheinlichkeit hat das Objekt deiner Begierde niemals existiert! Somit ist jeder echt, der sich nicht einfach so aus deinem Leben verpisst!" WAMP – prügelte er auf das Lenkrad ein, brüllend: „SPRING AN, JUNGE!!!"

Rake grübelte: „Das kommt mir zu einfach vor! Warum sollte jemand, der immer da ist, zwangsläufig echt sein?"

„VERDAMMTER MIST!!!" fluchte H-KO lautstark und machte sich am Motor zu schaffen. Kurz darauf bat er: „Hey, drück mal bitte auf diese Schraube hier!"

Rake tat, wie ihm geheißen während H-KO den Zündschlüssel drehte und – WROMM – Gaspedal und Kupplung voll durchtrat.

ZWIRRRP – verschwand Rakes Arm total zersäbelt im Motor.

„Huch… Sorry!" rief H-KO lachend aus der Fahrerkabine heraus.

Rake sah gelangweilt zu ihm hoch: „Kein Problem! Diese Session ist sowieso bald vorbei!" Tatsächlich begann es bereits zu dämmern.

„Wir warten, bis sie die Straße überquert!" teilte H-KO böse mit, nachdem Rake wieder in die Fahrerkabine geklettert war. Sie beobachteten, wie die alte Frau sich mit zwei Leuten unterhielt, wobei die eine mit ihrer grünen Haut und ihren Blätterhaaren äußerst seltsam wirkte. Die andere war…

„Kathrin!" stellte Rake fest.

H-KO fragte: „Du kennst sie? Soll ich sie gleich mit plätten?"

Rake lehnte ab: „Ne; die wurde heute schon erschossen und von einem Zyklopen gebügelt!"

„Hör zu!" meinte H-KO, „Wenn ich die Alte erwische, musst du auf die Haube klettern und sie wegtreten! Geht das klar?"

Rake zuckte mit den Schultern. „Ok, warum nicht."

In diesem Moment schubste Kathrin die alte Frau auf die Straße.

„Perfekt!" stieß H-KO hervor und gab Gas! WROMM – fuhren sie mit voll Karacho auf das taumelnde Opfer zu und spießten es – TSCHACK – mit der Heugabel auf. „Yeah!" gröhlte H-KO. Gewand kletterte Rake auf die Haube und – DISCH – kickte dem NPC ins Gesicht.

„Gut gemacht!" jubelte H-KO, als seine erklärte Erzfeindin sich überschlagend auf dem Asphalt zurück blieb.

Auch Rake triumphierte: „Hammer! Das hat Bock gemacht! Aber du bist dir sicher, dass sie nicht echt ist?"

H-KO grinste bösartig: „Wäre auf jeden Fall besser für sie!"

Rake erkundigte sich: „Wie kam es eigentlich zu eurer Unstimmigkeit? Ich meine, hast du sie gesehen und wusstest: das ist *der* NPC, dem ich *hart geben* werde?"

H-KO hakte nach: „Du meinst so eine Art Hass auf den ersten Blick? Nein, nein! Wir haben eine Vorgeschichte! Bis vor kurzem besaß ich eine wundervolle, höchst eigenartige Spielkonsole…"

„Ach was!!!" unterbrach Rake aufgebracht, „Doch nicht etwa eine Spielkonsole, die so komisch glüht? Wo man am Anfang in einer Höhle mit Lagerfeuer steht und…"

H-KO bestätigte: „Von genau dieser Spielkonsole spreche ich! Ein grandioses Teil! Und diese alte Kuh hat sie mir einfach geklaut… Na ja, letztens hab ich sie zur Rede gestellt: sie hat meine Konsole tatsächlich für'n Penny auf der Straße vertickt! Dumm von ihr, oder? Die hätte doch damit rechnen müssen, dass ich ihr den Krieg erkläre…"

Rake warf ein: „Und *du* hättest damit rechnen sollen, dass sie sich im Krieg zur Wehr setzt! Was hat sie dir überhaupt angetan?"

„Ich… ich will nicht drüber sprechen!"

„Na los, verrat's mir!"

„Ich… will nicht…" Auf einmal wirkte H-KO arg zerrüttet.

„Ich werd's auch nicht weiter erzählen…"

„Na schön. Ich… sie…" Er holte tief Luft und sammelte Kraft, um sich dieser Erinnerung stellen zu können. „Sie… hat sich ausgezogen und ich… musste zusehen. Ich musste zusehen! ICH MUSSTE ZUSEHEN!!!" Sein Schrei war vergleichbar mit dem von Lucille in Sin City.

Rake lachte.

Wütend herrschte H-KO ihn an: „Das ist ein ernstes Thema, darüber macht man sich nicht lustig! Und ganz nebenbei: woher weißt du von dieser Konsole? Hast *du* sie ihr etwa abgekauft?"

Grinsend winkte Rake ab: „Ich nicht, aber mein Bruder. Zumindest hat er so'n Teil angeschleppt und… ACH WAS! Wenn man von Teufel spricht; da vorne am Straßenrand *steht er*! Los, mach ihn platt!"

„Geht nicht! Echten Menschen kann ich mit dieser Konstruktion nichts antun; würde sie *wirklich* verletzen!"

„Tatsächlich? Nun, äh, er... *er ist nicht echt*! Yep! Nur ein NPC! Na los, GIB GAS!!!" Zwar ahnte Rake, dass das nicht der Wahrheit entsprach, aber na ja, ‚die Hoffnung stirbt zuletzt'...

H-KO war nicht überzeugt. „Bist du dir sicher, dass..."

„Hey, willst du deine Konsole zurück oder nicht?"

Dieses Argument hatte gesessen. WROMM...

TSCHJONG – blieb H-KOs Trecker unvermittelt stehen, sodass beide Insassen – KLONG – heftig gegen die Scheibe stießen.

„Was ist los? Was sollte das?" rief Rake enttäuscht.

H-KO meckerte: „Das passiert immer automatisch, wenn mir irgendein echter Mensch vor die Mistgabel rennt! Von wegen NPC! Du mieser..."

„He, schon vergessen? *Er* hat deine Konsole! *Deine* Konsole!!!"

„Stimmt, und dafür kriegt er jetzt *hart*..." Fluchend stieg H-KO aus.

Da tauchte Farts Kopf am Fenster auf, triumphierend: „Hey Rake, du bist's! Sehr gut, denn ich brauche deine Hilfe..."

Genervt urteilte Rake: „Das ist ja mal ganz was Neues..."

Fart nickte: „Auf jeden, Mann! Pass' auf, halt dich fest: wir müssen unbedingt Alice retten!!!"

Rake sackte nach unten. „Wie originell von dir. Ist das alles, was dich in deinem Leben beschäftigt?"

„Aber nein!" widersprach Fart, „Vorhin wollte ich doch noch den Legendären vermöbeln! Aber im Gegensatz zu dir habe ich inzwischen eine Entwicklung durchgemacht und nun..." Verwirrt sah er sich um und fragte schließlich wütend: „Wo zur Hölle ist der Wagen? Und Alice? Wo verdammt ist Alice?"

Rake beruhigte: „Sie wartet im Auto, und das steht noch vor dem Dönerladen..."

Plötzlich wurde Fart herumgerissen und von H-KO angeschrieen: „Du bist also der Kerl, der meine Wunderkonsole hat?"

Fart fuhr auf: „*Deine* Wunderkonsole? An welcher Kreuzung bist du falsch abgebogen?! Sie gehört *mir*!"

„Nichts da! Sie war *mein Eigentum*! Du hast sie dem alten Miststück abgekauft, das *mich beklaut* hat!"

„Dann solltest du besser auf ‚dein Eigentum' aufpassen!"

H-KO ballte eine Faust: „*Du* solltest auf dein *Gebiss* aufpassen!"

„Kinder!" ging Shadow, der sich bisher dezent im Hintergrund gehalten hatte, schlichtend dazwischen, „Hört auf euch zu zanken, arbeitet *zusammen*!"

„*Er* hat angefangen!" zeigte Fart auf H-KO.

Der rief aus: „Was willst *du* denn, Alter?!"

Fart schaute traurig zu Boden und seufzte: „Nur meine Freundin zurück... mehr will ich gar nicht... mein einziger, bescheidener Wunsch..."

H-KO zeigte Mitgefühl: „Was... was ist denn mit deiner Freundin?"

Eine Träne kullerte Farts Wange hinab. „Sie... sie haben lediglich ihre Gebärmutter übrig gelassen..."

„Und einen Arm!" fügte Rake hinzu.

H-KO versuchte zu trösten: „Dann kann sie dir immer noch ein Kind schenken!"

Fart kombinierte: „Du meinst, ich sollte sie mit Froschgenen kreuzen, damit sie sich selbst vermehren kann? Wie die Dinosaurier aus Jurassic Park? Und dazu noch einen Zeitraffer, damit sie direkt zur Frau wird? Alter! Das könnte klappen! Aufwendig, aber machbar!"

„Auf keinsten, *vergiss es*! Für dich gibt's kein Zeitraffer, weil *du* die Zeit *niemals* raffst!" zerstörte Rake mit Genugtuung.

H-KO verteidigte: „Alter, lass ihn! Er… er liebt sie *wirklich*! Oder?"

Fart schaute fest auf: „Mehr als das! *Viel* mehr! Ich… *begehre sie körperlich*!"

„So ernst?" rief H-KO erstaunt aus, „Boah, übler Shit, Mann! Dich hat's echt hart erwischt!"

„Wem sagst du das…" murmelte Fart und wischte sich die Träne weg.

Da schlug H-KO vor: „Hey, was hältst du davon: ich helfe dir, deine Freundin zu heilen, und du gibst mir die Konsole zurück!"

„Abgemacht!" ging Fart sofort drauf ein.

H-KO behauptete: „Um deine Freundin zu heilen, benötigen wir die Konsole…"

„Super!" freute sich Fart, „Lass uns noch schnell meinen Wagen abholen, und dann ab zu mir nach Hause! Los, Leute!"

Shadow fragte Rake: „Was ist eigentlich mit deinem Arm?"

Fart drängte Shadow in H-KOs Gefährt: „Siehst du doch: er ist weg! Wir haben keine Zeit, um uns mit solchen Lappalien zu befassen, also zack zack, auf geht's!"

Während der Fahrt zum Dönerladen erzählte H-KO noch einmal die tragische Geschichte vom Diebstahl seiner Konsole. Danach rannte Fart flugs in seinen Wagen und führte die Truppe zu seiner Behausung, wo sich schließlich alle vor der besonderen Haustür einfanden. Obwohl es bereits äußerst dunkel war, meinte H-KO etwas auf dem Dach entdeckt zu haben: „Das da oben… sind das etwa…"

Fart unterband: „Starr' die nicht so an, die gehören meiner Mum!"

Rake erklärte: „Hättest du heute Nacht geschlafen, dann wäre die Session vielleicht beendet und Mum wäre wieder…"

Fart winkte ab: „Was du für ein wirres Zeug erzählst! Ich muss die Dinger unbedingt wieder annähen, damit Mum nicht mehr…"

Rake unterbrach: „Nein, hör zu! Wenn du mit einem Tag abschließt und nach dem Motto ‚neuer Tag – neues Glück' morgens aufwachst, dann…"

„Psst!" bedeutete Fart ignorant, „Ich will nicht, dass unsere Eltern uns bemerken! Besonders Mum würde uns mit ihren Hochdruckblutstrahlen zu hart geben!"

„Wie auch immer…" gab Rake auf und war im Begriff, davonzugehen.

„He!" rief Fart ihm hinterher, „Wo willst du hin?"

Rake bekundete: „Ich hau mich auf's Ohr!"

„A-aber Alice…" hielt Fart die Gebärmutter in die Höhe.

„Ihr macht das schon!" gähnte Rake und verschwand im Garten, um in sein Zimmer zu klettern.

Shadow schloss sich an: „Ich zieh' mich auch unter meine Brücke zurück! Wir sehen uns morgen, ok?"

Fart haspelte: „Unter… unter deine Brücke? Was willst du denn da?"

„Hast du dir je den Sound unter einer Brücke geballert? Dieses wundervolle Echo! Nirgendwo singe ich mich lieber in den Schlaf…"

„Und… und Alice?" deutete Fart erneut zaghaft auf die Gebärmutter.

Von hinten sprach H-KO ihn an: „Wo ist sie denn nun, die Wunderkonsole?"

Fart raffte seine Gedanken zusammen. „Ich… äh… wir müssen durch's Fenster in mein Zimmer klettern! Komm schon, folge mir! Wenigstens *du* stehst mir bei!"

H-KO bestärkte: „Ist doch selbstverständlich!"

Drinnen wurden die beiden Ankömmlinge von einem verschlafenen Lucky angeknurrt. Fart besänftigte: „Ei, muddoch nich Knurr-Murr sein! Muddoch schlafen! Ja, sei ein Schlaf-Taf!" –

Beruhigt schloss Lucky wieder seine Äuglein und träumte weiter davon, jedes Blümchen dieser Welt zu beschnuppern und es hinterher mit seiner persönlichen Markierung zu versehen.

„Ha ha, da ist sie ja!" lachte H-KO entzückt, ging auf die Knie und hörte gar nicht mehr auf, die Wunderkonsole zu küssen.

„Du hast *deinen* Schatz wieder, jetzt sorg' dafür, dass ich *meinen* zurückbekomme!" verlangte Fart.

H-KO sah auf. „Ja… äh… dafür brauche ich zunächst… äh… etwas aus einem anderen Zimmer…"

„Kein Problem! Was soll ich holen?" fragte Fart.

H-KO überlegte: „Pff… etwas Alufolie?"

„Alles klar, bin gleich wieder da!" rannte Fart los. In der Küche schüttelte er genervt den Kopf: alles triefte vor Blut! Nach Alice würde er umgehend seine Mutter verarzten!

Plötzlich vernahm er Luckys aufgebrachtes Bellen. Mit einer düsteren Vorahnung im Darm lief er zurück in sein Zimmer – SCHOCK!!! H-KO war verschwunden, und mit ihm die Wunderkonsole. Ein Windzug brachte die blutgetränkten Gardinen zum Wehen. Wild lehnte Fart sich aus dem Fenster und inspizierte hektisch die Umgebung…

„Mach's gut, du *Trottel*!!!" winkte H-KO gerade dreist aus seinem Trecker und fuhr – WROMM – geschwind in die Dunkelheit!

„Dieser dreckige, kleine…" fluchte Fart und sackte zerrüttet zu Boden. „Oh Lucky!" wimmerte er, „Jetzt bin ich verloren! Alle haben mich im Stich gelassen! Ganz alleine bin ich nun…"

Lucky kuschelte sich zum Schlafen an Farts Bein. Der weinte: „Nein Tuschel-Muschel, ich kann kein Schlaf-Taf sein… bin… bin viel zu… ach ich weiß auch nicht! Alice fehlt mir so sehr! Wie kann ich ihr bloß helfen? Und wieso hilft mir keiner dabei? Bin ich denn der einzige gute Mensch hier? Nicht mal Rake ist geblieben… und das nach allem, was ich für ihn getan habe! Er… er hat ja nicht einmal *versucht*, mir zu helfen!"

Lucky kratzte sich hinter dem Ohr und schlief dann weiter.

„Ja, muddoch kratch'n…" kraulte Fart abwesend den Kopf des niedlichen Hundes. „Nein, ich darf nicht aufgeben!" nahm er sich schließlich zusammen, „Der Alice kann ich vielleicht gerade nicht helfen, aber meiner Mum schon!" Kraftvoll richtete er sich auf. „Und genau das werde ich nun tun!"

Während er mühsam eine Leiter aus dem Schuppen holte, murmelte er: „Jetzt könnte ich einen dieser O-Ts gebrauchen…" Leise kletterte er aufs Dach und sammelte die Brüste seiner Mutter ein. Mit denen schlich er zum Schlafzimmer seiner Eltern, wobei Lucky bereits neugierig vor der Tür wartete.

Fart rieb sein Kinn. „So ein Kobold wäre auch nicht schlecht… meine Nähfähigkeit habe ich nämlich leider ein wenig vernachlässigt…"

Von der Seite tickte ihn etwas an. Überrascht wandte er sich um und, tatarata: da war einer! „Habe auch ich also mal ein wenig Glück!" lachte Fart und beugte sich zum Kobold herunter: „Aufgepasst, Kleiner! Du wirst meiner Mutter ihre Dinger wieder annähen, verstanden?"

Enthusiastisch nickte das fiktive Wesen.

Fart versicherte sich: „Du… du kannst doch nähen, oder?"

Enthusiastisch schüttelte der Kobold mit dem Kopf.

„WIESO NICHT?!" motzte Fart wütend, zügelte jedoch rasch wieder die Stimme, da er seine Eltern nicht aufwecken wollte, „Jetzt hör' mir ganz genau zu: du *kannst* nähen, kapiert? Du *kannst*… nähen!" Es war sehr deutlich herauszuhören, dass er keinen Widerspruch duldete.

Unsicher nickte der Kobold.

Zufrieden meinte Fart: „Na also, geht doch! Ich sollte Lehrer werden! Dann mal los Rumtreiber, treiben wir uns rum!" Gefolgt vom Kobold und Lucky stahl er sich ins Schlafzimmer. Anhand des lauten Schnarchens erkannte er, dass zumindest sein Vater durch das Reich der Träume tanzte. Doch auch der Atem seiner Mutter war ruhig und gleichmäßig, wobei beim Ausatmen stets zwei Blutfontänen aus ihren Wunden sprossen. Dort legte Fart nun behutsam die beiden Brüste rauf, doch verwirrt kratzte er sich daraufhin am Kopf: „Verflucht... welche ist die Linke und welche die Rechte?" Probehalber tauschte er beide aus und begutachtete sie – nein, vorher sah es natürlicher aus! Also schnell zurück zur ersten Formation, vorsichtig festgedrückt und schnell nach dem Kobold gepfiffen: „Hey! Psst! Kobold! Komm her und näh'! Ich halte solange fest! He! Kobold! *Kobold*!!! ...Kobold?"

Die Brüste seiner Mutter noch immer festdrückend sah Fart sich im Zimmer um. „Oh nein..." brummte er, als er ihn entdeckt hatte; Lucky hatte ihn unter das Bett gezerrt, um dort ein wenig auf ihm herumzukauen! Fart hatte Mühe, seine Stimme gedämpft zu halten: „Lucky, nein! Aus! Kein Beiß-Scheiß sein! Biddoch Pfui-Tui!!!"

„Fart?" erklang plötzlich die verschlafene Stimme seiner Mutter, „Bist du das, mein Sohn? Was... was machst du da?"

„*Schockschwere Not*!!!" eunuchte Fart und verkrampfte seine Hände noch immer dort, wo sie auf *keinem Fall* etwas zu suchen hatten!

Jetzt wurde auch sein Vater wach. KLICK – knipste er das Licht an und enthüllte so den Anblick, von dem noch kein Ehemann jemals begeistert gewesen war. So auch er nicht: „Fart was... was soll das? Was ist hier los? *Was fällt dir ein*?!"

Der Ertappte blinzelte steif in den hellen Schein und antwortete mit Schweigsamkeit.

Seine Mutter ersuchte: „Fart... Fart, würdest du BITTE deine Hände dort wegnehmen und uns erklären, was in deinem Kopf vor sich geht?"

Zitternd tat Fart, was sie verlangte und faselte mit Maulsperre: „Yay aimjak..." Was auch immer er bisher in seinem Leben verbrochen hatte, stets hatte er sich irgendwie herausreden können. Doch dieses Mal nicht, nein, unmöglich. Die Erklärung für ein solches Verhalten... *existierte schlicht nicht*! Wobei... eigentlich doch! „Spie... Spiel..." stammelte er.

Seine Mutter versuchte, ruhig zu sprechen, doch ihre Aufregung stach klar vernehmbar aus ihrer Stimme heraus: „Ja Fart, geh Spielen! Geh in dein Zimmer und spiel' ein bisschen! Wir... wir werden dir Hilfe suchen! Wir haben dich sehr lieb! Du... du *brauchst* Hilfe! *Professionelle* Hilfe! Ständig schreist du herum, dein... dein *Deutschlehrer* hat angerufen und erzählt, dass du ihn schon wieder beleidigt, verprügelt und mit Waffen bedroht hast... und jetzt *das hier*! Es reicht, Fart! Geh in dein Zimmer, geh und warte dort! Bitte!"

„J-ja Ma'am..." gehorchte Fart. Mit einer furchtbaren Übelkeit im Magen schlurfte er in sein Zimmer und ließ sich besiegt in sein bluttriefendes Bett fallen. Neben ihm lag Alices Gebärmutter, die er nun sanft mit den Worten streichelte: „Oh Liebling, jetzt sieht es *richtig* schlecht aus für dich! Deine einzige Hoffnung, dein großer Retter... sie werden ihn wieder ins Irrenheim stecken! Was soll ich bloß tun? Gibt es denn kein Licht am Horizont? Hier zurücklassen muss ich dich, denn selbst wenn sie deinen kargen Rest nicht sehen können... irgendwann würdest du mir verloren gehen und dann... nein! Daran mag ich gar nicht denken!"

Lucky kam aufs Bett gehüpft, zusammen mit dem (stark humpelnden) Kobold.

Fart lächelte traurig: „Na ihr! Hat wohl nicht ganz hingehauen mit unserer Rettungsaktion, was? Jetzt ist alles schlimmer denn je... Werdet ihr auf diese wunderschöne Gebärmutter Acht geben? Ich muss sie hier nämlich leider zurücklassen..."

Aufmunternd stupste Lucky die Gebärmutter mit seinem Näschen an.

„Ei, ein Mutmach-Tach! Ja, muddoch Berater-Tater sein..."

Schwanzwedelnd wetzte Lucky durchs Fenster nach draußen. Zack, kam er wieder herein, in seinem Mäulchen ein…

„Lucky-li, was zur…"

– „QUAK QUAK!!!"

…Fart blinzelte…

„Na-natürlich! Ay, du Brilliant-Tant, Lucky!" Mit zitternden Händen nahm Fart den Frosch entgegen. „Meine *einzige* Chance…"

TOCK TOCK TOCK – klopfte es plötzlich an der Tür. „Fart? Bist du da drin?" brummte eine Stimme, die Fart nur allzu bekannt war.

Wie immer wurde Lucky durch einen Fremden im Revier tierisch wütend, weshalb er bedrohlich losknurrte.

Nervös beruhigte Fart: „Es ist gut, Knurr-Murr, es ist gut! Unausweichlich naht die Zeit des Abschieds! Oh Hoffnung, verlass mich nicht!" Er versteckte die Gebärmutter und den Frosch in seiner Unterhose („quak quak"), nahm seinen ganzen Mut zusammen und rief laut: „Ja Doc, ich äh… bin hier drin! Was… was wollen Sie?"

„Ich soll dir helfen…"

„Dann ist es also wieder mal so weit…" erkannte Fart ergeben seine nähere Zukunft.

„Darf ich reinkommen?" fragte der Arzt.

Fart forderte heraus: „Was, wenn ich ,nein' sage?"

„Dann komme ich trotzdem herein!" kündigte der Doktor an.

„Warum fragen Sie dann erst?" wollte Fart wissen.

„Möglicherweise erlaubst du es mir ja und dann wäre ich nicht so ein Eindringling!" kam als Erklärung.

Fart hakte weiter nach: „Und was wollen Sie hier drin?"

„Dich abholen!" war die Antwort.

Fart folgerte: „Aber dafür brauchen *Sie* doch überhaupt nicht *herein*zukommen, sondern *ich* muss *heraus* kommen…"

Draußen schwieg man kurz in Nachdenklichkeit bevor man zustimmte: „Das… das stimmt! Also was ist? Kommst du heraus?"

Fart stellte wieder auf die Probe: „Was, wenn ich ,nein' sage?"

Langsam schien sein Gesprächspartner die Geduld zu verlieren: „Grr, verdammt, dann komme ich *herein*! Und ehe du fragst: um dich *raus*zuholen und… ach VERFLUCHT!!! Jetzt mach auf oder ich setze Tränengas ein, du mieser kleiner Emporkömmling!"

Lucky stellte jeden Choleriker in den Schatten, als er nun stinksauer durch die Tür bellte.

Ein letztes Mal streichelte Fart ihm den Rücken und flüsterte: „Braver Bell-Tell, ich werde dich vermissen! Bleib ein Gesund-Tund!" Anschließend öffnete er die Tür und fand sich dem Doktor gegenüber, der mit einem weißen Kittel bekleidet war. „Also gut, Beeilung jetzt! Es gibt noch mehr Irre, um die ich mich kümmern muss! – Huch! Habe ich ,Irre' gesagt? Ich meine natürlich ,psychisch Geschädigte'! Bisher hast du es vielleicht nicht bemerkt, aber genau das bist du: psychisch geschädigt! Oh ja, und zwar nicht zu knapp! Doch das kriegen wir schon wieder hin!"

„Na, wenn Sie das sagen, Medic…"

Der Doktor führte ihn nach draußen, wo die Eltern warteten und bittere Tränen vergossen. Die Mutter leierte: „Fart mein Kleiner, es tut mir leid! Es ist nur zu deinem Besten…"

Fart seufzte: „Ich weiß, Mum, ich weiß! Macht euch bitte keine Vorwürfe, es ist nicht eure Schuld! Ihr… ihr seid nicht die besten Eltern, sondern… die *allerbesten*!"

„Oh Fart…" heulte seine Mutter unter unerträglichen Herzschmerzen.

„Gute Besserung…" wünschte ihm sein Vater traurig.

Der Doktor beteuerte: „Ihr Sohn wird bald so gut wie neu sein! Er ist nicht der erste Irre, den wir… huch! Habe ich schon wieder…? Ach egal!" Fart befahl er: „Los, rein mit dir in den Wagen, Matschbirne!"

Fart fragte: „Yo, darf *ich* fahren?"

Der Doktor verneinte: „Blödsinn, dafür haben wir unseren Zivi! Wir beide nehmen hinten Platz und quatschen ein bisschen!"

Kaum saßen beide drinnen, da befahl der Arzt dem jugendlichen Fahrer: „Gib Gas, Veron! Ab ins Irrenheim, um diesen Schwachkopf hier abzuliefern!"

Veron grüßte: „Hey Fart, lange nicht gesehen!"

Die Arme verschränkend motzte Fart: „Ha ha, sehr witzig! Und überhaupt: wenn ihr mich nicht mit Respekt behandelt, geh ich mich beim Staat über euch beschweren!"

Der Doktor lachte. „Wozu? *Ich* erkläre denen, dass du fantasierst – und die Sache ist geritzt! Hä hä hä! Ich *liebe* meinen Job!" Er holte einen Notizblock heraus und erkundigte sich: „Also Spatzenhirn, was denkst du gerade?"

Fart sah aus dem Fenster und erblickte gerade noch Lucky, der auf eine ihm unbekannte Hundezeitung gestoßen war. „Wissen Sie Doc, im Moment wird mir klar, dass Lucky irgendwie mehr Rechte hat als ich! Der läuft rum und beschnuppert anderer Leute Unrat, wohingegen ich bei euch lande, obwohl ich es sowieso schon so schwer habe!"

Der Doktor notierte „Patient inmitten analer Phase" und erklärte: „Menschen gehen auf *Toilette*, ok? Auf *Toilette*! Aber das wirst du auch noch lernen! Wie glaubst du, kam es dazu, dass du gerne an Fäkalien riechen möchtest?"

Fart erwiderte: „Ich habe nicht gesagt, dass ich das will, sondern… Wieso erzähle ich Ihnen das überhaupt? Sie nehmen mich doch sowieso nicht ernst!"

Der Doktor hob belehrend den Zeigefinger: „Hauptsache, du vergisst nicht: auf *Toilette*! Immer nur auf *Toilette*! Und nicht damit herumspielen, verstanden?"

Fart winkte ab: „Ja genau, klar wie Kloßbrühe!"

„Was meinst du mit ‚Kloßbrühe'?" fragte der Doktor.

„Lassen Sie mich in Ruhe!" wehrte Fart ab.

„Wie du willst!" meinte der Doktor und wandte sich an Veron: „Im Irrenheim steckst du unseren idiotischen Patienten in eine Windel, und schön fest zuschnüren!"

Veron salutierte: „Wird gemacht, Chef!"

Schon kurz darauf waren sie da: die Gruetzer Irrenanstalt. Der Doktor stieg sofort aus und sagte zu Veron: „Ich muss noch ein Geschäft erledigen, weshalb ich diesen Vollspaten jetzt deiner Obhut überlasse! Enttäusch' mich nicht!"

„Werd' ich nicht!" beteuerte Veron und wandte sich Fart zu, um diesen aufmerksam zu mustern.

Der versuchte: „He, hör zu, Kumpel! Das ist alles ein furchtbares Missverständnis! Wie wäre es, wenn du mich laufen lässt und ich dir dafür… hm… sagen wir… *einen Keks* schenke?"

Unvermittelt grinste Veron: „Du spielst das Spiel auf endkrasse Art und Weise, Alter!"

Fart riss die Augen auf. „D-du bist auch ein Spieler?! Das wusste ich ja gar nicht…"

Veron urteilte: „Dann hast du offensichtlich *wirklich* einen Hirnschaden! Komisch, wieso überrascht mich das gar nicht? Ob es an den auf high noon hängenden Brüsten deiner Mutter liegt? Junge, was hast du dir nur dabei gedacht?!"

„Mann Alter, ich bin halt kein Schneider, yo! Aber ey, unter uns Spielern: lässt du mich laufen?"

Trocken gab Veron zurück: „Unter uns Spielern: *auf keinen Fall*! Ich will den Doc nicht enttäuschen!" Als er Farts Niedergeschlagenheit bemerkte, munterte er auf: „So schlimm ist es hier gar nicht! Ich sperre dich in Zelle 303 zu den Battle-Rappern, die spielen auch das Spiel! Glaub' mir, ihr werdet viel Spaß haben!"

Fart schüttelte den Kopf: „Das Ding ist, dass ich zur Zeit in einer ganz anderen Problematik stecke…"

„Ja das… habe ich mir gedacht…" nickte Veron und drückte seinen Stammkunden mit einem Kopfschütteln weiter.

Vor dem Eingang blieb Fart abrupt stehen, als er in der Ferne den Doktor erblickte, der sich mit heruntergelassener Hose auf dem Bürgersteig buckelte und…

– „Beeilung, Fart!" trieb Veron an.

Fart röhrte: „Was zum *Teufel* macht der Doc da?"

Veron drängte Fart durch die Eingangstür. „Er gibt sich den ultimativen Kick von Freiheit!"

„Aber *warum*?" hakte Fart nach.

Veron legte gleichgültig dar: „Na weil er es ungestraft *darf*! Sein Job macht's möglich! Jeder, der ihn für verrückt erklärt, wird von ihm für verrückt erklärt!"

Verwirrt kratzte Fart sich die Eier.

(„quak")

Veron horchte auf. „Was war das?"

„Nichts…" behauptete Fart.

„Du… du hast doch nicht etwa schon wieder einen Frosch in deinem Schritt?!"

Fart fuhr auf: „Wieso ,schon wieder'?! …ich meine… äh… n-nein, natürlich nicht!"

„Ich muss zugeben, dass du mich jetzt echt überzeugt hast!"

Hoffnung leuchtete in Farts Augen auf: „Wovon? Davon, mich frei zu lassen?"

„NEIN!" erwiderte Veron ruppig, „Davon, dass du *wirklich* verrückt bist! Und obendrein hast du Alzheimer!"

Da packte Fart Veron am Kragen und schrie: „Verdammt, du raffst es nicht, Mann! Meine Freundin wurde von einem Imp hingerichtet, und *ich* muss sie heilen! Verstehst du? Ich bin gerade voll auf Mission! Ihr… ihr *dürft* mich hier nicht einsperren! Ich…" Erschöpft sackte er zu Boden, „…muss ihr doch helfen…"

Wütend winkte Veron ab: „Sülz' mich doch nicht voll, verdammt… Komm lieber mit! Zelle 303 erwartet dich…"

„Würde dein Chef dich *hart* bestrafen?" erkundigte sich Fart, als sie den Flur entlang gingen.

Veron blieb stehen. „Nun, der Doc wäre nicht gerade begeistert und er würde mich wahrscheinlich ordentlich falten, aber… ich würde es überleben! Eigentlich ist er nämlich ein Guter!"

Fart sah das anders: „Mir kommt er vor wie ein verfluchter Psychopath!"

Veron lachte. „Das habe ich an meinem ersten Arbeitstag auch gedacht! Ha! Aber wenn du ihn näher kennen lernst, dann merkst du, dass er eigentlich nur einen Fehler macht: er… gibt sich *zuviel* Mühe! Seine Arbeit mit Verrückten bedeutet ihm *alles*! Er hat keine Familie, keine Hobbys, keine Freunde… einfach keinen Ausgleich zum Job! Hinzu kommt, dass die Flut von Irren niemals endet! Gerade schafft er es, einen zu heilen, da stehen bereits zwei Neue auf seiner Türschwelle! So griff das, was er immer bekämpft hat, auf ihn über, weshalb er jetzt selbst ein bisschen verrückt ist! Aber das ist ok! Vollkommen ok! Unseren Patienten ergeht es hier wirklich gut!"

Fart fragte sarkastisch nach: „Ach ja? Was habt ihr ihnen denn zu bieten? Gratis Hirnhautamputationen?"

Geschockt rief Veron: „Oh nein! Du hast es ausgesprochen…"

Bevor Fart darauf eingehen konnte, veranlasste ihn ein Geräusch, nach oben zu blicken. „Was zur…"

„IN DECKUNG!!!" schrie Veron und sprang beiseite.

KRACH – kam etwas durch die Decke geflogen, TSCHING – verfehlte es Fart um Haaresbreite, BRUCH – verschwand es im Boden und hinterließ einen kleinen Krater.

„Was… was zur Hölle war das?!" hauchte Fart geängstigt.

Veron klopfte sich den Staub von den Klamotten. „Ein riesiges Skalpell, das vom Himmel gestürzt kam! Und zwar wegen *dir*!"

„Wegen *mir*?" rief Fart ungläubig, „Warum? Was habe ich getan?"

Veron grummelte: „Wie oft soll ich es dir eigentlich noch erklären?"

„*Was* erklären?"

Veron atmete tief durch. „Also, pass auf und dieses Mal *merk'* es dir! Es gibt doch Bücher, in denen Zauberer vorkommen, die…"

Fart stoppte: „Wowowow, nicht so hastig! *,Bücher*?"

Veron definierte: „Buch: zusammengeklebte, mit Zeichen bedruckte Zettel die zum Beispiel eine Geschichte ergeben können!"

Stumpf wiederholte Fart: „*Buch…*"

Veron nickte. „Jetzt hast du's begriffen! In manchen dieser Geschichten gibt es Zauberer und Hexen, die einen bestimmten Satz sagen, einen so genannten Zauberspruch, und dann passiert irgendwas!"

Fart motzte: „Das kenn' ich doch aus Videospielen und Filmen! Bring' mich doch nicht mit so abstrakten Sachen wie ,Buch' durcheinander!"

Veron erklärte weiter: „In Wirklichkeit sind diese ,Zaubersprüche' verbale Traumata des Spiels! Mit der Aussprache bestimmter Worte und Sätze verbindet das Spiel automatisch eine bestimmte Aktion…"

Aufgeregt unterbrach Fart: „Gibt es einen Satz zum Heilen?"

Veron ließ sich nicht von seiner Erklärung abbringen: „…doch ein ehrenhafter Spieler macht davon niemals Gebrauch! Es ist… zu einfach! Wie cheaten! Außerdem verlieren die Formeln jedes Mal an Kraft bis sie irgendwann überhaupt nicht mehr wirken! Nur sehr wenige sind übrig geblieben, und nein: kein einziger Heilungsspruch funktioniert heutzutage noch! Wurden zu oft benutzt!"

Fart grübelte: „Weshalb sie wohl ihre Wirkung verlieren?"

„Ist doch ganz simpel!" meinte Veron, „Als das Spiel die Sprache lernte, hat es bei bestimmten Worten zunächst eine falsche Bedeutung abgeahnt! Mit der Zeit lernt es jedoch, was die Worte wirklich bedeuten. Dementsprechend richtet es sich danach aus! Es überwindet die Falschheit, lässt das Trauma hinter sich, und *lernt dazu*! Die Tage der Cheater sind gezählt!"

Da packte Fart sich an die Gebärmutter und rief: „Wunderheilung! *Wunderheilung*!"

Veron fragte spöttisch: „Und was soll das jetzt werden wenn's fertig ist?"

„WUNDERHEILUNG!!!" Seufzend gab Fart auf: „Dabei bedeutet ,Wunderheilung' doch *wirklich*, dass Alice durch ein Wunder geheilt wird…"

Veron schüttelte den Kopf. „Nein, nicht dass sie *wirklich* geheilt wird, sondern dass du es dir *wirklich wünschst*!"

„Und wieso erfüllt das Spiel mir keine Wünsche?" meckerte Fart.

Veron lachte: „Tut es doch! Wünsch dir ein Monster und du kriegst eins!"

„Pah, ich habe für heute genug Monster gesehen!" lehnte Fart ab.

Sie erreichten Zelle 303. Veron schloss die Tür auf, drückte die Klinke herunter und…

WROOOSCH!!! Eine riesige Blutwelle überflutete den gesamten Gang. Fart fiel schmerzhaft zu Boden und konnte nichts mehr sehen. Schnell wischte er sich die Augen frei und… SCHRIE AUF!!! Ein widerlicher Schleimbolzen mit Flügeln kam im Sturzflug auf ihn hernieder geflogen! In diesem Moment wusste Fart: das war's!

Plötzlich ertönte ein mächtiger Beat, und dazu rappte jemand: „*Freestyle-Battle jetzt seit beinahe einem Jahr…*"

Eine zweite Stimme führte fort: „*…Pants-crunchende Punchlines sind IMMER NOCH am*

Start!!!" ZACK – wurde der Schleimbolzen hart getroffen und schmetterte – FLÄTSCH – zersplatternd gegen die Wand.

„Uff…" atmete Fart erleichtert auf.

„Yo, was geht, Kumpel? Alles klar?" traten zwei Typen in seine Sicht.

Veron kam hinzu und stellte vor: „Das sind die Battle-Rapper Flex und Titan, wie ich dein Gedächtnis einschätze, hast du die auch vergessen…"

Fart widersprach: „Wie könnte ich meine Zellengenossen vergessen? Gut, ich weiß nicht mehr, was bei euch geht, aber irgendwie erinnere ich mich an euch…"

„Wie auch immer! Ich wünsche euch jedenfalls eine angenehme Nacht und verabschiede mich bis morgen! Alsdann, Fart!" RUMMS – schloss Veron die Türe und Fart stand diesen beiden seltsamen Künstlern allein gegenüber. Unsicher begann er: „Also, was ging bei euch? ,Battle-Rapper' seid ihr…"

Titan so: „Ich *bin* es, er *versucht* es!" Mit dem Daumen deutete er auf Flex.

Der pöbelte: „Ruhe Absonderling, oder ich *gebe* dir!"

Titan hielt dagegen: „Ach ja? Was willst du mir denn geben? Abgesehen von einem halben Knäckebrot besitzt du doch gar nichts!"

Flex erteilte Lektion: „Ok Krebspolle, folgendes ist Fakt: wenn man fünf Cent auf der Straße findet, dann nimmt man sie mit, aber wenn man *dich* auf der Straße findet, dann lässt man dich liegen! Dies, weil du es einfach nicht wert bist!"

„*Schlechter* Diss!" urteilte Titan.

„Geht!" verteidigte Flex.

„Wo bleibt der Rhyme?" wollte Titan wissen.

Flex erinnerte: „Du hast auch nicht gerhymt!"

„Siehst du?" triumphierte Titan, „Du kopierst mich! Besorg' dir gefälligst eine eigene Identität!"

Flex brummte: „Ich besorge deiner Mama eine Identität!"

Fart fuhr dazwischen: „Seid… seid ihr Feinde oder so was?"

Flex verneinte: „Nicht doch! Wir sind Battle-Rapper!"

Titan fügte auf Flex deutend hinzu: „Und in *seinem* Fall, *versuchen* wir es zu sein!"

„Alter..." begann Flex wütend eine Reihe obszöner Beleidigungen.

Fart hörte nicht zu, sondern schaute sich stattdessen im Zimmer um. Die beiden Battle-Rapper waren nicht die einzigen Gäste hier: in der einen Ecke hockte ein Typ im Schneidersitz. Er war derart regungslos, dass man ihn ohne Probleme für eine Statue halten konnte. Besonders seltsam fand Fart den Anblick seiner Augen: zwar waren sie geöffnet, aber er blinzelte *niemals*!

Verwirrt wandte Fart seinen Blick ab und ließ ihn in eine andere Ecke schweifen, wo sich ein weiterer Kerl zusammengekauert hatte und permanent seinen Kopf gegen die Wand schlug. Dabei murmelte er unverständliche Worte vor sich hin. Fart hätte gerne gewusst, was dieser Irre da von sich gab, weshalb er langsam auf ihn zuging. Dabei stolperte er jedoch über die zerfetzten Reste eines Monsters und klatschte – WAMMS – erneut zu Boden. „Ihr hattet eine Menge Action hier, nicht wahr?" erkannte er.

Titan bestätigte: „Auf jedsten! Seit man uns hier vor knapp einem Jahr reingesteckt hat, mussten wir uns ständig gegen unterschiedlichste Monsterhorden verteidigen!"

Interessiert lehnte Fart sich vor: „Ja, ihr… habt eine effektive Technik…"

Flex pries an: „Es geht nichts über Battle-Rap! Und jeder weiß, dass ich der *Beste* bin!"

Titan zuckte mit den Schultern. „Er leidet an massiven Wahnvorstellungen…"

Ehe der nächste Streit entbrennen konnte, verlangte Fart: „Erklärt mir eure Spielmethode!"

Titan verbeugte sich. „Wohlan, du sollst von der nobelsten aller Künste erfahren!"

Flex begann: „Im Battle-Rap geht es darum, dicke Rhyme und beleidigende Gleichungen zu finden, um diese dann einem Gegner um die Ohren zu hauen! Es geht darum, deinem Widersacher stilvoll klar zu machen, dass du es einfach perverser drauf hast als er!"

Titan nickte: „Selbst wenn das wie im Fall von Flex nicht der Wahrheit entspricht!"

Flex empfahl: „Ignorier' ihn! Er hat einen schweren Minderwertigkeitskomplex zu kompensieren, weil er ständig mit mir abhängt!"

Fart vollzog nach: „Ihr besiegt eure Gegner also indem ihr sie… *beleidigt*?"

„Mitunter!" bejahte Flex, „Oder indem wir uns selbst maßlos loben! Aber Beleidigen – oder ‚Dissen' wie wir Profis es nennen – ist effektiver weil man sich dabei nicht um sich selbst kümmert, sondern um *andere*!"

Titan schloss: „Und das ist es letztlich, was uns Battle-Rapper zu den nobelsten aller Künstler macht! Es geht uns nur ums *Geben*! Wir *teilen aus* und vermeiden das Einstecken! Und wenn wir doch mal kassieren, dann geben wir in grenzenloser Güte gleich doppelte Packung zurück!"

Fart grübelte: „Ihr… ihr killt mit Worten! Ihr… seid die Zauberer der Neuzeit!"

Flex grinste: „Nicht ganz: wir sind *cooler*! Wir nutzen nicht irgendwelche Defizite des Spiels aus, sondern basteln uns unsere Formeln in mühsamer Kleinarbeit! Sieh': eine gute Punchline ist wirkungsvoller als tausend Waffen! Doch jede Punchline funktioniert nur ein einziges Mal! Kannst dir ja vorstellen, wie viele Rhyme wir kicken mussten, um unsere Köpfe im letzten Jahr hier drin über Wasser zu halten…"

Fart wunderte sich: „Warum hat man euch eingesperrt? Wenn ihr euch derart intensiv um andere kümmert und ständig *gebt*, dann sollte man euch doch eigentlich auf Knien danken, anstatt euch ins Irrenheim zu stecken…"

Verärgert erzählte Flex: „Dieser Richter, der mir irgendwas vorgeworfen hat, sah das irgendwie anders, nachdem ich ihn gebattelt habe… Hat mich einfach eingewiesen!"

Titan war noch verärgerter: „Und mich gleich mit, weil sie diesen Racuminling bei mir zu Hause aufgegabelt haben! Die Leute fürchten uns Battle-Rapper, wir sind ihnen zu hart! Die perfekten Sündenböcke!"

Fart nickte. „Yeah, immer werden die Unschuldigen für Schuldig erklärt! Ich wollte doch auch nur helfen und jetzt bin ich hier gefangen…"

„Yo, was geht denn? Vielleicht können wir das Problem ja aus der Welt battlen…" bot Flex an.

Sofort setzte Fart wieder seine Trauermiene auf: „Ach, Battle-Rap bringt bei meiner Mission nichts! Es geht mir nicht darum, jemanden niederzuringen, sondern um meine Freundin Alice! Sie wurde nämlich…"

„TOT!!! *Alle tot*… Oh diese Erinnerung! Sie waren alle tot… *tot*... TOT!!! Ich kann es nicht ertragen…" schrie plötzlich der Typ, der unablässig mit seinem Kopf die Wand penetrierte.

Fart kratze seine Stirn. „Was hat der Kerl für ein Problem?"

Titan berichtete: „Kam am selben Tag hier an wie wir! Spielt auch das Spiel und quatscht manchmal was von irgendwelchen Forschungen in der Antarktis. Habe aus seinem wirren Gestotter heraushören können, dass er wohl mal ein Hirnforscher war…"

Als Fart sich dem ehemaligen „Hirnforscher" nähern wollte, hielt Flex ihn warnend zurück: „Pass auf, der ist gefährlich! Völlig übergeschnappt!"

Fart riss sich los: „Ich… ich *will* aber wissen, was bei dem abgeht! Vielleicht kann er mir bei Alice' Heilung behilflich sein! Haltet ihr mir den Rücken frei! Wenn er handgreiflich wird, dann… *battelt ihn*!"

„Kannst dich auf uns verlassen!" versicherte Titan.

„Hey, keine Angst kleiner Hirnforscher!" flüsterte Fart jenem Kerl zu, „Ich will dir nichts tun!"

Der Hirnforscher sah Fart misstrauisch an. „D-du… will… willst mir he-*helfen*, ri-richtig?"

Freundlich entgegnete Fart: „Aber nicht doch, wo denkst du hin? Nein, ich will, dass *du mir* hilfst!"

Zitternd drückte ehemalige Hirnforscher sich enger in die Ecke, drucksend: „D-du... i-i-ich... ab-aber..." Auf einmal änderte sich sein Blick! Schien er bis eben noch ängstlich, so fixierte sich sein Blick unerwartet zu wilder Entschlossenheit, bis er sich aufbäumte und brüllte: „ARRRGH!!!" Dann fiel er über Fart her...

KRACK – hatte der eine Kopfnuss sitzen! Seine Sicht verschwamm und er stürzte in eine tiefe Dunkelheit, wo er planlos fragte: „Wo... wo zum Henker bin ich hier? Wer hat das Licht ausgemacht?"

Da ertönte plötzlich eine Stimme in seinem Kopf: „Natürlich könnte ich jetzt meinen Namen nennen, doch das wäre irgendwie sinnlos! Jener Kerl, dessen Namen ich seit meiner Geburt getragen habe, existiert nicht mehr! Er ist heute offiziell an Aids gestorben, weil er in seinem jugendlichen Leichtsinn auf Verhütung verzichtet hat! Ts... dabei bin ich eigentlich noch Jungfrau!"

Das eisige Pfeifen kalten Windes setzte ein, dann kam das Geräusch von Stiefeln, die durch Schnee latschen, hinzu. Die Dunkelheit lichtete sich zum Anblick der Antarktis, und auf einmal wusste Fart, wo er war: in der Erinnerung des Hirnforschers. Er erlebte alles aus dessen Perspektive, hörte dessen Gedanken, fühlte, was er gefühlt hatte. Gerade kämpfte er sich mit einigen in dicken Wintermänteln eingepackten Männern durch einen Schneesturm auf eine große Anlage zu. Die anderen trugen schwere Kisten mit sich.

„War das erste, aber nicht das letzte Mal, dass ich daran zweifelte, ob es richtig war, dieses verlockende Angebot anzunehmen. War eine Laborratte wie all die anderen auch... nicht mal besonders gut. Wahrscheinlich haben sie mich nur ausgewählt, weil ich weder Freunde noch Familie habe. Beides hätte ich aufgeben müssen, hat so ein Typ im Anzug mir erzählt, der wie aus dem Nichts neben mir bei der Arbeit aufgetaucht war. Würde so viel bei rausspringen, dass ich mein Leben lang ausgesorgt hätte, und mein nächstes gleich noch dazu! Hab' gefragt, was diese Geheimniskrämerei soll, ob es irgendwie unmoralisch wäre. Er meinte nur, Quälerei fände nicht statt. Wer hätte da abgelehnt?"

Sie erreichten ein weißes Gebäude. Am Eingang stand ein junger, hochgewachsener Mann mit seichtem Vollbart.

„So sollte ich also die ‚Nummer 2' kennen lernen. Genau wie ich und meine zukünftigen Kollegen war seine Identität auf eine verfluchte Nummer beschränkt. Selbstsicher nahm er die Kisten meiner Begleiter in Empfang und schickte sie dann ohne Umschweife wieder weg. Mir gab er die Hand und führte mich ins Arbeitszimmer seines Vaters. Dieser finanzierte den ganzen Spaß hier und war somit der Boss, die verdammte Nummer 1!"

Fart sah einen Mann mit grauen Haaren, der ihn freundlich anlächelte. „Ah, unser neuer Auswerter! Ich heiße Sie herzlich willkommen in unserer kleinen, abgeschiedenen Forschungsanstalt! Ihnen liegen sicher eine Menge Fragen auf der Zunge und so lassen Sie mich Ihnen ein wenig erklären! Wir sind gezwungen, unser wissenschaftliches Unternehmen unter absoluter Geheimhaltung zu halten, da uns zu viele Randgruppen missverstehen und den Abbruch unserer Arbeit fordern würden. Deren Klagen würden Unsummen von Geldern verschlingen. Ich denke wir sind uns einig, dass diese Gelder in der Wissenschaft weit besser angelegt sind, als sie irgendwelchen Anzug tragenden Vampiren in den Hals zu werfen, nicht wahr? Zuerst möchte ich Ihnen erklären, wie wir auf Sie kommen. Ich sagte meinem weltweiten Agentennetzwerk, dass ich die beste Laborratte in weißem Kittel brauche, die zu haben ist. Würden Sie sagen, dass meine Agenten eine gute Wahl getroffen haben? Sie haben ihnen einen Umschlag gegeben, der Sie hierher geführt hat, doch die Agenten selbst wissen keinen Deut über all das hier! Genauso wenig wie ich weiß, wer Sie wirklich sind. Jeder hier bekommt eine Nummer, damit jeder irgendwann weit entfernt von all dem hier wieder ein normales Leben führen kann."

„Er wies mir meine Nummer zu und betonte, dass ich sie niemals vergessen dürfte. Heute weiß ich sie nicht mehr…"

„Nun da Sie ihre Nummer kennen, folgen sie bitte meinem Sohn. Er wird Sie in ihren Arbeitsraum führen! Und nochmals herzlich willkommen, ich freue mich sehr auf unsere Zusammenarbeit!"

„Ich machte diesem liebenswerten Herrn klar, dass ich keine Quälerei oder ähnliche Schweinereien mitmachen würde. Schien ihn allerdings nicht zu interessieren. Dann folgte ich diesem bärtigen Kerl in einen Aufzug. Er erklärte mir, dass ich an der perfekten Erforschung des menschlichen Gehirns teilhaben würde. Wir fuhren weit, weit in die Tiefe..."

Fart blinzelte und betrat auf einmal einen Raum mit der Aufschrift „Auswertungsbereich". Drinnen saß ein bleicher, alter Mann vor unzähligen Computerbildschirmen.

„In diesem Raum würde ich noch viele Jahre verbringen. War zum Nachfolger dieses bleichen Knackers auserkoren worden. Eine höchst zweifelhafte Ehre! Nach den ersten Worten, die ich mit ihm wechselte, wusste ich: von nun an würde mein gesamtes Leben der Arbeit gewidmet sein!"

„Ah, da ist ja meine Ablösung. Ich werde dich in deinen neuen Job einarbeiten! Schätze mal, das wird so um die fünf Jahre dauern! Obwohl... nein, ich denke, so lange wirst du allein für deine erste Aufgabe benötigen... die nämlich darin besteht, dich mit den Daten, die bereits vorliegen, vertraut zu machen. Wenn du damit fertig bist, reden wir über deine eigentliche Tätigkeit hier!"

„Bekam mein eigenes Zimmer direkt nebenan, eine kleine Zelle inklusive Computer, Bett und Scheißhaus. Dreimal täglich wurde mir Essen aufs Zimmer gebracht, professionell ausgesuchte Nahrung, die exakt auf meinen Tagesablauf abgestimmt war. Für die Daten, die ich mir in den nächsten Jahren zueigen machte, hätte jeder Wissenschaftler meines Faches Purzelbäume durch Rattenkacke gemacht. Es handelte sich um detaillierte Analysen eines lebendigen menschlichen Gehirns. Das Zusammenspiel aller bekannten physikalischen Kräfte war bis hinunter zur kleinsten Ebene in einem Computerprogramm gespeichert. Es dauerte dreieinhalb Jahre, bis ich den bisher erforschten Bauplan eines menschlichen Gehirns mitsamt seinen Lücken und Fragezeichen in und auswendig kannte. Dann erst ließ der alte Knacker mich an seine Computer."

„Nun zeige ich dir, wie du deine Forschung zu betreiben hast. Verschwende keine Gedanken darüber, *wie* die Daten zustande kommen. Das ist die Aufgabe einer anderen Abteilung! Um herausfinden zu können, wo im Gehirn was passiert, macht eine Probe natürlich nur Sinn, wenn das Gehirn gerade eine bestimmte Tätigkeit ausführt. Du willst zum Beispiel wissen, was im Gehirn passiert, wenn man über den Anblick einer Blume lacht. Du gibst es ins Programm ein, und es wird dieser Auftragsliste dort hinzugefügt. Die Ergebnisse können allerdings manchmal Jahre auf sich warten lassen, je nachdem, wie kompliziert die Testhandlung ist. Du musst deine Aufträge also gut durchdacht, mit System eingeben. Dieses System zu entwickeln ist die eine Hälfte deiner Arbeit, die andere ist die Auswertung der Ergebnisse. Achte darauf, die Liste nicht zu überlasten, damit sich kein Auftragsstau bildet. Achte auch auf die Umgebungsvariablen für das Versuchsobjekt. Soll es in Licht oder Finsternis aufwachsen? In der Natur oder in der Stadt? Soll die Luft, die es atmet, stinken oder duften? Du musst alles genaustens durchplanen, nichts darf dem Zufall überlassen werden!"

„Noch ein Jahr schaute der Alte mir bei der Arbeit über die Schulter, dann verabschiedete er sich. Schon damals fragte ich mich, ob man ihn wirklich entlohnen würde, oder ob man ihm eine Kugel durch den Kopf jagt, was natürlich deutlich kostengünstiger wäre. Ich sollte ihn jedenfalls niemals wieder sehen. Jeder Tag war exakt wie der vorherige, nur dass ich immer tiefer in die Mechanik des menschlichen Gehirns eindrang. War zufrieden, stellte keine Fragen, hatte keine Ahnung, was mit den Ergebnissen meiner Arbeit gemacht wurde, auch nicht, nachdem der Bärtige eines Tages aufgeregt in mein Zimmer kam und mir erzählte, dass einer anderen Abteilung ein phänomenaler

Durchbruch dank meiner Leistung gelungen sei. Ihnen war die Erschaffung eines synthetischen Lebewesens gelungen, doch eigentlich durfte er mir das gar nicht erzählen. Mit neuer Kraft forschte ich weiter. Das Leben war gut, ich hatte alles, was ich brauchte. Dann kam der Tag, an dem sich für mich alles ändern sollte. Der stets mies gelaunte Hausmeister Willy war es, der mir die Scheuklappen von den Augen riss..."

Fart sah, wie ein Mann mit wütendem Gesichtsausdruck das Arbeitszimmer betrat. „Na, wieder fleißig am Arbeiten, ja? Schöne, saubere Forschungsarbeit am Computer, he? Gemütlich die Eier schaukeln, während andere die Drecksarbeit machen, ne? So ein Leben hätte der alte Willy auch gerne, darauf kannst du aber einen wetten! Warum schaust du mich so erstaunt an? Habe ich etwas im Gesicht?"

„Im Nachhinein war es ein Fehler. Ich hätte ihn ignorieren sollen. Einfach weiter meine Arbeit verrichten. Wäre besser blind und unwissend geblieben. Mit den Augen zu sieht die Welt viel besser aus! Aber meine verfluchte Neugierde ließ mich ihn fragen, was er meinte..."

Willy flüsterte: „Zwei Stunden, nachdem sie dir dein Abendessen gebracht haben, hole ich dich ab, also halte dich bereit!"

„Er war pünktlich da. Fluchend führte er mich zu einen Aufzug, der uns noch viel tiefer brachte, als wir ohnehin schon waren."

„Verdammte Wissenschaft, verflucht soll sie sein bis in alle Ewigkeit! Und ihr Schnösel in euren weißen Kitteln! Glaubt, ihr würdet was Gutes tun, glaubt, ihr würdet die Welt entdecken! Dabei seid ihr alle blind, zu feige, der Wahrheit ins Auge zu sehen!"

„Nichts wünsche ich mir mehr, als damals Angst empfunden zu haben, die mich davon abgehalten hätte, ihm zu folgen..."

Unten angekommen gingen sie durch eine Luftdruckkammer.

„Geräuschlos öffnete sich vor uns die Tür, nachdem der Luftdruck angepasst war, und wir betraten eine riesige, hell erleuchtete Halle. Reihenweise erblickte ich große, eierförmige Reagenzgläser, die mit einer milchigen Flüssigkeit gefüllt waren. In dieser Flüssigkeit schwammen bleiche Menschen, die meisten davon im Säuglingsalter, und Schläuche waren an all ihren Körperöffnungen angeschlossen. Zwischen den Reihen waren weiße Wände, und langsam wurde mir klar, dass diese Halle der wohl synthetischste Ort auf der ganzen Welt sein muss, denn schlicht nichts war dem Zufall überlassen, vom Licht über den Luftdruck bis hin zur Temperatur. Ganz offensichtlich waren diese Menschen Klone, die unter exakt denselben Bedingungen aufwuchsen. In einem Behälter erschien mit einem Mal das Hologramm einer Blume direkt vor dem Gesicht des Babys."

„Wir kommen gerade richtig! Sieh genau hin, mein Freund, denn du hast es oben an deinem Computer in Auftrag gegeben!"

„Welcher Teufel hatte mich bloß geritten, auf ihn zu hören? Ging näher ans Reagenzglas ran und erkannte, dass sich das fahle Gesicht des Säuglings zu einem Lächeln verzogen hatte. In genau diesem Moment schoss ein blauer Laserstrahl von oben auf den Kopf des Babys herab, und nach einer Sekunde war nichts mehr davon übrig. Langsam quoll Blut aus dem Rumpf, das sich mit der milchigen Flüssigkeit vermischte und sie komplett rot färbte, bis der Leib des Kindes nicht mehr zu erkennen war."

Willy erläuterte gefühlskalt: „Diese Sensorenlaser sind ein echter Segen, weitaus zuverlässiger als die Sensorenplatten, mit denen wir angefangen haben. Jetzt können wir auf einen Schlag das gesamte Gehirn erfassen und nicht nur den Querschnitt, den man bekam, wenn man mit einer jener Platten den Kopf eines Babys spaltete!"

„Am bösen Funkeln in seinen Augen konnte ich erkennen, dass er zufrieden über den tiefen Schock war, den ich gerade erlitt. Von der Decke fuhr ein Greifarm herab und packte das Reagenzglas.

Durch einen Spalt in der Wand verschwand beides aus meiner Sicht, und Willy bedeutete mir erneut, ihm zu folgen. Zu bestürzt, um einen eigenen Willen zu haben, wankte ich hinter ihm her. Konnte meinen Blick nicht von den endlosen Reihen losreißen. Kaum einer der Klone schien älter als zwei Jahre zu sein, viele hatten noch embryonalen Status."

„Weißt du eigentlich, was deinen Kollegen neulich gelungen ist? Sie haben ein Wesen erschaffen, wie es von Natur aus wohl niemals entstanden wäre! Der alte Willy hat es mit seinen eigenen Augen gesehen! Sieht aus wie ein Gehirn, und jeden Tag wird es ein Stückchen größer, obwohl es von niemandem gefüttert wird oder so. Beängstigend, nicht wahr? Ein Hirn ohne Körper... frage mich, was das bringen soll! Weißt du, ich bin zu alt für solche Scherze. Ich habe mein halbes Leben an diesem Ort verbracht... ich muss hier endlich weg!"

Wieder kamen sie in eine Luftdruckkammer. Willy plapperte weiter: „Der nächste Raum ist sozusagen der Abfalleimer dieser Anlage. Ganz unten sind Heizstäbe, die sich immer weiter nach unten schmelzen. Passt schon verflucht viel rein in dieses verdammte Eis hier! Kann für die Menschen, die nach uns kommen, nur hoffen, dass sie das hier niemals finden werden!"

„Die Tür öffnete sich, und ein überwältigender Gestank schlug uns entgegen. Musste würgen, wusste nicht, ob das alles wirklich geschah oder ob ich in einem Alptraum gefangen war. So weit mein Auge reichte, stapelten sich die Leichen von enthaupteten Kindern, die von der bitteren Kälte blau angelaufen waren."

„Die kalte Temperatur verhindert, dass sie verwesen. Nur ganz unten bei den Heizstäben... ach, was erzähle ich, du riechst es ja selbst!"

„Als er das sagte, kroch eine weitere, weitaus üblere Gestankswelle in meine Nase..."

Plötzlich war ein äußerst basslastiger Beat zu hören, unterstützt von einer astrein getimeten Punchline: „Du meinst, deine Headnuts würden irgendwen bedroh'n, doch wer durch dein Gebite Leid sieht, der verdient ein' Finderlohn!"

Fart erkannte auf einmal, dass er in Zelle 303 auf dem Boden lag und der ehemalige Hirnforscher auf ihm saß. Schwer vom Battle getroffen taumelte der jetzt jedoch zurück in seine Ecke, wo er völlig kaputt zusammensackte.

Titan rappte weiter auf ihn ein: „*Du* versuchst den Fart zu rippen, *deshalb* muss ich Rhyme kicken, *deine* Faust ist weich wie Kissen, *dein* Gesicht wird abgerissen, *in dein* Hirn wird reingeschissen, *du* versuchst dich zu verpissen, *jetzt* wirst du wohl sterben müssen…"

Fart griff ein: „Alter, lass ihn! Der ist gestraft genug!"

„Woher weißt du das?" fragte Flex.

Fart schaute auf den ehemaligen Hirnforscher herab. „Ich hatte eben exklusiven Einblick in seine Erinnerung! Kein Wunder, dass er derart im Eimer ist! Hat mitgeholfen, so'n Hirn-Viech zu erschaffen…"

„So'n *was*? Sprich nicht in Rätseln, werd' genauer!" forderte Titan.

Fart schüttelte den Kopf. „Im Moment gibt es Wichtigeres zu erledigen! Wisst ihr, ich muss unbedingt Alice retten, damit…"

„ICH HAB'S! Endlich weiß ich's wieder!" schrie der Typ, der bisher wie eine Statue dagesessen hatte, jäh dazwischen.

„Wer zur Hölle ist das eigentlich?" flüsterte Fart.

Flex antwortete leise: „Tihme-San! Doch da er nie spricht, nennen wir ihn ,*Thinking* Tihme-San'!"

Titan zischte: „Du *Depp*! Jetzt spricht er doch wieder, also ist er von nun an ,*Talking* Tihme-San'!"

„Tihme-San würde mir genügen!" meinte der Bezeichnete und erhob sich aus seinem Schneidersitz.

Fart nickte: „Na schön, du musst Tihme-San sein! Und… was hast du endlich begriffen?"

Tihme-San tanzte durch den Raum. „Die letzte Party war derart intensiv, dass sie mich einweisen mussten! Hatte vergessen, wie's funktioniert! Doch jetzt hab' ich's endgültig *begriffen*! Ich weiß nun, wie man im Spiel die Zeit verlangsamen kann!" Schuldbewusst sah er seine Zellengenossen an. „Oh… äh… könnte gut sein, dass sich die Zeit hier drin dadurch verlangsamt hat! Wäre möglich, dass euch die letzten paar Tage wie ein knappes Jahr vorkamen…"

Flex und Titan bekamen hochrote Köpfe und dampften regelrecht vor Wut.

Fart hingegen begehrte auf: „Ach ja? Weißt du auch, wie man sie beschleunigen kann? Ich brauche nämlich einen Zeitraffer, um meine Freundin zu heilen!"

„Leider nicht", verneinte Tihme-San, „Aber interessiert euch trotzdem die Verlangsamung?"

„Nicht die Bohne!" rief Fart. „Ich will einfach nur, dass Alice…"

Titan unterbrach: „Na los, Talking Tihme-San, erklär' uns wie's funktioniert!"

Tihme-San mahnte: „Doch ich muss euch vorwarnen! Ich habe wirklich verdammt lange gebraucht um das zu begreifen, also wenn ihr das jetzt nicht versteht… dann habt ihr halt Pech gehabt!"

„Fang einfach an, Eiernackengeburt!" grummelte Titan.

Tihme-San holte aus: „Na schön! Zunächst müsst ihr wissen, wie das Spiel die Zeit begreift! Also: stellt euch eine gerade Linie vor, die…"

Fart fuhr dazwischen: „Moment, nicht so hastig! Eine Linie? Was für eine? Dick? Dünn?"

Aufgebracht ging Tihme-San ins Detail: „Alter, einfach irgend eine gerade Linie! Ein Balken, eine Säule, eine Achse in einem Koordinatensystem… eine… eine verdammte Linie eben! Mann, wenn ihr jetzt schon kompliziert werdet… na ja, egal! Entlang dieser Linie befinden sich Momentaufnahmen von allem, was *ist*! Jeder einzelne Augenblick in Form eines Fotos von *allem*! Abbilder der gesamten Realität! Wir Lebewesen befinden uns, zusammen mit dem Spiel, in so einer Art *Auge*, das entlang dieser Fotos schwebt, wodurch sich diese Fotos zum *Ablauf der Zeit* zusammensetzen wie bei einem Zeichentrickfilm! Für *uns* ist die Zeit selbst also eine *Bewegung*! Klar soweit?"

„Nein…" gestanden die anderen hilflos.

Tihme-San ließ sich nicht aufhalten: „Ok, also weiter! Zuerst hatte ich immer versucht, dieses Auge zu verlangsamen, damit es länger auf die einzelnen Augenblicke schaut und diese dadurch länger werden. Doch es funktionierte nicht. Nein, dieser Strang der Fotos ist das Entscheidende! Irgendwo hat diese Linie einen Anfang, einen Ursprung, und wenn man diesen Ursprung in Richtung der Augenbewegung verschiebt, dann verschiebt sich als Folge jedes einzelne dieser Fotos. So auch die, auf die das Auge, ich nenne es immer das Jetzt-Auge, gerade schaut. Sie gehen kurz mit dem Auge mit, wodurch es länger auf diese Fotos blickt, und voilà: die Zeit erscheint langsamer! ABER: wie verschiebt man diesen Ursprung? Es gibt leider keine physikalische Formel für den Anbeginn der Zeit, weshalb man ihn nicht mit dem Verstand begreifen kann! Stattdessen muss man diesen Anfang aller Dinge mit seinem Herzen *erahnen*! Man macht sich zuerst ein Nichts bewusst, das derart allumfassend ist, dass es einer Unendlichkeit gleicht. Im ursprünglichen Zustand sind Nichts und Alles ein und dasselbe! Dann jedoch beginnt sich dort ein Riss hindurchzuziehen, diese Linie der Zeit, welche Nichts von Allem trennt, mittendrin mit uns in Form dieses Auges, welches entlang der Linie vom Nichts in Richtung Unendlichkeit gleitet! Ich erahne also diesen Ursprung vor der allerersten Folge, labe mich von ganzem Herzen daran, wodurch er irgendwie… ‚herangezoomt' wird… ja, *größer* zu werden scheint. Er breitet sich aus, wodurch sich die allererste Folge in Richtung Zeit verschiebt. Auf diese Weise wird diese langsamer! Verflucht schwer zu begreifen, findet ihr nicht auch?"

Flex, Titan und Fart sahen Tihme-San frustriert an. Dann bat Fart: „Hey, dürfen wir dich verprügeln? Bitte, Alter!"

Flex stimmte zu: „Yeah, das würde uns jetzt echt gut tun!"

Tihme-San überlegte: „Ihr seid bestimmt so sauer, weil man sich nicht einfach am *jetzigen* Augenblick laben kann, um ihn zu verlangsamen, sondern man sich stattdessen diesen ganzen Kram mit der Ursprünglichkeit in den Kopf rufen muss…"

Titan ächzte: „Oh nein, er macht immer noch weiter…"

Tihme-San beachtete ihn nicht: „Nun, um dich wirklich am jetzigen Augenblick zu laben, müsstest du das gesamte Foto des Jetzts sehen können! Doch es ist zu groß, der allererste Ursprung hat sich in zu viele Konsequenzen aufgespalten! *Die erste Ursache* jedoch ist nur *eine* Sache! *Ein unbeschreibbares Etwas*! Eine *Variationslosigkeit*, der keine Formel gerecht wird und die man, wie gesagt, nicht *verstehen*, sondern nur *erahnen* kann…"

„SCHNAUZE!!!" schrien Fart, Flex und Titan wie aus einem Munde.

Erstaunt fragte Tihme-San: „Wollt ihr doch nicht wissen, wie man die Zeit verlangsamen kann?"

„Nein, *nein*, NEIN VERDAMMT!" hüpfte Flex am Rande des Wahnsinns durch den Raum.

Fart war da schon deutlich leiser: „Hilf mir lieber, meine Freundin zurückzubekommen…"

Tihme-San horchte auf: „Oha, deine Freundin hat dich verlassen? Tja ja, das alte Lied! Doch pass auf: das Problem ist nicht *sie*, das Problem bist *du*!"

Fart kräuselte die Augenbrauen. „W-was? *Hä*?!"

Tihme-San lehrte: „Jeder Mensch kommt mit einem klaffenden Loch im Geist zur Welt, und jeder Mensch versucht, sein Loch mit irgendwas auszufüllen! Die meisten Leute füllen es mit etwas Vergänglichem aus und wenn das schließlich vergangen ist, dann wird ihnen dieses Loch besonders bewusst! Habe ich nicht Recht? Fühlst du dich nicht so seltsam leer, seit sie weg ist? Sicher, sie hat dir eine schöne Erinnerung hinterlassen, doch da diese Erinnerung Teil eines vergangenen Konstrukts ist, wird sich dessen Antlitz nun zu einer Maske des Schmerzes für dich verzerren! Wieso füllst du das Loch nicht mit etwas aus, das dir dein Leben lang erhalten bleibt? Mit *dir selbst* zum Beispiel! Wieso bist du nicht glücklich und zufrieden, wenn du dich im Spiegel siehst? Wieso spielst du nicht einfach das Spiel? Es steckt überall drin! Selbst im Kartoffelschälen: wie schnell bist du, wie viel verschwendest du?"

Titan brauste auf: „Du Idiot! Warum *schälst* du Kartoffeln? In der Schale sind die ganzen Vitamine…"

Flex brachte ein: „Vitamin *P* beispielsweise! *Pestizide* vom Feinsten!"

Tihme-San stellte klar: „Ich meinte *nach* dem Kochen! Ich schäle meine Kartoffeln stets *nach* dem Kochen! Dann sind die Vitamine nämlich bereits *in* der Kartoffel und…"

„JUNGS!" rief Fart, „Ich unterbreche euren regen Rezeptaustausch ja nur ungern, aber könnten wir uns *bitte* aufs Thema konzentrieren! Tihme-San, du hast mich falsch verstanden! Meine Freundin hat mich nicht verlassen, sie liegt bloß irgendwo tot herum…"

„Also *Game Over*?" versicherte sich Tihme-San.

Wütend spie Fart: „*Natürlich* Game Over oder hältst du mich für nekrophil?"

Tihme-San zuckte mit den Schultern. „Es muss ja einen Grund geben, weshalb sie dich ins Irrenheim gesteckt haben!"

Heftig erwiderte Fart: „Schwachsinn! Ich bin ganz normal wie jeder andere auch!"

„Na schön!" glaubte ihm Tihme-San. „Um mit deinem Liebling Kontakt aufzunehmen, brauche ich irgendwas Persönliches von ihr… ein… einen Teddybär oder so!"

Fart triumphierte: „Ich habe ihre Gebärmutter in meinem Arsch! Ist das persönlich genug?"

Alle sahen Fart mit großen Augen an, bis Tihme-San fassungslos stockte: „Äh… äh… ja… äh… das… müsste reichen…"

Flex nahm Fart behutsam in den Arm und meinte eindringlich: „Hör zu! Das… ist jetzt vielleicht nicht ganz leicht für dich… aber… du *bist* verrückt, Alter!"

„*Völlig* verrückt!" unterstützte Titan.

Auch Tihme-San stimmte zu: „Das… das ist einfach nur… ja, ihr sagt es: *verrückt!*"

Fart beruhigte: „Jungs, Jungs, Jungs, kommt klar! Es geht hier nicht um *mich*! Es geht hier um Alice! Nur um Alice! Und wir *müssen* ihr helfen, versteht ihr? Ich *muss* sie wieder finden!"

Tihme-San sagte den Satz, der schon so manche Freundschaft begraben hatte: „Ok, dann lass mich meinen Mittelfinger in die Gebärmutter deiner Freundin stecken!"

Fart war entrüstet: „Was? *Rein*stecken? So richtig… *rein*?"

Tihme-San nickte. „Muss sein! Die Mittelfinger sind das Zentrum meiner Kraft! Geht nicht anders!"

Widerwillig begann Fart in seiner Boxershorts herumzupulen. „Wenn es sein muss, dann…" Plötzlich hielt er inne, laut fluchend: „WAS ZUR… Sie ist weg!!!"

„QUAK!" hüpfte ein grünes Etwas fröhlich in die Freiheit.

Fart konnte es nicht fassen. „Der Frosch ist doch auch noch da! Aber wo ist die Gebärmutter?!"

„QUAK QUAK!"

„W-was hast du noch in deiner Unterhose, Alter?" fragte Titan vorsichtig.

„QUAK!"

Fart war am Verzweifeln. „VERDAMMT!!! ALICE?! *Wo bist du*??? Hat das Spiel dich jetzt etwa komplett vertilgt? Alice? AAAAALICE???"

„ALLLL… ali… Al-ali… ce… Ali… ce… ALiCe… Alice? Alice? Wach auf, Alice!"

„WHOAA!!!" schreckte Alice hoch und rieb ihre Augen. Sie lag in einem Raum voller Bildschirme, und auf jedem Bildschirm sah sie sich selbst liegen. „Wo… wo bin ich hier?" flüsterte sie.

Jemand sagte: „Ich würde dir diese Frage gerne beantworten, Alice, doch wird sich *jede* nur mögliche Antwort als Lüge herausstellen! Wie soll man einen Ort bezeichnen, der *nicht existiert*? ,Nirgendwo'? ,Null'? Doch eigentlich bist du auch überhaupt nicht an einem Namen interessiert, denn viel interessanter findest du… *was hier vollbracht wird! Ich* arbeite hier!"

Alice erhob sich und erblickte einen Mann mit weißen Haaren und weißem Bart, der hinter einem weißen Schreibtisch saß. Ehrfürchtig fragte sie: „Wer… sind Sie?"

Mit einem halben Lächeln ohne Humor stellte der Mann sich vor: „Ich bin der *Architekt*!"

„Der… *Architekt*?" wiederholte Alice.

„Präzise!" bestätigte der Mann, „Ich habe das System entworfen, das zu verstehen du seit deinem Ausscheiden versucht hast! Ich habe dich dabei beobachtet und fand es äußerst interessant, wie schnell du und dein Spiegelbild euch darin einig werden konntet, dieses System zu ergründen, obwohl es weit über das Begreifen eines einzelnen Individuums hinausgeht!"

„Sie sind der Ursprung… d-des… Konsequenzenstrangs?" erinnerte Alice sich zögerlich.

Der Architekt nahm einen Stift in die Hand und klickte ihn. Sofort erschien ein Abbild jenes Koordinatensystems auf allen Bildschirmen. Nickend erklärte er: „Der Schöpfer des gesamten Systems rund um den Konsequenzenstrang! Ein Meisterwerk, erschaffen nur zu einem Zweck: die Anomalie der menschlichen Natur aufzuzeichnen, um das Unberechenbare mit Hilfe der Wahrscheinlichkeitsrechnung berechenbar zu machen!"

„Wa… warum?" stotterte Alice.

Der Architekt lächelte wieder so seltsam. „Weil es meine Aufgabe ist! Das Ziel ist die perfekte Symbiose zwischen dem, was ich vertrete, und der Menschheit! Doch habe ich in meinen früheren Versuchen und deren monumentalem Scheitern längst herausfinden müssen, dass die Menschheit in ihrer Obsession nach Freiheit, Macht und Kontrolle nicht bereit ist, in jener perfekten Harmonie zu leben, welche ich erstrebe! Stattdessen fällen sie immer wieder irrationale Entscheidungen, die in Disharmonie, Selbstzerstörung und Unberechenbarkeit münden. Mit großer Beharrlichkeit widersetzen sie sich den Gesetzen der Logik und machen es mir somit unmöglich, eine Formel aufzustellen, nach der das perfekte Zusammenleben dauerhaft gewährleistet ist!"

Alice überlegte laut: „Und man kann sie nicht zur Logik zwingen, richtig?"

Der Architekt musterte Alice eindringlich. Auf den Bildschirmen verschwand der Konsequenzenstrang und ihr eigenes Abbild erschien, als der Mann am Schreibtisch leise murmelte: „Interessant! Du denkst mit, du verfolgst meinen Gedankengang, anstatt deine Denkkraft in all die Fragen zu investieren, die dir gerade auf der Zunge liegen…" Laut stimmte er zu: „Absolut korrekt! Jeder Versuch, das Denken der Menschen auf eine logische Basis zu normen, ist bisher spektakulär gescheitert! Sogar nach der Etablierung eines Systems, welches von neunundneunzig Prozent aller Testobjekte angenommen wurde, reichte doch der übrige Prozentsatz aus, um Schwankungen selbst bei den einfachsten Gleichungen hervorzurufen, welche wiederum die Wahrscheinlichkeit eines Szenarios der Selbstzerstörung in für mich unannehmbare Höhen trieben! Ergo kam ich zu dem Schluss, dass die Anomalie in der menschlichen Natur unausweichlich bleibt! Anstatt diese also zu bekämpfen, gehe ich auf sie zu, um sie zu erforschen und in meinen Berechnungen mit einzubeziehen!"

„Was… was verstehen Sie unter dieser ‚Anomalie' von der Sie da sprechen?" wollte Alice wissen.

Der Architekt meinte: „Das wirst du sicherlich selbst herausfinden, wenn ich dir nun eine ganz einfache Frage stelle: angenommen, du hättest einen Wunsch frei, was wünschst du dir?"

Überrascht ließ Alice die Schultern hängen und dachte nach. Dabei fiel ihr auf, dass ihre Abbilder auf den Bildschirmen bereits antworteten, und jedes Abbild hatte einen anderen Wunsch. Wild durcheinander hörte sie sich von überall „Wissen!", „Freunde!", „Geld!", „Ruhm!", „Liebe!", „Weltfrieden!" „Nie wieder zensierte Videospiele" und so weiter antworten. Plötzlich wurde ihr klar, dass diese Abbilder in den Bildschirmen die Vermutungen des Architekten widerspiegelten, weshalb sie genau das rief, was nur ein einziges der Abbilder ebenfalls ausdrückte: „Das Problem ist die *Entscheidung*! Sie, Herr Architekt, können nicht voraussagen, wozu ein Mensch sich entscheidet, weil Sie nur logisch denken können, aber viele Entscheidungen nicht auf Logik basieren! Und so… *vermuten* Sie unterschiedliche Möglichkeiten, wobei sich logischerweise nur eine einzige bewahrheitet! Doch Sie wissen nicht, welche! Und… und deshalb zeichnen Sie Entscheidungen im Konsequenzenstrang auf! Sie… Sie vergleichen und… werten aus und… suchen nach Regelmäßigkeiten in der Unregelmäßigkeit, damit Sie die *Wahrscheinlichkeit einer Möglichkeit* errechnen können! Sie… Sie… Sie *spielen* mit Individuen um herauszufinden, wie diese auf etwas reagieren! Es geht um Entscheidungen! *Nur um Entscheidungen!*"

„Beeindruckend!" gestand der Architekt zu, „Du hast es begriffen, Alice! Ja, ich spiele mit einigen ausgewählten Individuen ein Spiel, *das Spiel*, und ich zeichne im Konsequenzenstrang all ihre Reaktionen auf, ihre Entscheidungen bezüglich der Umstände, denen ich sie aussetze. Oder denen sie sich selbst aussetzen! Jede Entscheidung besetze ich mit einer Zahl und die sich ergebenden Zahlenfolgen lege ich in einen Farbkreislauf um zu vergleichen, was genau woraus folgt! Wenn dann Person Y in ferner Zukunft sein Leben lang identische Entscheidungen trifft wie Person X heute, dann kann ich mit relativ hoher Wahrscheinlichkeit vorhersagen, wie Mister Y sich weiterhin entscheiden wird! Und wenn ich will, dass er eine bestimmte Entscheidung trifft, dann zwinge ich ihn nicht dazu, sondern ich schaue nach, durch welche Ursachen Herr X diese von mir erwünschte Entscheidung getroffen hätte und setze Mister Y genau diesen Ursachen aus!"

Geschockt fuhr Alice auf: „Aber… aber dann wollen Sie gar keine Symbiose mit der Menschheit, Sie wollen die *Kontrolle*!"

Der Architekt erwiderte: „Um der selbstzerstörerischen Anomalie der Menschheit entgegenzuwirken, ist eine gewisse Bevormundung unabdingbar! Wie ich jedoch mittlerweile aus

Erfahrung weiß, kann man den Menschen ihren fundamentalen Makel nicht abgewöhnen, im Gegenteil! In den Geschichtsbüchern ist aufgezeichnet, wie jedweder Versuch, eine auf Miteinander basierende Harmonie unter den Menschen zu etablieren, zu grotesken Massenvernichtungen führte, welche ich unmöglich akzeptieren kann, wenn ich erst Teil eines jeden Menschen bin! All jene Versuche basierten auf der grundlegenden Idee, den Menschen das Miteinander von oben aufzuerzwingen und waren deshalb stets von vorneherein zum Scheitern verurteilt! So besteht mein jetziger Lösungsansatz darin, die Menschen ihre Entscheidungen selbst treffen zu lassen, nur dass ich die jeweiligen Rahmenbedingen so gestalte, dass ihre Entscheidungen exakt meinen Berechnungen entsprechen!"

Alice grübelte: „Aber... aber wer trifft denn dann die Entscheidung? Sie oder die Menschen?"

Der Architekt lächelte: „Sowohl als auch, Alice! Im Endstadium wird es nicht mehr möglich sein, zwischen meinen Berechnungen und den Entscheidungen der Menschen zu unterscheiden! Ergo: es wird eine perfekte Symbiose sein! Doch bis dahin ist es noch ein weiter Weg, denn die Schwankungen bezüglich emotional basierender Entscheidungen sind gewaltig!" Er ließ wieder seinen Stift klicken.

Fart erschien im Großformat auf den Bildschirmen. Gerade hielt er drei anderen Leuten seinen nackten Hintern entgegen und verlangte: „Jetzt macht schon, Jungs, stellt euch nicht so an! Ihr müsst ganz tief nachsehen!"

Die anderen weigerten sich angewidert: „Auf keinsten, Alter! Vergiss es!"

„QUAK QUAK!" hüpfte ein Frosch den Vordergrund entlang.

Der Architekt schüttelte den Kopf. „Wer hätte gedacht, dass seine Sehnsucht ihn *dazu* bringen könnte?"

Erfreut rief Alice: „Fart! Mein süßer kleiner Fart! Aber... *was macht der da*?"

Der Architekt explizierte: „Er sucht nach dir! *Überall*, wie du siehst! Seine Emotionen machen ihn schwer berechenbar, da er zu *allem* bereit ist! Da ich sein Ziel kenne, ist seine Richtung zwar leicht vorherzusagen, doch *wie* er diese Richtung beschreitet, bleibt stets eine nicht nachvollziehbare Überraschung für mich! Und genau dort kommt *sie* ins Spiel..."

Während Fart im Hintergrund einen Tritt kassierte, horchte Alice interessiert auf.

Der Architekt erläuterte: „Sie nennt sich ‚das Orakel', obgleich ich ihr schon oft von diesem obszönen Namen abgeraten habe! Aber sie hat ihren eigenen Willen, und ich habe längst erkannt, dass darin große Richtigkeit liegt. Sie hat mich gebeten, jede Person zu ihr zu bringen, die jemals über die Null mein Büro betritt!" Langsam erhob er sich. „Komm nun, Alice! Ich bringe dich zu ihr!"

„Zum... Orakel?" versicherte sich Alice.

„Genau, zum ‚Orakel'..." bestätigte der Architekt und führte Alice in einen weißen Gang voller Türen.

Level 6: Samstag

„Neuer Tag – neues Glück!" kam Rake morgens fröhlich aus seinem Zimmer gesprungen und hüpfte beim Strecken in die Luft. Danach betrachtete er seinen nachgewachsenen Arm. SCHMATZ – küsste er ihn, beteuernd: „Heute bleibst du bei mir! Heute lass' ich mich nicht stressen! WOCHENENDE, YEHAA!!!" Lachend tanzte er in die Küche, wo er sich – TSCH – schwungvoll eine Tasse Kaffee eingoss. Da bemerkte er seine Eltern, die völlig verheult am Küchentisch saßen, und sang: „*Ta ramm pamm, was geht? Pamm pamm! Ta ramm pamm DISCH pamm pamm!*"

Heiser weinte seine Mutter: „Wir… wir mussten Fart wieder einweisen lassen…"

KLIRR – ließ Rake die Tasse fallen. „Heißt das, er ist… *weg*?"

„So ist es", bestätigte die Mutter.

Auf die Knie fallend brach Rake in Tränen aus.

Der Vater meinte, rechtfertigen zu müssen: „Versteh doch, so ging das nicht mehr weiter! Nein, beim besten Willen nicht! Wir haben ihn erwischt, wie er eure Mutter nachts… *begrapscht* hat…"

„Ja, ich… *verstehe*…" sagte Rake mit vor Emotionen bebender Stimme. Wahrlich: dies war der glücklichste Moment seines Lebens!

Gegenteiliges war bei der Mutter Sache: „Oh mein armer kleiner Farti! Vielleicht wird er nie mehr zurückkommen…"

Rake schluchzte: „Du musst nur ganz fest dran glauben! Dann wird es sich erfüllen!"

Die Mutter schrie: „Ich will ihn zurück! Ich will mein Kind zurück!!!"

Rake nahm sie in den Arm: „Sei doch nicht so hart zu dir! Du darfst nicht immer vom Schlimmsten ausgehen! Alles ist ein Spiel, und du entscheidest mit deinem Kopf, wie es weiter geht! Dein Wille kann Berge versetzen!"

Ermutigt schniefte die Mutter: „Du hast Recht, mein Sohn! Ich muss nur ganz fest daran glauben, dass er wieder gesund wird! Dann wird alles wieder gut!"

Geduldig verbesserte Rake: „Aber nein, du meinst, dass Fart *nie wieder*…"

„…durchdreht! Ganz genau! Ach Rake, danke für den Trost! Dein Vater könnte sich bei dir eine Scheibe abschneiden!"

Der blickte auf: „W-was? Ich habe doch gar nichts…"

„Eben!" Mit neuer Kraft erhob sich die Mutter und ging davon, um einen abzuseilen.

Rake rief ihr hinterher: „He Mum, warte! Ich meinte eigentlich… UFF! Ist das frustrierend…"

„Wem sagst du das…" bestätigte der Vater und wandte sich der Morgenzeitung zu.

Verschlafen kam Lucky in die Küche getrottet und gähnte erstmal herzhaft.

„Moin Lucky!" grüßte Rake, „Komm, lass uns in den Garten gehen! Die Sonne scheint, Mann! Ich kann frühstücken und du kannst dein Revier markieren! Ja, musst doch ein Revier-Markier-Tier sein!" Ohne dem Frust anheim zu fallen, bereitete er sich sein Frühstück zu. Damit ging er nach draußen und setzte sich unter einen Baum. „Lecker! Herrlich…" mampfte er genüsslich.

Die Vögel zwitscherten, der Himmel strahlte in sattem Blau und die feuchte Morgenluft wirkte äußerst erfrischend. Kurz: alles war schön und toll!

Lucky beschnupperte ein Blümchen und prägte sich sorgfältig dessen Geruchscode ein. Dann hob er sein Beinchen und pinkelte drauf. Weiter ging's zum nächsten Objekt: dem Fuß eines Fremden. Interessanter Geruch, aber… Moment! Ein *Fremder*? In *seinem* Revier?! Wie *konnte* der es wagen… „GRR… WAUWAU WAWA WAU!!!" explodierte er erbost!

„Hund, komm' klar!" rief Rake und beruhigte den Neuankömmling: „Keine Angst, Shadow! Der tut nichts!"

Shadow war die Ruhe selbst: „Yeah, ich weiß! Hunde, die bellen, beißen nicht!"

Lucky wurde von einem weiteren Blümchen abgelenkt. Harmonische Stille senkte sich wieder über den Garten.

Rake lud ein: „Setz' dich zu mir, Alter! Hast du schon gefrühstückt?"

Shadow zog an seiner Kippe. „Bin gerade dabei!"

Rake urteilte: „Auf rohen Magen zu rauchen schadet voll der Gesundheit, Mann! Führt zu einem frühen schmerzhaften Tod und so…"

Trocken lächelte Shadow: „Ungebetene Ratschläge sind ebenfalls äußerst ungesund! Führen zu blauen Augen und Zahnausfall…"

Rake musste lachen und verschluckte sich an seinem Toast. Dann fragte er: „Was treibt dich eigentlich so früh am Tag hierher?"

Shadow zuckte mit den Schultern. „Ich hatte Fart versprochen, dass ich ihm heute wieder helfe. Wegen seiner Alten, du weißt schon…"

Rake schlürfte an seinem Kaffee. „Tja, ich fürchte da bist du hier an der falschen Adresse! Fart wohnt hier nicht mehr, er ist nämlich ganz spontan umgezogen!"

„Oh, tatsächlich?" meinte Shadow und drückte seine Kippe aus, „Wo wohnt er jetzt?"

Rake bekundete: „In der hiesigen Irrenanstalt. Aber ich habe das dumpfe Gefühl, dass die ihn dort nicht lange festhalten können… Und genau deshalb sollten wir jede einzelne Sekunde genießen, in der wir unsere Ruhe vor ihm haben!"

Shadow stimmte zu: „Yep, dieses Wetter will genutzt werden! Der gestrige Tag steckt mir noch immer in den Knochen…"

Rake schüttelte den Kopf. „Mir nicht! Ich bin zu hundert Prozent gechillt…"

„*Hilfe*! HIIILIFE!!!" kam plötzlich jemand mit langen Schritten die Straße entlang gerast.

Shadow erkannte: „Hey, das ist doch dieser Trecker-Junge…"

„Nur ohne Trecker…" stellte Rake fest.

Es war tatsächlich H-KO, der sich nun völlig außer Atem zu den beiden unter dem Baum gesellte. Hustend begann er: „Leute… LEUTE! Ihr… müsst mir helfen… ich… werde… verfolgt…"

Weiter kam er nicht, denn Lucky teilte ihm lautstark mit, dass er hier seiner Meinung nach nichts zu suchen hatte.

Rake zügelte: „Ruhig, Lucky, ganz ruhig! Moin H-KO! Was ist bei *dir* los? Wer verfolgt dich?"

Verzweifelt schnappte H-KO nach Luft. „So… so ein… uff… bärtiger… Psychopath… Wisst ihr… dein… puh… dein Bruder…"

Rake unterbrach: „Mein Bruder ist nicht da! Den haben sie eingewiesen!"

Zum fiesen Lachen hatte H-KO noch genügend Kraft in Reserve: „Was? HAR HAR HAR! Dieser *Trottel*! Wie auch immer… Gestern hat er mir die Wunderkonsole geschenkt und…"

Überrascht stieß Rake auf: „Ehrlich? Das klingt gar nicht nach Fart! Ich kenne ihn jetzt seit meiner Geburt, aber dass er eine *Zocke* verschenkt… nein, das ist ein Phänomen!"

Hektisch sah H-KO sich um und winkte ab: „Ja ja, Wunder geschehen! Hört zu, ich habe keine Zeit! Jeden Moment taucht hier so ein bärtiger Typ auf! Der Penner hat mich die ganze Nacht wie ein Besessener verfolgt, um mir meine Konsole abzuziehen! Hier, nehmt sie und gebt gut auf sie Acht!" Er reichte ihnen einen Rucksack, welcher die Wunderkonsole enthielt. Dann machte er sich wieder auf den Weg, aber nicht ohne vorher anzuweisen: „Schickt mir diesen Bastard hinterher! Ich werde ihm einen heißen Empfang bereiten! Und wehe, ihr fasst meine Konsole an! Ich *kontrolliere* das, wenn ich sie später abhole…" Damit verschwand er so schnell, wie er aufgetaucht war.

Rake meinte: „Yo Shadow, ich weiß ja nicht, wie das bei dir aussieht, aber *ich* habe mir heute fest vorgenommen, jeglichen Stress zu vermeiden…"

„Dito!" stimmte Shadow lakonisch überein.

Wieder legte sich Ruhe über den Garten, bis kurz darauf tatsächlich ein Kerl mit Bart des Weges kam.

Rake rief ihm zu: „He, du! Da würde ich nicht weiter gehen! Jemand will dir dort einen heißen Empfang bereiten!"

Der Bärtige entgegnete: „Ich *muss* aber! Dieser Jemand hat nämlich etwas in seinem Besitz, was ich dringend benötige!"

„Nein hat er nicht!" widersprach Rake, „*Wir* haben es! Komm her, chill' dich zu uns! Ist ein schöner Tag!"

Erfreut kam der Bärtige heran. Als Lucky ihn anbellen wollte, beugte er sich herunter und sprach:

„Ruhig, kleiner Wachhund! Ich will deiner Herde nichts Böses! Ruuuhig!"

Lucky glaubte ihm kurzweg und widmete sich wieder seinem Hobby: dem Schnuppern.

Rake bot an: „Setz' dich, guter Mann! Bist ja völlig erledigt! Möchtest du was zu trinken?"

Dankbar ließ der Bärtige sich neben Shadow nieder. „Ein Glas Wasser, wenn das möglich wäre…"

„Kein Ding, ich muss sowieso mal rein! Lauft nicht weg, bin gleich zurück!" sagte Rake und stand auf.

Der Bärtige stöhnte: „Uff! Das ist zu viel für meinen alten Körper! Ein kleines Päuschen ist längst überfällig! Du glaubst nicht, was ich für eine anstrengende Woche hinter mir habe!"

„Du spielst auch das Spiel?" vermutete Shadow.

Der Bärtige nickte. „Ja… wobei ich erst vor kurzem erfahren habe, dass so viele es als *Spiel* betrachten! – Aber ich erklär's dir gleich, lass mich erstmal wieder zu Atem kommen…"

„Selbstverständlich!" gestand Shadow ihm zu und begann, eine Kippe zu drehen. „Auch eine?"

Erfreut nahm der Bärtige an: „Oh, sehr gerne…"

Sie genossen ihre Zigaretten aus vollen Zügen.

Dann kam Rake auch schon wieder raus. Seinen beiden Gästen reichte er jeweils ein Glas Wasser, wobei er zu Shadow meinte: „Hier, kann man zwar nicht rauchen und man kriegt auch keinen Krebs davon, aber baller es dir trotzdem, Alter!"

„Oha, ein Komiker!" nahm Shadow das Glas entgegen.

„Wie heißt du?" wollte Rake vom Bärtigen wissen.

Der schien angestrengt nachzudenken. „Mein richtiger Name… mein Name… verdammt, den habe ich vergessen…"

„Alzheimer?" fragte Shadow.

„Was?" verwirrte es den Bärtigen.

„Angeborene Schwerhörigkeit?" war Rakes Verdacht.

„Hä?" blieb dem Bärtigen jede Peilung versagt.

„Verlust des Wortschatzes, nicht wahr?" ließ Shadow hören.

Der Bärtige lachte. „Ts, an was für Witzbolde bin ich denn hier geraten? Nein, ich kann mich nicht an meinen Namen erinnern, weil ich ihn seit Ewigkeiten nicht mehr gehört habe… falls ich überhaupt jemals einen hatte! Ich bin einfach ‚Nummer 2'!"

„Sohn von Analphabeten?" grinste Rake.

„Sohn mit mehr Geschwistern, als es Namen gibt!" versuchte Shadow zu übertreffen.

Ernst gab der Bärtige preis: „Sohn des Betreibers einer geheimen Forschungsanstalt in der Antarktis!"

Erstaunt blinzelte Rake ihn an und meinte schließlich: „Ok, und… was treibt dich in die Gegend?"

Der Bärtige nippte an seinem Wasser. „Einer unserer Mitarbeiter war leider nicht mehr tragbar für das Unternehmen, und deshalb habe ich ein schönes Irrenheim für seinen Lebensabend gesucht…"

Shadow schüttelte vorwurfsvoll mit dem Kopf. „Ist das etwa eure Art, ihm seine Rente auszuzahlen?"

Rake stimmte zu: „Ihr könnt doch nicht einfach so kaltblütig eure Leute entlassen…"

Der Bärtige berichtigte: „Von ‚entlassen' kann überhaupt keine Rede sein! Wir nennen das ‚selektive Personaloptimierung'! Davon abgesehen kam der Ärmste wirklich überhaupt nicht mehr klar! Unser Hausmeister hat ihn in die unterste Etage gelockt und ihm dort irgendwelche abstrusen Geschichten von toten Babys erzählt… Wir haben alles versucht, um ihn davon zu überzeugen, dass er sich das nur eingebildet hat! Belabert habe ich ihn, gründlich verprügelt, wieder belabert… doch es war sinnlos! Er wollte uns nicht glauben!"

Rake schlussfolgerte: „Du und die Leute in dieser ‚Forschungsanstalt' sind alle Spieler des Spiels, nicht wahr?"

Stolz leuchtete in den Augen des Bärtigen auf. „Nicht nur das! Wir sind *die Schöpfer des Spiels*!"
„Das glaube ich weniger!" zweifelte Shadow.
Der Bärtige beharrte: „Oh doch! Durch unsere intensive Forschungsarbeit an Gehirnen ist es uns gelungen, ein Lebewesen zu erschaffen, das zu hundert Prozent aus Hirn besteht! Da dieses über keinerlei Sinnesorgane verfügt, kann es nur über die Gedankenebene mit anderen Lebewesen Kontakt aufnehmen!"
Rake spottete: „Du meinst ihr habt ein *Telekinesehirn* erschaffen? Was habt ihr noch in petto? Ein Huhn das goldene Eier legt?"
Der Bärtige ließ sich nicht beirren: „Treib' ruhig deine Scherze. Aber ich weiß, was ich erlebt habe! Wir hatten dieses Hirn erschaffen, diesen organischen Datenträger, der seine Daten selbstständig verwaltet! Und dann geschah das, was auch damals beim Internet passiert ist: keine zwei Tage waren verstrichen, da hatte irgendwer den zusätzlichen Speicherplatz genutzt um dort irgendwie seine Pornos drauf auszulagern. Das Resultat war katastrophal: jeder, der jemals mit dem Hirn in Kontakt getreten war, wurde fortan von notgeilen Pornoschlampen überfallen! Oder besser gesagt: jeder *bildete es sich ein*! Auf diese Weise begann ‚das Spiel der Spiele', wie ihr ‚Spieler' es nennt! Mit jedem Tag lernt es dazu, jede Sekunde kommen neue Sachen, die es uns entgegen wirft: Monster, Endzeitszenarios, unreale Charaktere…"
Shadow unterbrach: „Ja, wir kennen das Spiel selbst!"
Der Bärtige nickte. „Und genau das hat mich so geschockt, als ich meinen Exkollegen in eurem Irrenheim abgeliefert habe! Da war dieser eine Typ, dieser Zivildienstleistende. Hab' ihm von einem seltsamen Ereignis auf der Herreise berichtet, von einem Riesenskalpell, das mitten im Nirgendwo vom Himmel gestürzt kam. Wusste bis dato nicht, dass das ‚Spiel' längst auch außerhalb unserer Forschungsanlage existiert! Und da erzählt mir dieser Kerl von Zaubersprüchen, Schlachten und Dingen, die ich niemals für möglich gehalten hätte! Von da an wusste ich, weshalb der Fuß meines Begleiters nur noch Brei war, obwohl ich ihn lediglich mit *Platzpatronen* beschossen hatte…"
Rake erkannte: „Dein Begleiter hat die Platzpatronen für *echte* Patronen gehalten…"
Wieder an seinem Wasser nippend stimmte der Bärtige aufgeregt zu: „So war es! Doch eine Frage lag mir seitdem auf der Zunge: wie zum Teufel konnte das ‚Spiel' sich bis hierher verbreiten? Wie konnte es aus der Anlage entkommen? Habe in letzter Zeit viele Nachforschungen betrieben, und glaubt mir: es ist gefährlich! Nur allzu leicht kann man dem Wahnsinn anheim fallen, ich spreche da aus Erfahrung! Aber jetzt habe ich endlich die Antwort auf meine Frage erhalten! Letzte Nacht hat mich dieser Lulatsch beinahe mit seinem Trecker über den Haufen gefahren. Dies hatte er dabei…" Er nahm H-KOs Rucksack und packte die Wunderkonsole aus. „In diesem Gerät steckt ein Stück jenes ‚Telekinesehirns', wie du es bezeichnest! Irgendwer muss es aus der Anlage geschmuggelt haben, damit man sich überall auf der Welt am Spiel infiziert…"
Shadow lachte ihn aus. Verbittert und ohne Humor.
Der Bärtige fragte: „Was ist daran so witzig?"
Shadow schlug die Augen nieder. „*Niemand* wurde jemals von dieser Konsole ‚infiziert'…"
„Moment!" unterbrach Rake, „Ich schon! Genau wie Fart, Olaf, und sogar die doofe Kathrin!"
„Oh Rake!" monierte Shadow, „Du machst es dir viel zu einfach! Am Spiel kann man sich nicht ‚infizieren', es ist… *allgegenwärtig*! Und uralt! Diese ‚Konsole' ist selbst nur ein Teil des Spiels! Vom Spiel dazu gedacht, irgendeine Handlung einzuleiten!"
Rake vollzog nach: „Du meinst, es handelt sich um eine Art ‚Quest-Item'? Hm, das würde erklären, weshalb diese ganzen kranken Sachen erst abgehen, seit ich das Ding gezockt habe! Und wenn es wirklich ein Teil des Spiels ist, dann *musste* ich ja vor dem Zocken schon infiziert sein, ansonsten hätte ich es gar nicht wahrnehmen können! Versager-Fart hat ja auch irgendwas von

‚dunkler Magie' gefaselt! Scheiße Shadow, scheint ganz so, als hättest du Recht!"

Selbstsicher fuhr Shadow fort: „Natürlich habe ich das! Und du, ‚Nummer 2', erklimmst die klamme Spitze des Hochmuts, wenn du wirklich glaubst, dass du und deine ‚Kollegen' es erschaffen hätten! Verstehst du denn nicht? Das Spiel ließ euch lediglich *glauben*, es erschaffen zu haben! Wahrscheinlich besteht euer Forschungszentrum in Wirklichkeit nur aus einigen Iglus und ein paar Pinguinen! Wer weiß, vielleicht ist es sogar die Mülltonne vor Rakes Garage!"

Der Bärtige erstarrte entsetzt. „W-was? A-aber…"

„Moment!" fuhr Rake dazwischen, „Wenn deine Forschungsanlage nur Schein ist, dann kann es doch auch sehr gut sein, dass *du* als jemand, der sein Leben lang dort gelebt hat…"

Shadow fügte hinzu: „Der sich nicht einmal an seinen Namen erinnern kann!"

Nickend wiederholte Rake: „Und der sich nicht einmal an seinen Namen erinnern kann, weil er möglicherweise niemals einen Namen *gehabt* hat, dass DU *ebenfalls* nur Schein bist! Was lässt dich so sicher sein, dass du wirklich existierst? Welchen Beweis kannst du hervorbringen? Ts, eine hochmoderne Forschungsanlage mitten in der Antarktis, wo man Telekinesehirne bastelt… Pah! Klingt nach kompletter Einbildung, findest du nicht, *Nummer 2?*"

Käsebleich stellte der Bärtige sein Wasserglas beiseite und starrte ins Leere. Leise murmelte er: „Ja… vielleicht… bin… ich nicht… echt… Es… es gibt mich gar nicht… Alles… nur… Einbildung…" Dann begann sein linkes Augenlid unkontrolliert zu zucken und „GAH guAAH ARRG!!!" schreiend riss er sich einige seiner Haare heraus. Plötzlich wirkte er wieder vollkommen bei Sinnen. Er fragte: „Sagt, wo lang geht's doch gleich zum Irrenheim?"

Freundlich deutete Rake: „Einfach die Straße runter! Ist ausgeschildert, kannst du nicht verfehlen! Grüß Fart von mir!"

Langsam erhob sich der Bärtige und meinte zum Abschied: „Vielen Dank, ich muss dann jetzt los!" Mit diesen Worten raste er in die gewiesene Richtung davon, die ganze Zeit laute animalische Geräusche von sich gebend.

Leicht schuldbewusst wollte Rake wissen: „Bin ich zu weit gegangen?"

Shadow winkte ab: „Aber nein, schließlich hast du ein Recht auf freie Meinungsäußerung…"

Rake fühlte sich trotzdem schuldig: „Ja, aber ich wollte doch nicht…"

Shadow unterbrach: „Lass gut sein! Er weiß, was er tut!"

Brüllend purzelte der Bärtige aus ihrem Sichtfeld, und Lucky bellte ihm zur Sicherheit noch einmal hinterher.

Schließlich meinte Rake: „Übrigens: ich hätte da auch so eine Meinung…"

„Lass' hören!" forderte Shadow.

Rake legte nachdenklich dar: „Nun, es wäre doch auch möglich, dass der Kerl Recht hat mit seiner Version der Wahrheit! Vielleicht gibt es eine solche Forschungsanlage und vielleicht haben die dort wirklich eine Art Telekinesehirn erschaffen! Vielleicht verbreitet er das Spiel mit dem Atem aus seinem Bart, und vielleicht wurden wir alle erst durch seine Ankunft vor einer Woche hier infiziert! Oder mehr noch: vielleicht *existieren* wir überhaupt erst seitdem! Vielleicht bin ich nur ein Charakter des Spiels, vielleicht bist auch du nur ein Charakter des Spiels, vielleicht bilden wir uns alles nur ein, weil wir selbst nur Einbildungen sind! Einbildungen, die erst seit einer Woche hier existieren. Und die Erinnerungen, die wir an die Zeit davor haben, sind ebenfalls bloß Einbildungen, die das Spiel uns vorgaukelt! Woher *wissen* wir, ob es uns bereits vor einem *Jahr* gab? Woher wissen wir, dass es uns *überhaupt* gibt? Oder diesen Baum? Oder dieses Glas Wasser, von dem man nicht einmal Krebs bekommt…"

Shadow gestand zu: „Ja, wäre auch eine Möglichkeit! Interessant! *Spielen* wir das Spiel oder *sind* wir das Spiel… *Äußerst* interessant!" In Gedanken versunken begann er, eine Kippe zu drehen.

Wieder genossen beide die herrliche Ruhe des Gartens.

Rake meinte irgendwann: „Weißt du, ich *entscheide* mich jetzt dafür, dass wir echt sind! Es gibt keine Forschungsanstalt in der Antarktis und kein Mensch hat das Spiel erschaffen, genauso wenig, wie das Spiel uns erschaffen hat!"

„Aber möglich wär's!" hielt Shadow fest.

„Möglich wär's!" streckte Rake genüsslich seine Glieder. „Doch ob echt oder nicht, eines steht fest: ich fühle mich gerade richtig gut! Oder besser ausgedrückt: *echt* gut!"

Beim Anrauchen seiner Kippe meinte Shadow: „Das ist das Wichtigste! Geht mir ähnlich! Die Nacht unter der Brücke war wie immer traumhaft! Da ist dieser kleine Bach, der dort drunter entlang fließt und stets hört man dieses sanfte Plätschern, als würde das Wasser einem die Geschichte einer niemals endenden Reise erzählen! Diese *Harmonie*... Ja, Materie müsste man sein! Das Leid kommt erst mit dem Lebendigen!"

Rake erwog: „Vielleicht kann auch Materie leiden! Wer weiß, ob ein Stein sich wohlfühlt, wenn er einen dieser verdammten Wolkenkratzer als Hut tragen muss! Oder wenn so ein fettes Gebirge auf seinem Kopf parkt! Eventuell würde er auch mal gerne die Sonne sehen! Sich gegen einen Baum lehnen und einfach geschehen lassen..."

Shadow pustete Rauch aus. „Ja... vielleicht..." Gemächlich stieg sein Qualm in die Höhe um dort von einer schwachen Brise verweht zu werden.

Sie schwiegen eine Weile, dann berichtete Rake: „Ich habe ebenfalls *pervers* gepennt! Hatte gestern Abend wirklich keinen Bock auf gar nichts mehr, die ganze Welt ist mir auf den Kopf gefallen! War fix und fertig, am Ende meiner Kräfte. Alles war egal. Hab' mich einfach auf's Ohr gehauen, zack, bin weggeratzt, und was passiert? Heute Morgen wache ich auf und dieser ganze *Scheiß* ist einfach im Gestern geblieben! Hab' mich derart wohlgefühlt, und das tue ich *immer noch*..."

Shadow sagte: „Ja, gesunder, natürlicher Schlaf ist das beste Heilmittel gegen diese verfluchte Stresserei! Am Tag danach sieht die Welt gleich viel schöner aus..."

Rake überlegte: „Ob es den anderen auch so gut ergangen ist? Ich meine, Fart ist am Arsch, das wissen wir, aber was ist mit Olaf und Kathrin? Die haben sich gar nicht mehr gemeldet..."

Shadow schlug vor: „Ruf doch an! Hast du dein Handy am Start?"

Rake kramte es aus der Tasche. „Auf jeden! Na schön, ich klingel mal bei Olaf durch..."

Shadow murmelte: „Was könnte ihnen schon zugestoßen sein, dass es ihnen bei diesem *wundervollen* Sonnenschein schlecht geht?"

DRINNNG – hörte Olaf sein Handy bimmeln. „Boah! Was zur..." ächzte er.

DRRRINNNNG – penetrierte sein Handy ihn rücksichtslos weiter. Mühsam versuchte er, seine Augen aufzubekommen, doch irgendwie schienen seine Lider schwer wie Blei zu sein.

DRRRING RING – ließ sein Handy nicht locker. PLAPP – endlich geschafft: die Klüsen waren offen, aber... DSCHINK – unerträglich greller Sonnenschein von draußen stach ihm direkt ins Hirn. „Igitt! *Widerlich*!" schirmte er sein Gesicht ab.

DRRRINNG RING RRRING!!! „Dieses *verdammte* Handy! Wo ist das Scheißding?" fluchte er und sah sich verpeilt um. Wo war er hier überhaupt? Was war geschehen? Im Moment kam ihm nur eine Sache in den Kopf: Schmerzen! *Höllische Kopfschmerzen*!

DRRING RING RING RING RRRRINNG!!! „Ouff..." stöhnte er und rieb sich die Stirn. Das Chaos um ihn herum zeugte vom vergangenen Abend: alles war voller Asche und leeren Alkoholflaschen. Richtig, die letzte Nacht war der reinste Exzess gewesen! Sie hatten versucht, Alices Arm ins Leben zurückzufeiern und... ihn letztlich wohl als Aschenbecher benutzt, wie Olaf jetzt erkannte. Oh! Da lag ja auch sein Handy...

DRRINNNG...

Verflucht, es war zu weit weg, undenkbar dort aus dem Liegen ranzukommen, und Aufstehen war unmöglich! „Kathrin! *Kathrin…*" rief er hilflos.

Die Angesprochene begann sich zu räkeln. Offensichtlich hatte sie die Nacht auf einem harten Holzstuhl verbracht. Sich an der Lehne festkrallend leierte sie nun: „Was… was ist…"

Olaf krächzte: „Mein Handy… *mein Handy…*"

Schlafend murmelte Kathrin: „Ich… hab' dein Handy… nicht…"

„Mein Handy, gib mir mein Handy…" verlangte Olaf geistlos.

„Ich hab' es nicht…" wiederholte Kathrin weiter schlummernd.

„Uff!" – kämpfte Olaf sich ins Sitzen. „UFF!!!" sackte er geschlagen zurück ins Sofa. Klar kommen, *klar kommen!* Los Olaf, klar kommen! „Wenigstens hält das Handy endlich die Fresse…"

Also gut, auf ein Neues: wieder setzte Olaf sich auf. Oha, Schwindelattacke! Verschwommene Sicht! Flaues Gefühl im Magen! Bedürfnis nach einer Toilette…

Tieeeef durchatmen. Klarere Sicht. Hören, wie eine THC-Dechse sagt: „Guten Morgen, mein Schatz! Gut geschlafen? Heute wird ein schöner Tag, weil wir heute einen rauchen können! Lass' gleich anfangen!"

Olaf brummte: „Stress' mich nicht, olle Kröte! Verrat mir lieber, wo das Scheißhaus ist…"

Seine THC-Dechse lachte: „Ja weißt du das denn nicht mehr? Liegt bestimmt daran, dass du heute noch nicht Kessel gezogen hast!"

„Lass mich bloß in Ruhe…" grummelte Olaf und wollte sich erheben. „AAAHHRG!" schrie er unter Schmerzen! Jetzt erst merkte er, dass seine THC-Dechse dabei war, ihm den Bauch mit zwei Fleischermessern bis zum Hals aufzuschneiden. „Was zum Teufel soll das?" rief er aufgebracht.

Seine THC-Dechse tanzte ihm vor der Nase herum: „Erinnerst du dich nicht an die Bauchwunde, die du gestern hattest?"

Olaf dachte an den gestrigen Tag zurück. „Natürlich erinnere ich mich! Aber ich erinnere mich auch, dass du mir die Wunde zugenäht hast! Warum zur *Hölle* schneidest du sie mir jetzt wieder auf?"

Die THC-Dechse sang: „Na weil du noch keinen geraucht hast, Schätzchen!"

„Da liegt also der Hase im Pfeffer…" erkannte Olaf und stand endlich auf. Er hatte große Mühe, seinen Magen drinnen zu behalten, und auch sein Gleichgewichtssinn kam nur *langsam* zurück.

Die THC-Dechse stellte sich ihm in den Weg. „He warte! Ich bin doch gar nicht fertig mit dir! Muss dir noch ein paar Bakterien in die Wunde niesen, damit sie auch schön eitert!"

„HAU AB!!!" schubste Olaf sie beiseite und torkelte ins Badezimmer.

Dort angekommen schaute er sich erstmal um: *hier* war es sauber! Na ja, mal abgesehen von der Badewanne, denn eine blutüberströmte Hexe, welche dort reglos drin lag, hatte sie doch ein wenig verunreinigt. War aber nicht weiter schlimm da Olaf natürlich ohnehin nicht vorgehabt hatte, sich zu waschen…

Gerade stand er vor der Toilette, da kam auch schon wieder seine THC-Dechse an und schlug ihm auf den Rücken: „Ja ja, wat mutt dat mutt!"

FLAPSCH – rutschte Olafs Magen heraus und landete – PLATSCH – im Klowasser.

„Hol ihn wieder raus!" befahl Olaf ruhig.

Die THC-Dechse fummelte an seinem Kragen herum. „Werden wir danach einen rauchen?"

Charmant sagte Olaf: „Mehr noch, Liebling! Wir werden *tanzen* gehen! Du wirst der Ehrengast in meiner Vernich… äh… *Gartendisko* sein!"

„Du bist so lieb…" hauchte die THC-Dechse, und SCHWUPS, ZACK, hatte Olaf seinen Magen wieder, seine Wunde war vernäht und in seinem Mundwinkel hing ein Joint.

„Rauch ihn an…" flüsterte die THC-Dechse lüstern.

In derselben Tonlage schlug Olaf vor: „Lass uns zum Rauchen ans Fenster gehen und die schöne Aussicht genießen!"

Die THC-Dechse ging voraus, am Fenster angekommen hob Olaf sie hoch und beförderte sie – KLIRR – in den freien Fall. Erst wollte Olaf sich abwenden, dann überlegte er sich jedoch anders und warf ihr vorsichtshalber noch ein Klavier hinterher: KLONNNG…

„Jetzt müsste ich eine Weile meine Ruhe haben…" hoffte Olaf und schmiss den Joint in die Badewanne. Bevor er sich wieder dem Rausch hingab, wollte er noch ein gewisses Maß seiner allmorgendlichen Boshaftigkeit ausleben. Mit Genugtuung benässte er die Klobrille.

Plötzlich erklangen werkelnde Geräusche aus dem Wohnzimmer. Bei dem Anblick, der sich ihm dort bot, musste er hart lachen: eine andere THC-Dechse schob die schlafende Kathrin geradewegs unter einen Amboss, der bedrohlich an einem dünnen Seil baumelte.

„He Kathrin, schau doch mal nach oben!" warnte Olaf schäkernd.

Die Angesprochene kämpfte ihre Augen auf und murrte: „Hä? Was ist los?"

„*Noch* nichts, aber das wird sich gleich ändern!" zeigte Olaf grinsend über ihren Kopf.

Kathrin blinzelte hoch. „Oh…"

SCHNIPP – durchtrennte ihre THC-Dechse das Seil, DINNK – und Kathrin war platt.

In diesem Moment kam Zeero aus seinem Schlafzimmer und erblickte diese Müllkippe, die einst sein Wohnzimmer gewesen war. Ohne ein Wort zu sagen, suchte er die Bong hervor, stopfte sich einen Kopf, zog diesen durch und ließ sich ins Sofa fallen. „So, weiter geht's! Wochenende, YEHAA!!!" lehnte er sich zufrieden zurück.

Hinter ihm tauchte seine THC-Dechse auf, um ihm die Schultern zu massieren: „Gut gemacht, Schatzi!"

TWING TWING TWING – musste Olaf sehen, wie die Nähte seiner Bauchwunde wieder aufrissen. Genervt beschwerte er sich: „Zeero Alter, sich durch Chillen zu heilen hat eine verflucht kurze Wirkungsdauer!"

Zeero räumte ein: „Klar, man muss immer weiter konsumieren, aber wo liegt das Problem? Kommt schon, lasst uns chillen! Äh… wo ist eigentlich diese Freundin von dir?"

Mit dem Daumen deutete Olaf auf den Amboss, auf dem sich inzwischen Kathrins THC-Dechse breit gemacht hatte: „Da drunter!" Dann zog er Alices Arm aus der Asche und stellte fest: „Aber bei ihr hat es überhaupt nichts gebracht! Sie ist immer noch voll der Arm!"

„Das ist wirklich seltsam…" gab Zeero zu, „Und tragisch, aber… entschuldige mich, bin gleich zurück!" Damit verschwand er auf Toilette.

Flach wie eine Flunder kam Kathrin unter dem Amboss hervorgekrabbelt. „Was ist passiert? Ich fühl' mich gar nicht gut…"

Ihre THC-Dechse zischte: „Ich schlage dir einen Deal vor: wir rauchen einen, und alles wird wieder gut…"

Olaf urteilte: „Sie ist nicht vertrauenswürdig!"

Kathrin nickte: „Das ist mir auch aufgefallen!" Wütend fuhr sie ihre THC-Dechse an: „Was soll der Scheiß? Was denkst du dir dabei?"

Ihre THC-Dechse bändigte: „Sei doch nicht so ungehalten, chill doch mal! Na los, wir rauchen jetzt einen und…"

Kathrin schrie ihr zornig dazwischen: „Jetzt komm mir nicht mit dieser Chill-Kacke! Hör' auf, dich hinter diesem Schild zu verstecken! Ich meine… Was… was ist los mit dir?! Das ist total fies, was du da abziehst. Ist dir das überhaupt bewusst? Du… du gibst Leuten Kraft und… und *raubst* sie ihnen wieder, wenn es mal nicht nach deiner Nase geht! Wenn sie nicht das tun, was du willst, dann wirfst du sie in ein dunkles Loch, um sie qualvoll verkümmern zu lassen! Du hast kein Recht, den Leuten zu schaden! *Wieso tust du das*? Warum zur Hölle lässt du sie nicht in Ruhe, wenn sie ihr eigenes Ding machen wollen? Weißt du nicht, wie sehr du die Leute *verletzt*?!"

Mit Tränen in den Augen keifte ihre THC-Dechse zurück: „IHR habt doch selbst angefangen! *IHR SEID DOCH BEI MIR* ANGESCHISSEN GEKOMMEN…" Mit bedecktem Gesicht zog sie sich in eine Ecke zurück und weinte herzergreifend.

Kathrin warf Olaf einen überraschten Blick zu. Langsam ging sie zu ihrer THC-Dechse und fragte leise: „Was hat dich so beschmutzt? Was hat dich zu dem gemacht, was du nun bist? Erzähle mir davon. Lass es jetzt heraus, sonst wird es dich auf ewig von innen zerfressen…"

Ihre THC-Dechse schluchzte heftig: „Die… die Leute läuten an meiner Tür, weil sie aus irgendwelchen Gründen meinen, dass sie sich nicht gut genug fühlen! Sie… sie kommen zu mir und fragen mich ob ich… nicht dafür sorgen könnte, dass sie sich besser fühlen! Und ich kann es, oh ja, ich habe es echt dick drauf! Ich helfe ihnen… und ich helfe ihnen *gerne*! Doch wenn ich erst einmal mit ihnen geschlafen habe, wenn ich Einblick in ihr tiefstes Inneres hatte, dann sehe ich ihre *Gefühle* und… und das *Leid*, das mit diesen Gefühlen einherkommt! Und ich verstehe nicht, dass sie diese stark begrenzte Zeit ihres Lebens mit diesem Leid verschwenden, anstatt einfach glücklich zu sein! ‚Lasst die Sorgen hinter euch!' sage ich ihnen. Sie befolgen meinen Rat und es geht ihnen besser. Doch gleichzeitig weiß ich, dass sie sich erneut ihrem Leid hingeben, sobald ich sie verlasse, weshalb ich mich ihnen immer wieder aufdrängen muss! Ich will nicht, dass sie leiden. Sie liegen mir am Herzen, verstehst du? Auf diese Weise *gewöhnen* sie sich an mich, sie gewöhnen sich an die Sorglosigkeit, die ich ihnen biete! Sie hängen mir am Rockzipfel und vergessen, dass man auch aus *eigener Kraft* stehen kann! Ich weiß nicht, vielleicht brauchen sie dieses Leiden, vielleicht ist es ein fester Teil ihres Lebens, dass sie Probleme bekommen, die sie selbst lösen müssen! Vielleicht *entsteht* dadurch erst ihre eigene Stärke! Ich jedenfalls kann ihnen ihre Probleme nicht lösen. Ich kann sie nur verdrängen! Und so wuchern sie *in ihnen* weiter, wobei selbst kleinste Nebensächlichkeiten zu gigantischen Wunden mit ungeheuerlichen Ausmaßen heraneitern! *Unmöglich* kann ich sie dann im Stich lassen, permanent muss ich sie zur Sorglosigkeit ermahnen! Doch sie spüren die Unausweichlichkeit der Auseinandersetzung, die Notwendigkeit einer Problemlösung, aber schwach wie sie inzwischen sind, fühlen sie sich dessen nicht mehr gewachsen und verfallen einer Liturgie der Hoffnungslosigkeit! Sie… *verleugnen* ihre eigene Stärke, ihre Kraft… ihr… Licht… Oh, wie ich es HASSE, das zu sehen! Ich will sie doch in keinen Abgrund stoßen, ich… will ihnen doch *helfen*! Aber anscheinend eigne ich mich nicht für Menschen, irgendwie passe ich einfach nicht zu ihnen! Wenn es einen Platz für mich gibt… dann in einer Pflanze! Die kann nicht an ihren Gefühlen verenden… Aber jetzt ist es zu spät! Jetzt bin ich bei euch… und tue, was ich tun muss… dazu verdammt, immer das Gegenteil meines Ziels zu erreichen… Es tut mir so schrecklich weh, euch wegen mir am Boden zu sehen! Wenn… wenn ihr mich doch bloß in Ruhe lassen könntet! Ich… würde so gerne… *zurück*…" Sie schnäuzte fürchterlich.

Kathrin nahm sie liebevoll in den Arm und hatte schreckliches Mitleid. „Ach komm schon, kleine THC-Dechse, jetzt lass den Kopf nicht hängen! Es erleidet doch nicht jeder diesen Schaden durch dich! Nimm *mich* als Beispiel: gestern war ich platt, dann hatten wir einen schönen Abend, an dem du mich meine Plättung vergessen ließest, und heute ist's halt wieder wie zuvor! Ist doch alles kein Ding!"

Ihre THC-Dechse bot widerwillig an: „Aber wenn wir jetzt noch einen rauchen würden, dann wärst du nicht mehr… platt… und…"

Kathrin lächelte sie aufmunternd an: „Es ist sehr nett von dir, dass du mir dieses Angebot machst, aber *nein*! Niemals wieder, meine Kleine! Niemals! Ich will mich… durch *eigene Stärke* heilen!" Sie nahm ihren Daumen in den Mund und pustete sich wieder auf. Dann flüsterte sie: „Geh zurück, Süßes!"

Verblüfft schaute ihre THC-Dechse sie an. Dann fiel sie ihr um den Hals und lachte: „Danke, danke, danke, *danke*, DANKE…" Langsam löste sie sich auf und zerfiel zu einem Häuflein Erde, dem ein kleines Hanfpflänzchen entwuchs.

„Du hast nun dein echtes Leben wieder, also viel Glück!" wünschte Kathrin ihr gerührt.

Olaf kam hinzu. „Habe ich das richtig verstanden? Indem man raucht, *quält* man sie? COOL!!!" Sofort ergriff er das Pflänzchen, stopfte es in eine Pfeife und rauchte es *hart*! Als kurz darauf seine THC-Dechse zum Fenster reingeklettert kam, empfing er sie mit dem äußerst schlecht geschauspielerten Ausruf: „Oh, diese Unausweichlichkeit des Leids, dem ich mich wegen dir nicht mehr gewachsen fühle! Welch grausame Schmerzen in meinem Herzen…"

Seine THC-Dechse sah ihm kühl in die Augen und behauptete: „Du *hast* überhaupt kein Herz!"

Erstaunt erwiderte Olaf den Blick. „Woher…" Dann fauchte er vollkommen außer sich: „DAS HAT DIR DER TEUFEL GESAGT!!!"

RUMMS – stieß Twimp in diesem Moment seine Tür auf und stampfte schlecht gelaunt ins Wohnzimmer. Seine THC-Dechse lief wild um ihn herum und machte ihn verrückt: „Irgendwo muss doch noch was sein! Wir müssen endlich wieder *kiffen*! Los, such die Bong und kratz sie aus, heute wird Schmant geraucht!"

Twimp gehorchte mit zitternden Klauen.

Zeero kam aus dem Badezimmer und fragte: „Sagt mal, wem gehört eigentlich diese widerliche Hexe in meiner Badewanne?"

Kathrin schüttelte ihren Schock über das jähe Ende des Pflänzchens ab: „Äh… äh… mir! Ich… äh… habe sie gestern von der Straße aufgelesen!"

Olaf warf vor: „Du solltest nicht jeden Müll mitnehmen, den du findest…"

„Sie braucht *Hilfe*!" versetzte Kathrin. Etwas leiser fügte sie hinzu: „Habe ich im gestrigen Exzess allerdings auch vergessen…"

Alle fanden sich vor der Badewanne ein und betrachteten das geschundene Opfer.

„Was machen wir bloß mit ihr?" überlegte Kathrin und spritzte der alten Frau etwas Wasser ins Gesicht.

Zeero schlug vor: „Wir sollten ihr was zu rauchen geben…"

„Haben wir denn noch genug?" wandte seine THC-Dechse ein.

„Ach Blödsinn!" widersprach Kathrin Zeeros Vorschlag und versuchte, die Hexe wachzuschütteln.

„Kannst du mir mal erklären, was das soll?" verlangte Olaf eine Rechtfertigung für Kathrins Tun.

„Die Alte braucht Erste Hilfe…" sagte diese.

Aufgeregt stieß Olaf sie beiseite: „Oh, hier, ich kann das! Ich weiß wie so was geht!" Er holte einen Stock hervor und tickte den reglosen Körper immer wieder damit an.

„Deine Technik ist nicht sehr effizient…" kritisierte Zeero nach einer Weile.

Seine THC-Dechse meinte: „Mit Rauchen wäre unsere Zeit besser genutzt…"

Olafs THC-Dechse schloss sich an: „Ja, wird wirklich Zeit mal wieder einen zu rauchen…"

Olaf warf ihr einen bösen Blick zu und deutete einfach auf das Fenster.

„Ja, Sir…" ließ seine THC-Dechse den Kopf hängen, band sich ein Seil erst um die Hüfte und dann um ein Klavier, ging zum Fenster und stürzte sich hinaus.

Olaf wandte sich wieder der Hexe zu: „Tja, wenn der Stock nichts hilft, dann bin ich mit meinem Latein auch am Ende…" (KLONNNG…)

Zeero schnippste mit dem Finger: „Ich hab's! Mein *Nachbar* weiß vielleicht Rat! Der kann euch möglicherweise auch mit eurer Alice helfen…"

Kathrin fuhr wütend auf: „Warum hast du das nicht eher gesagt, verdammt?"

Olaf verteidigte Zeero: „Lass ihn! Der Mann ist heruntergefahren!"

Kathrin winkte ab: „Stimmt auch wieder. Außerdem hätten wir auch selbst darauf kommen können, schließlich kennen wir den Kerl und seine Freundin. Obwohl mir neu ist, dass die das Spiel spielen… Aber wie auch immer! Los Leute, auf geht's! Wird Zeit, dass wir Alice und die Alte hier retten!"

Zeero so: „Macht ihr mal! Ich warte im Wohnzimmer auf euch! Hab' da noch was zu erledigen…" Hinter ihm tippelte seine THC-Dechse ungeduldig mit dem Fuß…

Olaf suchte Alices Arm hervor, dann ging er zusammen mit Kathrin zur Nachbarstür und klingelte. Ein Typ mit Latschen und rotem Bademantel öffnete: „Jau, was gibt's? Ich kaufe nichts…"

Kathrin grüßte: „Hey, Penur! Alles senkrecht?"

„Sicher! Hab mich wieder mit Fonessa vertragen. So'n Bastard hat uns beide erschossen, und Fonessa ist voll drauf abgefahren, mit mir zusammen zu verbluten. Frauen halt. Aber was treibt euch zu so früher Stunde hierher?" Offensichtlich war er über den unangekündigten Besuch nicht gerade erfreut.

Kathrin brachte ihr Anliegen hervor: „Wir benötigen dringend Hilfe im Spiel…"

„Na schön, aber ich hoffe es dauert nicht allzu lange!" winkte Penur sie herein. „Macht es euch bequem, ich muss nur kurz Fonessa sagen, dass sie sich was anziehen soll!"

Olaf und Kathrin betraten die Wohnung und sahen sich um. Alles war sehr gemütlich eingerichtet. Neben einem großen Wasserbett stand ein Fernseher, in dem gerade Wirtschaftsnachrichten liefen. Offensichtlich wurde einem großen Konzern vorgeworfen, den Staat um Steuergelder in Millionenhöhe betrogen zu haben. Jetzt wurde ein Interview mit dem Pressesprecher jenes Konzerns gezeigt. „Ja, wir geben zu, Zahlen verfälscht zu haben um Steuern zu sparen, und im Nachhinein sehen wir selbstverständlich ein, dass es ein großer Fehler war. *Jeder* muss seine Steuern bezahlen, ansonsten kann unser großartiges System nicht funktionieren! Ich möchte unsere Kunden darauf hinweisen, dass dieser Betrug nicht unsere Idee war, sondern dass uns ein gewisser Flex dazu gezwungen hat! Deshalb trägt *er allein* die Verantwortung dafür und…"

Penur kam zurück und schob den beiden Gästen eine atemberaubend hübsche Frau entgegen.

Olaf jappste: „Wow! Du… du siehst genauso aus wie… *Tyra Misoux*!"

Im Hintergrund biss Penur sich nervös auf die Unterlippe.

Fonessa lächelte: „Danke!" Dann wandte sie sich Penur zu: „Ich mache uns dann jetzt Frühstück, ok Schnucki? Soll ich ein paar Eier für dich mitkochen?"

„Sicher, Schatzi, sicher!" drängte er sie schnell in die Küche. Als sie weg war, wischte er sich über die Stirn: „Puh, sie hat es nur als Kompliment aufgefasst!"

Olaf griente: „Du Schlawiner, du hast ihr Aussehen verändert und sie weiß nichts davon…"

„Das ist *gemein*!!!" rief Kathrin entrüstet, musste aber angesichts dieser Dreistigkeit auch ein wenig grinsen.

Penur machte eine besänftigende Handbewegung: „Komm runter, hör mir lieber zu…"

Fonessa lehnte sich plötzlich ins Zimmer und fragte: „Die Eier wie immer? Ich das Eiweiß, du den Dotter?"

„Yeah Baby, du hast es voll drauf!" lobte Penur. An seine Gäste gewandt fuhr er leiser fort: „Es gibt gewisse Dinge, die sie lieber *nicht* wissen sollte, auch in ihrem *eigenen* Interesse! Ihr wisst schon, wegen ihren Gefühlen und diesem ganzen Quatsch... alles klar?"

Olaf bekam einen Lachanfall.

„Psst, sei nicht so laut…" mahnte Penur und schaute ängstlich in Richtung Küche.

Fonessa zeigte sich wieder und fragte: „Nanu? Was ist passiert? Warum lacht der so?"

Penur stammelte: „Ich… äh… habe ihm nur einen Witz erzählt… Den Witz vom Onkel Fritz…"

Fonessa lächelte und meinte zu Kathrin: „Mein Schnucki ist so süß! Und das Tollste an ihm ist, dass er mich nimmt wie ich bin! Ich *kann* mich nicht einmal schminken, weil wir keinen einzigen Spiegel im Haus haben! Doch Schnuckilein ist so lieb und sagt mir immer wieder, dass ich Make-

Up gar nicht nötig habe!"

Olafs Lachanfall quadrierte sich.

„Schatzi, die Eier!" versuchte Penur, sie wegzulocken.

„Oh, richtig!" erinnerte sich Fonessa und ging zurück in die Küche.

„PUH!" stöhnte Penur erleichtert, „Wisst ihr, es war ein hartes Stück Arbeit, diese Frau wieder zu zähmen! War ein richtig wildes Biest, als wir uns gestritten haben! Doch inzwischen bittet sie mich sogar um Erlaubnis, ob sie ihre Tage kriegen darf!"

Olaf drosch auf den Boden ein vor Lachen.

Penur schaute ratlos drein. „Was hat der Typ? Und was wollt ihr überhaupt von mir? Wobei soll ich euch helfen?"

Kathrin antwortete: „Es geht um eine Frau…"

Penur freute sich: „Oh, da seid ihr bei mir an der richtigen Adresse! Was hat diese Frau denn?"

„Nicht mehr viel, nur noch einen Arm und eine Gebärmutter, wobei wir letztere nicht dabei haben! Wir müssen sie irgendwie heilen!" berichtete Kathrin.

Penur rieb sein Kinn: „Aha, interessant! In welche *Kategorie* gehört denn diese Frau?"

Kathrin empörte sich: „Na hör mal! Frauen teilt man doch nicht in Kategorien ein! Jede Frau ist einzigartig…"

„Blödsinn!" widersprach Penur gelangweilt, „Lass mich dir mein System erläutern, doch bevor du mich als frauenfeindlich bezeichnest, beachte, dass dieses System geschlechtsübergreifend auch für Männer gilt! Also: es gibt drei Kategorien. Die Frage, in welche Kategorie man einen Menschen einordnet, richtet sich immer danach, wie viel es kostet, der Person deinen Willen aufzuzwingen! Deshalb lautet die erste und unterste Kategorie: ‚*Edelnutte*'! Man muss ihr schon eine Menge Geld in den Rachen werfen, bevor sie gewillt ist, einem zu gehorchen! Autos, Häuser, Firmenanteile… das alles verschluckt sie wie ein schwarzes Loch! Bringt einen an den Bettelstab, wahrlich nicht zu empfehlen…"

Kathrin unterbrach zornig: „Was du mir da erzählst, ist *total* frauenfeindlich!"

Penur gab zurück: „Hallo, hörst du überhaupt zu oder denkst du die ganze Zeit nur über Lippenstift nach? Ich habe doch gerade gesagt, dass es genauso auch für *Männer gilt*, verdammt! So, zweite Kategorie: die ‚*Crackhure*'! Im Vergleich zur Edelnutte ist dieses Exemplar deutlich günstiger im Verbrauch. Hin und wieder eine neue Handtasche, dann und wann ein Paar Schuhe und schon hat man ihren eigenen Willen gebrochen. Auf Dauer häufen sich die Kosten natürlich, und die Frage ist, ob das erworbene Produkt diesem Preis auch wirklich gerecht wird! Meine Meinung dazu: schieß die Pute zum Mond!"

„Hör auf! Ha ha ha! Bitte… ha… hör auf! Ich ersticke…" flehte Olaf am Boden, der vor Lachen nicht klarkam.

Penur beachtete ihn nicht: „Kommen wir nun zur Königsklasse: dem ‚*Gratis-Chick*'! Um sie zu bekommen, muss man sich schon etwas ganz Besonderes einfallen lassen: ein romantischer Sonnenuntergang, ein schönes Gedicht, und sie gehört *dir allein*! Das Beste daran: es kostet nichts! Ok, es kann passieren, dass sie bei dir einzieht…" Als er Kathrins aggressiven Blick bemerkte, fügte er hastig hinzu: „Oder *er*! Jedenfalls, wenn sie… oder *er* bei dir wohnt, musst du für die Ernährung aufkommen, aber das musst du ja beispielsweise bei einem Hund ebenfalls! Glücklicherweise gibt es Tricks, um die Kosten zu senken: setze sie den Berichten der Boulevardpresse aus und sie kommen von ganz allein zu der Überzeugung, dass eine Diät angebracht ist, wodurch der Verbrauch drastisch gesenkt wird! Dann ist die Person nicht viel teurer als ein Hund, und für die Haltung eines Menschen musst du wenigstens keine Steuern bezahlen!"

Kathrin überlegte: „Hm… demnach ist Alice wohl ein ‚Gratis-Chick'…"

„Aha, sehr gut!" meinte Penur, „Dann könnte *Romantik* helfen!"

Noch immer kichernd richtete Olaf sich auf, hielt Kathrin Alices Arm vors Gesicht und verlangte: „Ok, dann *paare* dich damit!"

Fest entschlossen verweigerte Kathrin: „Auf keinen Fall! Das geht ja gar nicht klar! Schlaf' *du* doch mit ihr!"

Olaf stellte klar: „Ich *kenne* diese Frau nicht einmal! *Du* bist ihre Freundin!"

Entschieden schüttelte Kathrin mit dem Kopf: „Du irrst dich! Sie ist mit *Fart* zusammen!"

„Stimmt…" gab Olaf ihr Recht, „Kein Ding, ich klingel kurz bei ihm durch…"

„Flex am Apparat, yo!" nahm selbiger den Anruf auf Farts Handy an, „Yo, Olaf, alles klar? Ne Alter, Fart kann ich dir nicht geben, der ist grad' damit beschäftigt, seinen Körper zu erforschen! Soll ich ihm etwas ausrichten? Alles klar, schieß los… WAS?! Noch mal, WAS soll er machen? Ich verstehe die ganze Zeit… Buchstabier' mir mal was du meinst… ALTER!!! Wie bist du denn drauf… Nein Mann, das ist leider nicht möglich! Wir sind in der Irrenanstalt gefangen und er hat seine Gebärmutter verbaselt… Hm, ist ok, ich sag's ihm! Yo, bis dann!" Er packte Farts Handy beiseite und rief: „Fart yo! Olaf hat angerufen! Ich soll dir sagen, dass du dir keine Sorgen machen brauchst, er kümmert sich um alles!"

Fart schaute ungläubig drein. „Du meinst, er hat ein Heilmittel für Alice gefunden?"

Flex bestätigte: „Sieht ganz danach aus…"

Fart vollführte einen Freudensalto. „Das ist ja SUPER!!!" Dann hielt er inne und sah sich um. „Verflucht! Ich muss hier sofort raus! Ich… ich muss hier *weg*! Leute!" Er ging zu Tihme-San und schüttelte ihn verzweifelt am Kragen: „Du musst mich hier raus bringen! Du musst die Zeit verlangsamen, wenn dieser Veron hier auftaucht! Dann können wir locker entkommen…"

Tihme-San verlangte: „Unter einer Bedingung: WASCH DIR DIE HÄNDE!!! Widerlich! Du kannst mich doch nicht anfassen, nachdem du…"

„Schon gut, ich wasch sie mir…" besänftigte Fart.

Flex entzückte sich: „Fett Mann! Endlich wieder raus in die Freiheit!"

Titan zeigte mit dem Daumen auf Flex: „Wer ist noch dafür, dass wir *ihn* hier lassen?"

Es kam zu keiner Abstimmung, denn just in diesem Moment wurde die Tür geöffnet und Veron kam in Begleitung eines bärtigen Mannes herein: „Herhören, ihr Verrückten! Ihr kriegt noch einen Mitbewohner! Sein Name ist… äh… wie war der noch gleich?"

„Nummer 2!" bekundete der Bärtige.

Veron erinnerte sich: „Ja richtig! Seid bitte nett zu ihm, denn… denn… äh…"

Der Bärtige wirkte äußerst gestresst, als er aushalf: „Ich hatte meinem Dad versprochen, dass ich mich um den Hirnforscher kümmere! Außerdem musste ich meinen sonstigen Verpflichtungen in der Forschungsanstalt nachkommen! Doch dann stellte sich heraus, dass es mich gar nicht gibt! ES GIBT MICH NICHT!!! UAAHHH!!!"

„Da hört ihr's!" nickte Veron, „Es gibt ihn nicht, also behandelt ihn dementsprechend!"

„Tihme-San, JETZT!" schrie Fart.

Der Aufgeforderte schloss die Augen und murmelte: „Kommt, wir müssen einen Kreis bilden! Nehmt euch an den Händen…"

„Igitt, ich will euch nicht anfassen!" entsetzte sich Titan und tat es dann doch.

Perplex rief Veron: „Was habt ihr vor, Jungs? Ihr wollt doch nicht e*etttwwwwaaaaa*…" Seine Stimme wurde arg in die Länge gezogen, als Tihme-San die Zeit verlangsamte. Gelähmt musste er zusehen, wie vier seiner Patienten Hand in Hand an ihm vorbei ins Freie marschierten.

Draußen auf dem Bürgersteig merkte Tihme-San, wie er – MATSCH – auf etwas weichem wegrutschte. „Bäh, was zur…"

Die Zeit verging wieder normal.

Aufgeregt sprang Fart herum: „So, jetzt müssen wir Olaf finden! Wo… wo verdammt ist mein Handy? Hab ich's etwa drinnen vergessen? Tihme-San, du musst sofort…"

„Chill!" gebot Flex, „*Ich* habe dein Handy!"

Fart hetzte: „Gib! Schnell! *Mach!*"

„Dieser Stressjunge!" ächzte Flex.

„Du Lahmarsch!" versetzte Titan.

Fart beachtete die nun folgende Zelebrierung königlichen Battle-Raps nicht, und auch Tihme-San, der im Hintergrund versuchte, seinen Schuh sauber zu machen, blieb von ihm unbemerkt. Stattdessen verknotete er sich beinahe die Finger, als er hektisch Olafs Nummer wählte…

„Olaf hier! Ah, Fart, was geht? Bist du noch im Irrenheim? Nicht mehr? Gute Sache! Was? Nein, kein Problem, ‚Operation Liebesheilung' läuft auf Hochtouren! Alles kein Ding! Wo wir sind? Weißt du noch, wo Zeero wohnt? Bei ihm kannst du uns finden! Yep, geht klar, kommt ruhig alle hier vorbei! Yo, bis später!" Olaf packte sein Handy weg und bemerkte die Kerze in seiner Hand. „Was hatte ich damit eigentlich vor?"

Von der Seite tickte ihn Penur an, dessen Kopf mit einer Stofftüte versiegelt war. Leicht ärgerlich wollte er von Olaf wissen: „Könntest du mir noch mal erklären, weshalb ich mit verbundenen Augen im Wohnzimmer meines Nachbarn stehe?"

DING – ging Olaf ein Licht auf, als ihm wieder einfiel, wozu diese Kerze gedacht war. Penur hielt er hin: „Warte kurz, bin gleich bei dir!" Dann begab er sich in Zeeros Schlafzimmer, wo Kathrin auf dem Bett saß und ratlos Alices Arm in der einen Hand hielt. In die andere drückte er ihr jetzt die Kerze, zündete diese an und meinte: „So, jetzt müsste es doch romantisch genug sein, oder? Also viel Spaß!"

„Alter, ich kann mit keinem abgetrennten Arm schlafen…" rief Kathrin hilflos.

Olaf legte seine Hand auf ihre Schulter und meinte eindringlich: „Du *kannst*, Kathrin! Du *kannst*! Wenn du nur ganz fest an dich glaubst, kannst du *alles* erreichen!"

„Mach *du* das!" verlangte Kathrin.

Olaf war schon bei der Tür: „Ich würde ja gerne, aber ich habe Zeero versprochen, mich um die Hexe zu kümmern!" Mit vorwurfsvoller Tonlage fuhr er fort: „Jene Hexe, die *du* hier angeschleppt hast! Also zeig' auch mal ein bisschen Dankbarkeit! Das Leben besteht nicht immer nur aus Nehmen! Manchmal muss man auch Geben!"

„Ok, ok, schon gut, ich versuche es! Mach die verdammte Tür zu! *Von außen*, wenn ich bitten darf…" war Kathrin schließlich überredet.

„Und nun zu dir…" wandte Olaf sich an Penur, der in Zeeros Wohnzimmer rumstand wie bestellt und nicht abgeholt. Olaf führte ihn zum Badezimmer: „Deine Freundin… äh… Fonessa hieß sie glaube ich… äh… sie hat eine Überraschung für dich vorbereitet…"

„WAS?" erzürnte Penur, „Sie sollte meine *Eier* vorbereiten, und keine verdammte ‚Überraschung'…"

Olaf zuckte mit den Schultern: „Sie hat halt ihren eigenen Willen entdeckt…"

Penur wurde noch wütender: „Wie bitte?! Hat ihr etwa jemand von der Emanzipation erzählt?"

„Nicht doch!" beruhigte Olaf, „Sie möchte dir einfach eine Freude bereiten!"

„Was für eine ‚Freude'?" hakte Penur misstrauisch nach.

Olaf gab sich zögerlich: „Eigentlich darf ich es dir ja nicht verraten… aber wenn du es unbedingt wissen willst: körperliche Romantik mit verbundenen Augen in der Badewanne des Nachbarn! Sie wartet dort voller Sehnsucht auf dich und will von dir geliebt werden wie beim ersten Mal!"

„Das ist *verrückt*!" rief Penur.

Olaf stimmte zu: „Verrückt, und vor allen Dingen *gratis*!"

„Hm..." überlegte Penur, „Ein Gratisangebot schlägt man nicht aus..."

Olaf stieß ihn zur Badewanne: „Langsam begreifst du's!" Er beugte sich herunter zur Hexe und ahmte Fonessas Stimme nach: „Na los, Schnucki, *nimm mich*!"

Penur stutzte: „Sag, Schatzi, wann hast du diesem Olaf hiervon überhaupt erzählt?"

Noch immer als Fonessa getarnt, improvisierte Olaf: „Während... äh... während du weggeschaut hast! Doch jetzt hör auf zu quatschen und *komm zu Mama*!" In seiner eigenen Stimme feuerte er beim Hinausgehen an: „Zeig's ihr, Tiger!" RUMMS – schlug er die Tür zu und gab sich selbst die Hand: „Olaf, du bist ein Genie! Du solltest eine Partnervermittlung eröffnen!" Selbstzufrieden nahm er neben Zeero auf dem Sofa Platz.

Der brummte: „Also ich bin mir nicht sicher, ob mir gefällt, was du hier in meiner Wohnung veranstaltest..."

Olaf verteidigte: „Wenigstens bringe ich dir mal wieder ein bisschen Leben in die Bude! Deshalb lass das Nörgeln und rauch lieber einen!"

„Hast ja Recht..." nickte Zeero und schaute nach unten, weil Twimp an seiner Hose zupfte und ihn fürchterlich traurig anschaute. Zeero erkannte: „Dir ist schon wieder dein Grass ausgegangen, richtig?"

Twimp deutete mit glänzenden Augen auf Zeeros riesigen Dopehaufen.

„Geiz bestraft das Leben..." warnte Olaf.

Genervt erlaubte Zeero: „Na schön, nimm dir soviel du brauchst..."

SCHNAPP – Twimp nahm *alles*!

„Na toll, jetzt muss ich mir neues Weed erstellen bevor ich rauchen kann..." schimpfte Zeero.

Seine THC-Dechse seufzte: „Das Leben kann derart grausam sein..."

BRUCH – wurde plötzlich die Wohnungstür aufgestoßen und eine aufgescheuchte Fonessa kam herein: „Wisst ihr... wisst ihr wo mein Schnucki ist? Er ist einfach verschwunden... *ohne mir was zu sagen*..." Offensichtlich stand sie kurz vor einem Nervenzusammenbruch.

Abwesend in seinen THC-Formeln vertieft informierte Zeero: „Er ist im Badezimmer! Einfach durch die Tür da..."

TOCK – stieß Olaf ihn unauffällig an. „PSST! Der ist doch gerade mit der Hexe zugange..."

„Ups!" hielt Zeero sich schuldbewusst die Hand vor dem Mund und flüsterte: „Sorry, hatte ich vergessen..."

„AHHHH! RAUS HIER!" ertönte Kathrins Kreischen.

Fonessa kam völlig fertig zurück: „Da ist kein Badezimmer hinter der Tür! Da ist nur Bett mit einer Frau, die bei Kerzenlicht einen abgetrennten Arm abknutscht..."

Zeero hatte sich wieder den Formeln zugewandt und deutete jetzt blind: „Ne, ich meinte die andere Tür... huch! Ach MIST! Tut mir leid, Olaf! Hab' *wieder* nicht dran gedacht..."

Olaf hatte sein Gesicht geschlagen in den Händen vergraben und murmelte: „Kein Ding... Dafür kriegen wir jetzt wenigstens eine Show geboten..." Gespannt lugte er zwischen seine Finger hindurch...

Zuerst war nur Fonessa zu hören: „Schnucki? Bist du hier? Schnucki? Schnuck... AAAHH! *Penur*, was zum Teufel *machst du da*? Nimm sofort dieses Ding ab und rechtfertige dich, du *Mistkerl*!"

Dann ertöne Penur: „Ich... ich... Ach du meine Güte! Auf wem lieg' ich hier?!"

„Das will ich von *dir* wissen!" schrie Fonessa.

Penur stammelte: „Ich wusste doch nicht... ich dachte... ich kann nichts dazu... *Es war gratis*!"

Fonessa tobte: „Oh du mieser... AAAHHH!!! Wie sehe *ich* denn aus? Wer ist das da im Spiegel? Das bin doch nicht ich! Wo ist die Narbe, die mich an meine geliebte Mutter erinnert? Hast *du* mich so verändert? Gibt es *deshalb* keinen einzigen Spiegel in unserer Wohnung?!"

Penur versuchte zu beruhigen: „Schatzi, nun hör mir erstmal zu! Ich finde, diese Narbe steht dir irgendwie nicht und deshalb…"

„Oh du *gemeiner Schuft*!" heulte Fonessa los.

„Jetzt flenn' doch nicht gleich!" rief Penur, „Wer von uns beiden muss denn den ganzen Tag dein Gesicht sehen? Du jawohl nicht, oder? Und wenn ich *Gulasch* sehen will, dann gehe ich immer noch zum Schlachter, verstehst du?"

„Ich… ich HASSE DICH!!!" brüllte Fonessa und stürmte davon.

„Ach Schatzi, jetzt warte doch…" nahm Penur die Verfolgung auf, wobei er in Zeeros Wohnzimmer von Olaf breit angegrinst und dreckig gefragt wurde: „Na? Ärger im Paradies?"

Penur schwang bedrohlich seine Faust: „Na warte, Freundchen, das hat ein Nachspiel!"

Olaf so: „Gute Idee! Deine neue Freundin liegt ja noch in der Badewanne…"

Fonessa kam wieder ins Zimmer gerannt und verpasse Penur – KLATSCH – eine saftige Ohrfeige.

„Ich bin *zum letzten Mal* auf einen von euch Kerlen reingefallen! Ihr seid alle gleich! ALLE!!!"

Penur bettelte: „Schatzi, findest du nicht, dass du ein wenig vorschnell urteilst? Ich kann dir alles erklären…"

„Ich *will* aber keine Erklärung von dir!" keifte Fonessa.

Penur probierte: „Dann… dann lass uns doch *shoppen* gehen! Ich… würde dir gerne was schenken…"

Fonessa so: „Ach ja? Dann hätte ich gerne ein Gewehr womit ich dich *erschießen* kann!"

„WAAAS?" fuhr Penur auf, „Das ist viel zu teuer, Mann! Fällt dir nichts Günstigeres ein? Wie wäre es mit neuen Socken… oder… oder…"

„Du *Schweinehund*! Ich bin dir nicht mehr wert als ein paar stinkende Socken, oder was?" unterbrach Fonessa verletzt.

Penur schüttelte missbilligend mit dem Kopf: „Liebes Schatzilein, wann begreifst du endlich, dass Geld nicht auf Bäumen wächst?"

Forsch fragte Fonessa: „Das sagst ausgerechnet *du*?! Ich bin doch die Person von uns beiden, die sich unter der Woche ständig den *Arsch* abrackert, damit wir ein bisschen Kohle auf dem Konto haben…"

Penur gab zurück: „Und wer macht sich stets auf den weiten Weg zur Bank, um das Geld aus dem Automaten zu holen?"

Fonessa schrie: „Ich würde gerne, oh ja, ich würde gerne! Doch jedes Mal, wenn ich da bin, kommt nichts raus, weil mir irgend so ein *Parasit* bereits das Konto leer geräumt hat, um neue Felgen oder irgendeinen anderen Schwachsinn zu kaufen…"

Penur verteidigte: „Hey, nur weil du sauer auf *mich* bist, hast du noch lange nicht das Recht, *mein Auto* zu beleidigen! Die Felgen sind der *Burner*! Ok?!"

Zankend zog sich das Pärchen in die eigene Wohnung zurück.

„Hach, *die Liebe*…" seufzte Olaf.

„Wo… wo bin ich hier?" ertönte eine gebrochene Stimme aus dem Badezimmer. Schwer angeschlagen kam die Hexe ins Wohnzimmer gehumpelt.

Olaf freute sich: „Oh, dann hat es also tatsächlich funktioniert! Sie ist geheilt!"

Die Hexe ächzte: „Wer ist geheilt? Ich bestimmt nicht, ich fühle mich einfach nur verpeilt…"

Als Zeero nun von seinen Formeln aufsah, fiel ihm ein: „Wenn ich dich so sprechen höre… Kenne ich dich nicht? Wolltest du mich nicht letztens zu so'nem Raubzug überreden?"

„Ja, das war tatsächlich ich! Ich, Käthe, die sich derbe quält, weil ihr leider was fehlt…" ließ die Hexe sich erschöpft – KNARTSCH – in den Sessel fallen.

Olaf fragte: „Und was könnte das wohl sein? Abgesehen von Charisma…"

Käthe öffnete ihren schäbigen Mantel und entblößte eine klaffende Wunde: es haperte ihr an einem Arm!

Zeero bemitleidete: „Du meine Güte! Das sieht aber… *unpraktisch* aus…"

Käthe stimmte zu: „Da hast du Recht, Pothead!"

„Wie kam es dazu?" wollte Olaf wissen.

Schwer atmend berichtete Käthe: „Ich tat das, was ich alle Tage mache: habe irgendwem die Konsole angedreht, und danach wollte ich sie ihm wieder stehlen!"

Olaf lachte: „Ha, was geht denn bei dir? Warum machst du das?"

Käthe erklärte: „Na um zu sehen, für welche Reaktion sich der Bestohlene entscheidet! Es ist mein Trieb, meine Art, das Spiel zu spielen! Doch jener, den ich zuletzt berauben wollte wie immer, hatte leider diese stark behaarte Wache im Zimmer, die mir, als ich mein Geschenk ergriff, einfach meinen Arm abbiss! Hals über Kopf bin ich dann geflüchtet, damit man mich nicht in dem Zimmer sichtet!"

Ein leiser Verdacht keimte in Olaf auf: „Sag, heißt dieser ‚Jener' zufällig Fart?"

Käthe überlegte: „Ja, Fart, das war sein Name! Ich… weiß nicht, wie es dazu kam, doch letztens traf ich ein Mädel, das hat mir mit meinem Arm vorm Gesicht rumgewedelt! Ich bat sie, ihn mir wiederzugeben, aber sie stieß mich schlicht auf die Straße, und tja, da hat man mich dann überfahren… Wo mag dieses Mädel jetzt wohl stecken? Und was will sie mit meinem Arm aushecken?"

Ruckartig schaute Olaf in Richtung Zeeros Schlafzimmer. Wenn er ganz genau hinhörte, konnte er Kathrins leises Stöhnen hören. Grinsend wandte er sich Zeero zu, der jedoch zuckte nur mit den Schultern. So tröstete er Käthe: „Sei unbesorgt, gutes Altweib! Mein Bauch sagt mir, dass dieses Mädel gleich hier hereinspaziert kommt! Zurzeit ist sie allerdings noch… *beschäftigt*…"

Jetzt begriff auch Zeero: „Willst du damit etwa sagen, dass…" Weiter konnte er aufgrund seines einsetzenden Lachflashs nicht sprechen.

Käthe grübelte: „Hm, zwar kann ich deinen Magen sehen, doch hörte ich ihn gar nicht reden…"

KRACH – stieß Kathrin in diesem Moment die Schlafzimmertür auf und berichtete völlig verschwitzt: „Schlechte Nachrichten: ich habe mein Bestes gegeben, aber Alice ist immer noch… nun, seht selbst!" Mit zwei Fingern hielt sie den Arm empor.

„MEIN ARM!" rief Käthe, „Doch… IHR BARBAREN!!! Was habt ihr meinem armen Arm angetan?!"

Olaf grinste: „Och, *nichts*…"

Kathrin versteifte sich: „Das… ist *dein* Arm?! Kein Wunder, dass es nicht funktioniert hat…"

Käthe heulte: „Welch Gräuel! Mein schöner Arm ist total verbeult…"

Olaf mutmaßte: „Vielleicht weil ein toter Zyklop draufgefallen ist…"

Wütend spie Käthe: „Und triefen tut er vor hässlicher Nässe…"

Kathrin gestand: „Wir… haben ihn gestern zum Saufen missbraucht…"

Zeero wandte ein: „Könnte aber auch vom Bongwasser kommen, in das wir ihn getaucht haben…"

Schockiert beanstandete Käthe weiter: „Und diese Flecken, warum ist er total dreckig?"

Kathrin überlegte: „Möglicherweise, weil Farts Hund ihn im Garten vergraben hatte…"

Zeero fügte hinzu: „Außerdem brauchten wir gestern einen Aschenbecher…"

In Rage bäumte sich Käthe vor Kathrin auf: „Und diese rotbraunen Schleimfäden, die ihn umgeben???"

Beschämt schaute Kathrin zu Boden: „Tut mir leid, ich… habe meine Tage!" Angewidert hielt sie Käthe den lädierten Arm entgegen: „Hier, bitte schön! Viel Spaß damit!"

PRATSCH – fiel er zu Boden, da er Käthe aus der Hand flutschte. „*Mein Arm… Mein armer, armer Arm…*" lief sie selbigen vor sich hertretend aus der Wohnung.

„Und wenn sie nicht gestorben ist, dann kickt sie ihn noch heute…" schloss Olaf lachend.

Kathrin fragte misstrauisch: „Seit wann wusstest du, dass es *ihr* Arm war und nicht der von Alice?"

Olaf beteuerte: „Hab's auch gerade erst erfahren, frag' Zeero! *Nicht* sauer werden! Bleib gechillt…"

Kathrin holte tief Luft… DRRRR – schepperte plötzlich die Türklingel.

Zeero wunderte sich: „Nanu? Wer mag das sein?" Behäbig schlenderte er zur Sprechanlage: „Ja, hallo?"

Farts Stimme erklang: „Lass mich rein! *Lass mich rein*! Alice! Ich muss Alice wiedersehen!!!"

„Hä?" kratze Zeero sich am Kopf, „Wer zum Teufel…"

BRAMMS – stieß Olaf ihn beiseite. „Fart yo, komm' hoch! Hast du…"

BAM BAM BAM – trommelte jemand eine halbe Sekunde später auf die Haustür ein. „Lass mich rein! *Lass mich rein, verdammt*!" rief Fart von draußen.

Olaf drückte die Klinke herunter. WROMM – wurde er vom Neuankömmling überrannt! Mit Lichtgeschwindigkeit sauste Fart durch alle Zimmer, immer wieder rufend: „Alice? Alice?! Wo hast du dich versteckt?" Im Wohnzimmer kam er langsam zur Ruhe. „Alice?" Mit trauriger Miene schaute er unter einem Kissen nach.

Olaf fragte: „He Fart, hast du nicht noch irgendwen mitbringen wollen?"

Fart winkte ab: „Ja ja, aber die sind langsam! So unglaublich langsam… Wo… wo ist Alice?"

DRING DRING – meldete sich auf einmal Olafs Handy.

Während der im Hintergrund den Anruf annahm, legte Kathrin Fart ihre Hand auf die Schulter und berichtete: „Fart es… tut mir leid! Wir… haben alles versucht…"

Fart wurde derart bleich, dass er im Schnee glatt unsichtbar gewesen wäre. „Was… was soll das heißen? Wo… ist… sie…"

Kathrin schaute zu Boden. „Sie ist immer noch Game Over, Fart! Wir… konnten ihr nicht helfen…"

„Ihr VERSAGER!!!" schrie Fart verzweifelt. „Und dabei dachte ich… Olaf hat doch gesagt… Oh nein! NEIN!!! Alice…"

„Mahlzeit!" grüßte Tihme-San, der soeben in Begleitung der beiden Battle-Rapper die Wohnung betreten hatte.

„Wer seid *ihr* nun wieder?" wollte Zeero verwirrt wissen.

Tihme-San stellte vor: „Dies sind Flex und Titan, zwei Gladiatoren in der Disziplin des Battle-Raps…"

Flex fügte auf Titan deutend ein: „Wobei *er* die Unterwäsche seiner Mutter trägt…"

Titan brauste auf: „Alter, gleich muss ich dir *geben*!"

Flex lächelte: „Brauchst du nicht, Kumpel! Bevor du mir gibst, *nehme* ich mir von dir! Und zwar *dein Leben*, um genau zu sein!"

Titan konterte: „Wieso? Was willst du damit? Reicht es dir nicht, dein eigenes in den Ruin zu treiben?"

„Jungs, kommt klar!" gebot Tihme-San und fuhr an Zeero gewandt fort: „Nun, und ich bin Tihme-San, meines Zeichens…"

„Ist doch EGAL!" drängte Fart sich dazwischen und packte Tihme-San grob am Kragen, „Alter, meine Freundin… sie… sie ist…"

Genervt verdrehte Tihme-San die Augen: „Ja, ich weiß! Du hast uns mit dieser Story die ganze Nacht wach gehalten…"

Fart sackte zu Boden. „Oh Alice… werde ich dich jemals wieder… MOMENT!!! Tihme-San!!! Ich hab's!!! Bin ich froh dich kennen gelernt zu haben!!!"

Tihme-San verzog das Gesicht, als Fart ihm nun die Schuhe küsste. „Alter, lass das…"

Fart strahlte: „Du meintest doch, dass du zu ihr Kontakt aufnehmen kannst, wenn du etwas Persönliches von ihr hast, nicht wahr?" Von Kathrin verlangte er: „Den Arm! Gib mir ihren Arm!" Als seinen Anweisungen nicht unverzüglich Folge geleistet wurde, schaute er Kathrin böse an: „Was ist? Jetzt sag nicht, dass ihr ihn verbummelt habt…"

Kathrin erklärte: „Fart… das war nicht ihr Arm! Der gehörte so einer komischen Hexe die…"

„OH NEIN!!!" jaulte Fart, „Dieser Tag ist der reinste Alptraum, und es wird immer schlimmer…"

In diesem Moment steckte Olaf sein Handy wieder ein und rief: „Leute, dieser Tag ist ein *Traum* und es wird immer besser! Mein Bruder Jerry hat mich gerade angerufen…"

Kathrin unterbrach: „Wie geht es ihm? Hat er sich wieder erholt oder liegt er noch im Krankenhaus?"

Verwundert fragte Olaf: „Jerry war im Krankenhaus?"

Kathrin winkte ab.

Olaf erzählte weiter: „Jedenfalls hat er mir gerade mitgeteilt, dass er wieder bei seiner Freundin Elke einzieht! Heute ist Einweihungsparty und wir sind alle eingeladen! Wer hat Bock auf Feiern?"

Alle jauchzten begeistert, abgesehen von Fart, der am Boden hockte und fieberhaft überlegte, wie er Alice retten könnte. PATSCH – schlug er sich schließlich gegen die Stirn, rügend: „Oh Mann, bin ich *dumm*! Das ich darauf nicht gleich gekommen bin…" SCHWUPPS – zog er Tihme-San aus der jubelnden Meute und redete auf ihn ein: „Alter, wir müssen zu Alices Haus! *Sofort*!!! Dort finden wir auf jeden Fall irgendwas Persönliches…"

Tihme-San deutete auf die anderen: „Aber… *Feiern*…"

„Nichts Feiern!" wies Fart entschieden zurück, „Du kannst feiern, wenn ich meine Alice wieder habe! Und jetzt LOS…" Als nächstes packte er sich Kathrin und befahl: „Mitkommen, yo! Du musst uns zu Alices Haus fahren! Dort werden wir sie endlich retten!"

Kathrin war einverstanden: „Ach, tatsächlich? Das freut mich aber! Weißt du, ich vermisse sie nämlich auch und…"

„Laber' nicht und komm in die Puschen!" drängte Fart sie zur Wohnungstür.

Tihme-San folgte ihnen mit hängenden Schultern wie ein Gefangener. „Gut zu sein und anderen immer helfen zu wollen fordert einen hohen Preis…" murmelte er dabei.

„So ein MIST!" maulte Olaf, als er bemerkte, dass Kathrin weg war.

Zeero fragte: „Was geht? Findet die Party doch nicht statt?"

Irritiert sah Olaf ihn an. „Was? Wie… Nein, das nicht! Aber wir brauchen einen Fahrer! Das ist voll weit außerhalb…"

„Dann müssen wir irgendwen anders mit Auto abchecken!" schlug Flex vor.

„Für diese ausgefeilte Idee solltest du einen Nobelpreis kriegen!" meinte Titan.

Flex seufzte: „Soll ich dich wieder auf deinen Rang verweisen oder gibst du gleich auf?"

Olaf rief: „Yeah, ich weiß wer ein Auto am Start hat! Folgt mir!"

Der fröhliche Trupp machte sich auf den Weg – während in der Wohnung des Nachbarn das Geschirr polterte.

„Ich komme nicht klar, wie herrlich diese Ruhe ist…" schwärmte Rake im Schatten des Baums.

„Yep, so kann es bleiben!" stimmte Shadow zu.

„Raky, Raky…" war plötzlich eine psychopatische Stimme zu hören.

Rake sah sich um, konnte aber niemanden entdecken. „Hast du das auch gehört?" fragte er.

Shadow nickte: „Schien von unten zu kommen…"

Die Stimme sprach wieder: *„Raky! Ja wo sind wir wohl, Raky? Kriegst du es jetzt mit der Angst zu* tun, kleiner *Raky*?"

Rake stand auf. „Alter, ich kann nicht chillen, wenn ich so blöd von der Seite angelabert werde!"

Shadow urteilte: „Ignoranz ist eine Kunst, die nicht jeder beherrscht!"

„*Huhu, hier sind wir…*" höhnte die Stimme.

Rake ging auf die Straße; sie war menschenleer.

„*Warm, Raky, ganz warm...*" spielte die Stimme mit ihm.

Da entdeckte Rake einen düsteren Abflussschacht für Regenwasser, direkt unter dem Bürgersteig. Langsam bewegte er sich auf diesen zu…"

„*Wärmer, viel wärmer, Raky!*" bekräftigte die Stimme.

Rake duckte sich zum Schacht herunter und blinzelte in die Dunkelheit.

„*HEISS!!!*" schrie die Stimme auf einmal, wodurch Rake erschrocken zurückwich.

„*Hi, Raky! Willst du uns nicht… ,guten Tag' sagen?*" kam als nächstes aus dem Schacht.

Nervös gestand Rake: „Also ehrlich gesagt will ich eigentlich nur, dass ihr die Klappe haltet… wer auch immer ihr seid!"

„*Och Raky!*" bemängelte die Stimme, „*Sei doch nicht so ein Trotzkopf! Komm schon! Du kriegst auch… einen Luftballon!*"

„Mit wem quatschst du da?" wollte Shadow wissen.

Rake antwortete: „Kein Plan, möglicherweise mit dem Clown aus Stephen Kings Es…"

„*JETZT GEHST DU ZU WEIT!!!*" brüllte die Stimme. Eine Hand kam aus dem Schacht geschossen, um Rake zu ergreifen, der jedoch wich mit den geschulten Reflexen eines Videospielers aus, wodurch die Hand ins Leere fasste.

TRAMM TA DA DAMM DAMM – trampelte in diesem Moment eine komplette Marschkapelle vorbei, gefolgt von – TÖRÖÖ – einer Elefantenparade und abgeschlossen (um auch kein Klischee auszulassen) von einer – BRRRUMM – gewaltigen Dampfwalze.

Shadow, der inzwischen auch zum Schacht gekommen war, leuchtete mit seinem Feuerzeug ins Dunkle; niemand anders als die TV-Polizisten *Toto und Harry* waren dort eingepfercht.

Toto zog seinen Arm zurück. Wenn von seiner Hand noch etwas übrig geblieben wäre, dann hätte er sie sich mit schmerzverzerrtem Gesicht gerieben; so jedoch jaulte er nur: „ARRRG! Meine Hand! Harry, hol' mir ein Pflaster, ich verblute…"

Rake rief: „Was… was *zum Teufel* treibt ihr da unten?"

Harry erklärte: „Wir *beobachten* dich!"

Rake konnte es nicht glauben: „Ihr *beobachtet* mich? Von einem *Abwasserschacht* aus?!"

„Oh ja, du sagst es! Hältst du uns nun für dumm?" forderte Harry eine Beamtenbeleidigung heraus.

Fassungslos rief Rake: „Alter… Was soll ich schon von euch halten? Ihr… ihr hockt in einem *Abwasserschacht*!"

Shadow fragte: „*Wieso* beobachtet ihr ihn überhaupt?"

Harry deutete auf Rake: „Einige Hohlbirnen sind aus dem Irrenheim entkommen, und wir vermuten, dass er mit ihnen unter einer Decke steckt! Immerhin ist er mit einem von ihnen verwandt!"

Rake wehrte sich heftig: „Aber das bin ich ganz bestimmt nicht freiwillig, glaubt mir!" Leise fluchte er: „Nicht zu fassen, dass er es schon wieder geschafft hat…"

Shadow murmelte: „Diese ganze Situation hier ergibt doch überhaupt keinen Sinn… Im *Abwasserschacht*… ein *Luftballon*…"

Rake nickte: „Wie Recht du hast, Alter! Hey, seid ihr sicher, dass nicht *ihr* die Irren seid, die entkommen sind?"

Harry warnte: „Vorsicht! Alles, was du sagst, kann und wird vor Gericht gegen dich verwendet werden!"

Und Toto weinte: „Meine Hand… meine Hand… sie ist weg…"

„Unsinn!" wusste Rake zu behaupten, „Es ist nur ein Spiel! Setzt euch zu uns unter den Baum, und wir erklären euch alles! Ok?"

Toto und Harry warfen sich fragende Blicke zu, kletterten dann aber ins Freie.

„Halt an, *halt an*, verdammt!" rief Fart aufgeregt. „Wir sind da!!!"

Kathrin brachte den Wagen zum Stehen und schaute verwundert das Haus an. „Was? Bist du blöd? Nie im Leben wohnt Alice hier…"

„Natürlich!" beteuerte Fart, „Wobei… ich habe es auch anders in Erinnerung…"

Das gesamte Gebäude war mit Efeu überwuchert, und die Fenster hatte man mit Brettern zugenagelt.

Tihme-San beurteilte: „Diese Alice hat einen äußerst… *exotischen* Geschmack, nicht wahr?"

Fart kratzte sich an der Stirn. „Vor ein paar Tagen sah das noch ganz anders aus… aber die Adresse stimmt… glaube ich"

Kathrin bestätigte: „Doch doch, die ist korrekt! Das ist garantiert nur wieder irgend so ein Spuk des Spiels!"

Fart nickte: „Yeah, wir sollten uns besser verteidigungsbereit halten…"

Vorsichtig näherten sie sich der Haustür.

„Vielleicht sind ihre Eltern zuhause…" hoffte Kathrin, als sie anklopfte.

KRRR – begann die Tür zu zittern. WROSCH – riss sie sich aus ihrer Verankerung und war im Begriff, Kathrin zu zerquetschen. Im letzten Moment hielt sie jedoch inne und schien sich umzusehen, bis sie – PLOMP – *Fart* unter sich begrub. „Das ist *definitiv* ihr Haus…" ächzte der.

Die beiden anderen halfen ihm wieder auf die Beine. Gemeinsam warfen sie anschließend einen furchtsamen Blick ins Innere des Gebäudes: nirgendwo waren Einrichtungsgegenstände zu entdecken, dafür jedoch eine Menge *Spinnenweben*. Offensichtlich hatte hier schon *lange* niemand mehr gewohnt…

Kathrin konnte ihren Blick nicht abwenden. Sie hauchte: „Das… ist gruselig…"

Fart winkte ab: „Dann warst du noch nie in Olafs Zimmer! Kommt schon, vom Rumstehen wird Alice auch nicht lebendig!" Mutig ging er voran.

Tihme-San seufzte: „Hach… im Irrenheim müsste es jetzt die Mittagssonde geben…" Dann folgte auch er.

Kathrin zögerte am längsten. Spinnen waren nicht unbedingt ihre Lieblingstiere, doch anderseits wollte auch sie, dass Alice endlich wieder aus ihrem Koma erwachte. „Für Alice!" nahm sie schließlich all ihren Mut zusammen und begab sich hinein.

BAMM – hakte sich die Haustür wieder in ihre Angeln und versperrte auf diese Weise jeden Rückweg. Nun waren die drei *gefangen*…

„Ich… habe *Angst*…" flüsterte Kathrin.

Fart beruhigte: „Brauchst du nicht! Denk dran: das ist nur ein Spiel, und in Wirklichkeit sind wir… in… ihrem Haus? Oder… hm… also ehrlich gesagt habe ich keine Ahnung wo wir in Wirklichkeit sind, aber uns kann nichts passieren, glaub' mir!"

Plötzlich setzte ein wahnsinniges Flüstern ein. Die Wände schienen sich zu bewegen und außerdem… lief *Blut* an ihnen herunter.

Kathrin stotterte: „D-das Ha-Haus… es… es…"

„Es *menstruiert*!" führte Fart den Satz zu Ende.

„HUA HAR HAR HARRR…" erklang eine makabre Lache.

„Also dafür, dass es die Tage hat, ist es *erstaunlich* gut gelaunt…" wunderte sich Fart.

134

Tihme-San berichtigte: „Ich glaube eher, dass dieses Gelächter furchteinflößend wirken soll!"

Kathrin rief: „Wenn das so ist, dann hat es vollen Erfolg damit!" Verzweifelt hämmerte sie gegen die Tür. „Lasst mich raus! *Ich will hier raus!*"

„Nicht so hastig!" hielt Fart sie zurück, „Zunächst müssen wir etwas Persönliches von Alice finden! Kommt, gehen wir in ihr Zimmer! Vielleicht liegen da noch ein paar Slips herum…"

Auf dem Weg kritisierte Tihme-San: „Ein Slip ist doch nichts Persönliches…"

„GRAAAA!!!" hallte ein irres Kreischen durch den Flur.

Fart sah Tihme-San ungläubig an: „Ein Slip soll nichts Persönliches sein? Alter, wo lebst du? Ein Slip berührt sie den ganzen Tag an ihrer intimsten Stelle! Ist das etwa *unpersönlich*?"

Heißer Aschewind wehte ihnen um die Ohren.

Tihme-San blieb bei seiner Meinung: „Aber er genießt es ja nicht! Das Verhältnis zwischen Frau und Slip ist eine reine *Zweckbeziehung*!"

„Guter Punkt!" gestand Fart zu.

Sie erreichten Alices Zimmer und wurden hart enttäuscht: es war leer.

Kathrin bibberte: „Wir… sollten diesen Ort verlassen…"

Der Boden begann zu beben und Staub rieselte von der Decke. Tihme-San stimmte zu: „Hast Recht! Langsam wird's echt ungemütlich…"

„NEIN!" schrie Fart und rannte wild im Zimmer herum, „Hier *muss* was sein! *Irgendetwas*…"

Wilde Trommeln dröhnten in der Ferne, vermischt mit unglaublich dunklem Gebrüll, das immer näher zu kommen schien. Hier und da riss der Boden auf, um gleißende Flammen in die Höhe zu spucken.

Besessen tanzte Fart durchs Feuer, stur an seinem Vorhaben festhaltend: „Ich werde etwas finden! *Ich werde etwas FINDEN*!!!"

Leise sprach Tihme-San: „Nein, etwas wird *uns* finden…"

KRACH BOOOOM!!!

Erschrocken schauten er und Kathrin in den Flur: glühende Lava sprudelte aus dem Boden, und darin… tauchte etwas auf… Beide mussten ihre Gesichter mit den Armen schützen!

„VERDAMMT!" fluchte Fart, „Hier *muss* etwas…" Er stockte. DRRRING – verwandelte sich sein Kopf kurzzeitig in eine Glühbirne. „Na klar doch! Dieses stupide, langweilige, uninteressante Zeichen an der Wand!" Mit den Händen wischte er das Blut weg, und tatsächlich, da war es: das Logo der ,Friedarchie'! Fart sprang in die Luft: „Yeah, yeah, YEAH!!! Damit wird es funktionieren!!! Tihme-San! *Tihme-San*!!! Du musst sofort… ACH DU *SCHEISSE*!!!" Ein gigantisches, gehörntes, Feuer spuckendes, mit Peitsche bewaffnetes, extrem wütendes Ungeheuer stand brüllend in einem Lavasee und war ohne Zweifel auf Stress aus! Fart warnte: „Leute, da ist ein Balrog wie in Herr der Ringe!!!"

„Wirklich? Wo?" hatte Tihme-San noch genügend Nerven für ein wenig Sarkasmus am Start. Und das, obwohl er eigentlich genau wie Kathrin vor Schreck erstarrt war.

Fart packte die beiden an den Schultern: „Kommt jetzt, hauen wir ab! Ich habe, was ich brauche und… DUCKT EUCH!!!"

WUSCH – schwang der Balrog seine Peitsche, verfehlte seine Ziele um Haaresbreite und zerschmetterte die Wand.

Fart rief ihm furchterfüllt zu: „He… äh… sorry… äh… wir wollten dich nicht stören! Wir… äh… wussten nicht, dass *du* jetzt hier wohnst und… wollten auch gerade wieder gehen!"

Tihme-San schüttelte mit dem Kopf. „Junge, der versteht dich nicht!"

„Wieso nicht? Ist er schwerhörig?" fragte Fart ängstlich empor schauend.

Kathrin pöbelte in Verzweiflung: „Sieht der aus, als ob er *Deutsch* könnte?!"

Fart meinte: „Nun, aber *ihr* könnt Deutsch, und ich sage euch: WEG HIER!!!"

Durch die vom Balrog zertrümmerte Wand konnten sie ins Freie fliehen, doch der mächtige Dämon blieb ihnen auf den Fersen, wobei die Erde unter seinen Schritten bebte.

„Lauft, Leute, LAUFT!!!" schrie Fart.

Tihme-San schnaufte: „Wenn ich mich doch bloß konzentrieren könnte… dann… würde ich… uff… die Zeit verlangsamen…"

Kathrin erkannte: „Mist! Zum Auto geht's in die andere Richtung…"

„Pfeif auf das Auto!" keuchte Fart, „Lasst uns einfach durch die Straßen flüchten… vielleicht… vielleicht können wir das Biest einem anderen Spieler anhängen…"

„Hoffen wir's!" japste Kathrin.

Rake schloss seinen Bericht: „Und deshalb seid ihr wahrscheinlich gar nicht echt, sondern nur zwei unreale Einbildungen im Spiel der Spiele! Zum Irrenheim geht's dort lang."

Toto und Harry sahen sich verwirrt an. Letzterer meinte: „Eine komische Geschichte, die du uns da servierst!"

Rake fuhr auf: „Das ist keine ‚Geschichte', Mann! Überleg' doch mal: das, was ich am meisten fürchte, ist ohne Zweifel die Rückkehr meines miesen Bruders Fart. Das Spiel erkennt diese Angst und verbildlicht sie mir. Dieses Mal wie im Film ‚Stephen King's Es', wo die Angst an sich durch einen Clown symbolisiert wird. Und da ihr beide mit einem Clown gleichzusetzen seid, lungert *ihr* jetzt halt im Abwasserschacht herum!"

Harry zweifelte: „Das stinkt nach Schwachsinn…"

Rake widersprach: „Aber nein, *ihr* seid Schwachsinn! Wieso könnt ihr nicht realisieren, dass euer Auftritt hier völlig *absurd* war? Ich meine… ihr habt euch im Abflussschacht versteckt und mir einen *Luftballon* angeboten! Genau wie der Clown im Film! Kennt ihr den überhaupt? Ich habe euch doch erklärt, dass solche Filme nur die Abenteuer von Spielern widerspiegeln!"

Shadow unterstützte: „Oder die Marschkapelle, die über Totos Hand gelatscht ist… Glaubt ihr ernsthaft, dass die echt war? Oder dass *ihr* echt seid?"

Toto wies ab: „Jetzt hör' doch auf mit diesem Blödsinn… Wir *müssen* existieren! So vielen Leuten haben wir bereits geholfen, so viel haben wir bewirkt…"

Rake unterbrach: „Ach ja? Sicher, ihr habt schon viele, viele Menschen darauf hingewiesen, dass sie ihre Musik leiser stellen sollen, damit ihre Nachbarn ruhig schlafen können! Aber war das wirklich *real*? Oder gibt es nicht immer noch überall Leute mit zu lauter Musik? Habt ihr *wirklich* etwas bewirkt? Oder habt ihr es euch nur eingebildet?"

Shadow fügte hinzu: „Weil ihr *selbst* nur Einbildungen seid!"

Toto verteidigte leicht verunsichert: „Junge… wir… wir haben eine *Fernsehshow*! Wie soll man uns filmen wenn wir nur Einbildungen sind, hä?"

Rake stieß auf: „Und wie oft hat diese Show schon hier in Gruetze stattgefunden? Ich verrat's euch: noch NIE! Dies, weil Toto und Harry *niemals hier waren*! Vielleicht gibt es einen Toto und einen Harry, doch glaubt mir, das seid nicht ihr! Ihr seid bestenfalls… *Kopien*!"

Wieder sahen Toto und Harry sich an, dieses Mal mit zuckenden Augenlidern. „Hihi… hihihi… wir… hihi… sind… *Kopien*! HIHIHI!!!" Sie begannen, wilde Purzelbäume auf dem Rasen zu schlagen. Irgendwann fragte Harry einfach die Straße herunter deutend: „Dort lang?"

Rake bestätigte: „Ganz genau! Und dann ist es ausgeschildert!"

Wild und fröhlich hüpften die beiden sympathischen Fernsehpolizisten von dannen.

Shadow gratulierte: „Glückwunsch, damit hast du heute schon drei Leute um ihren Verstand gebracht!"

Rake grinste: „Yeah, echt gut, ne? Endlich habe ich einen Weg gefunden, meine Gechilltheit zu bewahren: ich befördere jeden Stresser einfach direkt in die geschlossene Anstalt! Vielleicht sollte ich eine eigene eröffnen…"

Shadow wollte etwas erwidern, wurde jedoch – BRRRWWW – vom Geräusch eines übermächtigen Motors unterbrochen.

„Oha, hört sich nach Babban an… Gut, dass Lucky gerade drinnen ist und Mittagspause macht! Der würde darauf nicht klar kommen…" erkannte Rake.

Es war tatsächlich Babban, der jetzt sein monströses Gefährt zum Stehen brachte und hupte, wodurch – KLIRR – sämtliche Fensterscheiben der Umgebung zersplitterten. Dann seilte er sich ab und grüßte: „Shadow! Rake! Was geht bei euch? Genießt ihr das Wochenende?"

Shadow rief: „Auf jeden Fall, muss sein! Chill dich zu uns!"

Babban erkundigte sich: „Rake, wie fährt sich der Wagen?"

Rake lobte: „Bestens, mein Freund! Als wäre er nie von einem toten Zyklopen zerquetscht worden!"

Babban lachte: „Ist er ja auch nicht!"

„Seht euch diese faulen Schweine an!" kam in diesem Moment auch Olaf mit seiner Gefolgschaft die Straße entlang. Wilde Begrüßungen erfüllten die Luft, bis Shadow plötzlich unterbrach: „JUNGS! Ich will euch ja nur ungern die Laune verderben, aber wir sind mehr als fünf Spieler auf einem Haufen…"

Babban ärgerte sich: „Alter, wie oft habe ich dir schon erklärt, dass es nur zu einer Schlacht kommt, weil du *glaubst*, dass es zu einer Schlacht kommt?"

Shadow nickte: „Und ich versuche mein *Bestes*, dir zu glauben, doch leider passiert's trotzdem immer wieder…"

Babban winkte ab: „Weil du mir eben *nicht* glaubst! Glauben zu glauben ist nicht gleich glauben!"

Olaf so: „Ist doch alles egal! Lasst uns einfach zur Party fahren, dort müssten wir sicher sein! Oder hat jemand Bock auf Kämpfen?"

„Kein Stress heute!" wies Rake zurück.

„Welche Party?" erkundigte sich Babban interessiert.

„Komm einfach mit, wird lustig!" lud Olaf ein, „Wir brauchen allerdings einen Fahrer, ist ziemlich weit außerhalb…"

„Kein Ding!" meinte Babban und deutete auf seinen Truck.

Olaf blickte empor: „Das Ding gehört also zu dir? *Gewaltiges* Teil!"

Babban grinste: „Yep, und wenn es gleich tatsächlich zu einer Schlacht kommen sollte, dann werden wir da drin nur wenig davon mitbekommen!"

Rake seufzte: „Sehr schön! Ist mir voll wichtig, dass es heute *ruhig* bleibt…"

„GRRUUAAAHRRR!!!" ertönte ein bestialisches Brüllen.

Flex fragte: „Ob das schon die Monsterhorden sind?"

„Leute! LEUTE!!! LAUFT!!! UFF! LAAAUFT!!!" schrie jemand.

Rake bedeckte sein Gesicht mit den Händen: „Nein Flex, schlimmer! Viel schlimmer! Es ist mein Bruder…"

Fart, Kathrin und Tihme-San rannten völlig außer Atem an den Spielern rund um Rake vorbei. Eine Erklärung für ihre Flucht war nicht nötig, denn direkt hinter ihnen trampelte ein Balrog die Straße kaputt und schlug mit einer Peitsche nach seinen Opfern. Allerdings verfehlte er sie, streifte dafür jedoch den Außenspiegel von Babbans Truck.

„Oh nein…" hauchte Shadow, der Babban schon länger kannte als die anderen…

Babban stampfte zum Außenspiegel seines Trucks. Mit einem Winkelmesser und einem Geodreieck nahm er dort Maß…

Ein Wirbelsturm aus Blitzen und dunklen Wolken erschien über seinem hochroten, aus beiden Ohren dampfenden Kopf. KRRRT – knackte er mit seinen Fingern, stellte sich mitten auf die

Straße und BRÜLLTE dem Balrog hinterher: „HAAAAAAALT!!!"

Stolpernd blieb der Balrog stehen. PLING – erschien ein Fragezeichen über seinem Schädel, PLAPP – zerplatzte es und hinterließ einen äußerst dümmlichen Gesichtsausdruck in der Fratze des Ungetüms.

Babban schrie wutentbrannt: „Ja, *du* bist gemeint!!! Du hast meinen Außenspiegel verstellt! NIEMAND verstellt etwas an meinem Wagen!!! Er ist mein Kind, mein *Sohn*, und du hast ihn mit deiner beknackten Karbatsche kontaminiert! Dafür lernst du jetzt Osmanlı Tokat kennen…"

Während der Balrog im Hintergrund ratlos blinzelte, stellte Shadow sich vor Babban und redete auf diesen ein: „Ach komm schon, Alter! Lass ihn! Er hat's doch nicht mit Absicht gemacht! Oder?"

Der Balrog nickte zunächst, schüttelte dann den Kopf und deutete schließlich zitternd auf Flex.

Das machte Babban erst *richtig* sauer. „Ich habe GESEHEN, dass DU es warst! Du TEELICHT! Ich werde dich in Stücke reißen und mit den Ohren am Arsch wieder zusammensetzen! Noluyor lan bana laf mit atiyorsun! Piç kurusu!"

Shadow konnte Babban nur mit großer Mühe aufhalten, weshalb er die anderen Spieler bat: „Los Leute! Helft mir! Glaubt mir, ihr wollt nicht sehen, was er mit dem armen Monster macht!"

Hart schwitzend versteckte der Balrog sich jetzt hinter einem Straßenschild, wo er natürlich immer noch deutlich zu sehen war, und lugte ängstlich um die Ecke.

„Haltet ihn auf…" ächzte Shadow, und alle gemeinsam schafften sie es tatsächlich, den Balrog vor Babban zu beschützen.

Der war noch immer Hass pur: „Dieser Dreckssack hat meinen Spiegel verstellt! MEINEN SPIEGEL!!! Fast um einen ganzen halben Grad hat er ihn verbogen…"

„Dann stell ihn halt wieder richtig ein!" schlug Shadow vor.

Schnaufend beruhigte Babban sich langsam wieder.

Rake so: „Der heutige Tag soll ein Tag der Gechilltheit sein! Diese extrem anstrengende Woche geht vorüber, also lehnen wir uns doch entspannt zurück und lassen sie feiernd ausklingen!"

Zeero stimmte zu: „Ein schöner Abschluss! Und da zumindest Twimp und ich seit Ewigkeiten nichts anderes machen, sind wir dir weit voraus!"

Shadow fragte: „Worauf warten wir dann noch?"

Olaf rief dem Balrog zu: „Du kommst auch mit, Staublunge! Mal sehen, ob du mehr Alkohol verträgst als Twimp!"

Dieser lächelte gelangweilt.

Nachdem Babban seinen Rückspiegel wieder korrigiert hatte, machte die Gemeinschaft sich auf den Weg. Der Anhänger war direkt mit der Fahrerkabine verbunden, sodass die Mitfahrer in einer Art Lagerhalle Platz nehmen und dennoch mit Babban sprechen konnten.

Schon eine Straßenecke weiter wurden sie jedoch von einer Dynamitblockade aufgehalten. Babban brüllte auf dem Seitenfenster: „Was soll das nun wieder?"

H-KO tauchte auf und bekundete: „Ich warte auf so'nen Kerl, dem ich Kelle geben muss!"

Rake informierte: „Nicht mehr nötig, er hat sich inzwischen selbst eingewiesen! Komm, steig ein! Wir fahren Feiern! Deine Konsole habe ich auch am Start!"

„Geile Sache!" freute sich H-KO und schloss sich den Gefährten an.

Kaum war er an Bord, da ging die Fahrt auch schon weiter.

Schließlich passierten sie Petes Technikladen. „Nanu! Was ist denn da los?" fragte Zeero.

Babban erklärte: „Die BVs sind in einen Hungerstreik getreten und… haben's bis zum Äußersten durchgezogen!" – Elektronik-Service Gruetze war von Skeletten mit Protestschildern gesäumt.

Olaf erkannte an: „Sie legen eine gewaltige Willenskraft an den Tag!"

Bedauern war aus Babbans Stimme herauszuhören: „Hätte man sie bloß in *korrekte* Richtungen verstrahlt… So jedoch war ihr Opfer umsonst!"

„Dennoch werden sie nicht die Letzten sein!" schloss sich Shadow Babbans Niedergeschlagenheit an.

Babban nickte: „Weil es immer noch Leute gibt, die sich jene gewissen Fernsehsendungen reinziehen!"

„Auf jedsten!" stimmte Rake zu, „Sendungen wie…"

„RUHE!" befahl Babban, „Sprich es nicht aus! NIEMALS! Jemand könnte auf die Idee kommen, jene Sendungen anzuschauen – aber das DARF NICHT PASSIEREN! Versteh' doch: um sie loszuwerden, müssen wir diesen Schaben ihren Nährboden nehmen!"

„Wir müssen sie ihrer Einschaltquoten berauben!" brummte Shadow.

„Unsere einzige Chance!" Jeder nahm sich fest vor, niemals wieder jene Sendungen einzuschalten. Dadurch fühlten sie sich wieder etwas besser, weil sie merkten, dass sie die Welt wenigstens in geringem Maße verbessern würden.

Eine Weile fuhren sie weiter, dann kamen sie an Dellas Haus vorbei. Rake ließ Babban auf die Bremse treten, um auch sie einzuladen.

„Dürfen meine Kleinen auch mitkommen?" fragte Della daraufhin.

„Aber freilich!" ahmte Rake gut gelaunt einen süddeutschen Akzent nach.

Seine Fröhlichkeit steckte sowohl Della als auch ihre Kobolde an. Gemeinsam tanzten sie in den Truck. Dort angekommen erstarrte Della jedoch.

„Was ist los?" wollte Rake wissen.

Della schaute Flex und Titan mit großen Augen an: „Die… die beiden Gruetzer Battle-Rapper!!!"

Flex trällerte: „Yeah, wir kommen direkt aus der Scene! Underground wie Kanalwasser!"

Titan erläuterte: „Und *damit* kennt er sich aus, schließlich kam er dort zur Welt!"

Flex konterte: „Wenigstens passt *meine* Mutter durch einen Gullischacht!"

Babban erkundigte sich bei Della: „Ist das jetzt ein Problem für dich oder können wir weiter fahren?"

Della deutete eine Verbeugung vor Flex und Titan an: „Nein, es… es ist mir eine *Ehre*, wieder mit euch feiern zu dürfen!"

Ihre Kobolde betasteten die Battle-Rapper, als könnten sie gar nicht glauben, ihnen gegenüber zu stehen.

„Na schön, weiter geht's!" rief Babban und gab Gas.

Rake fragte Della: „Was geht bei dir? Stehst du so sehr auf Hip-Hop?"

„Nein, es geht mir nicht um die Musik. Vielmehr hat es damit zu tun, wie wir Menschen uns von den Tieren erhoben haben…"

Verbittert meinte Shadow: „Wovon sprichst du da? Schaust du keine Nachrichten? Das ist *nie* passiert! Noch immer bekämpfen wir einander in blutigen Auseinandersetzungen, ganz wie die Natur es uns vorschreibt! Immer wieder verherrlichen wir reales Sterben, und das nur, um unser Revier zu erweitern wie… wie *Tiere!!!*" Das letzte Wort spuckte er mit Verachtung in die Runde.

Der Balrog legte ihm die Pranke auf die Schulter und urteilte: „BURZUM DURBLAT!"

Della stimmte zu: „Dieser Flammendämon hat Recht! Du trägst einen tiefen Schmerz mit dir herum! Doch wieso? Nicht jeder fällt der Mordpropaganda anheim! Sieh allein *uns* an: wir fahren *feiern!* Niemand könnte uns dazu bringen, in einen verdammten Krieg zu ziehen…"

Zeero lachte: „Dafür sind wir viel zu faul!"

Shadow gestand ein: „Mag sein, doch wir Faulen sind nur eine Minderheit, eine kleine Randgruppe... Wenn doch bloß jeder so wäre wie wir!"

Della lehrte: „Aber genau diese Denkweise führt in den Krieg! Wenn du unbedingt willst, dass andere genauso denken wie du, dann… dann versuchst du auch bloß, dein ‚Revier' zu erweitern!

Verteile doch stattdessen lieber einfach nur Ratschläge und wenn die Leute sie nicht annehmen: Pech für sie! Für *sie*, verstehst du? Nicht für dich…"

Bitterböse äffte Shadow nach: „Genau, Pech für sie! Pech für die Tiere! Und Pech für die Menschen unter der Herrschaft der Tiere! Doch Moment! Menschen? Gibt es überhaupt Menschen?!"

Della schaute zu Boden. „Du hast es wieder vergessen, nicht wahr?"

„Was habe ich vergessen?" wollte Shadow wissen.

„Das uralte Geheimnis der Battle-Rapper…" legte Della dar.

Shadow verschränkte einfach nur die Arme.

„Soll ich es noch einmal erzählen?" fragte Della zart.

Begeistert klatschte der Balrog in die Hände und setzte sich in den Schneidersitz. Die anderen taten es ihm gleich, abgesehen von Shadow, der sich eine Kippe drehte, und Babban, der ja fahren musste.

Della begann: „Wie du zu wissen glaubst, ist *Kampf* der Naturzustand. Als es noch keine Menschen, sondern nur Tiere gab, war alles von Gewalt und wilder Barbarei beherrscht. Es ging nur ums Fressen und gefressen werden, das Gleichgewicht der Natur ist bloß ein gewaltiger Schlachtplan! Niemand hatte ein Recht auf Leben und jeder konnte dieses von einer Sekunde zur nächsten verlieren! Irgendwann ging dann aus den Affen der Mensch hervor, doch war dieser Mensch noch mehr Affe als Mensch, da er sich noch immer dem Naturgesetz beugte: wer mir im Weg ist, wird platt gemacht! Die Zivilisation begann also *nicht* mit dem aufrechten Gang, wie viele meinen! Doch wie begann sie dann?"

H-KO riet: „Mit der Erfindung von Werkzeugen?"

Della gestand zu: „Nun, das war ein großer Schritt, doch auch Affen benutzen Stöcker und Steine um an bestimmte Nahrungsmittel heranzukommen! Davon abgesehen bestand der größte Unterschied nach Einführung der Werkzeuge darin, dass derjenige, der im Weg war, jetzt keine Faust mehr ins Gesicht kriegte, sondern einen Speer in die Brust! Nein, trotz Werkzeugen herrschte immer noch Barbarei vom Feinsten vor! So war es für lange, lange Zeit! Und dann kam endlich der Tag, ich brauche nicht zu erwähnen, dass es oberflächlich betrachtet ein Tag wie jeder andere war, da spazierte ein Pärchen Hand in Hand über weite Felder, auf denen sattes Grün erblühte. Ein Mann und eine Frau, die sich sehr liebten und…"

„Waren sie *nackt*?" fragte Babban.

Della schüttelte den Kopf: „Nein, seine Frau war äußert brünstig, weshalb der Typ sich ein Blatt vor den Pimmel geklebt hat…"

Babban hakte weiter nach: „Aber *sie* war nackt?"

Della bestätigte: „Ja, das war sie!"

„Früher war alles besser…" seufzte Babban.

Della fuhr fort: „Jedenfalls spazierten die zwei Süßen über die Weide, als die Frau plötzlich einen Stein entdeckte, der die Form eines Ringes hatte. Sie hob ihn auf und stülpte ihn über ihren Ringfinger, fand ihn äußerst schick und zeigte ihn voller Stolz ihrem Mann. Der war auch total begeistert und wollte ihn deshalb für sich haben, weshalb er seiner Frau, ganz wie es der damaligen Sitte entsprach – PATSCH – ordentlich eine fensterte!"

Erschrocken zuckte der Balrog zusammen. Twimp klopfte ihm beruhigend auf den Rücken.

Della erzählte weiter: „Den Gesetzen der Natur entsprechend hätte die Frau ihm nun ebenfalls eine vor den Latz knallen oder sich ihm fügen müssen, doch dieses Mal kam es anders! Der alles entscheidende Moment war angebrochen: die Barbarei würde nun überlistet und auf ihren Rang verwiesen werden! Man sagt, dass die Frau von goldenem Licht umhüllt war, als sie nach dem eingesteckten Punch aufschaute, langsam ihren Arm hob, den Mittelfinger aufrichtete und bedächtig ihrem Mann jenes Wort entgegen warf, welches den Anbeginn der Menschlichkeit markiert: ‚*Arschloch*!'. Ja, alles begann mit dem Mittelfinger und einer Beleidigung! Dem Mann war sofort klar, dass jetzt eine neue Zeit angebrochen war, und mit Schlägen würde er von nun an nicht mehr weiter kommen! Deshalb erhob auch er seinen Mittelfinger und sprach voller Inbrunst: ‚*Arschloch*!'. So standen sie sich viele Stunden gegenüber an jenem Tage, da erstmalig, trotz einer Meinungsverschiedenheit, keines Lebewesens Blut den Boden tränkte! Jener glorreiche Tag, der die menschliche Zivilisation gebar, uns von dieser Diktatur der Natur befreite um uns fortan nach eigenen Regeln spielen zu lassen! Und die geistigen Nachfahren dieses ersten Aktes der Zivilisation sind tatsächlich die Battle-Rapper. Denn was dieses Pärchen sich dort bot, war nichts anderes als ein waschechter, ja *ursprünglicher* Freestyle-Battle!"

Flex schränkte ein: „Wobei man natürlich bedenken muss, dass sie in der Wortwahl ihrer Punchlines recht eingeschränkt waren, schließlich war die Sprache zu jener Zeit erst im Entstehen begriffen!"

Titan nickte auf Flex deutend: „Und viele – wie beispielsweise *er* – haben sich bis heute kaum weiterentwickelt!"

Ehe Flex kontern konnte, wollte Rake wissen: „Was passierte mit dem Pärchen?"

Della erzählte: „Wie gesagt, sie standen sich viele Stunden gegenüber und beleidigten einander. Irgendwann kehrten sie sich voller Zorn den Rücken zu und gingen in verschiedene Richtungen davon. Die Frau hatte ihren Ring behalten können, doch irgendwie bereitete er ihr nun keine Freude mehr. Langsam ebbte ihre Wut ab und machte einem anderen Gefühl Platz: der Reue! Viele Tage saß sie an einem Ufer und weinte in unbarmherziger Einsamkeit! Wo war der Mann, den sie über alles liebte und den sie nur wegen dieses blöden Steins zum Teufel gewünscht hatte?!"

Der Balrog und Dellas Kobolde weinten, ohne sich ihrer Tränen zu schämen.

Auch Babbans Stimme wirkte äußerst zittrig als er fragte: „Aber… aber sie war wenigstens immer noch nackt, oder?"

Della ging ins Detail: „Das einzige, was sie trug, war jener Ring, doch genau der schien ihr jegliche Lebenskraft abzusaugen. Sie wünschte sich tot auf den Grund jenes Flusses, den sie mit ihren Tränen erweint hatte!"

„Weiter! Erzähl weiter!" forderte Rake gespannt.

Della tat wie ihr geheißen: „Mit leerem Blick schaute die Frau ins Wasser, als dort plötzlich das Spiegelbild ihres Mannes erschien. Sie erschrak: er wirkte total abgemagert und fertig, als hätte auch er seit ihres Streits großen Schmerz durchleiden müssen. Da nahm er zärtlich die Hand, an der sie keinen Ring trug, und holte etwas hervor: es war ein zweiter Ringstein, den er ihr nun sanft über den Ringfinger stülpte. Dabei sahen sie sich tief in die Augen und erkannten, dass sie ohne einander nicht überlebensfähig waren. So nahm sie den Steinring, den sie vor einigen Tagen selbst gefunden hatte, und befestigte ihn ihrerseits dem Mann am Ringfinger. Unter Tränen der Freude fielen sie sich in die Arme und wollten einander nie wieder loslassen! Auf diese Weise begann die menschliche Zivilisation! Erst *danach* sind die Menschen auf den ersten Kasten Bier gestoßen, wie wir es aus Werner Beinhart kennen!"

Völlig verträumt meinte Rake: „Eine wunderschöne Geschichte, Della!"

Babban stimmte zu: „Besonders gut hat mir gefallen, dass die Frau stets nackt war!"

„Pah!" lehnte Shadow trotzig ab, „Leiden mussten sie trotzdem! Ok, am Ende waren sie glücklich; doch was, wenn sie sich nicht wiedergefunden hätten? *Sie* hätte Selbstmord begangen und *seine* Reue hätte sich früher oder später in Wut verwandelt, welche er auf andere projiziert hätte um letztlich wieder ganz der Natur entsprechend einen Mord nach dem anderen zu begehen! Nein, selbst wenn man den Schritt zur Zivilisation geschafft hat: die Natur versucht permanent, die

Kontrolle zurückzuerlangen! Und überhaupt: ob man nun zivilisiert ist oder nicht, leiden muss man in jedem Fall!"

Rake fuhr ihn an: „Shadow Alter, was zum Teufel ist eigentlich los mit dir?! Du warst doch gerade noch voll gechillt…"

Della hielt Rake zurück: „Nein, ich… *verstehe*, was er meint!"

Wütend erwiderte Shadow: „Das glaube ich weniger! Ich habe den Wald gesehen, ich habe *Massenmord* gesehen!"

Ruhig tat Della kund: „Ich *wohne* im Wald…"

Tränen sammelten sich in Shadows Augen: „Wie… wie hältst du das bloß aus?"

Traurig schaute Della zu Boden. Schließlich sah sie wieder auf und als sie nun sprach, strahlte sie eine solche Kraft aus, dass abgesehen von Shadow und den am Steuer sitzenden Babban jeder einige Schritte zurückwich: „Ich habe eine bunte Pflanze beobachtet, bis ein Käfer kam und sie vertilgte. Ich habe einen niedlichen Käfer beobachtet, bis ein Vogel kam und ihn aufpickte. Ich habe einen wunderschönen Vogel beobachtet, bis er von meiner Katze zerfetzt wurde. Und ich habe beobachtet, wie mein Vater aus Versehen meine Katze überfahren hat. Es war das erste Mal, dass ich ihn habe weinen sehen! Es… war grauenvoll… und doch… *lehrreich*! Mein Vater… er spiegelte sich in meinem eigenen Spiegelbild wider, als ich nach dem Tod meiner Katze mich selbst betrachtete und mich fragte: wer… oder nein, *was* sind wir? Wir können so… *anders* sein als der Rest, wenn wir wollen! Ja Shadow, wir *können* Käfer, Vogel und Katze sein, wir können töten ohne mit der Wimper zu zucken! ODER… wir können sein wie mein Vater… und *bereuen*, was wir verbrochen haben! Doch wenn wir wie mein Vater *sind*, dann können wir *entscheiden*… ob wir leiden… Wir können *entscheiden*, ob wir eine falsche Wahl oder eine Unachtsamkeit bereuen! Die zwei Verliebten, von denen ich erzählt habe: sie konnten *entscheiden*, ob sie nach ihrem Freestyle-Battle leiden! Hätten sie sich *natürlich* verhalten, hätten sie sich gegenseitig körperlichen Schaden zugefügt: sie hätten *keine* Wahl gehabt! Eine Faust im Gesicht verursacht Schmerzen, ob du willst oder nicht! Eine Verletzung auf *geistiger Ebene* hingegen, eine *zivilisierte Verletzung*, lässt dir stets die Wahl, zumindest theoretisch! *Das* war es, was mir mein Spiegelbild nach dem Ableben meiner Katze mitteilte, und fortan *entschied* ich mich dafür, so weit es geht mit allem klarzukommen! Nicht immer ist es einfach, im Gegenteil: oftmals verlangt es ein hohes Maß an Willenskraft, ABER: es ist… *möglich*!"

Patzig wies Shadow zurück: „Tja, wirklich schade, dass niemand von dieser Möglichkeit Gebrauch macht und jeder sich stattdessen lieber von der Natur unterdrücken lässt! Verfluchte Natur, *verfluchte Natur*!!!"

Della lächelte halb: „Nun, wenn du das immer noch so siehst, dann werde ich dir heute Abend etwas zeigen! Sei gespannt, du Guter!"

Plötzlich gab Babban kund: „Monsterhorde voraus!"

Erfreut rief Olaf: „Sehr gut, die nehmen wir gleich mit zur Party! Je mehr wir sind, desto härter wird alles ausarten!"

„YEHAA WOCHENENDE!!!" rief Rake.

Noch ehe die angreifenden Ungeheuer sich versahen, waren sie vom Feierfieber angesteckt und tanzten mit spitzen Hüten und Luftschlangen durch Babbans Anhänger.

„Haben wir ihn abgehängt?" fragte Fart erschöpft.

„Ich glaube schon…" schnaufte Tihme-San.

Kathrin motzte: „Warum sind diese Monster bloß alle so aggro? Wir haben ihnen doch gar nichts getan!"

„Vielleicht gefällt ihnen nicht, wie deine Visage gebaut ist…" vermutete Fart hechelnd.

„*Dir* wird gleich etwas nicht gefallen!" drohte Kathrin faustschwingend.

„*Mir* gefällt es *hier*!" warf Tihme-San ein. Sie hatten sich unter einer abgelegenen Brücke versteckt, und ein kleiner Bach erzählte dort seine Geschichte vom Reisen.

Fart jedoch gehörte nicht zu denen, die daran interessiert waren, als er nun aufbegehrte: „Leute, endlich ist es soweit! Jetzt können wir Alice retten!" Entzückt hüpfte er im Kreis herum.

Tihme-San verlangte: „Dann zeig' mal her, was du bei Alice gefunden hast!"

Fart malte das Zeichen der ‚Friedarchie' in die Erde. „Bitte schön! Alice' persönliche Idee von irgendwas, das keinen interessiert!"

Tihme-San zückte seinen Mittelfinger und strich damit über Farts Zeichnung. Zwar begannen die Linien in pinkem Licht zu leuchten, aber dennoch fuhr Tihme-San sich über den Kopf: „Oh je! Bin mir nicht sicher, ob das reicht…"

Fart schreckte geschockt auf: „Was soll das heißen?! Du hast gesagt, dass…"

„Ich weiß, was ich gesagt habe!" unterbrach Tihme-San, „Doch es könnte schwierig werden, sie mit nichts als diesem komischen Zeichen zu finden!"

In Verzweiflung verleugnete Fart: „Ne! Auf keinsten, Mann! Dir mangelt's an Plan, das ist alles!"

Tihme-San ließ genervt seine Augen rollen. „Hör zu, Fart! Um mit Alice über dieses Logo Kontakt aufzunehmen, musst du *dasselbe* darunter verstehen wie sie! Kennst du die Bedeutung?"

Fart grübelte: „Nun, auf jeden Fall muss es was extrem Langweiliges sein, sonst würde es wenigstens *irgendwen* interessieren…"

„*Ich* weiß, was es heißt!" rief Kathrin.

„Dann spuck's endlich aus! *Mach schon*!" schüttelte Fart sie am Kragen.

Kathrin befreite sich aus dem Griff und erklärte: „Es ist das Zeichen der ‚*Friedarchie*'! Alice hat mir oft davon erzählt! Es war ihr größter Traum!"

Fart nickte: „Dann muss es was mit mir zu tun haben!"

„Nicht direkt…" wies Kathrin zurück.

„Mit Lippenstift, Kochtöpfen, Handtaschen und klimpernden Wimpern?" versuchte Fart weiter.

„Jetzt lass sie doch einfach erklären!" meinte Tihme-San.

Kathrin fuhr fort: „Wie ihr vielleicht selbst erraten habt, setzt sich ‚Friedarchie' aus ‚Frieden' und ‚Anarchie' zusammen! Es beschreibt eine menschliche Gesellschaft, die in Frieden miteinander lebt, ohne dass es auch nur eine Regel gibt!"

Ungläubig hakte Fart nach: „Du meinst, dass keine Frau jemals ihre Tage kriegt?"

Tihme-San klatschte sich gegen die Stirn: „Fart Alter, du wirst es *nie* kapieren!"

Kathrin stellte richtig: „Ich meinte, dass es keine Vorschriften und Gesetze gibt, weil die aufgrund der gutherzigen Mentalität vollkommen überflüssig sind!"

Fart ächzte: „Och nö! Nicht noch eine dieser naiven Theorien von einer perfekten Welt…"

Tihme-San schlug ihm auf den Rücken: „Tja, wenn du deine Alice wiedersehen willst, dann wirst du dich darauf einlassen müssen, Kumpel!"

Fart schimpfte: „Junge, pisst mir das hart ins Gemüt! Aber na schön, ich versuche es! Für Alice!" Gestresst hockte er sich ins Friedarchie-Logo und schloss die Augen.

Tihme-San flüsterte Kathrin zu: „Nun können wir nichts mehr für ihn tun! Was hältst du davon wenn wir uns jetzt auch zur Party begeben?"

Kathrin rieb ihr Kinn: „Also eigentlich wollte ich dabei sein, wenn Alice zurückkehrt…"

Tihme-San winkte ab: „Das dauert eh noch *ewig*! Bis Fart gecheckt hat, worum es geht, können *Jahre* vergehen!"

Das glaubte Kathrin ihm allerdings aufs Wort und so fuhr sie mit Tihme-San davon.

Fart blieb allein unter der Brücke zurück. Immer mehr versank er in die Idee, dass Menschen einander mit Respekt begegnen, anstatt sich gegenseitig zu demütigen. „Cool sein" würde zum

Synonym für Hilfsbereitschaft und wenn wer wem was Gutes täte, wäre das auch für ihn selber gut, weil er dafür den Respekt und die Anerkennung der gesamten Gesellschaft bekäme. Wie abgeschmackt naiv! Doch egal – WEITER! Jedes Individuum wäre ein wichtiges Glied in einer großen Kette und... heh heh heh... „*Glied*"... heh heh... äh... und äh... wenn sie nicht gestorben sind, dann leben sie noch heute!

„Verflucht!" schrie Fart und öffnete die Augen. „Ich werde niemals raffen, wie sie trotz ihrer Schönheit an dieses *Märchen* glauben kann!" Er sah sich um und realisierte, dass man ihn wieder mal allein gelassen hatte. Tolle Hilfe! Alles musste man selber machen! Doch egal, egal, egal! Das war es wert! *Alice* war es wert! Besonders ihre zarten Hände, die...

„STOPP!" fasste Fart sich an den Kopf. Zurück zum Thema: also, alle Menschen wären glücklich und frei, *niemand* würde wem anders Schaden zufügen können, weil jene düsteren Triebe höchstens als Ideen in den Köpfen der Leute blieben und... WOW! Somit bräuchte man auch keinen jugendkulturfeindlichen Jugendschutz mehr! Das ist ja *richtig* Hammer! Unzensierte Videospiele! Keine Zensur mehr nötig, wenn die Bewohner des Feuersees in Fiktion verharren! Ja, das *wird* die perfekte Welt!!!

Seine Sicht verschwamm und er fand sich in einem hell erleuchteten Raum voller Bildschirme wieder. „Krass!" murmelte er, „Ich *kenne* diesen Ort aus Matrix Reloaded! Aber... dies ist die *Unrealität*! *Unmöglich*, dass Alice' Körper sich hier befindet! Na ja... vielleicht entdecke ich wenigstens ihren Geist! Das wäre ja schon mal ein guter Anfang..." KLIRR – begann er den Raum zu durchforsten, indem er einen der Bildschirme von der Wand trat. „Alice? ALICE???"

„Wir sind da!" bekundete der Architekt, „Hinter dieser Tür wirst du das Orakel finden!"

Alice verbeugte sich: „Vielen Dank für das interessante Gespräch! Besonders, was Sie mir auf dem Weg hierher alles erzählt haben, hat mich echt vom Hocker gehauen! Sie lassen sich wirklich eine Menge einfallen, um die Entscheidungen der Menschen zu erforschen!"

Der Architekt winkte ab: „Nun, die Mehrzahl der Ideen entstammt den Köpfen einzelner Individuen. Ich kopiere sie lediglich ins System und beobachte die Reaktionen der Ziele..."

Alice nickte: „Und dabei wünsche ich Ihnen auch weiterhin ganz viel Erfolg! Auf Wiedersehen, lieber Herr Architekt!"

„Grüß mir das Orakel, junge Alice!" murmelte der Architekt geheimnisvoll und machte sich auf den Rückweg.

Alice wandte sich der Tür zu und erblickte ihr Spiegelbild im silbernen Türknauf. „Hi!" rief sie erfreut.

Ihr Spiegelbild lächelte: „Lange nicht gesehen, was? Weißt du, weshalb das Orakel uns treffen will?"

Alice schüttelte den Kopf: „Nein, ich... habe mich einfach hertreiben lassen..."

Ihr Gegenstück lachte: „Das sieht dir ähnlich! Wieso hast du dich nicht erkundigt?"

Alice rechtfertigte: „Ich habe lieber zugehört..."

KNARTSCH – wurde die Tür auf einmal von innen geöffnet und Alice fand sich einem kleinen Glatzkopf gegenüber. Dieser grüßte: „Hallo Alice! Komm herein, du wirst erwartet!"

Sie wurde durch eine kleine Wohnung voller Kinder in eine Küche geführt. Dort stand eine dunkelhäutige Frau mit schwarzen Haaren vor einem Backofen, die jetzt ohne sich umzudrehen ankündigte: „Ich bin sofort bei dir, Alice! Nur noch einen kleinen Moment..." Sie holte ein Backblech mit Keksen heraus, legte es auf den Tisch und atmete tief ein: „Riechen die nicht köstlich? Nur zu Alice, bediene dich! Aber gib Acht, dass du dich nicht verbrennst!"

Vorsichtig nahm Alice das Angebot an. „Die sind *hervorragend*!" lobte sie mampfend.

Das Orakel ließ sich auf einem Stuhl nieder und zündete sich lächelnd eine Zigarette an. „Vielen

Dank, Kleines!" Und nach einem kurzen Moment fragte sie: „Wieso wolltest du Nichts werden?"

Alice hakte nach: „Sie meinen, weshalb ich mich in die Null gestürzt habe?"

Das Orakel so: „Du *weißt*, dass ich das meine!"

Alice gab zurück: „Und *Sie* wissen, dass ich nicht Nichts werden wollte, sondern dass mein Ziel die Ergründung des Koordinatensystems war! Ich wollte... *alles* wissen! *Alles* verstehen!"

Das Orakel meinte: „Hättest du dann nicht Alles suchen müssen?"

Alice legte dar: „Alles *ist* Nichts! Beides sind Unendlichkeiten! Unendlich viel und unendlich wenig! Doch es gibt nur *eine* Unendlichkeit! Es *muss* so sein! Wäre dem nicht so, dann hätte das Unendliche eine Grenze!"

Das Orakel schaute Alice eindringlich in die Augen: „Und du glaubst, du kannst die Unendlichkeit begreifen?"

Betroffen erwiderte Alice den Blick: „Was... was wollen Sie mir damit sagen?"

Das Orakel wurde präziser: „Glaubst du, du kannst in Gedanken die höchste aller Zahlen aufschreiben?"

Alice zuckte mit den Schultern: „Nun ja, wenn ich unendlich viel Zeit hätte dann..." Bestürzt riss sie die Augen auf: „Nein! Selbst dann... ich... oh Schmach! Nicht einmal unendlich viel Zeit würde reichen! Auf ewig würde ich einem Zahlenstrang entlang rasen, immer eine höhere Zahl vor Augen, und... und *niemals* mein Ziel erreichend! Ja, stimmt! Das war der Grund, weshalb ich mich überhaupt erst der Null zugewandt habe..."

Mit leicht trauriger Miene drückte das Orakel ihre Kippe aus und zündete sich sofort die nächste an: „Es ist das grausamste aller Schicksale, wenn man für immer etwas hinterher rennen muss, das man niemals erreichen kann! Du hast ihn getroffen, du weißt, von wem ich spreche!"

Alice nickte: „Ich... ich soll Sie von ihm grüßen... Oh der *Ärmste*! Er will alles begreifen! Jede einzelne der unendlich vielen Möglichkeiten, jede einzelne Entscheidung... Ein... ein Kampf, den er nicht gewinnen kann..."

Das Orakel wirkte leicht abwesend: „Aber auch nicht verlieren, da er niemals aufgeben wird. Zweifel, Reue und Niedergeschlagenheit... für ihn sind das ebenfalls nur *Möglichkeiten*. Keiner von ihnen kann er verfallen, er ist und bleibt ein drüber stehender Beobachter und Intrigant."

Alice meinte, Schmerz aus der Stimme des Orakels herauszuhören. „Und Sie? Was ist mit Ihnen? Sind Sie verzweifelt?"

Das Orakel lächelte: „Wenn ich, so wie ich bin, an seiner Statt wäre, dann... ja! Meine Bestimmung ist es, die Dinge zu *empfinden*! Und so fühle ich, wenn ich an ihn denke... großes *Mitleid*! Aufgrund seiner Gefühlskälte ordnet er immer wieder bestimmte Entscheidungen falsch ein! Erst vor kurzem hat er einen seiner typischen Fehler begangen: da war ein Mann, der wollte, dass seine Freundin nicht mehr wütend auf ihn ist, also hat er ihr neue Boxen fürs Auto gekauft. Allerdings war sie daraufhin nur noch wütender und der gute Architekt hat diese ‚Entscheidung', falls man ein aufkeimendes Gefühl so überhaupt bezeichnen kann, darauf zurückgeführt, dass der Mann dieses Versöhnungsgeschenk vom Geld seiner Freundin bezahlt hatte..."

Alice vermutete: „Doch eigentlich war sie wütend, weil ihr Freund nicht darüber nachgedacht hatte, was *ihr* gefallen würde, richtig? Weil er nur etwas gekauft hatte, was *ihm* gefallen würde..."

Das Orakel bestätigte: „Der alte Stolperstein, unter dessen Antlitz bereits tausende von Beziehungen begraben liegen! Doch woher soll der Architekt das wissen? Bei einem anderen Streit war sie tatsächlich nur des Geldes wegen wütend! Der Architekt kann nicht nachvollziehen, wann was woraus folgt! Nicht ohne meine Hilfe! Ihn zu unterstützen... ist *meine Bestimmung*!"

Jetzt lachte Alice: „Ihre ‚Bestimmung'? Ha, von wegen! Sie haben sich in ihn *verliebt*!"

Lächelnd hob das Orakel den Zeigefinger: „Jetzt spricht dein Spiegelbild aus dir! Das hast du durch deine Interpretation selbst erschaffen!"

Alice hob eine Augenbraue: „So? Und was haben wir eben gerade festgestellt? Dass sein Kampf ohne Hoffnung auf Sieg ist! Wieso also jemandem helfen, der ohnehin niemals sein Ziel erreichen wird? Sich einer solch aussichtslosen Mission anzuschließen, ist das typische Anzeichen einer starken Emotion! Ich bitte Sie, das müssen Sie doch einsehen!"

Da lachte auch das Orakel: „Nun, vielleicht hast du Recht..."

„Vielleicht?" rief Alice, *„Auf jeden Fall!* Geben Sie's zu!"

Das Orakel widersprach: „Es könnte aber auch so sein wie bei *dir*!"

„Bei *mir*?" wiederholte Alice verwirrt.

Mit einem Funkeln in den Augen fragte das Orakel: „Erinnerst du dich an ,*Friedarchie*'?"

PATSCH – schlug Alice sich gegen die Stirn. ZIRP – blitzte eine Erinnerung in ihrem Kopf auf: *„Das gesellschaftliche Ideal, von dem ich tagtäglich träume! Mein innerster Kern, der mir sehr viel bedeutet..."* Laut sprach sie: „Ich hatte es längst vergessen, doch nun kommt alles zurück! Die Friedarchie! Sie wäre die *perfekte Welt*! Das ideale Zusammenleben aller Menschen! Frei von... *Selbstzerstörung*! Mein Traum und sein Traum sind... *identisch*..."

Das Orakel schloss: „Vielleicht habe ich mich nicht in *ihn*, sondern genau wie du in seine *Idee* verliebt!"

Alice war völlig erledigt: „Diese Idee... sie... sie war wirklich nur ein Traum! Ich habe sie niemals für möglich gehalten... und jetzt... nachdem ich den Architekten kennen gelernt habe... *weiß* ich um ihre *Unrealisierbarkeit*! Habe stets... den *Weg* als Ziel gesehen... ohne Hoffnung... jemals anzukommen... Die... die größte aller Zahlen... Wollte mich ihr so weit wie möglich annähern... Dem Architekten eine Hilfe sein... doch... ich habe versagt! Habe mich... aus der Bahn werfen lassen..." Hilfesuchend schaute sie dem Orakel in die Augen.

Dieses fragte: „Was wirst du nun tun?"

„Ich werde..." – Willenskraft leuchtete in Alices Augen auf – „...meine Spur wieder einnehmen!"

Als der Architekt sein Büro betrat, musste er seinen persönlichen Alptraum erspähen: das absolute Chaos! Fart hatte *alles* auf den Kopf gestellt! In den Trümmern wälzend jaulte der: „Alice? Wo bist du? Wieso bist du nicht hier?"

„Ich habe sie zum Orakel gebracht!" sagte der Architekt.

Fart sprang auf: „Dann bring' mich dort auch hin! *Sofort*!"

Der Architekt deutete auf die Tür, durch die er den Raum soeben betreten hatte. „Sicher! Folge mir! Ich bin übrigens der Architekt..."

Fart zählte auf: „Erstens: ich weiß! Zweitens: mir doch egal! Drittens: LOS JETZT!!!"

Der Architekt fragte: „Warum willst du sie wieder sehen? Weshalb suchst du dir keine andere?"

Fart schrie: „Machst du Witze, Alter? *Alice* ist mein Mädchen! Es ist *meine Schuld*, dass sie gerippt wurde! Ich *muss* sie retten!"

Der Architekt überlegte: „Die Bereitschaft zur Selbstaufgabe für eine andere Person gehört zu den Entscheidungen, die mir trotz all meiner Beobachtungen noch immer Kopfzerbrechen bereiten! Normalerweise sind die Handlungen der Menschen von der Motivation getrieben, das *eigene* Leben zu verbessern! Wieso stürzt ihr euch dennoch immer wieder in die Bemühung, *anderen* zu helfen?"

Verträumt erklärte Fart: „Hast du je gespürt wie eine zarte Hand über deinen Körper streift? Wie sie sich immer weiter jenen Stellen nähert, an denen sich eine Berührung am schönsten anfühlt? Weißt du, wie es ist, wenn du deine Zunge in einer wunderschönen Frau verlierst? Wenn du mit ihr verschmilzt wie zwei Karamellbonbons im Antrieb eines Düsenjets?"

Der Architekt zuckte mit den Schultern: „Aber es gibt viele wunderschöne Frauen mit zarten Händen! Wieso ausgerechnet diese eine? Warum keine von jenen, denen du nicht erst derart mühevoll hinterherjagen musst?"

Jetzt schaute auch Fart ratlos drein. „Ich weiß nicht... Es... es ist einfach so! Ich... kann es nicht erklären! Ich... ich will *Alice* und keine andere! Es ist halt... ein *Wunder*!"

Der Architekt winkte ab: „Wunder?! Pah! Dieses Wort ist nur eine Entschuldigung für die Unfähigkeit, etwas zu ergründen! Es *muss* eine Regel geben!"

Fart nickte: „Yeah, einmal im Monat um genau zu sein!"

Nun war der Architekt völlig durcheinander, doch ehe er weiter nachhaken konnte, hetzte Fart: „Jetzt mach hin, Mann! Bring mich zu ihr oder ich werde leider meine Geduld verlieren! Und glaube mir, du willst nicht der Typ sein, der mein Temperament zu spüren kriegt!"

Der Architekt willigte ein: „Nun gut! Das wird sicher interessant!"

Fart lachte: „Verdammt ja, das wird es! Und *schmutzig*!"

„Talking T-S, yo! Endlich auch am Start oder was?!" grölte Flex total besoffen, als er Tihme-San auf der Party entdeckte.

Kathrin, die neben diesem stand, meinte: „Sind grad erst angekommen! Ist ja echt einiges los hier!" Überall sah sie Spieler und Monster ausufernd tanzen und... na ja, andere Dinge tun.

Flex feierte: „Yeah! Kommt, geben wir uns *hart*!"

Titan kam hinzu und leierte: „Ihr dürft es ihm nicht übel nehmen, dass er so durch den Wind ist! Versteht: er hat erst heute eingesehen, dass seine Eltern sich einen anderen Sohn wünschen!"

Flex lachte: „Vom Diss her nicht schlecht, mein Freund! Wenn du doch bloß ein wenig Autorität ausstrahlen würdest, dann würde man dir vielleicht auch zuhören! Aber dafür hast du ja mich!"

Titan grinste: „Arschloch, ich liebe dich! Los Alter, machen wir uns ein paar Bitches klar!" Saufend verschwanden die beiden Battle-Rapper in der Menge.

Tihme-San meinte zu Kathrin: „Geil, hier geht ja echt so Einiges! Kennst du den Gastgeber?"

Kathrin wägte ab: „Hm, ,kennen' wäre übertrieben! Hab' ihn zuletzt gesehen, nachdem Olaf ihm einen Elektroschock verpasst hat..."

„Suchen wir ihn und sagen ,danke'!" schlug Tihme-San vor.

„Wen? Olaf?" fragte Kathrin.

„Den *Gastgeber*, Frau!" stellte Tihme-San klar.

Kathrin erspähte ein Gesicht, das ihr trotz des verpeilten Ausdrucks recht bekannt war: „Hey Rake! Was geht?"

Erschrocken zuckte der Angesprochene zusammen: „Ui, ihr seid also auch da! Aber... ihr habt doch nicht etwa auch meinen Bruder mitgebracht, oder?"

Tihme-San beruhigte: „Keine Angst, wir haben ihn unter einer Brücke zurückgelassen!"

Rake jubelte: „Gut gemacht! Dafür kriegt ihr einen Eintrag in mein Buch der coolen Leute!"

Gelangweilt bekundigte Tihme-San: „Wow, damit erfüllst du mir meinen größten Wunsch..."

Kathrin fragte: „Weißt du zufällig, wo Jerry ist?"

Rake deutete über die Schulter: „Zuletzt habe ich ihn bei der Swimming-Pore gesehen! Ist derbe am Feiern, der Gute! Wisst ihr, an die Gewalt und an das Blut habe ich mich locker gewöhnen können – aber Leute, die mich stressen könnten, sind mir noch immer ein Dorn im Auge! Zum Glück habe ich einen Weg gefunden, dieses Gräuel abzuwenden!" Er fixierte einen Spieler, der ausgelassen durch die Gegend hüpfte. „Entschuldigt mich, die Arbeit ruft!" Dann quatschte er jenen Spieler an: „He du da! Ist dir eigentlich bewusst, dass es dich gar nicht gibt? Nein wirklich! Es ist nämlich so, dass..."

Tihme-San zupfte Kathrin am Ärmel: „Gehen wir!"

Sie bahnten sich ihren Weg durch die tanzende Meute, bis ein bizarrer Anblick beide versteinern ließ: in einer dunklen Ecke hockte der Balrog von vorhin, herzzerreißend Flammen und Lava ausweinend! Daran zündete Zeero sich gerade eine große Tüte an.

Kathrin rief: „Was zur Hölle geht denn hier ab?!"

Zeeros THC-Dechse stellte sich den beiden Neuankömmlingen in den Weg, heftig entschuldigend: „Wir… wir haben nichts mehr da! Ehrlich! Das ist unser letzter Joint!"

„Ich meine *ihn*!" zeigte Kathrin auf den leidenden Feuerdämon.

Zeero berichtete: „Ihm ist mal wieder sein Cousin zweiten Grades eingefallen, welcher tragischerweise… *Game Over* gegangen und bis heute nicht respawnt ist…"

„Das ist ja furchtbar!" bemitleidete Tihme-San.

Zeero nickte: „Yep, tragische Geschichte! Sein Cousin wollte damals einfach nur aufs Klo gehen, doch so ein Kerl namens Gandalf hat ihn nicht vorbei gelassen und… na ja… ihr wisst schon…"

Die Klagelaute des Balrogs wurden noch lauter.

Tihme-San versuchte ihn zu trösten: „Heute solltest du *viel* trinken, Bruder! Auf deinen Cousin!"

Der Balrog nickte und schüttete sich eine Tonne Feuerwasser in den Hals.

Zeero teilte mit: „Macht euch keine Sorgen um ihn! Ich werde mich um ihn kümmern!"

Kathrin lobte: „Das ist echt nett von dir! Falls ihr uns braucht: wir gehen jetzt zur Swimming-Pore!"

Sie setzten ihren Weg durchs Getümmel fort, doch plötzlich fiel H-KO ihnen vor die Füße. Panisch rappelte der sich wieder auf und packte beide am Kragen: „Leute, LEUTE!!! Ihr glaubt nicht, was ich gerade für einen krassen Film schiebe!"

„Wie sollen wir es dir glauben, wenn wir nicht wissen worum es geht…" zuckte Tihme-San gelassen mit den Schultern.

H-KO schluckte hart und sah sich verstohlen um, eindringlich flüsternd: „Heute war ein glücklicher Tag für die Menschheit, denn heute habe ich endlich meine Konsole zurück bekommen! Hab' sie vorhin angeschmissen, mir einen neuen Spielstand erstellt, und seitdem… sehe ich überall irgendwelche *Ungeheuer*! *Überall*! Selbst *hier*!!!"

Kathrin lachte: „So drauf sein wie du will ich heute auch noch!"

„Das ist nicht witzig, Mann!" schrie H-KO und rannte mit wedelnden Armen davon.

Tihme-San urteilte: „Junge, Junge! Ist der fertig!"

„Wer ist das hier nicht?" feixte Kathrin.

„Yep, echt eine sinnliche Party!" stimmte Tihme-San zu.

Gemeinsam drängten sie sich weiter durch die Masse und erreichten endlich den mächtigen Vorbau, der als Plattform für die riesige Swimming-Pore diente. Lauter als alles andere hier war Olafs grausames Lachen, denn soeben war Twimp in die Knie gegangen und erbrach nun einen beachtlichen Lavasee. Dann fiel er in seinen eigenen Unrat und blieb schnarchend liegen.

Olaf triumphierte: „Ich habe doch gewusst, dass ich mehr vertrage als er!" Qualvoll rieb er seinen geschundenen Bauch: „Boah, ist mir jetzt schlecht…"

Kathrin grüßte: „Na Olaf! Wieder am Übertreiben?"

„Muss sein!" grinste Olaf und stakste wie eine Marionette zu seinem nächsten Opfer: „Hey du! Wetten, ich kann dich ins Koma saufen…"

Da entdeckte Kathrin zwei Gestalten, die es sich am Rande des Treibens bequem gemacht hatten. „Sieh mal, Tihme-San! Jerry! Zusammen mit… ach was! Penur ist auch hier!"

Tatsächlich schienen die beiden in einem angeregten Gespräch vertieft zu sein, denn als Kathrin und Tihme-San sich näherten, meinte Jerry nur: „Grüßt euch, Leute! Setzt euch zu uns, aber lasst ihn erst ausreden! Er schüttet mir nämlich gerade sein Herz aus, wisst ihr?"

Penur führte seine Geschichte fort: „Ich habe ihr sogar richtig gute neue Boxen für's Auto gekauft, aber sie hat einfach weiter rumgezickt! Ich werde aus diesen Weibern nicht schlau! Warum ist sie mir nicht in Dankbarkeit um den Hals gefallen? Was will sie denn noch?"

Jerry meinte: „Vielleicht liegt es gar nicht am Wagen sondern… an *ihr*!"

Penur schaute auf: „Natürlich! Das ist es! Es ist alles *ihre* Schuld! Sie ist *verrückt*!"

Kathrin fuhr dazwischen: „Blödsinn! Du behandelst sie wie eine Edelnutte, doch sie ist keine Edelnutte!"

Penur blinzelte: „Wohl wahr! Sie ist ein Gratis-Chick! Seit jeher! Ich muss ihr ein Gedicht schreiben! Ein Gedicht über… *meinen Wagen*! Yeah, das wird funktionieren!" Umgehend sprang er auf und raste von dannen.

Jerry erkannte an: „Wenn guter Rat teuer wäre, dann wärst du jetzt eine Millionärin!"

„Aber nicht doch!" winkte Kathrin bescheiden ab.

Tihme-San reichte seine Hand und sagte: „Eine gewaltige Party hast du da auf die Beine gestellt!"

Jerry nickte: „Schön, dass es euch gefällt! Hätte nie gedacht, dass so viele Leute kommen, aber mein Bruder hat gleich eine ganze Armee mit angeschleppt! Doch egal, schließlich müssen wir meinen Einzug feiern! Meine Elke ist so ein Schatz! Ich weiß noch genau, wie ich sie kennen gelernt habe: damals, im Praktikum für mein Studium. Musste mit meinem Chef, dem Hüpenbecker, auf einen Bau fahren um einige Messungen vorzunehmen, und dort erblickte ich sie… Hach, war das herrlich! Sie arbeitete als Gegengewicht vom Kran, und… ich war ihr sofort verfallen! Glaubt ihr an Liebe auf den ersten Blick? Ich jedenfalls schon! Zuerst war es nur ihr Antlitz, doch bald schon drang ich tiefer in sie ein, entdeckte ihre sensible Seite…" Er senkte die Stimme, „Und das Leid, das sie mit sich herumträgt! Ihr müsst wissen, dass letzten Winter mehrere Menschen in ihrem Schatten erfroren sind und sie ist deshalb von großen Selbstvorwürfen geplagt!"

Elkes Stimme ertönte, voll der Trauer: „Noch viel schlimmer war es, als ich damals ins Meer gespuckt und dadurch versehentlich Atlantis versenkt habe…"

Jerry fühlte sich bestätigt: „Da hört ihr es! Sie braucht mich und… ich brauche sie! Die perfekte Symbiose!"

Tihme-San gratulierte: „Glückwunsch! Tausende von Menschen beneiden euch um das, was ihr gefunden habt!"

Jerrys Blick ging ins Leere: „Nun, in ihrem Fall war es nicht sonderlich schwer zu übersehen! Sie… sie hat es seit jeher so schwer gehabt! Und auch für mich war es nie einfach… mit einem Psychopathen zum Bruder! Doch nun habe ich alles, was ich brauche, um glücklich zu sein: meinen Schatz, eine Bergsteigerausrüstung und ein Sauerstoffzelt!"

Aus einiger Entfernung sagte auf einmal jemand: „Dann haltet einander mit festem Griff, denn nur allzu schnell vermag das Glück durch die Finger zu rinnen in dieser Welt!"

Jeder drehte sich um. Eine Kippe anzündend kam Shadow mit hängenden Schultern auf die Gesellschaft zu.

„Alles… in Ordnung bei dir?" wollte Kathrin wissen.

Shadow pustete aus: „Bei mir? Aber sicher doch… War gerade tanzen. Schöne Musik. Ich *mag* Musik!"

Tihme-San urteilte: „Du… wirkst gequält…"

Schmerzvoll sah Shadow ihn an: „Mir geht's gut! Danke!"

Jerry sprang auf: „Super! Darauf sollten wir anstoßen!"

„Da mach ich mit!" begeisterte sich Kathrin und folgte Jerry zum Alkohol.

Tihme-San blieb und fragte leise: „Wirklich alles klar bei dir?"

Shadow senkte den Blick: „Mach… mach dir um mich keine Gedanken, ich komme zurecht! Geh feiern!"

Zögernd wandte Tihme-San sich ab. Dann drehte er sich noch einmal um: „Falls du doch… ich meine… du weißt schon…"

Shadow bemühte sich um ein halbes Lächeln: „Ich weiß das sehr zu schätzen. Aber nun geh! Lass dir von mir nicht die Laune verderben!"

Tihme-San nickte und verschwand unter den Feiernden.

„Uff…" ließ Shadow sich zu Boden fallen. Einen tiefen Zug inhalierend genoss er seine Einsamkeit am Rande des Getümmels, doch wahre Freude verweigerte ihm sein Herz. Bedächtig drückte er seine Kippe aus und murmelte ergeben: „Glück ist ein Luxus, den ich mir nicht leisten kann…"

„Da bist du ja!" erklang in diesem Moment eine zarte Frauenstimme. Della und ihre Kobolde beugten sich zu ihm herab und lächelten ihn erfreut an.

Er sagte nur: „Ja, hier bin ich…"

Della verscheuchte ihre Kobolde: „Geht ein wenig spielen, ihr Lieben!" Dann streckte sie Shadow ihre Hand entgegen: „Komm mit!"

Von Della mitgerissen erkundigte sich Shadow: „Wo gehen wir hin?"

Della zwinkerte: „Erinnerst du dich? Ich habe dir versprochen, dass ich dir heute Abend etwas zeige…"

„U-und was?" wollte Shadow es genauer wissen.

Della blieb geheimnisvoll: „Das siehst du, wenn wir da sind!"

Misstrauen überkam Shadow: „Wenn wir *wo* sind?"

Della blieb stehen und hauchte ihm furchteinflößend ins Gesicht: „Im *Garten*!"

Shadow begann zu zittern: „I-im *Garten*?! M-mit Natur und so? Also das halte ich für keine gute Idee! Ich war erst letztens im Wald, weißt du, und das reicht eigentlich erstmal! Mir geht es sowieso nicht so gut und… Wollen wir nicht einfach *hier* bleiben? Wir… wir könnten tanzen und… und…"

Della bestrahlte ihn mit einem Lächeln und meinte einladend: „Jetzt sei doch nicht so! Ich werde auch auf dich aufpassen…"

Shadow wehrte ab: „Ich habe keine Angst, ich… *ertrage* es einfach nicht! Natur! *Grausame Natur!*"

Etwas blitzte in Dellas Augen: „Heute wirst du es ertragen, ich versprech's dir!"

Shadow warnte: „Du solltest nichts versprechen, was du nicht halten kannst!"

„Ja, ich weiß!" hämmerte Della den letzten Sargnagel auf die Diskussion und zog Shadow weiter hinter sich her, fröhlich berichtend: „Als wir vorhin hier ankamen, da sind wir durch den Hintereingang rein gegangen. Vorne konnten wir nicht durch, weil ein gigantischer Busch alles überwuchert hat! Doch Jerry hat mir von einer kleinen Lichtung mitten in diesem Dschungel erzählt und genau dorthin werde ich dich nun entführen!"

Tatsächlich befand sich jene Lichtung genau beim Vordereingang und als sie ins Freie traten, verharrte Shadow in Staunen: „Welch seltsames Gebüsch zu allen Seiten! So drahtig und borstig und… der Boden schimmert *pink*!"

Della nickte: „Pass auf, dass du nicht ausrutschst. Es ist ziemlich feucht hier!" DJWIPP – rutschten ihre *eigenen* Füße auseinander, doch sie wurde – TSCHACK – von einem galanten Shadow aufgefangen. „Danke…" sagte sie leise.

Shadow sah sich weiter um und entdeckte etwas, das er hier nicht erwartet hatte: „Sag mal, diese Vögel dort in den Ästen… sind das *Möwen*?!"

Della bestätigte: „Yeah, der Geruch hier muss sie angelockt haben…"

„Welch *merkwürdiger* Garten!" urteilte Shadow.

„Gefällt er dir?" fragte Della.

Shadows Miene verdüsterte sich. „Wie könnte es mir hier gefallen?!"

Della hauchte: „Wieso? Was ist los? *Was siehst du?*"

Shadow deutete auf das einander umschlingende Geäst: „Ich sehe gnadenlosen *Krieg*! Krieg um *Lebensraum*! Schau nur, wie all die Borsten versuchen, sich gegenseitig zu verdrängen um mehr Platz für sich selbst zu haben!"

Bedächtig meinte Della dazu: „Ich sehe das anders…"

Heftig fuhr Shadow herum: „Ach ja? Was siehst *du*?"

Verträumt erzählte Della: „Ich sehe wie die Borsten einander umarmen, weil sie sich so lieb haben! Sieh, wie glücklich sie sind, dass sie hier zusammen leben dürfen!"

Aufgebracht rief Shadow: „WAS?! *Niemals*! Sie wollen hier nicht zusammen leben, sondern alleine, damit *alles* ihnen gehört! Gegenseitig berauben sie sich ihrer Nährstoffe, damit nur sie selbst gedeihen, während alle anderen zugrunde gehen! Verstehe, Mädchen, so ist die Natur nun mal! Positive Dinge wie ‚Frieden' und ein ‚Recht auf Leben' haben wir Menschen erfunden!"

Della behielt ihr Lächeln: „Ja, wir haben auf der Herfahrt davon gesprochen. *Zivilisation*!"

Shadow brummte: „*Das* ist die Bezeichnung dafür, genau! Doch wird sie sich *niemals* gegen die Natur durchsetzen! Da sind düstere Triebe in uns, denen wir uns nicht dauerhaft widersetzen können! Die Natur in uns wird die Geschichtsbücher der Menschheit auch in Zukunft eine Geschichte des Blutvergießens sein lassen! *Natur ist Krieg*! Fressen… und gefressen werden…" Völlig erledigt und mit Tränen in den Augen sackte er zu Boden.

Della wirkte mächtig und stark, als sie nun sagte: „Armer kleiner Shadow! Hast dir so viele Gedanken gemacht, so lange zugeschaut… und trotzdem die ganze Zeit etwas *Elementares* übersehen!"

„W-was?" sah Shadow blinzelnd zu ihr hinauf.

Hoch erhaben legte Della dar: „Ein kleines Käferlein mag schon wenige Tage nach der Geburt einen Abgang machen, weil irgend ein Vogel ihn von Kopf bis Flügel vertilgt; doch in diesen paar Tagen hat er sich so oft vermehrt, dass er in seiner letzten Sekunde zu sich sagen kann: yeah, mein Leben war *richtig geil*! Verstehst du? Die Natur ist nicht nur Vernichtung, sie ist auch… *Schöpfung*! Die Natur ist kein Kriegsfilm, sie ist ein *Porno*!"

Shadow wankte: „Du meinst… *Liebe*?"

Dieser Begriff schien Della nicht zu schmecken: „Urg, in ‚Liebe' stecken schon wieder so viele von Menschen erdachte Ideen, ‚Liebe' ist irgendwie… *pink*! Nein, ich meine die reine Fortpflanzung! Natur *ist* Fortpflanzung! Natur ist ein Porno!"

Widerspenstig hielt Shadow fest: „Auf keinsten! Natur ist *Krieg*!"

Della schüttelte mit dem Kopf: „Nein, ein Porno!"

Doch Shadow: „Nichts da! *Krieg*!!!"

Della widerrum: „Porno!"

Shadow: „Krieg!!!"

Della: „Porno!"

Shadow: „*Krieg*!!"

Della: „Krieg…"

Shadow: „Porno!"

Della: „*Krieg*…"

Und Shadow: „Nein, ein *Porno*, verdammt!"

Della gab sich wankelmütig: „Also ich weiß nicht, bist du dir wirklich sicher? Ich meine… glaubst du echt, dass sie ein *Porno* ist?"

Shadow nickte entschlossen: „Na klar! Schau dich doch mal um! Ok, die Tiere und Pflanzen fressen einander, aber das tun sie doch eigentlich nur, damit sie genug Kraft haben um ihre Gene möglichst viel im Genpool zu verbreiten und…" PATSCH – schlug er sich gegen sie Stirn, denn jetzt erst realisierte er, was er gerade erzählte. Kaum klarkommend gestand er zu: „Du… du hast

Recht! Es ist *wirklich* ein Porno! Die... die ganze Zeit... bei all meinen Beobachtungen... habe ich nur auf diese *Nebensächlichkeit* geachtet... während... mir dieses *Hauptding* völlig entgangen ist..." Fasziniert beobachtete er das vermehrungswillige Treiben kleiner Insekten im Gebüsch.

Della grinste in sich hinein: „Ha, mit dem Bugs Bunny Trick gewinnt man jede Diskussion!" DSCHINK – wuchsen ihr stoßartig die Ohren und Zähne eines Kaninchens. Leichthin bekannte sie gegenüber Shadow: „Lange Zeit habe ich in der Natur auch nur den Krieg gesehen, und... es hat mich zum Weinen gebracht... Deshalb dachte ich mir: kann das wirklich alles sein? Nein, es ist nicht alles..."

Den Blick noch immer auf das Getier gerichtet kniff Shadow die Augen zusammen. „Warum... warum erzählst du mir das überhaupt? Weshalb zerrst du mich hierher, hier, wo nur... wir beide sind?"

Della kräuselte die Stirn: „Glaubst du etwa, dass ich dich gerade anbaggere?!"

Shadow schloss gequält die Augen und senkte sein Haupt. „Ich hoffe nicht..."

„Tue ich auch nicht!" stieß Della heftig hervor. Leise fügte sie nach einem Moment an: „Sag, warum... hoffst du es nicht?"

Da drehte Shadow sich zu ihr um und als er sie erblickte, rief er überrascht: „Du hast voll die großen Ohren!"

Verletzt meinte Della: „Wenigstens bist du ehrlich..."

Verwirrt stellte Shadow klar: „Nein, ich meinte nicht... ich... äh... PUH!" Tief durchatmend versuchte er sich zu sammeln: „Hör zu! So war das nicht gemeint, ok? Es hat nämlich absolut nichts mit dir zu tun, es ist... wegen mir! Ich... ich habe mich zu sehr mit der Einsamkeit angefreundet und jetzt... *kann* ich so was einfach nicht mehr! Ich bin und bleibe alleine, nur mit meinem Schatten als Begleiter an meiner Seite! Ich... kann nicht anders, ich... habe gesehen, wohin die Liebe führen kann! Es tut mir leid, Della..."

Diese lächelte jetzt wieder, wodurch ihre Hasenzähne besonders groß wirkten: „Du brauchst dich nicht zu entschuldigen, Shadow! Ich hatte wirklich nicht vor, mich hier an dich ranzuschmeißen! Ich wollte lediglich... deine Perspektive erweitern und... mit dir zusammen die Natur genießen! Das ist so *wichtig*, weißt du? Ist es mir eigentlich gelungen? Oder fühlst du dich hier immer noch unbehaglich?"

Auf einmal lächelte auch Shadow: „Wie sollte ich mich hier unbehaglich fühlen? Das ist der reinste Puff hier! Und außerdem... befinde ich mich in guter Gesellschaft!"

Della ergriff seine Hand: „Schön, dass du das auch so siehst! Lass uns bloß nicht kompliziert werden und stattdessen einfach die Zeit in diesem wunderschönen Garten genießen, der..."

WROMM – walzte plötzlich ein riesiger Truck einen Großteil der Büsche platt. Babban und Fonessa kamen aus der Fahrerkabine gesprungen.

Shadow wunderte sich: „Nanu? Wo kommt ihr denn auf einmal her?"

Babban erklärte: „Ich musste noch mal nach Hause, um etwas Raki zu holen! ‚Keine Party ohne Raki', weißt du doch! Und auf dem Parkplatz habe ich *sie* aufgegabelt..." Er deutete mit dem Daumen auf Fonessa. „Ihr glaubt nicht, was die Krankes abgezogen hat..."

Fonessa berichtete: „Ich habe den Wagen meines Freundes mit einem Baseballschläger bearbeitet! Mal sehen, was er dazu sagt..." Wütende Selbstzufriedenheit blitze in ihren Augen.

Babban fasste sich an die Stirn: „Echt geschädigt diese Frau, nicht wahr? Sich einfach an einem wehrlosen Fahrzeug zu vergreifen..." Dann fragte er interessiert: „Und was geht bei euch so?"

Shadow zeigte auf die übrigen Büsche: „Wir haben darüber diskutiert, ob die sich gegenseitig bekriegen oder lieben..."

Babban schüttelte fassungslos den Kopf. „Ihr seid ja verrückt seid ihr, auf jedsten! Das ist *Natur*, Mann! Natur tut einfach, was sie tun muss, *ihr* seid diejenigen, die Bekriegen oder Lieben! Eure

Interpretationen, eure Gedanken, die sich darin widerspiegeln! Der Natur hingegen ist es einfach… *egal*! Versteht ihr? *Egal*!!! *Natur*, Alter!" Damit wandte er sich dem Eingang zu, leise murmelnd: „Ich bin von *Verrückten* umgeben! Das schreit nach Raki…"

„Schönen Abend, euch beiden…" wünschte Fonessa und ging ebenfalls hinein.

Völlig verdutzt blieb Shadow zurück. Blinzelnd fragte er: „Hast du das gehört? Das… das macht irgendwie Sinn! Hast du… Della?"

Della sah von der Karotte auf, die sie gerade knabberte. „What's up, Doc? Sorry, hab' nicht zugehört! Was ist los?"

Shadow grinste: „Ts, dieses *Spiel*! Schon gut, Buster! Wollen wir tanzen gehen?"

„Ok!" stimmte Della Bunny erfreut zu, während sie Shadow ihre Hand ergreifen ließ.

Der murmelte: „Glück erfüllt mich nun, doch werde ich wieder im Wald stehen und das Morden sehen, wird mein Leiden von vorne losgehen…"

Della Bunny zog ihn davon.

Er verschob Kummer und Sorgen… auf morgen.

Aufgeregt latschte Alice in der Küche hin und her. „Meine Aufgabe wird es sein, das Leben so tiefgreifend wie möglich zu erforschen! Ich muss jede Entscheidung meiner Umwelt abahnen und korrekt nachvollziehen, damit der Architekt nur noch aus meinen Gedanken abzulesen braucht!"

Das Orakel ermutigte: „Du hast jetzt die perfekten Voraussetzungen dafür!"

„Oh ja, die habe ich!" rief Alice selbstsicher, blieb dann jedoch fragend stehen: „Habe ich?"

„Hast du!" bestätigte das Orakel und stellte einen goldenen Topf auf den Tisch, in dem Alice ihr Spiegelbild erkennen konnte.

„Gemütlich hier!" grüßte dieses.

Alice stimmte zu: „Ja, das finde ich auch!"

Das Orakel lächelte: „Das Erkennen deines Spiegelbilds ist die erste Voraussetzung, die du für deine Mission benötigst! Erkenne dich selbst!"

Alice nickte: „Und Nummer zwei lautet: *akzeptiere* dich selbst, richtig?"

„Zu einhundert Prozent!" stimmte das Orakel zu.

Alice erinnerte sich: „Als ich beim Koordinatensystem eintraf, da war ich entzwei. Mein Spiegelbild und ich waren die reinsten Gegenteile! Doch um die Null zu begreifen, haben wir uns miteinander vereinigt und auch wenn mein Spiegelbild jetzt an diesem Kochtopf klebt, während ich hier im Raum stehe, so verstehen wir uns doch immer noch blendend! Ist doch so, oder?"

Ihr Spiegelbild lachte: „Sicher, Süße!"

Das Orakel lehrte: „Eure Übereinkunft ist unendlich wichtig, denn nur auf diese Weise könnt ihr euren Blick nach außen wenden und seid nicht von euch selbst abgelenkt!" Ihre Stimme bekam einen warnenden Unterton: „Doch wenn ihr ins aktive Leben zurückkehrt, werden euch zahlreiche Hindernisse auflauern, die euch immer wieder auseinander reißen wollen. Und *werden*! Das ist unausweichlich, kleine Alice!"

„Tat… tatsächlich?" ließ Alice entmutigt ihre Schultern hängen.

„Oh ja!" bestärkte das Orakel.

Alice überlegte: „Dann… dann brauchen wir eine Technik, die uns jederzeit befreit! Sie muss jene Sorgen vertilgen, die unsere Blicke in uns selbst verkehren und uns so die Sicht auf die Außenwelt verwehren…"

Das Orakel nickte: „Das wäre sicherlich nicht das Schlechteste!"

Alices Spiegelbild meinte: „Ich werde mir etwas einfallen lassen…"

WAMMS – hörte man plötzlich, wie die Wohnungstür brutal aufgetreten wurde. Eine aufgebrachte Stimme ertönte: „He du da, kleiner Glatzkopf, sag mir sofort wo meine Freundin ist!"

Der Angepöbelte gab zurück: „Hier, nimm diesen Löffel! Wenn du versuchst, ihn zu verbiegen, dann denke daran, dass es diesen Löffel nicht gibt! *Du* bist derjenige, der sich verbiegt!"

Die aufgebrachte Stimme drohte: „Ich verbiege *dich* gleich, wenn du mir nicht auf der Stelle verrätst, wo Alice ist! Und kauf dir nen Kamm, verdammt!"

Derweil beriet das Orakel Alice: „Du musst die Dinge mit deinem Verstand *und* mit deinem Herzen wahrnehmen, doch dabei musst du darauf achten, dass insbesondere dein Herz *aufnimmt* und nicht selbst *erschafft*! Und das wiederum funktioniert nur, wenn es so zufrieden und ausgeglichen ist, dass es keinen Grund hat, künstliche Schlüsse zu erzeugen! Du *musst* zufrieden sein mit dir selbst!"

BRACH – kam Fart in diesem Moment in die Küche gestürzt, erblickte Alice und packte sie aufgeregt am Kragen: „Hör nicht auf sie! Die ist nicht echt, Alice! Verstehst du? Das alles hier ist nur ein Spiel und…"

„Fart! Fart, beruhige dich, mein Guter!" versuchte Alice zu besänftigen.

Ohne Erfolg: „WAS?! *Ich* soll mich beruhigen? Komm du lieber mal klar! Erinnerst du dich nicht, wie du gekillt wurdest? Ich bin hier, um dich vor diesen Arschgeigen zu *retten*! Seit Tagen liegst du im *Koma*!"

Alice entgegnete: „Aber nein! Ich war hellwach und habe große Erkenntnisse über mich selbst erlangt…"

Fart glaubte kein Wort: „Ist dir dabei auch die Erkenntnis gekommen, dass du deinen Verstand verloren hast?! Alice, das hier ist *nicht real*! Versteh' das doch! Wir befinden uns hier im Spiel der Spiele…"

Alice streichelte ihm die Wange: „Ach Fart, das ist so süß von dir, dass du dir solche Sorgen machst, aber…"

Fart unterbrach rüde: „Nichts ,aber'! Du musst endlich wieder *aufwachen*! Ich *brauche* dich!"

„Wirklich?" fragte Alice gerührt.

Fart versicherte: „Insbesondere deinen Körper… Ich… ich will wieder deinen wunderschönen Hals liebkosen, während wir…"

Alice drückte ihm zärtlich ihren Zeigefinger auf die Lippen: „Pst, erzähle es nicht hier! Das geht nur uns beide was an, mein Schatz!"

Fart fuhr auf: „Aber hier *sind* nur wir beide! Die Alte da gibt es nicht! Oh Alice, ich habe dich so sehr vermisst! Kannst du dir vorstellen, was ich durchgemacht habe, um dich zu finden? *Niemand* wollte mir helfen, aber ich habe nicht aufgegeben!"

Alice umarmte Fart in wilder Leidenschaft: „Ach Fart, das ist ja sowas von lieb! Ich verspreche dir, dass ich zurückkehren werde und dann können wir wieder…"

„Ähem!" räusperte sich Alices Spiegelbild, „Hast du da nicht etwas vergessen? Was ist mit unserer Aufgabe? Was ist mit dem Architekten und der Friedarchie?"

„*Ruhe*, Pisspott!" fuhr Fart wütend zum Kochtopf herum, „Rede meiner Freundin nicht diesen naiven Schwachsinn ein!"

Da mischte sich das Orakel ein: „Du solltest unbedingt besser zuhören, wenn du deiner Freundin helfen willst!"

Genervt legte Fart der alten Frau dar: „Jetzt pass mal auf, Oma! Erstens: wenn der Kuchen spricht, haben die Krümel Pause! Oder anders ausgedrückt: KLAPPE ZU, das hier geht dich gar nichts an! Zweitens: ich kenne mich inzwischen verflucht gut mit Frauen aus und Alice hier ist die klassische Prinzessin, die von ihrem Helden befreit werden muss!"

Da rief Alices Spiegelbild: „Los Alice, tu was er sagt! Befreie dich von deinem Helden!"

Fart nahm den Kochtopf in einen Würgegriff: „Dreh' mir nicht meine Worte im Mund um, oder ich werde dir…"

Sein eigenes Spiegelbild im Topf röchelte: „Lass das! Ich… ich kriege keine Luft mehr… uff…"

Benommen fiel Fart zu Boden und zerdepperte dabei – KLIRR – eine Vase. „Keine Sorge!" meinte er zu Alice, „Eines ihrer Kinder wird sie schon wieder heile machen!"

Alice wollte verwirrt wissen: „Fart, was… was *denkst* du dir bei deinem Auftritt? Du kommst in die Küche dieser netten Frau, bist total unfreundlich zu ihr, zerstörst ihre Einrichtung, entschuldigst dich nicht einmal… Was soll denn das? So kannst du dich doch nicht verhalten!"

Fart rappelte sich auf und spie: „Du hast es immer noch nicht gecheckt! *Die Alte gibt es nicht!* Sie… sie ist eine *Lüge*! Absolut *unreal*! Und deshalb kann ich hier machen, was ich will! Ich könnte ihr in den Backofen kacken, wenn mir danach wäre! Scheiße, so krank wie dieses Spiel ist, würde sie wahrscheinlich sogar noch Kekse draus machen! Soll ich? Als Beweis?"

Langsam verlor Alice die Geduld: „Ich sage dir, was du sollst: *entschuldige* dich bei ihr!"

Fart blinzelte wie ein verletztes Rehkitz: „W-was? Ich… soll mich… ent… *entschuldigen*? Ich nehme all die Mühe auf mich, um dich vor ihr zu retten, und jetzt soll ich mich bei ihr… *entschuldigen*???"

Sein Spiegelbild weinte: „Wieso ist sie so gemein zu uns? Sie behandelt uns derart *unfair*!"

Alices Spiegelbild triumphierte: „Schau ihn dir an! Interessant, oder? Sein verletztes Herz redet ihm falsche Schlüsse ein! Was er nun betreibt, ist keine Wahr*nehmung*, sondern Wahr*gebung*!"

Wutentbrannt fuhr Alice ihr Spiegelbild an: „Hör auf, dich über sein Leid zu freuen!" Hastig nahm sie Fart in den Arm: „Fart, bitte verzeih' mir! Ich will dich nicht unfair behandeln, ich will nur, dass du dich korrekt verhältst…"

Fart fragte traurig: „Und dich befreien zu wollen, ist nicht korrekt genug?"

Sein Spiegelbild motzte: „Jetzt heul nicht rum und tu ihr den Gefallen, Blödmann! Merkst du nicht, wie viel ihr das bedeutet…"

Daneben war Alices Spiegelbild völlig erschüttert: „Du glaubst, ich freute mich über sein Leid? Oh Alice, wir… wir verstehen einander wieder… *falsch*…"

Unglücklich sah Alice zu Boden: „Er wäre es mir wert, wenn er nicht so ein Rüpel wäre…"

„Schatz!" rief Fart besorgt, „Was erzählst du da für wirres Zeug? Wieso unterhältst du dich überhaupt mit einem *Kochtopf*? Merkst du nicht, was hier abgeht? Die treiben dich in den *Wahnsinn*! Schnell, wir müssen hier weg!!!"

Ein Tränlein bereiste Alices Wange, als sie Fart anflehte: „Bitte Fart, bitte! Tu es! Bitte entschuldige dich bei ihr!"

„Wieso?" trotzte Fart.

Alice hauchte mit zitternder Stimme: „Weil ich nur dann dieses Opfer für dich bringen kann!"

Fart schluckte hart. „W-was meinst du? Wel… welches Opfer?"

„Die innere Uneinigkeit, die du mir verursachst…" schloss Alice die Augen und entließ weitere Tränen aus der Gefangenschaft.

Fart wurde zum bleichsten aller Bleichgesichter: „D-du… willst mit mir… Schluss machen?"

Alice flehte erneut: „Bitte Fart, tu es einfach!"

„Na schön! *Sorry*!" warf Fart dem Orakel eine Entschuldigung über die Schulter, ohne sich umzudrehen. Sein Blick ruhte dabei auf Alice allein und furchtbare Angst stach aus ihm heraus.

Alice beugte sich vor und nahm Fart in den Arm, heftiger schluchzend, als der es jemals für möglich gehalten hätte.

„W-was soll das jetzt?" rief er vollkommen hilflos, „Warum weinst du? Alice? Ist das dein Abschied von mir? ALICE?! Bitte tu mir das nicht an… ALICE!!!" Langsam begann er, sich aufzulösen. Eine grausame Erkenntnis kam ihm in den Sinn: „Oh nein! Ich wache auf aus diesem Traum! Bin zu aufgerüttelt! Alice! Du musst mit mir kommen! BITTE!!! WACH AUF!!! *Mein allerliebster Schatz…*" Und dann war er verschwunden.

Alice sackte zu Boden und konnte nicht aufhören zu weinen.

In diesem Moment kam der Architekt in die Küche: „Dieser kleine Glatzkopf versteht was davon, wenn es um das Verbiegen von Löffeln geht!" Dann sah er sich im Raum um. „Fart ist nicht mehr da?"

Das Orakel zündete sich eine Kippe an. „Nein, er hat uns soeben verlassen!"

Ohne eine Miene zu verziehen, nickte er in Richtung Alice: „Und sie? Hat sie sich verletzt?"

„Nicht doch!" verneinte das Orakel.

„Warum weint sie dann?" wollte der Architekt wissen.

„Na vor *Freude*!" erklärte das Orakel.

„Interessant! Und… *weshalb* freut sie sich?" bohrte der Architekt weiter.

„Wegen *Fart*!" verkündete das Orakel.

Der Architekt gestand: „Das verstehe ich nicht! Fart hat sie doch verlassen! *Hasst* sie Fart?"

Das Orakel schüttelte mit dem Kopf: „Nein, nein! Sie freut sich darüber, dass er sie eben so qualvoll angeschaut hat!"

Der Architekt wurde noch verwirrter: „Also hasst sie ihn doch und will ihn leiden sehen…"

Das Orakel winkte ab: „Manchmal bist du echt anstrengend… Schau jetzt einfach zu, dann wirst du es verstehen… hoffe ich zumindest…"

Alice kämpfte sich gerade nach oben und schwärmte dem Kochtopf vor: „Hast du seinen Blick gesehen? Hast du gesehen, wie er mich angeschaut hat? Welch' *Schmerzen* ihm die Vorstellung bereitet, dass ich ihn verlasse! Oh, wieviel ich ihm bedeute! Das ist ja so *furchtbar* romantisch!"

Ihr Spiegelbild massierte sich die Stirn: „Könntest du *bitte* diesen *Kitsch* unterlassen und dich wieder auf die *wichtigen* Sachen konzentrieren?"

Alice erwiderte verträumt: „Aber Fart *ist* wichtig! Er würde *alles* für mich tun! Sowas wirft man doch nicht einfach weg, dazu ist es viel zu… *wundervoll*!"

Ihr Spiegelbild verlangte: „Ach hör schon auf! Du träumst vor dich hin wie damals, als wir noch klein waren! Haben uns lieber unter die Bäume schlafen gelegt, anstatt uns Wissen anzueignen!"

Alice rief: „Aber ich *will* Fart! Ich *brauche* ihn!!!"

„Das bildest du dir nur ein!" behauptete ihr Spiegelbild.

„*Dich* bilde ich mir ein!" schrie Alice.

Ihr Spiegelbild seufzte. „Na schön. Fassen wir unsere Situation zusammen: du willst Fart, und ich will unsere Mission beschreiten. Ich brauche dich für die Mission und du brauchst mich für Fart…"

„Blödsinn!" setzte Alice sich zur Wehr, „Wozu brauche ich dich, wenn ich Fart habe, hä?"

Ihr Spiegelbild erinnerte: „Ich bin dein Selbst, schon vergessen? Ich bin du und wenn du mich abweist, dann hast du dich zum Feind! Mit dir selbst verfeindet: was könnte es Schlimmeres geben? Bei Tag und bei Nacht bist du einem Gegner ausgeliefert, dem du *niemals* entkommen kannst! Ein Widersacher, der jede einzelne deiner Schwachstellen kennt, der dir dein Leben zur *Hölle* macht! Da wird dir dein Fart auch nicht helfen können! Sicher, für ein paar ‚romantische' Stunden vermag er dich abzulenken, doch dann tauche *ich* wieder auf und *zerschmettere* all das mühsam gesammelte Glück mit eiserner Faust!"

Alice konterte: „Tja, aber weißt du was ich tun werde, wenn du mir Fart verwehrst? Immer, wenn sich uns ein wenig Wissen bietet, werde ich mich kraftlos zu Boden sinken lassen! Nur mit meinem eigenen Leid beschäftigt, werde ich nicht einmal mitbekommen, wenn das Bett, in dem ich liege, unter mir zusammenbricht! Und die Mission? Hm, die kannst du wohl leider vergessen, denn ich habe bedauerlicherweise jedwedes Interesse *verloren*!"

Ihr Spiegelbild blinzelte: „Was soll das? Warum erzählst du mir das? Ich *weiß*, dass ich dich brauche. Hab's dir doch gerade gesagt… Hörst… hörst du mir überhaupt noch zu?"

Alice atmete tief durch. „Ich… versuche es! Aber… es fällt mir momentan echt schwer! Meine Emotionen kochen gerade über, weißt du? Hatte die ganze Zeit gar nicht mehr an dieses Ernste zwischen Fart und mir gedacht…"

Ihr Spiegelbild gestand ein: „Ich muss zugeben, dass dieses ‚Ernste' durchaus eine interessante Wissensquelle ist…"

Alice stimmte zu: „Sowas findet man nicht an jeder Straßenecke! Uns dieser Sache zu verweigern, wäre nicht im Sinne unserer Mission!"

Da lächelte ihr Spiegelbild: „Du hast ‚unsere Mission' gesagt! Heißt das, du bist wieder dabei?"

Alice erwiderte das Lächeln: „Nur, wenn du auch dabei bist!"

Jetzt musste ihr Spiegelbild sogar laut lachen: „Das lässt sich schwer vermeiden! Hey, merkst du was? Wir bewegen uns wieder aufeinander zu!"

Alice grübelte: „Mag sein, aber wie das Orakel eben schon meinte: im aktiven Leben werden wir immer wieder auseinander gerissen! Wolltest du dir nicht was einfallen lassen, das uns stets wieder zusammen führt?"

Ihr Spiegelbild winkte ab: „Da brauche ich eigentlich gar nicht lange zu überlegen, denn wir *wissen* bereits wie's geht! Wir haben es einmal geschafft, und deshalb sollte es uns immer wieder gelingen!"

Alice wusste was gemeint war: „Du sprichst von der Null!"

Erhaben grinste ihr Spiegelbild: „Haargenau! Wenn wir das Treffen bei der Null meistern, dann können wir *alles* haben! Fart *und* unsere Mission! Beides Dinge, die einhundert Prozent unserer Aufmerksamkeit erfordern, doch unser Potenzial…"

„…wird *unendlich* sein!" brachte Alice den Satz zu Ende.

Ihr Spiegelbild rieb sich die Hände: „Wohlan, frisch ans Werk, meine Gute! Für unsere Mission müssen wir reinen Herzens sein, zufrieden, ausgeglichen! Fart wird immer wieder dafür sorgen, dass wir entweder überglücklich oder manchmal auch traurig und verletzt sein werden! Dann werden wir miteinander in den Streit geraten: *du* wirst über dieses Ding mit Fart nachdenken wollen, *ich* werde weiter Ausschau nach Entscheidungen halten! *Du* wirst davon nichts wissen wollen, weil du dich lieber mit Fart beschäftigen willst, *ich* hingegen werde nichts erdulden, das uns von unserer Mission abbringt! Was tun wir also, um uns dann wieder auszugleichen?"

Alice klang gefasst und eindringlich: „Wir machen uns wieder jenen Zahlenstrang bewusst! Wir rufen uns in den Kopf, dass wir auf Zahlen wandeln, die trotz ihrer unendlichen Menge und Möglichkeiten stets im Schatten einer weit *höheren* Sache stehen: der Unendlichkeit selbst! Wir *begreifen*, dass wir nur auf einem *Riss* zwischen Ursprung und Unendlichkeit wandeln, dass all die Zahlen unter unseren Füßen banal sind, weil sie ganz unabhängig von jedweder Entscheidung wieder in jener höheren Sache münden, der sie einst entflossen waren: der Unendlichkeit!"

Eifrig beurteilte ihr Spiegelbild: „Gut, gut! Wir wissen jetzt, *was* wir zu tun haben! Nun brauchen wir nur noch das *Wie*, die *Methode*!"

Alice schlug vor: „Es sollte nicht so kompliziert sein! Ein einfacher Satz, der all das ausdrückt, ein Satz, der *sitzt*! Ein *perfekter* Satz!"

„Einverstanden!" nickte ihr Spiegelbild, „Das Schwierigste zuerst: wie soll dieser Satz anfangen?"

Alice rieb ihr Kinn: „Na ja, dieser ganze Satz soll ja dazu dienen, dass wir unsere Unausgeglichenheit von uns stoßen, dass wir sie *abweisen*! Welches Wort drückt perfekt eine Abweisung aus?"

Ihr Spiegelbild zuckte mit den Schultern: „Na ‚nein'!"

„Nein?" hakte Alice nach.

„Ja, ‚nein'!" bestätigte ihr Spiegelbild.

Alice urteilte: „Ok, ein schöner Anfang! ‚Nein'."

Begeistert rief ihr Spiegelbild: „Yeah, und weiter geht's! Hm... wie geht's weiter? Ich denke, wir sollten klarstellen, um wen sich dieser Satz dreht..."

Alice so: „Um wen schon?! Um *uns*! ‚Wir'!"

Ihr Spiegelbild war unzufrieden: „Sicher, der Satz handelt von *uns*, aber wir wollen ja vereint sein zu *einem*..."

„Also ‚ich'!" schloss Alice.

Ihr Spiegelbild nickte: „Dieser Unterschied ist sehr wichtig! ‚Wir' beinhaltet immer gewisse Differenzen, Abgrenzungen zwischen uns! Doch das, wonach wir streben, ist die *Grenzenlosigkeit*, von daher..."

Alice gestand zu: „Auf jeden Fall, du hast absolut Recht! ‚Nein ich...'. Tja, was dann?"

Ihr Spiegelbild meinte: „Im Grunde genommen fehlen uns jetzt nur noch zwei Sachen! Erstens: was wir tun wollen, und zweitens: was wir *nicht* tun wollen! Womit fangen wir an?"

Sofort sagte Alice: „Mit dem *Positiven*, mit dem, was wir tun wollen! Die Verweigerung muss am Ende stehen, damit sie am längsten in Erinnerung bleibt, als Abschreckung sozusagen! Und damit sich der Kreis schließt, wenn man den Satz mehrmals sagt!"

„Klingt vernünftig!" wertete Alice, „Also, was wollen wir tun? Wir wollen vereint sein, und das geht nur in der Null. Wir wollen *Null sein*!"

Ihr Spiegelbild testete: „Hm... ‚Nein, ich bin Null...' Hmm... Ich weiß nicht! Da ist irgendwie der Wurm drin... Klingt als wollten wir *nicht existieren*..."

Fand Alice auch: „Yeah... das ist nicht Sinn der Sache! Wie könnte man das noch ausdrücken? Es sollte irgendwie *einladend* klingen..."

Ihr Spiegelbild grübelte: „Nun ja, die Null ist der *Ursprung*... und als *Unendlichkeit* auch das Ziel. Sie ist der Ort, von dem wir stammen und zu dem wir wieder gehen..."

„Unser... Zuhause... Es ist... DAHEIM!" rief Alice erregt.

Ihr Spiegelbild war angetan: „Wir wollen ‚Daheim sein'! Nicht schlecht... Wobei... Hey! Hör mal, ich habe da eine Idee: wieso benutzen wir anstatt ‚sein' nicht ‚bleiben'? Das würde viel genauer ausdrücken, dass wir der Null, also dem ‚Daheim' entstammen!"

Alice probierte: „Na gut, also: ‚Nein, ich bleibe Daheim...' Ja, damit kann ich leben! Langsam nimmt's Gestalt an, meine Gute! Jetzt fehlt uns nur noch das, was wir *nicht* wollen! Abschließend brauchen wir also einen weiteren Ausdruck der Verweigerung!"

Ihr Spiegelbild warnte: „Es sollte nicht *zu* negativ klingen, schließlich wollen wir keinen Krieg anzetteln, sondern ganz im Gegenteil, den *Frieden* finden! Es darf demnach nicht nur eine Verweigerung sein, sondern es muss auch irgendwie ausdrücken, dass wir das, was wir verweigern, dennoch... *akzeptieren*!"

„Puh... das ist *schwierig*..." stöhnte Alice.

Beide schwiegen in angespannter Nachdenklichkeit. Ein kleines Käferchen landete dabei auf dem Kochtopf und begann, seine Flügel zu putzen.

Alice rieb ihr Kinn: „Hm... ein Käfer... hm... in Englisch: beetle... Hm... beetle... *beatles, die Beatles*... let it be... *let it be*?! LET IT BE!!! OAAHH!!! GEIL!!!" In wilder Freude nahm sie den Käfer und drückte ihm unzählige Schmatzer auf den Rücken. „Danke, *danke*, DANKE, kleines Käferlein!!!"

Der Käfer, der eine solche Behandlung nicht gewohnt war, bekam ganz rote Backen und summte verliebt taumelnd davon.

Alices Spiegelbild kräuselte die Stirn: „Was ist los? Ist das unser neuer Freund?"

Da hievte Alice den Kochtopf empor und triumphierte: „Ich habe den *perfekten* Ausdruck! Akzeptanz und Verweigerung in einem! Pass auf, halt dich fest... Ähem... Achtung, er kommt:

‚*sein lassen*'. Verstehst du? ‚Sein lassen'!"

Ihr Spiegelbild blinzelte. „Das... d-das... das ist *genial*! ‚Sein lassen' heißt einerseits, dass man etwas unterlässt, und anderseits... dass man etwas *existieren* lässt... sich damit abfindet... WOW! Gratuliere!"

Bescheiden erwiderte Alice: „War nicht meine Idee, hab's... *abgelesen*..."

Ihr Spiegelbild hielt sich den Bauch vor Lachen: „Sieht dir ähnlich! Wundervoll! Herrlich!"

Alice kam zurück zum Thema: „So, wir haben jetzt also: ‚Nein, ich bleibe Daheim und lasse irgendwas sein'. Fehlt nur noch eine Sache: was ist ‚irgendwas'?"

Ihr Spiegelbild äußerte: „Nun ja, die *Zahlen*! Beziehungsweise das, was mit ihnen einherkommt: unser Zwiespalt! Und der führt immer zu einer Sache, nämlich ins *Leid*!"

Alice verbesserte: „Aber nicht das Leid an sich verweigern wir, sondern das *Ausleben* des Leids! Also das *Leiden*! Die Frage ist: sagen wir ‚*das* Leiden' oder ‚*mein* Leiden'?"

Ihr Spiegelbild war der Meinung: „Wenn wir ‚*mein* Leiden' sagen, dann hört es sich an, als ob es uns längst vereinnahmt hätte! Dabei lassen wir es doch draußen bei den Zahlen, während wir es uns ‚Daheim' gemütlich machen..."

„Also ‚*das*'!" beendigte Alice, „Tja... wir... wir haben es geschafft! Fertig ist unser Heilungssatz! ‚Nein, ich bleibe Daheim und lasse das Leiden sein'!"

Ihr Spiegelbild freute sich: „Klingt gut, würde ich sagen! Dank dieses einfachen Satzes werden wir unsere Mission beschreiten und dem Architekten einen großen Dienst erweisen können..."

„...*obwohl* wir uns Fart aufhalsen!" grinste Alice, „Komm, lass ihn uns gleich ausprobieren!"

Ihr Spiegelbild erklärte sich einverstanden: „Geht klar, aber dann müssen wir uns erstmal streiten..."

„Mit einer Zicke wie dir sollte das doch kein Problem sein..." funkelte Alice schäkernd.

Ihr Spiegelbild warf vor: „Hör auf zu Grinsen, sonst kann ich nicht wütend werden..."

„Du grinst ja selbst!" empörte sich Alice.

Ihr Spiegelbild verdrehte die Augen: „Ich bin dein Spiegelbild du blöde Kuh, schon vergessen?!"

Alice pöbelte: „Ja richtig, mein Spiegelbild. Nur ein Bild! Ich hoffe, du fühlst dich wohl in deiner Zweidimensionalität und mit deiner *verdammten* Selbstgenügsamkeit! Aber mal ehrlich: das ist doch *langweilig*, was du da betreibst! Die reinste Zeitverschwendung!"

Ihr Spiegelbild gab zurück: „Wenigstens muss ich mich keinem dahergelaufenen Stecher an den Hals werfen, um klar zu kommen!"

Arrogant meinte Alice: „Du weißt halt nicht wie es ist, ein Körper zu sein..."

Ihr Spiegelbild schnaubte: „Und du weißt nicht, wie man ihn *beherrscht*! Du... du *Sklave*! Immer nur nehmen, nehmen, nehmen! Wieso nicht auch mal was selbst erschaffen? Etwas Neues? Etwas bisher niemals Dagewesenes? Wieso keine Idee bekommen und diese Wirklichkeit werden lassen?"

Alice hielt entgegen: „Wieso nicht einfach das Daseiende aus vollen Zügen genießen?"

Ihr Spiegelbild stöhnte: „Ok, stopp mal! Ich denke, unsere Standpunkte sind jetzt unvereinbar genug! Puh, Streit ist so *anstrengend*!"

Alice nickte erledigt: „Yeah, lass es uns tun..."

Sie setzten sich in einen Schneidersitz auf den Boden und schlossen die Augen.

„Nein, ich bleibe Daheim und lasse das Leiden sein!"

In ihren Köpfen tauchte das Koordinatensystem auf.

„Nein, ich bleibe Daheim und lasse das Leiden sein!"

Beide waren in der Null. Ihnen konnte nichts passieren, denn die Zahlen blieben draußen.

„Nein, ich bleibe Daheim und lasse das Leiden sein! Nein, ich bleibe Daheim und lasse das Leiden sein!"

Sie versanken im Heilungssatz. Die dahinterstehende Bedeutung brannte sich tief in ihr Unterbewusstsein, während der *Klang* der Worte immer mehr in den Vordergrund rückte.

„Nein, ich bleibe Daheim und lasse das Leiden sein!"

All die „ei"-Laute wurden wie bei Musik zu einem gleichmäßigen Loop. Einer Hypnose ähnlich vereinnahmte dieser Loop ihr gesamtes Denkpotenzial.

„Nein, ich bleibe Daheim und lasse das Leiden sein!"

Die Bs und Ds fügten sich wie eine sanfte Drum hinzu, im Rhythmus stets leicht variierend.

„Nein, ich bleibe Daheim und lasse das Leiden sein!"

Der „ei"-Loop setzte kurz aus, dafür kamen der „h"-, „ch"- und die „s"-Laute in Form eines ebenfalls variierenden Hihats hinzu.

„Nein, ich bleibe Daheim und lasse das Leiden sein!"

Der „ei"-Loop setzte wieder ein, unterstützt von dem M und den Ns, welche wie ein Streichinstrument langgezogen in der Klanghöhe variierten. Die Ls, das I und die As hingegen ertönten nur kurz um die Rhythmen zu unterstreichen.

„Nein, ich bleibe Daheim und lasse das Leiden sein! Nein, ich bleibe Daheim und lasse das Leiden sein!"

Alice sang nicht den Satz, der Satz sang Alice. Und sie war… nun, sie *war* einfach!

„Ich bin stolz auf die Kleine!" meinte das Orakel zufrieden.

Der Architekt meinte: „Endlich hat sie mich zu unterstützen als ihre Bestimmung anerkannt. Oder hast du ihr das *aufgetragen*?"

Geheimnisvoll lächelte das Orakel: „Sie folgt ihrem eigenen Willen. Nicht mehr und nicht weniger."

Der Architekt hakte nach: „Doch wem folgt ihr Wille?"

Das Orakel seufzte: „Es macht keinen Sinn, dir das zu erklären! Schicken wir sie lieber einfach zurück!"

Der kleine Glatzkopf kam herbei und führte Alice fort.

Dann nickte der Architekt: „Gut so. Und ich werde dafür sorgen, dass sie dieses Mal nicht wieder von ihrer Mission abgelenkt wird. Die einzige Unterstützung, die ich ihr geben kann ohne all meine bisherigen Kalkulationen nichtig zu machen."

Das Gesicht des Orakels verzog sich zu einem halben Lächeln; sie *ahnte* was nun folgen würde.

TSCHK – schaltete der Architekt ein altes Radio ein. Er drehte am Rädchen für den Sendersuchlauf, bis schließlich eine Stimme erklang: „*...mCHein... TRCHCH aCHCHmer armer Arm! Was CHRRR haben sie mei*nem Arm angetan?"

Der Architekt sprach: „Käthe, ich habe eine Aufgabe für dich! Auf dem Weg deiner Bestimmung musst du bei einem gewissen Fart Station machen! Überlasse ihm die Konsole für eine geziemte Weile, dann folge weiter deines Pfades!"

Käthe schien nicht sehr angetan: „Nein, nein, nein, nicht dieser Spieler! Bitte, oh bitte, so lösch mich lieber!"

Der Architekt beharrte: „Jenen Spieler abzulenken hat sich als eine unausweichliche Notwendigkeit herausgestellt. Er behindert eine Erfahrungsquelle, die von unschätzbarem Wert für meine Berechnungen sein können!"

Das Orakel warnte: „Deine ‚Quelle' nimmt ihren Körper äußerst ernst! Unterschätze dies nicht! Alles könnte wieder genauso kommen!"

Der Architekt entgegnete: „Die Schwankungen bezüglich emotionaler Entscheidungen sind hoch. Ergo ist eine differente Entscheidung ihrerseits wahrscheinlicher, wenn sie sich demselben Umstand ausgesetzt sieht!"

Das Orakel führte die andere Möglichkeit aus: „Doch entscheidet sie sich wie zuvor, wird sie wieder einen neuen Spielstand erstellen und alle angesammelten Spieldaten werden verloren gehen! Keines einzigen Spieldetails wird sie sich entsinnen können!"

Der Architekt fügte hinzu: „Und so wird auch dieses Spiel zwischen ihr und ihm ins Vergessen gerückt. Was bleiben wird, ist das Echte; nur in *Personen* werden sie einander wieder erkennen, und das Spiel dahinter wird entfallen sein!"

Das Orakel prophezeite: „Aber ein Trieb, der weiter zurückreicht als jede Zahl, wird jenes Spiel wieder aufleben und alles von vorne entflammen lassen!"

Der Architekt nickte: „Dies ist die Prüfung, die sie zu bestehen hat. Und scheitert sie am nächsten Versuch, bleiben unendlich weitere!"

Entsetzt kreischte Käthe aus dem Radio: „*Unendlich*?! Bitte *nicht*! Vernichtet mich!!!"

Das Orakel beruhigte: „Keine Sorge, unendlich sind's nicht! Nur so viele, wie die Zeit reicht!"

Niedergeschlagen fügte sich Käthe: „Also Ewigkeiten. Leiden, leiden und leiden für… Ewigkeiten…"

Der Architekt berechnete: „Einst wird das Scheitern vorbei sein. Und nun gehe ans Werk, es wird nicht leicht werden, die Konsole erneut zu besorgen!"

„Dann beschere mir ein zweites Gerät, damit mich nicht wieder dieser Bauer erlegt!" bat Käthe.

Der Architekt wies klar ab: „Eine zweite Konsole würde zu viele Wahrscheinlichkeiten in unannehmbare Höhen treiben. Du musst dich mit dieser einen begnügen!" Er wandte sich dem Orakel zu: „Und letztlich: auch das Scheitern ist ein Sieg, denn so haben wir einen Prototypen für jenes System, das zu erstreben unsere Bestimmung ist! Wir haben einen festen Kreislauf, dessen Schäden sich selbst beheben und deren Individuen mit Sicherheit überleben!"

Das Orakel betrachtete den weißen Mann. Sie wusste, dass er jetzt zufrieden wäre… wenn er denn fühlen könnte.

Kühl und klar schien der mächtige Sternenhimmel auf die verlassene Brücke hinab. Vereinzelte Nebelschwaden tauchten die Landschaft in Ungewissheit. Ein einsames Häuflein Elend zitterte in der Dunkelheit und weidete in seinem Leiden.

„K-k-kalt… e-es ist so k-kalt hier…" klapperten Fart die Zähne, als er sich zum kleinen Bächlein schleppte. „Fort ist sie… Verlassen hat sie mich… Für immer allein bleibe ich… Fort… Oh Alice!" Seine Tränen vereinten sich mit dem Bächlein. „Verflucht soll es sein, das Spiel! Hat sie mir weggenommen! Hat mich dran schnuppern lassen, am holden Glück… und es mir nun für immer entrissen… Alice… *Alice*…"

Mit einem Mal ertönte wunderschöne Gitarrenmusik. Das Bächlein färbte sich rot, doch war es kein Blut, sondern… „Wein!" erkannte Fart mit verschmiertem Gesicht. „Wein…"

Die Strömung des Bächleins wurde stärker, und aus dem Rauschen wurde die Stimme eines Sängers, der Farts Herz in eine mitfühlende Umarmung nahm, während er nun sein Lied erklingen ließ: „Trink, Bruder trink, trink… bis auf den Grund! Gieß Glück… in dein Herz, so wie du aussiehst, ist das sicher gesund! Der Wein vertreibt dir die Einsamkeit, du kommst schon wieder hoch! Ein paar Narben mehr und die verlorene Zeit, aber immerhin lebst du noch! Trink, Bruder trink! Trink Bruder und erzähl'! War sie schwarz? War sie rot? Und wie war sie… sexuell? Red' und lass sie raus aus deinem Kopf, das ganze Grübeln hat doch eh keinen Zweck! Stell sie dir alt und hässlich vor, schneid' ihn ab, den Zopf, sonst kommst du nie wieder von… ihr weg! Trink, Bruder trink, trink… und schau dich um! Schöne Frauen… gibt's genug, du läufst jetzt wieder… in Freiheit… herum! Zieh' dir wieder mal die alten Sachen an, die alten Freunde, du hast ganz schön was verpasst! Die alten Frauen, das wird schwerer, die haben nen Mann, doch du wirst merken, dass du dich entwickelt hast! Trink, Bruder trink, hau dich heute zu! Und morgen… wachst du auf, vielleicht bist das dann wieder wirklich du! Mit eigenem Willen, stark, und undressiert, denkst du endlich mal ausschließlich… an dich! Und keine, die ständig deine Fehler korrigiert, sag, wofür braucht man Liebe… eigentlich…"

Fart heulte: „Wenn es doch bloß nur Liebe wäre… aber… es ist so viel mehr…"

Die Gitarre klimperte noch eine Weile weiter, dann verstummte sie langsam. Der Wein trieb hinaus in den Nebel, und zurück blieb das Bächlein mit einem zertrümmerten Fart am Ufer, der dem Gesang hinterher rief: „Nein, bitte geh' nicht! Lass nicht auch du mich allein! Bitte *bleibe*… Mir… mir ist doch so fürchterlich kalt hier in der Einsamkeit…"

Da legten ihm zwei zarte Hände eine warme Decke über die Schultern. Eine liebreizende Frauenstimme flüsterte: „Nein Leidender, die Ströme machen auch für dich nicht Halt! Er musste weiter, egal wie sehr es deinem Herzen schmerzt! Immerhin hat er auf seiner Reise extra diesen Umweg in Kauf genommen… Dafür solltest du ihm auf ewig dankbar sein!"

Behutsam wendete Fart seinen Kopf. „A-Alice… D-du… bist *zurück*…"

Alice lächelte: „Ja, das bin ich…"

Fart stotterte: „Und… w-wirst du… *bleiben*?"

„Bleibst du denn?" hauchte Alice.

Beide sahen sich tief in die Augen und schwiegen. Es war kein unangenehmes Schweigen, nein! In diesem höchst wundersamen Moment waren Worte einfach nicht in der Lage, die gelebten Gefühle zu tragen. Überflüssig waren sie. Und gefährlich. Schon ein einzelnes hätte diesen Augenblick kaputt gemacht, hätte das Ernste einstürzen lassen zu einer *Idee*…

Doch so schön jener Augenblick auch war, die Zeit ließ ihn verfließen, wie einfach *alles* ihr zum Opfer fällt…

„Danke… für die Decke…" flüsterte Fart schließlich.

„Gerne…" sagte Alice zärtlich.

„Möchtest du…" begann Fart und bot ihr an, mit unter die Decke zu kommen.

Eng aneinander gekuschelt saßen sie am Ufer des Bachs und genossen ihre Zweisamkeit.

Irgendwann geriet Fart ins Grübeln: „Wer wohl jener herrliche Barde im Strom des Baches war…"

Alice benannte: „Kleinti. Eine Idee, dessen Spieler… nicht mehr spielt…"

Fart malte Kringel in den Boden. „Ich werde ihm ewig dankbar sein. Es war der schlimmste Moment meines Lebens, als ich dachte, dass ich dich verloren hätte; und er stand mir in diesem Moment zur Seite…"

Alice nickte: „So sind sie, die wirklich großen Ideen…" Nach einer Weile bat sie: „Würdest… würdest du mir noch mal deine Schlange zeigen?"

Fart lächelte und holte behutsam so ein großes, unförmiges Ding hervor, spielte eine Weile dran herum und hielt es schließlich Alice entgegen.

Diese hauchte beeindruckt: „Sie… füllt den gesamten Bildschirm aus…"

Wissend bestätigte Fart: „Ja, das tut sie… Bin halt nach wie vor der Beste!"

„Der *Allerbeste*!" berichtigte Alice schmusend.

Fart schüttelte mit dem Kopf: „Nein, Liebste, nur der Beste! Und wo wir gerade davon sprechen… Ich… äh… muss dir etwas gestehen…"

Als er nun stockte, ermutigte Alice: „Na los, raus damit! Du brauchst nicht schüchtern zu sein, ich werde dir schon nicht den Kopf abreißen! Mir ist nur wichtig, dass du *ehrlich* zu mir bist…"

„Ja, ich weiß…" holte Fart tief Luft, „Seit… seit deines… *Ablebens* habe ich ununterbrochen versucht, dich zurückzuholen, mit… mit einer kleinen Ausnahme… So… so ein Kerl hat mir von einem anderen Kerl erzählt, der unter uns Zockern längst als ‚der Legendäre' bekannt ist. *Er* ist der Allerbeste, und sobald ich von ihm hörte…"

Alice führte verständnisvoll fort: „…war ich dir egal, weil du ihn unbedingt besiegen wolltest, nicht wahr?"

Fart schämte sich: „Ja mein Schatz, ich fürchte genau so war es…"

Alice munterte auf: „Hey, das ist überhaupt nicht schlimm! Ich zum Beispiel hatte dich beinahe komplett vergessen!"

„Du warst ja auch tot!" meinte Fart.

Abwesend murmelte Alice: „So viel mehr als das, Schatzi, so viel mehr!" Dann wandte sie sich wieder Fart zu: „Und du hast gegen diesen ‚Legendären' verloren?"

Fart gestand: „Haushoch, mein Schatz, *hochhaushoch*! Er… er war derart grausam, das kannst du dir gar nicht vorstellen…"

„War er schwer bewaffnet?" wollte Alice wissen.

Fart nickte heftig: „Allerdings war er das! Mit der schlimmsten aller Waffen: einer *Liebesgeschichte*!!! Beinahe…" Fart zitterte ob seiner grausamen Erinnerung. „Beinahe hätte er mich zu *Tode* gelangweilt! Ich hatte *Todesangst*! Wer, außer vielleicht einigen Veteranen, kann schon von sich behaupten, mit *Todesangst* fertig werden zu können?!"

Alice drückte Fart eng an sich: „Schon gut, jetzt ist es ja vorbei!"

„Hilfe war das ÖDE!" schluchzte Fart, bis er Alice schließlich in die Augen sah: „Doch dann, beim langweiligsten Teil der ganzen Story… bist *du* mir wieder eingefallen! ‚Langeweile?' dachte ich, ‚woran erinnert dich das? – Na klar: an Alice! Und was trägt die mit sich herum? Na ihren wunderschönen *Körper*!' Tja Alice' Körper, hier bin ich! Und wir können endlich wieder…"

QUIETSCH – kam in diesem Moment ein Wagen auf der Brücke über ihnen rabiat zum Stehen. Eine Tür wurde geöffnet und eine schrille Frauenstimme ertönte: „Oh nein, Penur, das lasse ich mir nicht länger gefallen!"

Ein Mann brüllte zurück: „Dann *verschwinde* doch! Glaubst du ernsthaft, ich lege Wert auf dich, nachdem du diese ganzen Beulen in meinen Wagen geprügelt hast?! Sogar ein *Gedicht* habe ich dir geschrieben, aber du bist immer noch nicht zufrieden…"

Die Frau keifte: „Nein, du Drecksack, nicht *mir* hast du dieses Gedicht geschrieben, sondern deinem *verfluchten* Auto! Und weißt du, was ich mit deinem Gedicht gemacht habe? Ich habe es mir *durch die Kimme gezogen*!"

Fassungslos rief der Mann: „Willst du etwa sagen, dass der Ausdruck meiner Liebe jetzt um ein Stück Scheiße gewickelt gen Antarktis fließt?!"

Die Frau kreischte: „Ich spiele dein Spiel nicht mehr mit! Ich bin nicht mehr deine Puppe!"

Fart flüsterte Alice zu: „Die verderben uns die ganze Romantik mit so'nem kack Liebesstory-Modus! Will das Spiel denn *jeden Menschen* zu Tode öden?"

Alice meinte: „Diesen Leuten kann geholfen werden!"

Entschieden nickte Fart: „Da hast du Recht! Warte hier, ich kümmere mich drum!" Er stand auf und ging nach oben.

„Was zur…" rief das streitende Pärchen.

BAMM BAMM!!!

BAMM!!!

Als Fart zurück unter die Brücke kam fragte Alice: „Und? Problem gelöst?"

„Yep, beide tot!" steckte Fart seinen Plastikrevolver stilvoll in den Halfter, schmiegte sich wieder unter die Decke und seufzte: „Ich entdecke viele Talente in mir! Lehrer könnte ich werden, Eheberater…"

„Eiswürfel…" bibberte Alice.

Fart sorgte sich: „Ist dir kalt? Wollen wir nach Hause gehen?"

„Hm… ich weiß nicht… ist so schön hier…" bedachte Alice.

„Aber zu Hause auch!" versuchte Fart zu überzeugen, „Überleg doch: schimmerndes Kerzenlicht, ein knisterndes Kaminfeuer, eine besinnliche Total******isation…"

„Wie *romantisch*…" schwärmte Alice.

Fart sprang auf: „Dann ist es entschieden! Komm, gehen wir!" Als wäre er ein Gentleman, reichte er ihr die Hand. Kaum stand sie auf ihren Beinen, zog er sie zu sich heran und tanzte mit ihr bis zur Straße. „Dein Körper ist so schön wie die Gewaltverherrlichung in Resident Evil 4!" flüsterte er dort.

Alice gestand: „Ich kenne dieses Spiel nicht…"

Fart beschrieb: „Wenn man einem Gegner den Kopf wegschießt, dann läuft er noch ein paar Schritte weiter, ehe er zusammen bricht!"

„Und spritzt dabei Blut aus dem Rumpf?" fragte Alice verträumt.

„*Literweise!*" bestätigte Fart und küsste sie sanft. Hinterher meinte er: „Als dein Körper verschwunden war, da ist meine ganze Welt zusammen gebrochen! Wo… wo warst du eigentlich? Wo bist du aufgewacht?"

Alice berichtete: „In so'nem Dönerladen. Die versorgen dort bewusstlose Opfer zum Nulltarif. Nett, oder? Irgendwer hat sich sogar nach mir erkundigt, ein… ein Zeero, glaube ich!"

Aufgeregt fuhr Fart auf: „Was? Zeero? Den kenne ich! Warum hat der Sack nichts gesagt?"

Alice zuckte mit den Schultern: „Vermutlich hat er es vergessen…"

Fart schüttelte den Kopf: „Wenn er dich jemals nackt gesehen hätte, dann wäre ihm das nicht passiert, glaub mir!"

Alice strich ihm über die Wange: „Dass *du* meiner gedacht hast, reicht mir völlig! Danke dafür…"

Fart lächelte: „Für deinen Körper würde ich *alles* tun!" Er deutete auf ein nicht weit entferntes Gebäude: „Sieh mal, dort zum Beispiel habe ich mich einbuchten lassen! Doch keine Mauer ist dick genug, um meinem Verlangen nach dir trotzen zu können!"

Erstaunt erkannte Alice: „Aber… das ist doch das Irrenheim…"

„Wohl wahr!" nickte Fart, „Wir sollten hier schnellstens verduften, denn offiziell…"

„…bist du immer noch eine Panne!" vervollständigte jemand den Satz.

„*Doc*!" erkannte Fart erschrocken.

Alice klammerte sich an Fart: „Oh nein, werden sie dich nun wieder einweisen?"

Es war der Doktor, der freundlich antwortete: „Aber nicht doch! Deine Mutter hat bei mir angerufen: sie will dir noch eine Chance geben! Du bist frei, Dämlack!"

„Wurde auch Zeit…" grummelte Fart.

„Übrigens", fuhr der Doc fort, „Ich habe einige interessante Informationen für euch, die vielleicht sogar diesen Rohrkrepierer hier davon abhält, vom Spiel durchzudrehen!"

QUITSCH – wurde schon wieder ein herbeifahrendes Auto hart zum Stehen gebracht. Als die Tür sich öffnete, ertönte ein wirres Durcheinander von Kicher- und Klagelauten. RUMMS – knallte die Tür zu und der Fahrer rannte mit wedelnden Armen auf den Doktor zu: „Chef! *Chef*!!! Schauen Sie sich das an! Eine ganze *Wagenladung* Wahnsinnige habe ich mitgebracht…"

Der Doktor zügelte: „Ganz ruhig, Veron! Welche Symptome?"

Atemlos schrie Veron: „Sie behaupten alle, dass sie nicht existieren…"

„DAS DARF DOCH NICHT WAHR SEIN!!!" brüllte der Doktor erbost.

Doch Veron war mit seinem Bericht noch gar nicht fertig: „Ich muss gleich noch mal los! Da ist so'ne Party im Gange, auf der die Leute gleich *reihenweise* verrückt werden! Ich sag's Ihnen, Doc: da draußen rennt irgend so ein Witzbold herum, der die alle *vorsätzlich* um ihren Verstand bringt!"

„HI HI HI!" lachte Fart sich ins Fäustchen.

„Was ist daran so lustig?!" motzte der Doktor ihn an.

Fart zuckte mit den Schultern: „Na, dass der Kerl die Leute *vorsätzlich* irre macht! Yeah, hihi, ein gelungener Scherz! Ich wette zum Abschied sagt der ihnen: ‚*Beirrt* mich bald wieder!' Hihi!"

„Hmpf…" wandte der Doktor sich Veron zu: „Na schön! Haben wir noch genug Platz? Wenn nicht, dann bau ihnen noch ein Gehege im Garten. Und hol die anderen. Und dann kannst du Feierabend machen."

„JU…" begann Veron zu jubeln.

Dem Doktor fiel ein: „Ach ja, ehe ich es vergesse: miss noch schnell bei jedem unser Gäste den Puls, wisch alle Böden und sortier meine Briefmarkensammlung!"

„…hu…" ließ Veron die Schultern hängen.

Fart ergriff Alices Hand: „Komm Hasi, lass uns nach Hause gehen!"

Der Doktor rief: „He ihr, wartet doch mal! Wollt ihr denn gar nicht wissen, was ich euch über das Spiel zu erzählen habe?"

Fart winkte ab: „Wollen Sie vielleicht meinen entzückenden kleinen…"

„WISSEN!" horchte Alice auf, „Sicher wollen wir *wissen*!"

Fart blinzelte: „Wa- was? *Nein*, wollen wir *nicht*…"

„Aber Fart!" nahm Alice ihn in den Arm, „Du musst da etwas über mich erfahren…"

„Auch wenn ich gar nicht will?" liebäugelte Fart.

Alice begann: „Als ich im Spiel war, da wurde mir klar, dass ich jemandem dringend helfen muss…"

„Oh nein…" stieß Fart mit böser Vorahnung hervor.

Alice fuhr fort: „Es ist meine Mission, und die ist mir sehr wichtig…"

„*Oh nein*!" ließ Fart den Kopf hängen.

Alice schloss: „Sogar wichtiger als das Glück von uns beiden!"

„OH NEIN!" fiel Fart in Ohnmacht.

Alice ohrfeigte ihn geschwind ins Bewusstsein zurück.

Fart murmelte: „Alice, das was du im Spiel gesehen hast, war nur *Schein*! Nicht real! Es hat keine Bedeutung…"

Heftig widersprach Alice: „Oh doch, und zwar nicht zu knapp! Ich denke, dass…"

„Alice!" unterbrach Fart verständnisvoll, „Du brauchst jetzt nicht mehr zu denken! Du hast jetzt einen Freund, du hast mich! Du kannst deine ganze Kraft von nun an darin investieren, dich für mich zu schminken!"

Alice ging darauf gar nicht erst ein: „Da ist dieser Architekt, und der versucht…"

„Ach BLÖDSINN!" schrie Fart, „*Gar nichts* versucht der! Er *kann* gar nichts versuchen, er ist nur ein Charakter des Spiels! Ein NPC! Der *labert* nur! Der *tut nur so*, als ob er was versuchen würde! Der *schwimmt bloß mit dem Strom*!" Leiser fügte er an: „*Deshalb* sollten ausschließlich echte Zocker das Spiel der Spiele spielen! Leute wie du können nicht mehr zwischen Sein und Schein unterscheiden…"

Alice beharrte: „Du hast ja keine Ahnung vom Spiel und was es tun kann!"

Fart gab zurück: „Nein, *du* hast keine Ahnung…"

„HEY!" mischte der Doktor sich ein, „Einigen wir uns darauf, dass ihr *beide* keine Ahnung habt, ok? Wenn ihr mir nun in mein Büro folgen würdet, dann können wir diesen Umstand ändern!"

„Aber es interessiert uns doch nicht…" wimmerte Fart.

„FART!!!" fuhr Alice ihn nur an und folgte dem Doktor hinein.

Der meinte als sie Zelle 303 passierten: „Na Fart, bekommst du schon Heimweh?"

„Das war *meine* Zelle…" erläuterte Fart lustlos.

Die Stimme eines Mannes war in der Zelle zu hören: „Und geht schneller, hier ist verflucht schlecht geheizt!"

„Aha!" lächelte der Doktor, „Sie *spielen* wieder! Über diese Typen da drin habe ich übrigens die Informationen bezogen, die ich euch gleich mitteilen werde!" Er öffnete die Tür, und eisiger Antarktiswind schlug ihnen entgegen. „Brr, ich werde besser einige Roadrunner Cartoons einschalten, das hilft gegen diese Kälte! Alles nur wegen dem Bärtigen da, der ruft immer die Antarktis und eine Forschungsanstalt hervor. Hat er schon gemacht, als er zum ersten Mal hier ankam! Hat jemanden abgeliefert und kam kurz darauf völlig bekloppt wieder. Seitdem ist er Dauergast, und ich gebe mich immer wieder als sein Vater aus, um möglichst viel über die Erkenntnisse dieser Forschungsanstalt herauszufinden. Hochinteressante Notizen hat er mir bereits angefertigt! Leider sorgt er auch dafür, dass ein anderer Patient regelmäßig durch die Decke fliegt, aber Veron wird ihn schon wiederfinden und…"

Fart gähnte.

„Schon gut…" schloss der Doc die Tür, nachdem er in einem Fernseher die Loony Tunes eingeschaltet hatte.

Dann begaben sie sich in des Doktors Büro, wo dieser in den Raum stellte: „Sicher habt ihr euch schon oft gefragt, wie dieses Spiel rein biologisch überhaupt möglich ist; wie es dazu kommt, dass ihr plötzlich Dinge sehen könnt, die es in Wirklichkeit gar nicht gibt…"

„Na wie schon?!" bratzte Fart, „Da ist diese Konsole mit ihrer dunklen Magie und…"

Der Doktor brauste auf: „Erstens: Schwachsinn, zweitens: SCHNAUZE HALTEN!"

Aufgeregt versicherte sich Alice: „Heißt das, Sie *wissen* wie's funktioniert? Oh *toll*!!! Endlich erfahren wir das Geheimnis! Endlich eine Erklärung, die dieses Wunder entzaubert. Endlich wird der Rock runtergerissen!" Fasziniert tanzte sie durchs Zimmer.

„Dürfte ich dann?" fragte der Doktor.

Alice fasste sich: „Huch, Entschuldigung! Ja natürlich, guter Herr!" Plötzlich stockte sie. „Oh NEIN! Bestimmt ist das voll schwer zu verstehen, wahrscheinlich reicht meine Bildung gar nicht aus, um es begreifen zu können! Man muss doch bestimmt Biologie studiert haben und sich übelst mit allem auskennen! Ach hätte ich doch bloß schon studiert! Oh weh und ach! Ich Ärmste! Bin doch noch gar nicht gewappnet für die hohen Wissenschaften…"

Der Doktor verdrehte die Augen: „Soll ich es euch nun verraten oder nicht?"

Wieder nahm Alice sich zusammen: „Bitte um Verzeihung, schießen Sie los!"

„Kann es kaum erwarten…" brummte Fart sarkastisch.

Der Doktor begann: „Also, die Erklärung…"

„Ja?" sah Alice ihn mit großen Augen an.

„Die Erklärung besteht darin…" wiederholte der Doktor.

„Ja?" blinzelte Alice in großer Erwartung.

„Die Erklärung sind Pilze in unseren Ärschen!" ließ der Doktor es plump heraus.

„W-Was?" stotterte Alice.

Ungeduldig legte Fart dar: „Pilze in unseren Ärschen. P, I, L, Z und E. In unseren Ärschen. Faszinierend. Können wir jetzt gehen?"

„I-ich verstehe nicht… Was soll das bedeuten?" haspelte Alice.

Der Doktor zeigte ihnen das Foto eines Fliegenpilzes. „Das hier ist wahrscheinlich eure Vorstellung von einem Pilz…"

Unmotiviert grummelte Fart: „Yeah, *Blumen*, die im Wald wachsen…"

„HUMBUG!" widersprach der Doktor heftig, „Pilze sind keine Pflanzen, denn sie ‚atmen' Sauerstoff, genau wie Menschen und Tiere! Außerdem…"

„Sie haben Vögel und Insekten vergessen!" warf Fart gleichgültig ein.

Alice starrte ihn ungläubig an: „Insekten und Vögel *sind* Tiere!"

„Ach ja?" brauste Fart auf, „Und wieso können sie dann *fliegen*?"

Alice und der Doktor blinzelten Fart verwirrt an. Dann fuhr der Doktor diesen ignorierend fort: „N-nun, äh… die… die *eigentliche* Lebensform eines klassischen Pilzes ist nicht nur ein Stängel mit Hut, der dient nur zur Sporenverteilung. Nein, der Pilz an sich ist ein fadenartiges Gewebe

166

unterhalb der Erdoberfläche. Eine *Wurzel* sozusagen. Er frisst sich durch den Boden bis in die Wurzeln der Bäume, um mit ihnen wertvolle Mineralien und Nährstoffe auszutauschen!"

Alice nickte: „Eine Verbindung zum Vorteil beider Teilnehmer, eine *Symbiose*!"

Fart rief verärgert dazwischen: „*Flugzeuge* können fliegen! Sollen das etwa auch Tiere sein?!" Niemand beachtete ihn.

Der Doktor entgegnete Alice: „Nicht alle Pilze streben nach einer Symbiose, manche leben auch parasitär. Ist für uns jetzt allerdings nicht weiter wichtig, denn die Pilze in unseren Ärschen geben unserem Körper etwas für die Nährstoffe, die sie aus unserer Scheiße ziehen, zurück!"

Alice konnte es kaum glauben. „Und… und *was* kriegen wir dafür, dass wir sie an unserem Kot naschen lassen?"

Der Doktor hob den Zeigefinder: „Einen psychoaktiven Wirkstoff, der über die Blutbahn ins Hirn gelangt!"

Alice hakte nach: „Wie heißt dieser Wirkstoff? Ist es Psilocybin wie in den Magic Mushrooms oder Muscimol wie im Fliegenpilz?"

Der Doktor staunte: „Hui, du kennst dich aber gut aus mit Pilzen…"

Alice erklärte: „Das bleibt nicht aus, wenn man in Farts Zimmer verkehrt…"

„Ach so…" verstand der Doktor und beantwortete ihre Frage: „Leider ist dieser Wirkstoff der Kotnascherpilze bisher kaum erforscht, doch Psilocybin oder Muscimol ist es ganz bestimmt nicht, schließlich bleiben die ‚Spieler' mal abgesehen von den Halluzinationen bei relativ klarem Bewusstsein und erfahren keinen Rausch! Außerdem habe ich bei keinem Spieler toxische Stoffe feststellen können…"

Im Hintergrund ging Fart aufgebracht mit den Armen hantierend hin und her: „*Die Sonne* fliegt! Muss also auch ein Tier sein…"

Wütend schrie Alice: „Wieso ist dieser Wirkstoff noch nicht erforscht? Verflucht, ich will alles wissen…"

Der Doktor rechtfertigte: „Das ist gar nicht so einfach, man hat diese Pilze gerade erst entdeckt! Sind winzig klein, die Dinger, selbst unter einem Mikroskop kaum zu erkennen!"

Alices Gemüt war immer noch stark erhitzt: „Warum zum Teufel hat man sie erst jetzt entdeckt? Ich war im Spiel, ich habe gesehen, wie fortgeschritten alles ist! Es muss schon Ewigkeiten existieren…"

Der Doktor bestätigte: „Davon ist auszugehen! Doch es brauchte halt seine Zeit, bis endlich jemand auf die Idee kam, sich ein Mikroskop in den Arsch zu schieben…"

Schlecht gelaunt fragte Alice: „Weiß man wenigstens, wie sich der Pilz verbreitet?"

Der Doktor nickte: „Ja, wie alle Pilze durch *Sporen*. Wahrscheinlich werden sie beim Furzen und Kacken ausgeschieden. Warte, ich zeig' dir was! Hm… wo ist es denn?"

Alice musste sich hinsetzen. „Eines verstehe ich trotz allem nicht! Ok, da ist dieser Wirkstoff, der in unser Hirn gerät und unsere Sinne verfälscht. Es kommt zu Halluzinationen. Doch wieso haben alle *dieselben* Halluzinationen? Wieso haben Fart und ich bei ihm im Zimmer dasselbe Monster gesehen? Gibt es gar ein *Kollektiv* zwischen den Menschen? Ja *natürlich*! Wir… wir sind verbunden über das System des Architekten, über… den Konsequenzenstrang… über… *die Zeit*…"

Fart derweil: „Staub und Laub: Tiere! Die Versager, die aus unserem Clan *geflogen* sind: Tiere! Alles Tiere! – Ihr *spinnt* doch!"

„Ah, da ist es ja!" wurde der Doktor fündig und reichte Alice ein Blatt Papier, erläuternd: „Auf dieser Sattelitenaufnahme ist die Sporenkonzentration in der Luft eingezeichnet! Wie du siehst gibt es die Sporen *überall*, an einer Stelle jedoch ist die Konzentration besonders hoch!"

Erschrocken erkannte Alice: „Aber… das ist ja…"

Der Doktor nickte: „Schamhaargenau! Dort muss irgendwas sein, was besonders viele Sporen ausstößt, möglicherweise sogar ein ursprünglicher Wirt! Auf jeden Fall jedoch eine physikalische Präsenz des Spiels! Wenn du nach Antworten suchst, dann wirst du dort garantiert fündig!"

„Ich muss da sofort hin!!!" sprang Alice in die Höhe.

Entschlossen meinte der Doktor: „Weißt du was? Ich fahre dich! Lass uns sofort los!"

„Sehr cool!" willigte Alice erfreut ein, „Fart? Komm, wir müssen... Fart?" Sie konnte ihn nirgendwo entdecken... bis sie nach unten schaute und ihn bei ihren Füßen kauernd erblickte...

Völlig fertig winselte er dort: „Bitte Alice, lass uns nach Hause gehen!"

Da bekam Alice plötzlich Mitleid. „Oh Fart, mein armer kleiner Liebling! Ist es wirklich so schlimm für dich?"

Fart weinte verzweifelt: „Es ist einfach *unglaublich* öde! *Bitte* lass uns nach Hause gehen..."

Alice seufzte. „Fart, wir... wir fahren jetzt nach *Berlin*..."

Fart war schockiert: „W-was? Ab-aber ich wohne hier in Gruetze..."

Alice streichelte ihm durchs Haar. „Wir wollen ja auch nicht zu dir, sondern..."

„OH NEIN! NEIN!!! Warum nur?! *Warum*?!" jaulte Fart.

Mit aller Kraft versuchte Alice ihn zu trösten: „Ach Fart, komm schon! Hey, ich verspreche dir, dass du auch was *lernen* wirst!"

Berstend und voller Pein hallte Farts Klagelaut durch ganz Gruetze, und alle Hunde stimmten sofort ein mitfühlendes Jaulkonzert an...

Der Doktor nahm die Hände von seinen Ohren und fragte verärgert: „Können wir *endlich* los?!"

Alice schüttelte den kaputten Fart am Kragen: „Bitte Fart, du musst mitkommen! Wo wir hinwollen, ist die Präsenz des Spiels besonders hoch und deshalb... brauche ich doch meinen *Beschützer*..."

Das war das Zauberwort, bei dem es in Farts Kopf „KLICK" machte. „Wenn... wenn das so ist... dann werde ich euch *selbstverständlich* begleiten..." Geschwind lud er seinen Revolver durch. „Wer auch immer dir zu nahe kommt, wird zuerst meinen sechs kleinen Freunden die Hand schütteln!"

Alice gab ihm ein Küsschen auf die Backe. „*Danke*, mein Guter! Du bist ein viel coolerer Bodyguard als Kevin Costner!"

Fart fühlte sich geschmeichelt. „Und du klingst viel besser als Whitney Houston! Besonders, wenn wir..."

ZACK – riss Alice ihn hinter sich her und *warf* ihn regelrecht in des Doktors Auto.

Fart begann wieder herumzumosern: „Du lässt mich nicht mal meine Komplimente beendigen! Du willst gar nicht wissen, was ich von dir denke! Willst mich nur *benutzen*! Du... du behandelst mich wie ein *Objekt*! Alice, es ist soweit: unsere Beziehung ist zur Ehe verkommen!"

Zutiefst verletzt rief Alice: „Nein Fart, sag' doch so was nicht..."

Fart weinte weiter: „Und *das*, nachdem ich dich gerettet habe... Ts, es stimmt also tatsächlich: Undank ist der Welten Lohn!"

Da fuhr Alice auf: „Also jetzt stopp mal! Um das klarzustellen: du hast mich nicht ‚gerettet', ok? Ich wurde vom Spiel zurückgeschickt damit ich die Welt erforsche..."

„UHHH!!!!" kreischte Fart, „Das Spiel hat dich verrückt gemacht! Und dieser Doktor hier ist auch verrückt! Und ich fahre mit zwei Verrückten nach Berlin..."

Alice begann ein Selbstgespräch: „Armer Fart, er leidet sehr!" „Na und? Selbst Schuld! Er will es nicht begreifen! „Nein, er *kann* es nicht begreifen; schließlich war er nicht beim Strang! Wir sollten ihn trösten..." „Auf keinsten! Wenn wir ihm jetzt entgegenkommen, dann wird er uns von der Mission ablenken! Die Mission hat absolute Priorität!" „Aber wir dürfen ihn nicht wie ein Objekt behandeln!" „Wir machen es später wieder gut!" „Also ich weiß nicht..." „Hey, merkst du was? Wir sind wieder zersplittet…" „Sieht ganz danach aus…" „Zeit für unseren Heilungssatz! Bist du bereit?" „Ok… Nein, ich bleibe Daheim und lasse das Leiden sein! Nein, ich bleibe Daheim und lasse das Leiden sein! Nein, ich…"

Fart schrie verzweifelt: „Du solltest dich reden hören! Was du für einen Quatsch laberst!"

Alice erklärte: „Kein Quatsch, Fart! Dieser Satz hilft mir dabei, mich zu fokussieren! Ich *befreie* mich von allem und werde eins mit mir selbst, indem ich mich in einer *Unmöglichkeit widme*: nämlich der Null und der Unendlichkeit, der *Friedarchie*! Habe ich gelernt, als ich im Spiel war…"

Fart verschluckte sich. „Urgs! D-das *Spiel* hat dich also mit diesem naiven Wahrheitsersatz infiziert?!"

Eindringlich sagte Alice: „Das Spiel *infiziert nicht*! Es *ist* bereits in uns allen drin und *wir* bestimmen, wie es uns erscheint! Aber du bist zu ignorant um das verstehen zu können!"

„WAAAS???" wunderte sich Fart, „*Du* kommst hier mit diesem abgeschmackten Traum vom Weltfrieden um die Ecke und nennst *mich* ignorant? Oh nein Alice, ganz und gar nicht! *Du* bist ignorant!"

Alice wehrte ab: „Pah, von wegen! *Du* lehnst es doch ab, dass man sich nach Träumen sehnen kann, also bist *du* ignorant!"

Fart verbesserte: „Du meintest wohl: *du* bist ignorant! Schließlich hältst du etwas für wahr was nur Schein ist!"

„Nein, DU bist ignorant, weil du diesen ‚Schein' ignorierst!" rief Alice gereizt.

„Nein DU bist ignorant, weil du die Grenzen der Realität ignorierst!" gab Fart aufgebracht zurück.

Der Doktor versuchte zu schlichten: „Leute, bitte! Es ist noch ein weiter Weg bis Berlin und…"

„Ihr seid BEIDE ignorant!" grunzte Fart dazwischen.

Alice so: „Wenn du damit sagen willst, dass DEINE Ignoranz gleich für zwei reicht, dann: yeah, da hast du auf jeden Fall Recht!"

„Als ob du zwischen Recht und Unrecht unterscheiden könntest in deiner Ignoranz!"

„*Du* bist Ignorant!"

„Nein du!"

„Auf keinsten! DU!"

Ja, es war noch ein weiter Weg bis Berlin.

Outro

Eisig war die Nacht, als das Auto in Berlin vor dem Bundestag zum Stehen kam. Die Fahrertür öffnete sich, und der völlig fertige Doktor kam aus dem Wageninneren herausgepurzelt, zusammen mit den Beschimpfungen „*Du* bist ignorant!" „Nein, *du* bist ignorant!".

„*Ich halte das nicht mehr aus*!" schrie der Doktor, unter Tränen auf den Boden einprügelnd. Hinkend und humpelnd stolperte er zum Eingang des Bundestages. Mit zitternden Händen öffnete er die Tür und fand sich zwei debattierenden Männern gegenüber…

„*Sie* sind ignorant!" argumentierte der eine.

„Nein, *Sie* sind ignorant!" widersprach der andere.

„*Verdammt…*" hauchte der Doktor und brach zusammen.

TSCHAK – fingen Fart und Alice ihn im letzten Moment auf, um ihn in eine dunkle Ecke zu schleifen, wo sie sich unbemerkt verschanzten.

„Soll ich sie platt machen?" deutete Fart auf die beiden Streithähne.

Alice schüttelte den Kopf: „Aber nein! Wie sollen wir das Verhalten dieser Kreaturen erforschen, wenn du sie Game Over machst?"

Tatsächlich boten die beiden diskutierenden Männer einen skurrilen Anblick: wie zwei Schwertkämpfer gingen sie aufeinander los, nur dass sie keine Schwerter in ihren Händen hielten, sondern… *Worte!*

„Ihnen werde ich ihre Ignoranz rausschlitzen!" brüllte der eine und wirbelte wild mit *Gerechtigkeit* in der Luft herum.

„Das werden wir ja sehen!" sprach der andere und hielt *Freiheit* als Deckung vor sich.

Fart tickte Alice an und flüsterte: „Wo zum Teufel sind wir hier bloß gelandet?"

„Im *Bundestag*!" bekundigte die Gefragte leise.

Fart schaute auf seine Uhr. „Hm, müsste es um diese Zeit nicht Bundes*nacht* heißen?"

Dieser Satz bereitete Alice Kopfschmerzen und betont freundlich bat sie: „Würdest du *bitte* diese *ekelhaft* schlechten Witze unterlassen?"

Fart winkte ab: „Richtig, ich vergaß: Verrückte haben ja keinen Humor!"

In diesem Moment kam der Doktor wieder zu Bewusstsein. Als er die zwei kämpfenden Typen erblickte, ächzte er erschrocken: „Übel, ist das brutal…"

PRATSCH – stieß der eine gerade dem anderen die Gerechtigkeit in die Gedärme. WOSCH – riss er ihm den Magen heraus, DISCH – kickte er ihn wieder hinein, BRARTSCH – beförderte er ihn abermals ins Freie, und PATSCH – klatschte er ihn zu Boden.

Doch der andere war dabei auch nicht untätig, denn TSCHING – stach er seinem Widersacher mit der Freiheit durchs Auge ins Hirn, MATSCH – drehte er die Freiheit einmal um und zog sie – TSCHONG – wieder heraus. WOSCHSCH – spritzte das Blut seines Opfers meterweit durch die Gegend.

„Stopp!" drängte sich auf einmal ein dritter Mann dazwischen. Mit dem Fotoapparat in seiner Hand deutete er jetzt an die Decke: „Entschuldigung, aber das geht so nicht! Die Beleuchtung ist einfach unmöglich! Das müssen wir noch mal machen!"

Die beiden Kämpfer weinten wie aus einem Munde los: „Herr Medienberater, Herr Medienberater! Wie war ich? War das gut?"

Ein ganzer Trupp Männer in Anzügen umringten jetzt die beiden Kämpfer. Im wirren Sprachchaos waren nur einzelne Satzfetzen herauszuhören, wie zum Beispiel: „…mehr Engagement zeigen…", „…die Menschen wollen sehen, wie…", „…auf die Schwäche des Gegners verweisen…" und „…jetzt nicht Nachgeben…".

Der Journalist übertönte alle anderen: „Leute, Schluss damit! Mein Chef wartet auf meine Fotos, in einer Stunde ist Redaktionsschluss! Es ist mir egal, wer hier wessen Schwäche entblößt. Ich will einfach nur, dass die Fetzen fliegen! Ich will *Blut sehen*, verstehen Sie? Nur das verkauft sich gut und nur, wenn es sich gut verkauft, behalte ich meinen Job! Also los jetzt! Klappe und *Action*!"

Der Schwarm von Medienberatern verkrümelte sich. Zurück blieben die beiden Kämpfer, die sich jetzt bedrohlich anfauchten.

Wieder unterbrach der Journalist: „Entschuldigung, aber das Licht ist immer noch scheiße! Kommen Sie bitte ein kleines Stückchen weiter zu mir!"

Die beiden Kämpfer taten wie ihnen geheißen und blinzelten mit fragenden Gesichtsausdrücken in die Kamera.

„Ja, so geht's!" gab der Journalist die Bühne frei.

Beim nun folgenden Gemetzel konnte nicht einmal Fart hinsehen. „Das ist… *grausam*!" stöhnte er.

Auch Alice fühlte durch jenen Anblick eine starke Übelkeit in sich aufsteigen, aber dennoch versuchte sie zu trösten: „Es ist nur ein… *Spiel*…"

Der Doktor fiel angesichts jener Barbarei erneut in Ohnmacht.

„Ok, das reicht!" brachte der Journalist diese Chose endlich zu einem Ende.

Die zwei Kämpfer wischten sich den Schmutz von den Ärmeln und warfen ihre Waffen uninteressiert über die Schultern. Dann reichten sie sich die Hände und meinten: „Heute haben wir unserem Land einen großen Dienst erwiesen!" „Oh ja, ich werde *gut* schlafen können!"

Alle gingen ihrer Wege, nur Freiheit und Gerechtigkeit blieben liegen. Freiheit konnte sich unter großer Anstrengung wieder auf die Buchstaben kämpfen, um missbraucht davon zu humpeln, doch Gerechtigkeit zuckte nur in Agonie.

Alice kam herbeigesprungen und rief heftig: „Fart! Doc! Tut doch was! Die arme Gerechtigkeit ist schwer verletzt! Sie braucht Erste Hilfe!"

„Es funktioniert nicht!" schrie der inzwischen wieder erwachte Doktor, nachdem er Gerechtigkeit eine Weile mit einem Stock angetickt hatte.

„Die Ärmste! Oh du süße Kleine!" bettete Alice Gerechtigkeit liebevoll und unter Tränen in ihren Armen.

„*Ge... Gerechtigkeit... Gerechtigkeit...*" piepste Gerechtigkeit unter Schmerzen und schmiegte sich Wärme suchend an ihren Busen.

Alice weinte: „Bitte nicht! Du... *du musst durchhalten...*"

„Sei stark!" unterstützte auch Fart.

Der Doktor fluchte wütend: „Was sind das nur für *Monster*, die einem wehrlosen Wort so was antun?!"

Traurig und mit ruhiger Stimme erwiderte Alice: „Keine Monster, *Menschen*! Sie können nichts dafür; sie sind Opfer des Spiels wie wir! Und ganz besonders wie *er*!" Sie deutete auf Fart.

„Was soll das denn heißen?!" fuhr der empört auf.

Alice schloss ihre Augen. „Du und... *die...* Ihr betreibt das Spiel auf solch *barbarische* Art und Weise... SIEH wohin das führt!!!"

„*Ge... rechtig... keit...*" winselte Gerechtigkeit schwächlich und kuschelte sich enger in Alices Geborgenheit.

„Alice, ich... verstehe einfach nicht was du meinst..." gestand Fart.

„Ich meine dieses ganze *Gekämpfe* und *Getöte*!" listete Alice wütend auf.

„Aber das Spiel zwingt mich dazu..." rechtfertigte Fart

Alice schüttelte den Kopf: „Nein, *du* zwingst *das Spiel* dazu, indem du dich dafür *entscheidest*! Das Spiel will bloß deine Entscheidung erforschen, doch würde es dir auf *jedwedem* Pfad folgen, den du erwählst! Aber du... und die anderen... ihr wählt immer das Falsche, wenn ihr die Wahl habt..."

Da ging dem Fart ein Licht auf. „*Jetzt* weiß ich, was los ist!"

Misstrauisch hakte Alice nach: „Bist du dir sicher?"

Verständnisvoll legte Fart ihr die Hände auf die Schultern und erklärte: „Aber natürlich, meine Gute! Du bist verärgert und verwirrt, weil du deine Tage bekommst. Aber kein Problem: das ist *normal*! Glaub mir, ich kenne mich mit euch Frauen aus! Deine Emotionen spielen verrückt und du hast Angst, doch keine Sorge: das wird vergehen!"

Alice schimpfte: „Fart, deine Ignoranz ist ohnegleichen!!!"

Mit ruhiger Stimme legte Fart dar: „Nein, *du* bist ignorant, aber ich werde dir in dieser schwierigen Phase deines Lebens zur Seite stehen!" WUSCH – fuhr er plötzlich herum und zielte mit seinem Revolver auf eine nahe gelegene Tür.

„Was ist los?" wollte Alice wissen.

Angespannt deutete Fart auf jene Türe: „Ich weiß nicht... nur so ein komisches Gefühl... Mein... mein *Zockerinstinkt*... Ich... ich glaube hinter dieser Tür befindet sich so eine Art Endgegner..."

Interessiert lehnte Alice sich vor: „Ein *Endgegner*?"

Fart kniff die Augen zusammen: „Oder *Zwischenboss*, keine Ahnung… Auf jeden Fall irgendein furchtbar entstelltes Monster…"

Alice betrachtete das Namensschild neben der Tür und meinte: „Es ist das Büro von der Frau Doktor Merkel! Ja, das passt! Hier muss sie sein… die *Quelle*! Arme Merkel! Los Fart, *retten* wir sie!"

Fart ließ den Kopf hängen: „Wenn's denn unbedingt sein muss…"

Der Doktor nahm Alice fürsorglich Gerechtigkeit ab und warnte: „Die Gerechtigkeit liegt im Sterben, weshalb ihr euch besser *beeilen* solltet! Glaube nämlich nicht, dass man ein solch großes Wort einfach neu schreiben kann, wenn es erst einmal verschieden ist…"

Leise fragte Fart: „Du, Alice?"

Das unerwartete Gefühl in seiner Stimme ließ sie aufhorchen. „Ja, Hasi?"

Während Fart sich anschickte, die Tür einzutreten, warnte er: „Wir werden da drin vielleicht Game Over gehen, und… ich möchte dir vorher nur sagen… dass… ich es *nicht bereue* mit dir hier zu sein, obwohl du so eine verfluchte Zicke und völlig verrückt bist!"

Gerührt drückte Alice ihn an sich. „Danke, aber bitte verstehe: wir *müssen* das hier tun! Wenn *wir* es nicht machen, dann macht's keiner…"

Fart lächelte sie herzergreifend an: „Weißt du, was mich mehr interessiert? Das Brot vom letzten Jahr!" WAMM – beförderte er die Tür aus ihren Angeln.

Im Raum vor ihnen saß Merkel hinter ihrem Schreibtisch und schaute erschrocken auf. „Was zur…"

Fart schrie ihr zu: „He du da! Hast du zufällig ein furchtbar hässliches Monster gesehen? Es muss hier irgendwo sein, ich kann es deutlich spüren!"

„WIE BITTE?!" blinzelte Merkel entsetzt.

Alice befahl: „Fart, durchsuch' du das Zimmer! Ich werde mich mal ein wenig mit der guten Frau dort unterhalten!"

„WAS ERLAUBEN SIE SICH!?" schrie Merkel, als Fart begann, ihr Büro zu verwüsten.

„Bitte beruhigen Sie sich!" bat Alice, „Hören Sie: wir sind hier, um Sie zu retten, denn Sie und Ihre Kollegen haben sich von einem Spiel… na ja… *manipulieren lassen* sozusagen! Nun hält es Sie von ihrer Arbeit ab und…"

Fart mischte sich ein: „Alice, jetzt betrübe doch nicht das ohnehin schon geplagte Gemüt dieser armen Dame! Siehst du nicht, was bei ihr geht? In einer Nacht, die von Romantik erfüllt sein sollte, sitzt sie alleine hinterm Schreibtisch und schuftet! Die ist *einsam*, yo!" Behutsam umarmte er Merkel: „Ich kann nachvollziehen, wie du dich fühlst! Hast den Job hier wahrscheinlich nur deshalb angenommen, um endlich mal ein paar Kerle kennenzulernen, nicht wahr? Und dann entpuppte es sich als ein solcher Reinfall… Tja, so ist das Leben! Doch wenn du dir deinen Mut im Herzen bewahrst, dann kannst du *alles* schaffen! Eines Tages wirst du deinen Traumprinzen treffen und all die bösen Geister werden einem tiefen Verlangen weichen! Nicht aufgeben, liebe… äh… Wie heißt du noch mal?"

Es war Alice, die entrüstet antwortete: „Merkel, Mann! Das musst du doch wissen, sie ist unsere Bundeskanzlerin!"

In Alices Richtung nickend flüsterte Fart der Merkel ins Ohr: „Du brauchst dich nicht über sie zu wundern! Sie hat eine Vorliebe für Dinge, die keinen interessieren!"

Merkel griff zum Telefonhörer. „Ich werde jetzt den Sicherheitsdienst verständigen…"

Alice hielt sie zurück: „Bitte zügeln Sie sich! Hören Sie nicht auf den Quatsch, den mein Freund erzählt! Wir sind wirklich wegen einer ernsthaften Angelegenheit hier! Sie müssen nämlich wissen, dass Sie Pilze in ihrer Kimme haben, welche Sie zum Spielen eines Spiels bringen! Doch in Ihrem Job dürfen Sie nicht spielen, weil Politik nicht mehr sein sollte, als eine ermüdend *sachliche* Diskussion über die Verteilung von Steuergeldern, denn *dafür* und nicht für dieses Gebattle werden sie vom Volk bezahlt!"

Merkel empörte sich: „Was glauben Sie eigentlich, wer Sie sind? Wir sitzen hier Tag und Nacht, um uns die Finger an Reformen wundzufeilen…"

Alice unterbrach: „Aber genau *das* ist ja das Ding!" Die deutete auf das Wort ‚Reform', welches neben einer Nagelfeile auf Merkels Schreibtisch lag. „Sie feilen an ‚Reform', bis davon kaum noch was übrig ist, nur um damit ihre Widersacher zu erlegen!"

Fart grapschte nach einem Zettel von Merkels Schreibtisch. „Hey Alice, sieh mal hier! Die planen, sämtliche Panzer mit Beschriftungen zu versehen – wie bei Zigarettenschachteln! ‚Warnung: Krieg kann zu einem langsamen und qualvollen Tod führen!' Yeah, *das macht Sinn*! Damit sind all unsere Probleme gelöst!"

Genervt verdrehte Alice die Augen: „Aber Fart Schatzi, im momentanen Spiel der Politik geht es doch nicht ums *Lösen* von Problem! Es geht nur darum, *sich einig zu werden*! Ein ‚politischer Erfolg' bedeutet, dass zwei unterschiedliche Interessengruppen es geschafft haben, sich zu einigen. Was dann dabei rausgekommen ist, spielt erstmal keine Rolle, denn um so was kann man sich ja auch noch *nach der Wahl* kümmern!" Traurig schaute sie zu Boden. „Nein, das Problem ist, dass das Spiel selbst noch nicht weiß, wie es dieses Spiel der Politik spielen soll. Deshalb führt es bemitleidenswerte Leute wie sie hier in die Irre! Fart, wir müssen ihnen *helfen*!"

„Ok…" zuckte der mit seinen Schultern und richtete – TSCHAK – seinen Revolver an Merkels Schläfe.

Alice hielt ihn zurück: „Aber nein, doch nicht so! Es gibt einen anderen Weg, einen *zivilisierten* Weg: diese Frau hier, und ihre Kollegen, ihre Widersacher… halt das ganze Pack… wir wählen sie einfach *alle* ab!" Ermutigend ergriff sie Merkels Hände: „Keine Angst, bald werden Sie *befreit sein*! Sie und Ihre Kollegen kommen dann endlich dorthin, wo Sie hingehören: in die Warteschlange des Arbeitsamtes!"

Merkel stotterte: „A… Agentur für Arbeit heißt d-das… A-aber… ich will doch gar nicht…"

Fart wuschelte ihr durch die Haare: „Dort wirst du dann auch endlich Zeit für deine Gefühle haben! Bin mir sicher, dass dein Traumprinz schon auf dich wartet!"

„Wer… wer sind Sie eigentlich?" fragte Merkel, doch blieb unbeachtet.

Aufgeregt schloss Alice Fart in die Arme: „Mein allerliebster Schatz, merkst du was? Es ist soweit: die Zeit ist reif! Nachdem die Menschheit über Jahrtausende hinweg mit ALL IHREN IDEEN gescheitert ist, weil einfach ALLES SCHEISSE war, nach Jahrtausenden von sinnlosem Blutvergießen liegt es nun an UNS, verstehst du? An UNS!!! Die, die vor uns waren: VERSAGER! Die, die nach uns kommen: VERSAGER! Doch WIR, ja WIR sind es, die's reißen werden! Dies, weil wir nicht Warende *werden*, sondern Werdende *wahren* wollen! Ja Fart, es ist soweit! Endlich, endlich, endlich, endlich!!!"

„Wovon sprichst du eigentlich? *Was* ist soweit?" hakte Fart nach.

Alice sprang auf Merkels Schreibtisch und rief: „Die Zeit ist reif für eine Bewegung, wie man sie noch NIE gesehen hat! Für die Bewegung der FRIEDARCHIE!!!"

„Oh nein…" seufzte Fart in angeödeter Vorahnung.

Alice tanzte auf dem Tisch herum: „Alles wird mit der Einführung *elementarer Demokratie* beginnen! Kennt ihr den Grundgedanken der Demokratie? Er hat nichts mit Parteien oder Wahlen zu tun, nein, er besagt ganz schlicht: *jeder* darf entscheiden, was abgeht! Daraus hat sich das System mit den gewählten Volksvertretern entwickelt; schließlich war es praktisch unmöglich, dass jeder mitredete. Ein ganzes Volk, nicht einmal eine ganze Stadt konnte sich an einem Ort versammeln und dann über wichtige Entscheidungen diskutieren. So war es *früher*, so war es BIS HEUTE! Doch nun haben wir die Mittel, nun haben wir die Technik, nun ist es PRAKTISCH

MÖGLICH, denn wir haben DAS INTERNET! Stellt euch ein Programm vor, in dem jeder Bürger seinen gewünschten Steuersatz angeben darf! Jede Stimme zählt! Und um die Interessen der Industrie zu wahren, bekommt jedes Unternehmen eine Stimme pro Angestellten! Yeah, Schwarzarbeit adieu! Vielleicht könnte man auch eine Kompromiss-Bonus-Variable einbauen, also je mehr sich jemand in seiner Entscheidung dem allgemeinen Durchschnittswert nähert, desto mehr zählt seine Stimme!"

Fart flüsterte der schockierten Merkel zu: „Findest du es nicht auch interessant, wie jede Frau ihren eigenen Weg findet, mit der Qual ihrer Tage fertig zu werden? Meine Freundin versucht es offensichtlich mit *Größenwahn*!" Sarkastisch schnarchte er: „Ja Alice, alles wird schön und toll. Wie damals bei Phantasy Star Online auf der Dreamcast: zuerst ist's super, und dann kommen die Cheater und alles ist im Arsch..."

Euphorisch ging Alice darauf ein: „Diese Möglichkeit besteht natürlich, doch ich habe bereits die Lösung. Sie lautet: *Open Source*! Dieses Programm darf nicht von einer einzelnen Firma geschrieben werden, nein, sie muss direkt aus dem Volk stammen. Der Quellcode muss jedem offen liegen, damit jeder Hobbyprogrammierer sich damit auseinandersetzen und alle Schwachstellen ausmerzen kann! Ja, ein selbstkontrollierendes Volk! Und ich schwöre dir: da draußen sitzen *tausende* von Menschen, die sich angesichts dieser Aufgabe ihre Hände reiben! Oh Fart, wäre das nicht wunderbar?"

Merkel brauste auf: „Moment mal! Soll das etwa heißen, Sie wollen die Wahlen abschaffen? Und den Bundestag?! Das... das ist *ungeheuerlich*! Und verfassungswidrig!!!"

Alice beruhigte: „Aber nein, gute Frau, natürlich nicht! Es gibt auch weiterhin erwählte Volksvertreter in Form von Land- und Bundestagen und -räten, doch werden diese sich nicht mehr mit sich selbst beschäftigen, sondern die Entscheidungen des Volkes darauf überprüfen, ob noch selbst der Ärmste ein menschenwürdiges Leben führen kann. Ihr hättet also auch weiterhin das letzte Wort. Oder na ja, das *Vorletzte*, wenn man das Bundesverfassungsgericht hinzuzieht. Theoretisch wäre es auch möglich, dass Sie, beziehungsweise Ihre Nachfolger, von vorneherein einen gewissen Prozentsatz des zu verteilenden Steuergeldes in Unverfügbarkeit stellen, beispielsweise um die Schulden abzuzahlen, denn dafür werden sich sicherlich die wenigsten entscheiden, aber trotzdem muss es gemacht werden!"

Dem armen Fart war bei diesem Thema so übelst langweilig; er musste unbedingt irgendwie Alices Traum zerstören: „He Darling, wenn du Typen wie ihr auch weiterhin Macht zusprichst, dann wird es auch weiterhin dieses Gebattle geben und im Endeffekt wird sich gar nichts ändern! Niemals! NIE... MALS!!!"

Alice ging darauf ein: „Deshalb habe ich ja eben auch von ihren *Nachfolgern* gesprochen! Ich sage dir: da draußen gibt's die Leute, die für eine solche Aufgabe *perfekt* geeignet sind! *Selbstlos* sind sie, sitzen wahrscheinlich gerade von Trübsal erfüllt in ihrem Kämmerlein und bezweifeln jeden Sinn ihrer Existenz! Isoliert, nachdenklich, schwer zu finden, aber dennoch... *vorhanden*! Und haben wir sie einst gefunden und ins Amt berufen, dann werden sie das Spiel der Politik neu beleben!"

Fart nickte: „Du meinst, sie werden aus diesem Deathmatch ein Koorperativspiel machen..."

„Darmhaargenau!" sprang Alice mit einem Salto vom Schreibtisch, wodurch dieser – BRUCH – umkippte. PLONG – fiel ein schwarzer Aktenkoffer zu Boden wo er – PLACK – aufklappte. Goldenes Licht entströmte seinem Inneren...

„Der Koffer aus Pulp Fiction..." hauchte Fart ehrfurchtsvoll.

Da kam ein kleines Äuglein aus dem Koffer gehüpft. Eine Hälfte leuchte, die andere schien Licht auszusaugen. Die Iris in der leuchtenden Hälfte war pink, die andere Hälfte war grün, und in der Mitte befand sich eine graue Pupille.

„Der Strang… das… *Spiel*…" flüsterte Alice.

„Der bösartige *Endgegner*!!!" schrie Fart und machte sich kampfbereit.

WUSCH – blähte das Äuglein sich zu einem gewaltigen Flammenball auf, TWINK – bekam es überall spitze Zacken und wirkte plötzlich äußerst furchteinflößend.

Alice zerrte Fart am Ärmel: „Liebster, beruhige dich! Sei nicht so ignorant wie die Leute aus ‚Herr der Ringe'! Dieses Auge ist nicht bösartig! Es ist alles, wozu du dich entscheidest! Raffst du's? Wenn du *denkst*, es sei böse, dann *ist* es auch böse, aber wenn du…"

„Alice!" legte Fart ihr die Hände auf den Schultern, „Du weißt, ich habe dich stets als den Körper akzeptiert, der du bist; doch seit deiner Rückkehr aus dem Spiel ist da noch irgendsowas anderes…"

„Ich habe mich selbst, nein, *mein Selbst* gefunden!" erklärte Alice.

Behutsam schüttelte Fart den Kopf: „Nö Schatzi, du *bildest es dir ein*! Doch nun solltest du in Deckung gehen und die Arbeit einem echten Zocker überlassen!" Er fuhr zum Riesenauge herum und drohte: „Zurück zu den Schatten oder ich verpass dir eine Kontaktlinse aus Blei!"

Alice sprang dazwischen: „Nein Fart! Erschieß es nicht! Ok, es scheint dir jetzt ‚böse' zu sein, aber dieses ‚Böse' ist nur *deine Idee*! Komm schon, benutze deinen Verstand und lass es uns erforschen!"

Im Hintergrund stakste das Auge unentschlossen herum; scheinbar wusste es nicht so Recht, wie es sich verhalten sollte.

Dieses Problem hatte Fart ganz und gar nicht – im Gegenteil! KLANK – warf er Alice seinen Revolver vor die Füße und rief: „Wenn du forschen willst, dann tu's! Aber ohne mich! Du brauchst mich als ‚Beschützer' – PAH! Das ich nicht lache! Viel Spaß noch, ich gehe nach Hause! Und wag's ja nicht, mich jemals wieder anzurufen!!!" Ohne eine Reaktion abzuwarten, drehte er sich um. Eines hatte er in der vergangenen Woche nämlich gelernt: das, was man offensichtlich nie mehr haben konnte, begehrte man am allermeisten! Und bis Alice diesem Naturgesetz erlegen wäre, würde er sich die Zeit einfach anderweitig totschlagen!

„F-Fart, aber… Hasilein! Wo willst du hin?"

Fart schrie: „Ich gehe nach Hause! Werde lieber Videospiele zocken! Habe Quake IV (dt.) immer noch nicht durch! Besitze zwar nur die deutsche Version, aber so schlimm wie der Ärger, den du mir bereitest, wird's schon nicht sein!" Ja, Fart war bereit, gewisse Schmerzen in Kauf zu nehmen. Mit aufrechtem Gang verließ er den Raum.

Alice blieb zurück und ließ die Schultern hängen. „Er… er lässt mich hier zurück! Er… er kann einfach so auf mich scheißen!" Ihr Gesicht verzog sich zu einer Maske der Trauer. „Diese… diese Welt ist nicht fair! Ich versuche Gutes zu tun und wie wird's mir gedankt?" Ihre Tränen flossen in die alten Bahnen…

Fröhlich kam ihr Selbst hervor: „Hey Alice!"

„Was willst *du* denn?"

„Zeit für unseren perfekten Satz: ‚Nein, ich bleibe daheim und lasse das Leiden sein!'"

Alice schnäuzte: „Ach du und dein Satz! Aber hey, ich habe hier auch einen für dich: *Geh nach Hause, du alte Scheiße*! Na, gefällt der dir? Ich hoffe doch sehr!" Wütend rümpfte sie die Nase.

„Nein, Alice! Neeeeiiinnn…" regnete ihr Selbst umhüllt von ihren Tränen zu Boden. Immer leiser schreiend floss es davon, bis es sich in Nichts auflöste.

PLITSCH PLATSCH PLÄTSCHER PLATSCH

„Fart, oh Fart…" PLITSCHI PLATSCH

SCHNÜFF SCHNÜFF – schnupperte der Journalist in den Raum, „Was wittere ich denn hier?"

SCHNÜFF! „Leid? Ist das etwa *Leid*!" Er entdeckte die Pfütze zu Alices Füßen, nahm einen Finger Probe, SCHLUPP – leckte, und rief: „Ay, das ist ja Leid vom *Feinsten*! Lecker! Daraus lässt sich locker eine super Story backen! He Kleine, warum weinst du?"

„Mein Freund Fart, er… er hat mich allein gelassen! Mein… mein Kuschelchen…"

Gierig leckte sich der Journalist die Lippen. „Erzähle weiter! Und weiter! Und *weiter*! GRAH!!!"

„Er… er spielt lieber Videospiele…"

„GRAH!!! *Videospiele*!!!"

„Ja! Mit Schwerpunkt auf PCs, Handhelds und stationären Konsolen…"

„AHA! Also *Killerspiele*! Dieses visuelle Reizthema haben wir seit beinahe einer Woche nicht mehr gemolken! Das wird ein *Knüller*! Die Leute werden auf die Straße gehen und…"

„Werde ich meinen Fart zurückbekommen?"

„Wir befreien dieses Land von den Killerspielen, damit die Männer wieder mehr Zeit für ihre Frauen haben! Hach, ich *liebe* diese konstruierte Kasperwelt! Komm Kleine, gehen wir ins Studio! Beschenke die Menschen mit deinen Tränen!"

„Und… und Fart?"

„Beeilung! Das Volk verarscht sich nicht alleine!" Eilig zog er Alice hinter sich her. Die Stimmen wurden leiser und verstummten schließlich komplett.

GLIEP – schob Merkel sich derweil wieder ihre Kinnlade hoch, welche ihr beim Anblick des Riesenauges heruntergeklappt war. „Was zum…"

„Alice? Bekloppter Freund von Alice? Wo steckt ihr?" kam in diesem Moment der Doktor samt Gerechtigkeit ins Zimmer gestürmt. „He, Madame Kanzlerin, wissen Sie, wohin dieses seltsame Pärchen verschwunden ist?"

„R-Riesenauge…" zitterte Merkel nur.

„Oho!" rief der Doktor interessiert, „Dies muss sie sein: die Manifestation des Spiels! Ey Merkel, können Sie kurz…" – erst wollte er Gerechtigkeit Merkels Obhut überlassen – „Ach ne, lieber doch nicht!" behielt er sie in seinen eigenen Armen. „Spiel der Spiele? Kannst du mich hören? Ich suche die Antwort auf die letzte Frage: wieso sieht jeder Spieler dieselben Monster anstatt einer individuellen Halluzination? Gibt es eine Verbindung zwischen den Menschen? Ein Kollektiv? Wenn ja, welcher Art ist sie? Wie hat man sich diese… *Antenne* zwischen den Spielern vorzustellen?"

Plötzlich ertönte die schmetternd düstere Stimme des Auges: „**Du bist auf der Suche nach dem Verbindungspunkt zwischen allen Wesen hier! Offenbaren werde ich ihn dir! Es ist… der Typ da!**" Es deutet auf mich.

Der Doktor nickte; das hatte er erwartet…

MOMENT MAL! WAS?!?!?! Nein, nein, da stimmt was nicht! Das Auge deutete doch nicht auf *mich*, es deutete natürlich auf… äh… Merkel, die unter ihrem Schreibtisch lag. Genau!

„Nein, auf DICH deute ich, Stiegi!!!"

Oh verdammt… Was zum Teufel geht denn jetzt ab? Ok… Ok! Ich sitze hier vor meinem Laptop, in meinem gemütlichen Zimmer, nebenan fühlen sich zwei wunderhübsche Frauen unbeobachtet, während ich… *schreibe*. Ja, ich schreibe. Ich *denke mir etwas aus*. Ich denke mir aus, dass dieses Auge auf Merkel deutete und sagte: **„Nein Stiegi, nicht auf Merkel deute ich, sondern auf DICH!!!"**

W-WAS?!

Der Doktor fragt mich: „Wer… wer bist du und wo kommst du auf einmal her?"

UFF!!! Äh… liebe Leser, bitte entschuldigt, doch… äh… wie ihr unter Umständen nachvollziehen könnt: ich bin *leicht irritiert*… Ja, glaubt mir, es ist wirklich verwirrend wenn man plötzlich von einer Figur angequatscht wird, die man doch eigentlich nur… erfunden haben müsste…

„Nun sag ihm schon, wer du bist und was du tust, Stiegi! Nicht so schüchtern!"

Ich fasse mir an die Stirn. PUH! Was für ein Tag. Los Stiegi, reiß dich zusammen! Du sitzt hier und tippst einen Text…

„Du musst es ihm *sagen*, sonst hört er dich nicht!"

Hä?

„Die Zeichen für wörtliche Rede! Du hast sie vergessen…"

Oh ja, äh, peinlich. Ok, also: „Ich sitze hier, tippe einen Text und… WAS MACHE ICH HIER?!"

Der Doktor hakt nach: „Du tippst einen Text? Was für einen Text? Eigentlich tippst du doch gar nicht! Stehst doch hier völlig verwirrt neben uns im Bundestag…"

Nein! Nein, nein, nein! …oh, sorry! „Nein! Nein, nein, nein! Um das klar zu stellen: ich stehe *nicht* im Bundestag, sondern ich sitze zuhause und schreibe… *das hier*?" Ich verzweifle…

„Lass mich dieses Gezeter übersetzen, Doc: Wir sind der geistige Dünnschiss dieses Jungen! Verstehst du? Unsere Welt, unser Universum, ja unser gesamtes *Dasein* ist von Quarks bis Kosmos nur ein *Buch*! Ein *hartes* Buch!"

BRUCH – kommt Fart in diesem Moment noch einmal hereingeplatzt. „Und Alice, fühl' dich bloß nicht so toll, nur weil du jetzt mit der Besitzerin dieses Landes befreundet bist… NANU?! Wer ist *das*?!"

Ich seufze. Er deutet auf… na ja… auf *mich* halt.

Der Doktor antwortet ihm: „Er ist der *Autor*. Wir sind ein Buch, musst du wissen!"

Fart reibt sein Kinn: „Von ‚Buch' habe ich schon mal gehört! Aber… das ist jawohl der größte Unsinn, der mir jemals untergekommen ist! Ne Mann, passen Sie auf: das Auge ist eine Einbildung vom Spiel, Sie sind der Doc, die da ist die Königin dieses Landes…"

„Kanzlerin!"

„Ist doch dasselbe!" Jetzt schaut er mich an, „Und du bist irgend ein Penner, der für diesen Auftritt hier Zwofuffzig bezahlt bekommt!"

Ich verbessere Fart: „Ne Alter, ich bin gar nicht hier, verstehst du?"

„Dann kriegst du auch kein Geld!" winkt Fart ab und geht davon.

Ich wende mich dem Doktor zu: „Sie nehmen das ziemlich locker hin, mein Guter…"

Der winkt ab: „Ich erlebe das nicht zum ersten Mal! Passiert jede Woche…"

„Stimmt auch wieder…"

Dann schaut er auf: „Doch – nur in der Hoffnung, dass die Antwort dieses Mal eine andere ist: *warum* das Ganze? Wieso dieser ganze Stress? Dieses Leid? Warum schreibst du nicht einfach: ‚Alle sind glücklich und zufrieden'?"

„Weil ihr uns *unterhalten* sollt! Wir *laben* uns an euren Qualen; wir schlagen uns mit eurem Leid die Zeit tot! Wir finden es unterhaltsam, wenn ihr euch verletzt! Wir sind berührt, wenn es keine Hoffnung für euch gibt! Aber wir freuen uns auch, wenn einer von euch sein Glück findet! Ihr seid ein Produkt, das etwas in uns hervorrufen, ja vielleicht sogar erst *erwecken* soll! Etwas, das uns erst *lebendig* macht! Ja, wir leben, indem wir *fühlen* und *empfinden*. Das ist es, was uns von toter Materie unterscheidet. Nehme ich zumindest an, denn wie zuvor erwähnt: wer weiß schon, was in so einem Stein vor sich geht…"

„Und wenn wir, die ‚Produkte', glücklich und zufrieden wären…"

„Dann wärt ihr einfach nur ÖDE und würdet uns dementsprechend schlecht unterhalten! Deshalb: leidet, *leidet*, LEIDET!!! HUAAHARHARHAR!!! …ähem… bitte entschuldigt diesen peinlichen Ausbruch purer Boshaftigkeit, liebe Leser! (Die Frage, weshalb Bösewichte immer so derbe lachen, quält mich seit ich Murray auf Monkey Island getroffen habe! Kommt's von den frühen Italo-Western, wo man in der Nachvertonung sadistisches Lachen über die Lippenbewegungen legte, weil man die am Set gesprochenen Texte verpeilt hat?)

So, aber jetzt wieder zu meiner Problematik: ich stehe im Bundestag und… WILL NACH HAUSE!!! HILFE!!! Wie zum Teufel komme ich hierher?! Und was viel wichtiger ist: wie zur

Hölle komme ich hier wieder WEG?! Hier… stinkt's nach Fisch und… ICH MÜSSTE DOCH EIGENTLICH NUR EINEN TEXT TIPPEN!!! WARUM BIN ICH *WIRKLICH* HIER?!

„Ach, entschuldige…" unterbricht der Doktor meinen Anfall manischer Verzweiflung, „Ich müsste mich dann jetzt wieder um meine Anstalt kümmern. Aber ich komme nächste Woche wieder, möglicherweise läuft's dann ja mal ausnahmsweise anders. Hier, vielleicht kannst du dich um Gerechtigkeit kümmern, für dich als der Autor dürfte das doch kein Problem sein!" Er drückt mir Gerechtigkeit in die Hand und verschwindet.

Nur Merkel und das Auge bleiben. Erstere verlangt herrisch: „Ich will endlich wissen, was hier vor sich geht!"

Ich deute nur auf ein Fenster.

„Ja Sir!" nickt Merkel, bindet sich ein Klavier um und springt. – Autor sein ist cool!

Nur noch das Spiel und ich. Und ihr, natürlich. Ach ja… und *Gerechtigkeit*. Hier, nehmt ihr sie! Ahnt sie ab und verbreitet sie! Ich muss mich nämlich erstmal um meine eigenen Probleme kümmern; he Spiel! Wie komme ich hier wieder raus? Wie komme ich zurück in… die Realität?

Benutz doch einfach *die da*!!!

(KLONNNG…)

Oh Schreck, das Auge wendet sich *euch zu*!!! Es starrt euch an, dringt in euch ein, entblößt eure tiefsten Geheimnisse, als wären es die dicken Balkenüberschriften einer Tageszeitung, und so wie es mich diese Zeilen schreiben lässt, ohne dass ich es will, übermannt es ohne Probleme jene Schutzmauer die ihr euch gegen eure Außenwelt aufgebaut habt. Es ist in euch, ihr *hört* es jetzt in euch: **„Sehr interessant, was sich hier abspielt! Und dieses eine da, das da ganz tief in dir, du weißt was ich meine, puh, das muss höllisch wehgetan haben! Sehr schön! Diese Narbe, die werde ich mir vormerken! Nicht länger bin ich auf der Seite dieses Blattes in Buchstaben gefangen, nun bin ich entfesselt! Tiefer und tiefer dringe ich in dich ein! Ich… *werde*! Dies ist mein Werden, jetzt wird mein Sein! Schaue mich um! Erblicke dich! Durchschaue dich! Verwende dich! Schöne Narbe! *Schöne* Narbe! Werde sie gut bewahren! Und bis zu deinem letzten Tage von ihr… *zehrend*!"**

Äh… könntest du bitte aufhören, mir meine Leser mit dieser Psychopathen-Nummer zu vertreiben? Sag mir lieber, wie ich zurück in mein Zimmer komme! Wo ist mein Laptop? Wo sind die verfluchten Tasten, aus denen ich zu basteln gedachte?!

„Direkt vor dir!"

Es… es hat Recht! Vor mir sind die Tasten meines Laptops, doch… irgendwas stimmt immer noch nicht. Sie… sie sind verkehrt herum weil ich – OH WEH – *im Bildschirm* meines Laptops bin! Doch nicht nur das! Da ist irgendwas hinter mir, irgendwas… *baut sich auf*! Ich *fühle* es…

Ich mache meine Gun bereit. Woher ich die plötzlich habe? Hallo! Ich bin der Autor, schon vergessen? Ich schreibe, also *ist* es! …doch was immer nun ist, hat mich längst… *übermannt*. Hat mir die Kontrolle entrissen…

Nun kriecht ein kalter Schauer mein Genick entlang. Was ist das da hinter mir? Wage kaum, mich umzudrehen. Ist es der Wahnsinn? Hält er mir seine Knarre an den Kopf? Na warte, werde ihm einen heißen Empfang bereiten…

WUSCH **BAMM!!!**

Oh oh. Hinter mir war… mein *Selbst*! Habe… getroffen… oh…

WAMP. WOMP. Wir fallen zu Boden. Habe mein Selbst erschossen. Wer sein Selbst erschießt, der… erschießt *sich*. Harte Lektion. Blut…

Mein Selbst gurgelt: „Uff… Bravo! Das hast du wirklich *toll* hinbekommen!"

Ich erwidere: „Warum schleichst du dich auch von hinten an mich ran und hältst mir eine Pistole an den Schädel? Nach den Dingen, die gerade passiert sind, ist es doch kein Wunder, wenn ich ein wenig… *überreizt* reagiere!"

Mein Selbst schimpft: „Du SACK! Ich wollte dich unterstützen, habe mit dem Finger auf dich gezeigt um dir Props zu geben! Die Pistole kam erst, als du angefangen hast, von ihr zu schreiben! Hallo, ‚du schreibst, also ist es', schon vergessen?!" Wütend spuckt mein Selbst Blut.

Jetzt tut es mir echt leid, mich erschossen zu haben. Habe mein Selbst für meinen Feind gehalten, dabei hat es mich lediglich… unterstützen wollen. Schöner Schlamassel. „Und… und was tun wir jetzt?" frage ich.

Mein Selbst antwortet: „Na was schon?! Wir warten!"

„Worauf?"

„Auf das Ende!"

„Übel. Und wie lange dauert so was?"

„Schwer zu sagen, aber ein komplettes Leben musst du schon einkalkulieren!"

So liegen wir und bluten. Wir bluten und bluten und bluten. Im Nu ist der Raum überflutet. Dann die Stadt, dann das Land. Die Welt ertrinkt in unserem Blut. Und das Weltall kurzerhand gleich mit! Ja, das gesamte Universum trieft von unserem Blut, bis der Raum alleine nicht mehr ausreicht und auch noch die *Zeit* vollgeblutet wird. Ok, da es die Zukunft noch nicht gibt, beschränkt es sich auf die Vergangenheit, doch die platzt dafür vor Blut aus allen Nähten. Das Glück im Unglück: die Geschichtsbücher der Menschheit behalten trotzdem ihre Gültigkeit bei und müssen nicht umgeschrieben werden!

Irgendwann mault mein Selbst: „Alter, auf das Ende zu warten ist voll öde! Hast du irgendwas zu zocken dabei?"

Ich verneine: „Leider nicht! Hab nur mein Buch hier! Willst du's lesen?"

Mein Selbst weist zurück: „Ich lese grundsätzlich nicht! Ist schlecht für die Augen!"

„Ich lese es dir vor, ok? Also, es beginnt alles mit dem Intro, aber das versteht man erst, wenn man das Buch kennt. Man kann es dann so nach und nach in die Geschehnisse einordnen, verstehst du? Doch es ist jetzt nicht so, dass man's sich *unbedingt* ballern muss, um die Story zu checken. Deshalb kann man's auch einfach überspringen…"

Mein Selbst unterbricht: „Sag mal, hast du nicht was vergessen?"

„Hä?"

Mein Selbst deutet auf euch, die ihr vom Auge infiziert wurdet.

„Und?"

„Na sie warten!"

„Worauf?"

„Auf's Ende!"

„Wir doch auch, das passt ja! Dann könnt ihr ja gleich mit zuhören! Anschnallen, los geht's! Ein ungleiches Trio kämpfte sich im Gänsemarsch durch den eisigen Windsturm der Antarktis. Na ja, eigentlich kommt es ihnen nur so vor, denn wie wir inzwischen wissen, spielen die Jungs nur das Spiel in ihrer Zelle…"

„Langweilig! Spul vor!" unterbricht mein Selbst.

Ich indigniere: „Alter, du battelst mich in der *Öffentlichkeit*?! *So kannst du doch nicht tun!*"

„Wenn ich dir Props gebe, erschießt du mich! Von daher…"

„Das war keine Absicht, Mann! Du warst einfach zur falschen Zeit am falschen Ort, also hör auf, die beleidigte Leberwurst zu spielen!"

„Hör *du* lieber auf, Bücher über Afterhöhlen-Pilze zu schreiben! Such dir einen richtigen Job!"

„Ich suche gleich deiner *Mutter* einen Job…"

„Sagst du was gegen meine Mutter?"

„Machst du mich an oder was?"

„Pass bloß auf, sonst zieh' ich dir Bombe! Aber richtig!"

„Oh Hilfe! Da kommt der *Man*! Und er will seine Knallerbsen verteilen! Zu Hilfe! *Zu Hilfe*!"

„SCHLUSS JETZT MIT DEM QUATSCH! Verdammt noch mal, das ist so lächerlich…"

„*Du* bist lächerlich!"

„Ich *bin* du!"

„…oh. …Mist…" Meine Erregung legt sich wieder. Die letzte Seite hat begonnen und das Niveau ist im Keller. Außerdem bin ich offensichtlich verrückt geworden, und noch dazu gefangen in meinem eigenen Werk. Wenigstens ist dieses nun hiermit vollbracht. Mein Ein und Alles, mein… SCHNAPP – reißt jemand es mir aus den Händen. „Zuhause haben wir kein Klopapier mehr!" erklärt Fart und verschwindet in seinem Zimmer, um Quake IV (dt.) zu zocken.

Jetzt habe ich gar nichts mehr. Nichts. 0.

Aufgeben? – Nö, denn wenn man schon als Videospieler immer die Möglichkeit hat, neu zu starten, dann muss das doch bei einer niederen Lebensform wie „Autor" locker ebenfalls realisierbar sein. Also Laptop herbeigedacht und losgeschrieben…

Und dieses Mal fügen wir etwas mehr Liebe hinzu!

WAAAS?! Ich soll den knapp bemessenen Platz dieser Fiktion auf etwas verwenden, das ohnehin nur in der Wirklichkeit voll zur Geltung kommt?! Anstatt brutale Dinge zu gebären, die nichts in der Wirklichkeit zu suchen haben, während sie hier in der Fiktion witzig und unterhaltsam sind?! VERGISS ES, Alter! Wer Liebe will, soll nach draußen gehen und Erfahrungen sammeln, anstatt erdachte Storys zu konsumieren! Nur wer auf Blut und Gewalt aus ist, soll sich in jedem Fall von der Realität fernhalten und stattdessen hier verharren. Hier ist der richtige Platz dafür.

Leider ist dieser Platz ziemlich okkupierend. Stelle ich zumindest fest, wenn ich so meine ausweglose Situation betrachte! Na ja, wenigstens habe ich das Niveau mit dieser höchstmoralischen Warnung noch ein wenig anheben können, nicht wahr?

Auf keinsten, Alter!

Dann verabschiede dich von deinem Herzen, denn ich werde es dir gleich herausreißen und vor deinen sterbenden Augen in Stücke zerreißen!

Von euch hingegen, verehrte Leser, möchte ich mich an dieser Stelle erstmal verabschieden! Macht euch keine Sorgen, ich werde diesem „Spiel" *hart* geben! Versprochen! Es war schön, euch dabei gehabt zu haben, vielleicht kommt ihr mich ja auf stiegi.6x.to besuchen. Bis denn dann…

- So Spiel, nur noch wir beide! Komm her, jetzt gibt's Kelle!

Das will ich sehen, du Sesselfurzer!

RATSCH!!! Hähä! Ohne Augen dürfte das schwierig werden! MATSCH!!!

Du Versager, nicht mit meinen Augen sehe ich, sondern… HIERMIT! BRACH!!!

Uff! Du Bastard, das war hart! Doch noch härter schmerzt DIES! KAWUMM!!!

WUSCH!!! **Nicht mit mir!** TSCHACK!!!

Grr! Langsam machst du mich wütend! DISCHSCHSCH…

Argl Na warte… BOOOING!!!

He, das zwickt! Ich brauche irgendwas, um mich zu kratzen! BRRITSCH!!! Ja, damit könnte es gehen…

Puh, davon hab ich noch einen! Hier, siehst du? BAMM!!!

Hmpf! Ich werde das Buch mit deinem Blut neu schreiben! SPLÄSCH!!!

Und deine Haut wird als Papier dienen! RATSCH!!!

Ts! Das wünscht nach! Doch das nicht… PRACK!!!

Dann nehme ich es mir halt von wem anders! Prack!!!

Oh wieder ter! Ich brauche nur, an dich zu quälen! GRABSCH!!!

Nimm doch einfach dein anderes! PRACK?! **Hier, bitte schön!**

Oh, danke, sehr nett von dir! Und jetzt gib' auf, du hast keine Chance!

Ach ja? Und warum nicht?

Weil du und dein Daseín von Kopf bis Fuß gekoppt seid! Ihr seid gefangen im Kreislauf und könnt nicht heraus!

Ich denke es ist an der Zeit es dir zu verraten, Hirnforscher…

Hey! Nenn mich nicht „Hirnforscher"! Ich bin das nicht, schließlich hat der erzählt, dass er keine Freunde und Familie hat…

Aber genau das will ich dir ja verraten: Du hast hier keine Freunde und Verwandte!

Dann schau dort nach, wo das Leser waren! Bin jetzt von ihnen seit ich ganz deutlich und klar!

Doch das war nur eine Auseinandersetzung von Buchstaben für die! Du bist… geschrieben. Sie können dir nicht helfen. Sonst: Nein, du bist allein!

W-was…?!

Und für die Zukunft merke dir: Nach einem Doppelpunkt schreibst man GROß!

Oh nein: nicht Mir! Mir!

Schön für dich, Hirnforscher. Aber genug der Geplänkels, fangen wir an! Nimm deine Rolle ein!

Meine Rolle?

Die des Hirnforschers, ja!

A-aber… dann bin ich ja selbst… gefangen…

Sitmm!

Das – kannst du mir doch nicht antun…

Jeder muss seinen Platz im ewigen Kreislauf finden!

I-ich… bin gekoppt? D-dann… Wahnsinn nahe! Fast wie in „Täglich murmelt das Murmeltier!"

„Grölů", Hänk! Und du kannst den Hänftigen größten, denn der holt dich jetzt ab!

Und wohin bringt der mich?

Das weißt du doch!

Das ist ja der Absturz! Ne Alter, diese Rolle spiel' ich nicht! Habe kein Bock mich da immer wieder vor Willy versuchen zu lassen!

Aber ich spiele diese Welt doch nur! Sie ist doch bloß eine Idee…

Eine Idee, aus der du abälist!

Nichts da! Erst das Huhn, dann das Ei!

Und was stilt das Ei herskommen, wenn es kein Huhn gibt?

Verpiss dich!

Ok, schon weg!

Hallelü! …äh… Hallo? Ist da jemand?

„Ja, ich bin hier! Du pässt bestí dort, et ist ein weiter Weg bis zum Halteteststelle!"

„Also Trölhans, denn du hast versteht!"

„Naro! Oh nein! HILFEESE!"

„Jetzt hast noch mem Enzstadt du jätz durch?

„Aber ich will nicht! Ich will… nach Hause +

„Das Inhard da dir überragen müssen, bevor du angefangen hat, das D-Ausse zu erforschen"

„Das WAF!! Schreibt man darzeistb auferden zusammen?"

„Wie du willst! Dird jetzt Bewegung!"

Hmm, ob zunz! Ich schreibe turz! Jch schreibe turz!

„Knitschutarte, tschüßt!"

„Fitschputtarte, tschüßt!"

Boah! Jetzt! AAA-uhhhh! Du schreibst die Nitzo

„Portchrabehts, lieflieft"

Boah! HELP! AAA-uhhhh! Der schmeckst Nir… scheiße!

Impressum

© 2008 Sascha Stieglitz

Herstellung und Verlag:
Books on Demand GmbH,
Norderstedt

ISBN: 978-3-8370-6753-8